Le Mercenaire
d'Argent

YANNICK SARKIS

LE MERCENAIRE D'ARGENT

ET L'AVENTURE SUR LA TERRE DES OMBREUX

Lanfal
Éditions

À mes parents et à ma sœur,
les premiers à m'avoir lu et encouragé.

À Marion,
parce que tu n'as jamais douté de moi.

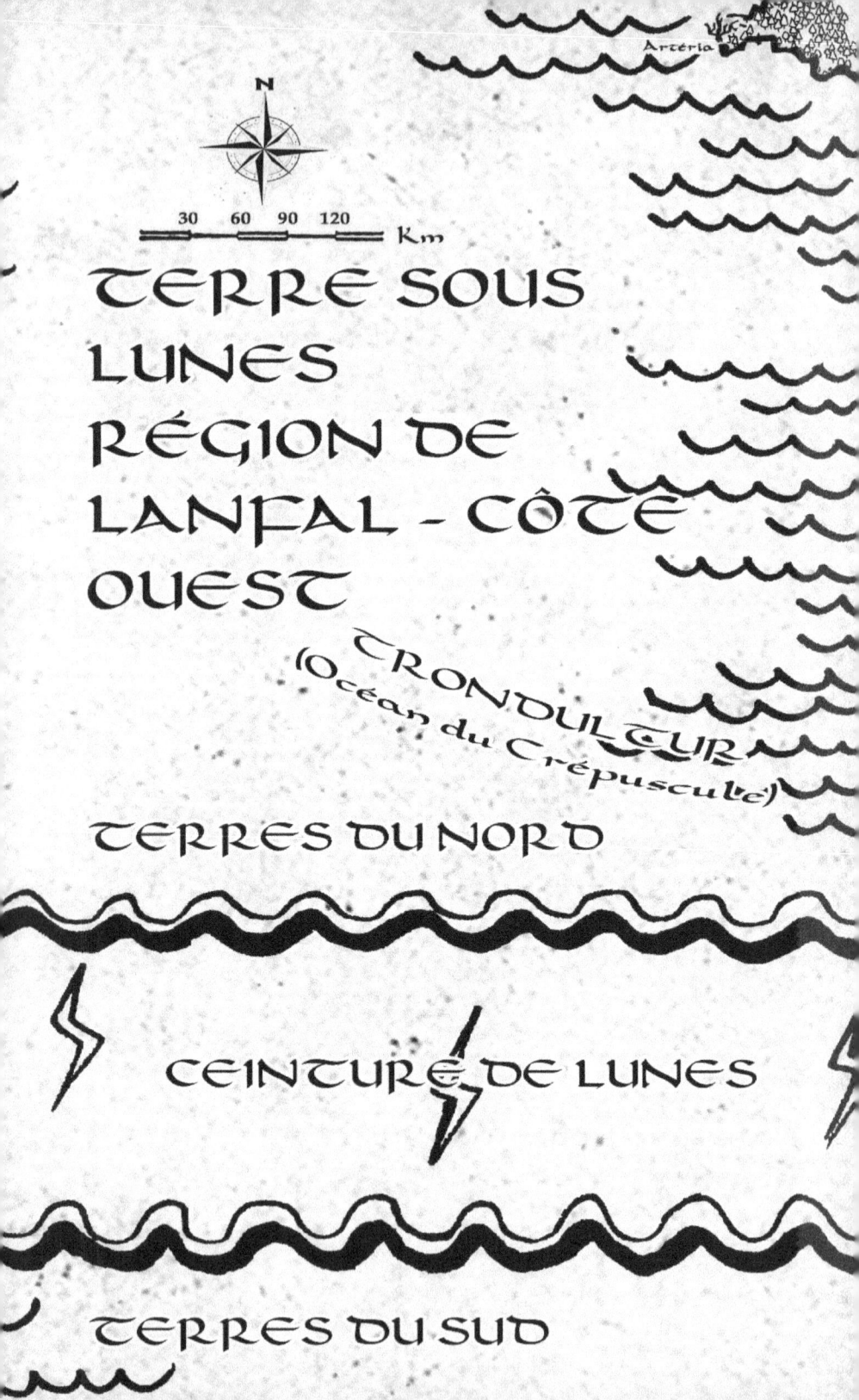

Artéria

N

30 60 90 120 Km

TERRE SOUS LUNES RÉGION DE LANFAL - CÔTÉ OUEST

TRONDULTUR
(Océan du Crépuscule)

TERRES DU NORD

CEINTURE DE LUNES

TERRES DU SUD

Ne pleure pas, Mère.

J'entends ta colère.

Je ressens ta douleur.

Ne pleure pas, Mère.

Ma lame soulagera ta peine.

Prélude

Dans la brume

ADEK

— Ça y est... osa Sygna, prostrée, d'une voix grave qui ne put masquer une once d'appréhension. Nous y sommes...

Le ciel grondait. Adek et Odi ne répondirent pas. Tombées dans le silence qui enchaînait les compagnons, les paroles de Sygna résonnèrent comme le glas. Tous trois demeuraient immobiles, perdus dans les méandres de la brume noire.

— C'est de la folie... maugréa Odi, assis sur son rocher, tête basse. De la folie pure...

Un bleu absolu, si aveuglant qu'il fit aussitôt regretter l'obscurité, déchira alors les ténèbres. Son éclat figea les trois camarades en statues d'ombre et lumière, placarda leurs visages d'un masque sinistre. La foudre frappa la terre avec une telle violence que le sol en trembla. Elle éclata en un coup de tonnerre qui gronda d'un hurlement dément. À en secouer les âmes. Il soumit au silence ceux ayant eu l'audace d'élever la voix, des secondes durant, avant de les abandonner, à nouveau, dans la pénombre.

— Il était proche, celui-là... observa Sygna, indifférente, son attention rivée sur le sud.

— Par les trois Lunes ! s'écria Odi. Même les dieux nous avertissent ! Nous ne trouverons que la mort si nous persistons !

Adek, lui, n'avait pas cessé de guetter le nord. Les secondes s'égrainaient et la situation devenait préoccupante, l'attente pénible. Mais aucun homme au monde ne saurait ignorer bien longtemps ce qui s'opérait dans son dos, pas même lui. Il se détourna un instant de son devoir pour rejoindre Sygna dans sa contemplation. Un vent froid balaya ses longs cheveux d'argent alors que son regard azur et perçant se tournait vers le sud.

La Fureur Divine, c'était ainsi qu'on la nommait. Une foudre éternelle, d'une grandeur et d'une force inimaginable pour le commun des mortels ; un ultime avertissement pour dissuader les plus téméraires. Son éclat faisait vibrer d'une teinte bleutée les lambeaux noirs et stagnants de la brume. Malgré la densité du voile, celui-ci laissait apparaître les griffes pulsatiles des éclairs dans l'horizon, si nombreuses qu'elles paraissaient figées en cicatrices ; une lumière sauvage dans les ténèbres infinies des Terres du Sud.

Au-devant, – elle – se devinait. Celle tant redoutée, mais pour qui les compagnons avaient pourtant parcouru tous ces kilomètres, – l'entrée. Un immense arc de pierre, d'une cinquantaine de mètres de haut et de large, percé d'une grande voûte. Des sillons et reliefs jaillissaient au grès des éclairs et révélaient un édifice amplement sculpté, aux multiples corniches. Un symbole perdu au milieu d'une étendue désertique, qui marquait la limite à ne pas franchir vers la Terre de la Mort. Oui, c'était ainsi que beaucoup la nommaient. Et pour ceux qui la franchiraient malgré tout, ils se risqueraient dans la pénombre sur un sol aride et fracturé. Ils entendraient un sable épar sous leurs pas, craquer dans un écho de solitude, et sentiraient sa caresse acérée sous les bourrasques.

— Ce poids sur nos épaules, c'est insupportable, se plaignit Odi. Et cette chaleur...

Exact, il y avait cela aussi, et tout le reste... pour enfin parvenir à un terrain impraticable et chaotique, dont les dents rocheuses apparaissaient au loin et mordaient le ciel.

Adek dévisagea Sygna. La guerrière émérite, à la stature colossale, cheveux turquoise tirés vers l'arrière, dents serrées sur son cigare fumant, paraissait domptée par l'effarant spectacle. Sa double hache, pourtant plus grande que la plupart des hommes, si terrifiante sur les champs de bataille, semblait se terrer dans son dos.

— Toujours aucun signe des autres ? demanda-t-elle sans se retourner.

Adek reprit son observation du nord, guetta les tenues de combat et les longs manteaux écarlates de leur formation. Six d'entre eux manquaient à l'appel. Adek scruta la plaine. De son pouce, il gratta la cicatrice en forme de croc qui lui déchirait la joue droite.

— Toujours pas, répondit-il.

Sygna ne réagit pas.

— Allons-nous vraiment traverser cet enfer ? insista Odi, les yeux implorants.

Odi et Sygna partageaient le même sang, la même couleur de cheveux, mais là s'arrêtait la ressemblance. La bravoure du cadet était aussi réduite que la largeur de ses deux épées, croisées dans son dos.

— Nous ne sommes même pas sûrs de trouver ce que nous cherchons, là-bas, reprit Odi.

Adek lui jeta un regard oblique.

— Les chances sont bonnes, lança-t-il d'un ton sec.

— *Les chances sont bonnes* ? répéta Odi, outré. Et cela suffit pour nous envoyer vers une mort certaine ? Qu'a donc cette mystérieuse arme de si spécial pour que notre seigneur la désire tant ?

Sygna soupira. Elle se décida à bouger ; elle prit la direction

15

du sud.

— Sygna ? l'interrogea Odi.

— J'avance. L'idée de rejoindre cette pipelette de Loki ne m'enchante guère, mais attendre les autres au son de tes jérémiades est encore plus pénible.

Loki, Adek l'avait presque oublié, celui-là. L'incorrigible avait été incapable de temporiser, comme toujours. L'appel de l'exploration l'avait poussé à distancer le groupe.

— Ne dépasse pas l'entrée, la prévint Adek. Et empêche Loki d'aller trop loin.

— Ça serait pas une grande perte, grogna Sygna.

Un cri.

Adek et Sygna firent volte-face. Odi se leva. Tous trois scrutèrent le nord en silence. Plus rien. Et rien dans l'horizon obscur.

— Vous avez entendu ? s'enquit Odi.

— Oui, confirma Adek.

— Il faut aller voir, gronda Sygna.

— Attend !

Une secousse. Le sol avait tremblé. Une deuxième, puis une autre. Les cailloux sautaient sous un pas massif. Massif, et rapide, à en juger par la cadence des tremblements. Adek, Sygna et Odi fixaient le nord des yeux. Les cris reprirent. Et derrière, les chocs sonores d'une course colossale.

— Ça se rapproche ! appréhenda Odi.

— Préparez-vous ! lança Adek.

La terre bondissait, malmenait leur équilibre. Enfin, la brume s'agita ; des silhouettes humaines, qui se ruaient vers les trois compagnons.

— C'est eux ! s'écria Sygna.

— Je n'en compte que cinq ! s'alarma Odi.

Soudain, une ombre s'imposa dans le voile et engloutit celles des cinq fuyards. Hauteur, dans les six mètres. Stature, bipède. Athlétique. Alors que ses yeux se crispaient pour accepter ce qui défiait l'imagination, Adek vit un bras immense s'élever. Dans sa main, une massue titanesque. Les pics qui crantaient sa surface accrochèrent la lumière des éclairs, avant de basculer pour aller percuter l'une des proies. La forme inerte de celle-ci, comme un pantin désarticulé, fusa dans les airs et disparut sans bruit dans les ténèbres. Un des leurs s'en était allé, en un clin d'œil, sans laisser le temps à Adek et les siens d'identifier le visage familier qu'ils ne reverraient jamais.

La foudre frappa alors les environs. Son éclat imprima sur la rétine des compagnons une vision d'horreur qui hanterait leurs songes des nuits durant. Le colosse leur apparut. Des griffes armaient ses mains et ses pieds. Des cornes robustes s'enroulaient au niveau de ses tempes, descendaient le long d'un facies bestial pour pointer vers l'avant, au côté d'une troisième pointe qui perforait son menton. Des crocs longs comme des dagues barricadaient les puissantes mâchoires de sa gueule. Mais ce n'était pas le plus alarmant. Des méandres de tatouages tribaux arpentaient son corps musculeux. Ils se frayaient un chemin parmi d'amples plaques au noir étincelant, comme les croûtes de plaies maudites. Des tresses naissaient de la crinière ténébreuse de ses cheveux. Des colliers ornaient son cou. Une peau de bête aux bords déchirés couvrait son entrejambe. Cette créature arborait des signes d'évolution, d'intelligence, qui laissaient craindre le pire. D'autant que, à sa suite, animés de la même énergie sauvage, se révélèrent plusieurs de ses congénères.

— Bonté divine... se décomposa Odi.

— Je crois avoir vu trois de ces monstres, mais je n'en suis pas certain, prévint Sygna.

— J'en ai vu le même nombre, affirma Adek. Odi, va chercher Loki, on va avoir besoin de lui ! Fais vite !

— B... Bien !

Il disparut dans le brouillard. Ironique de le voir ainsi détaler seul vers le sud.

— Prête, Sygna ? lança Adek.

— Toujours !

Sœur et frère d'armes libérèrent hache et épée. Lames droit sur l'ennemi, ils bondirent, avalèrent les mètres. Et alors que les visages fugaces des rescapés croisaient leur route et que la cible tutoyait des sommets toujours plus haut, leurs cris guerriers éclatèrent au côté du tonnerre.

Chapitre I

11 H 43

BARAK

« Non, non, non et non ! »

Lorsque Barak Cassepanard, professeur de survie en milieu hostile de l'école primaire d'Artéria, fut convoqué dans le bureau de Mme la directrice, celui-ci crut à une mauvaise plaisanterie. Mais quand son rire tonitruant se heurta au silence et au regard insipide de la petite femme ronde et austère, Barak redouta l'invraisemblable, l'inconcevable, l'impossible : avait-il fait quelque chose de *mal* ?

Barak, trente-quatre ans, deux mètres zéro neuf de muscles saillants et une barbe brune courte et touffue, portait comme à son habitude une tenue pratique et confortable, afin de pouvoir « toujours réagir face à l'imprévu ». Cependant, ses bottes de survie, son short de survie et son marcel de survie ne lui permirent pas de réagir face à l'imprévu du jour.

Barak avait une haute estime de lui-même et, selon ses propres dires, il avait bien raison de penser de la sorte. Il avait beau se triturer les méninges, il ne voyait pas ce qui pouvait lui être reproché. Il n'était jamais arrivé en retard, il avait établi un nouveau record de punitions ce mois-ci, et l'exemplaire de *Frou-Frou le petit cheval,* qu'il avait emprunté à la bibliothèque de l'école, avait été rendu en temps et en heure. Barak avait aperçu Saya Ardeïs sortir du bureau de Mme la directrice, rayonnante, juste avant qu'il n'y entre. Si sa mémoire ne lui faisait pas défaut, elle avait fêté ses quinze ans cette année, l'âge où les jeunes commençaient à travailler à Artéria. Nom d'un Cassepanard ! Allait-on lui annoncer qu'elle lui prendrait son poste ?

Cela faisait plusieurs minutes que le tic-tac de l'horloge résonnait comme des coups de massue dans les oreilles de Barak. Au milieu de la pièce, droit comme un piquet sur le cercle du tapis de fourrure, le grand gaillard attendait sa sentence. De nombreux tableaux des précédents chefs d'établissement s'alignaient sur les murs de bois et dévisageaient Barak d'un œil sévère. Ils paraissaient lire en lui comme dans un livre ouvert et Barak ne put soutenir leur regard. Des gouttes de sueur ruisselèrent de ses aisselles. Barak prit conscience de l'extrême supplice de cette épreuve, lui qui aimait tant y envoyer ses élèves en riant.

Assise à son bureau, Mme la directrice remplissait des formulaires. Sa plume grattait le papier avec application. Barak crut reconnaître un bulletin d'évaluation du corps professoral et se mit à redouter une mauvaise appréciation. Il se demanda comment il allait annoncer une telle nouvelle à Grand-Mama, chez qui il vivait depuis son enfance. Comme l'affirmait avec fierté la matriarche, dont la parole ne pouvait être mise en doute, l'illustre famille Cassepanard incarnait un modèle d'exemplarité qui forçait l'admiration du reste de la communauté. La glorieuse lignée habitait la ville d'Artéria depuis des générations et, aujourd'hui, son honneur était en jeu. En désespoir de cause, Barak s'apprêta à complimenter l'indéfectible et impeccable coupe au bol de Mme la directrice, lorsque celle-ci prit enfin la parole :

— Tu t'y connais en bêtes sauvages, n'est-ce pas, Barak ?

Par prudence, Barak aurait dû répondre « non » à cette demande. Mais en tant que professeur de survie, il n'avait pas vraiment le choix. Hors de question de perdre la face.

À l'origine, la nature ne faisait pas partie des préoccupations de Barak et celui-ci redoutait l'inconnu. Tomber sur un animal féroce ne l'enchantait guère et sa dernière rixe avec le rat dans la cuisine l'avait traumatisé pour les cinq années à venir. Non, ce qui brûlait dans le cœur de Barak, c'était le mépris qu'il éprouvait envers ceux qui n'étaient pas comme lui. Le monde se porterait mieux s'il n'était peuplé que de Cassepanard. Et une journée sans sermonner ceux qui n'étaient pas dans le droit chemin était une journée inutile. Mais un jour de sa vingt-quatrième année, alors qu'il cherchait le rayon « éveil » de la bibliothèque d'Artéria – qu'il connaissait pourtant comme personne mais qui avait été déplacé lors d'une réorganisation de l'établissement – en quête du dernier numéro de *Frou-Frou le petit cheval*, Barak tomba sur un ouvrage laissé sur une table pour enfant. Attiré par la grande typographie et le gros dessin de Terre sous Lunes sur la couverture, Barak saisit le livre : *Chroniques d'Ursus Horn, Périple à travers Terre sous Lunes, tome I*. Le jeune Cassepanard, trente-deuxième du nom, l'ignorait encore, mais sa vie venait de basculer.

Barak s'aida de son doigt pour lire le résumé, écrit en beaucoup plus petit. Cet Ursus Horn était un explorateur Sans-Pouvoirs qui avait parcouru toute la planète, dans ses moindres recoins, et avait conté ses aventures dans ses chroniques. Barak se risqua à tourner les pages. Rebuté par l'absence d'images, il persévéra mais, arrivé à la fin du deuxième paragraphe, il s'arrêta et reposa le livre, effrayé par le contenu. Barak était sujet au cauchemar et il maudit la folie qui l'avait détourné de son compagnon à sabots coloré. Mais le piège du récit s'était déjà refermé sur le futur professeur de survie en milieu hostile : Barak voulait connaître la suite. En effet, parmi tous les imbéciles présents sur Terre sous Lunes, Barak avait pris en grippe le peuple des Els, des êtres aux pouvoirs surnaturels. Or, dès les premières lignes de ses chroniques, Ursus Horn s'était joué d'eux avec une facilité déconcertante. Un acte irrésistible aux yeux de Barak. Ce dernier tourna une page, puis une autre et, avant de s'en rendre compte, il s'était assis sur son petit tabouret préféré, le rouge, après avoir chassé son occupant initial. Le frisson de l'interdit poussa même Barak à emprunter l'ouvrage à l'insu de Grand-Mama, celle-ci ayant pour habitude de contrôler les lectures de son petit-fils pour lui éviter des terreurs nocturnes. Mais Barak était possédé. Il dévorait les chroniques. Et les mauvais rêves l'assaillirent des mois durant. Cela avait maintes fois réveillé Grand-Mama qui se levait pour vérifier que la veilleuse de Barak ne s'était pas éteinte.

Le récit d'Ursus Horn avait été une révélation. Barak s'émerveilla de la richesse du monde et trembla face à ses plus sombres aspects. En effet, Ursus Horn s'était même risqué à quitter les Terres du Nord pour parcourir les effroyables Terres du Sud. Le fou ! Mais, surtout, Barak n'était que plus convaincu de la bêtise des Els. Il avait pris conscience de leur terrible impact sur la planète, qu'ils transformaient en enfer. Pire : la propre vie de Barak, par la même occasion, s'en trouvait menacée. Hors de question que ces irresponsables l'entraînent dans la mort. Il fallait agir pour mettre un terme à ce fléau, et vite.

Ursus Horn avait distillé dans son récit des centaines de conseils sur la survie, du piégeage à la confection d'un abri. Barak s'était extasié de le voir échapper à un destin funeste ou se nourrir de glimaces (beurk). Il avait tellement lu ses livres qu'il pouvait nommer la page et le paragraphe d'un événement précis. Barak avait décelé dans le savoir d'Ursus Horn le moyen idéal de surmonter n'importe quelle situation qui menacerait sa vie. Incollable sur la théorie, Barak ne partageait cependant pas la même passion pour la pratique en terrain hostile. Le souvenir, humide, de sa tentative nocturne dans le parc d'Artéria imprégnait encore son esprit. Fort de ce constat, Barak, avec l'aval de Grand-Mama, décida d'intégrer le corps professoral du primaire. Il y transmettrait ses connaissances à la jeune génération afin de les éduquer à son image pour s'opposer aux Els. L'établissement était l'endroit rêvé pour enseigner sans jamais devoir se frotter au monde sauvage. Tout un tas de créatures dangereuses parcourait Terre sous Lunes et Barak justifiait l'absence de sorties dans les forêts en prétextant qu'il ne pouvait assurer la sécurité d'une vingtaine de bambins. Machiavélique.

— Évidemment que je m'y connais ! Je suis le plus grand expert de toute la côte ouest du continent ! tonna Barak.

— Parfait. Je n'en attendais pas moins de notre professeur de survie en milieu hostile, s'enorgueillit Mme la directrice.

— Ha, ha... se força à rire Barak.

— On te demande au Cœur de la Ville. Quelque chose y serait entré par effraction et ils ont besoin de l'avis d'un professionnel.

Barak faillit s'étrangler avec sa salive. Mme la directrice venait-elle de lui annoncer qu'il allait se retrouver face à « une chose » ?

— Mais... euh... cette *chose*... balbutia-t-il. Elle serait plutôt de la taille d'une souris... ou plutôt de celle d'un chien ? s'enquit-il en essayant de ne pas repenser au rat dans la cuisine.

— Étant donné qu'elle a endommagé l'une des artères du Cœur, je dirais plutôt de la taille d'un krizzli.

Barak se sentit partir. Ursus Horn évoquait ces bestiaux dans ses *Chroniques IX,* page 544, paragraphe 4. Ces énormes ours, nonchalants au premier abord, pouvaient basculer dans une crise de folie et tout ravager sur leur passage.

— D'après ce que j'ai compris, l'animal se serait enfui, mais aurait laissé des traces, poursuivit Mme la directrice. Ils comptent sur toi pour les aider à l'identifier.

Barak eut du mal à dissimuler son soulagement.

— Ça va ? Tu n'as pas l'air bien ? demanda-t-elle.

— Euh... non, non... C'est juste que... je suis *tellement* déçu de ne pas avoir pu botter les fesses de cette bête moi-même, ha ! ha !

— Sacré Barak, tu as vraiment l'aventure dans le sang ! Pas étonnant pour quelqu'un qui a exploré les Terres du Sud !

— Ha, ha... on ne se refait pas... marmonna Barak qui avait complètement oublié qu'il avait raconté ça lors de son entretien d'embauche.

— Avec un peu de chance, l'animal sera toujours dans les parages ! Et tu pourras lui *botter les fesses* ! lança Mme la directrice d'un air taquin.

Barak avala une nouvelle fois sa salive.

— Hum... Moui, espérons...

— Bien, sur ce, tu peux y aller, conclut-elle, j'assurerai ton cours pendant ton absence.

La porte du bureau de Mme la directrice se referma derrière lui. Le visage blême, Barak arpenta tel un fantôme les couloirs de l'école en direction de la sortie. Quelle catastrophe ! Son plan qui avait si bien fonctionné pendant toutes ces années venait de s'écrouler en l'espace de quelques minutes.

Mais au détour d'une allée, alors que Barak luttait pour retenir ses larmes, *elle* apparut.

Une boule de cheveux crépus, un buste recroquevillé sur un livre auquel elle semblait s'agripper, et une silhouette chétive égarée sous les plis d'une longue robe. C'était Frêle Gribouille, la professeur de dessin. Sa démarche raide et rapide se muait aux yeux de Barak en un ballet gracile et hors du temps, qui propageait l'écho de ses pas en sonorités diffuses, vibrait dans le cœur du professeur de survie et gorgeait ses pupilles d'étoiles, auréolant sa belle d'un halo de lumière dorée. En un éclair, Barak se redressa, bomba le torse et s'accouda contre le mur pour donner l'impression qu'il « traînait tranquille », comme disaient les jeunes. Toutefois, comme il se forçait à sourire, il ne se rendit pas compte que son visage affichait une expression dérangeante.

— *Bônjour, Frêle* ! lui lança-t-il d'un ton superbe, malgré ses lèvres frémissantes qui retenaient des sanglots.

— B... Bonjour... murmura Frêle qui lui jetait des regards en coin très suspicieux.

Elle passa devant lui en coup de vent. À peine s'était-elle engouffrée dans une salle de classe que Barak reprenait son barrissement de lamentations et sa posture abattue. Depuis qu'il l'avait rencontrée, six ans auparavant, Barak n'avait jamais été si proche de la conquérir. Les ~~vingt-trois~~... Les quelques refus essuyés à ses demandes de rendez-vous s'accompagnaient toujours d'une excuse plus que valable. Après tout, tout le monde pouvait désirer rentrer à la maison parce qu'il se faisait tard en début d'après-midi, ou passer en urgence chez l'épicier pour acheter des tomates pour la troisième fois de la semaine. C'était très bon le jus de tomates.

Barak se traîna jusqu'aux portes de l'établissement, situé dans les hauteurs de la ville, et se retrouva dehors. Un temps radieux illuminait ce 3 septembre. Le soleil brillait dans le ciel azur, parcouru par les mouettes dont les cris se perdaient dans le lointain. Barak traversa le grand terrain de jeux et rejoignit une balustrade où toute la ville s'offrit à lui. Bâtie sur le flanc irrégulier d'une falaise vertigineuse, Artéria surplombait l'océan. Pour Barak, mais aussi pour tous les Artériens, elle s'imposait comme la plus belle cité d'hommes Sans-Pouvoirs de Terre sous Lunes.

Artéria se divisait en vingt et une énormes plates-formes de bois. Celles-ci s'encastraient dans la roche, reliées entre elles par de multiples passerelles. Les différents étages se superposaient le long de la paroi et se répartissaient de chaque côté d'une gigantesque cascade. La chute d'eau grondait et vibrait de gerbes étincelantes, avant de percer les vagues. Seule une plate-forme traversait le fleuve au sommet et joignait les deux versants de la ville. Une autre se tenait à même les flots et accueillait le port. Les nombreuses habitations, de bois également, se recouvraient d'un toit de Cristaux sombres qui scintillaient au soleil. Les façades s'imbriquaient et s'entremêlaient, jusqu'à changer les larges voies piétonnes en ruelles.

Une dernière plate-forme se trouvait à la cime d'un îlot rocheux au-devant de la cascade. Celui-ci abritait, dans une salle au cœur de la pierre, le système énergétique d'Artéria, le Cœur de la Ville. Une ouverture à la base de l'îlot permettait d'y accéder par bateau. Un grand arbre nu, fait du même cristal que la toiture des maisons et érigé au centre de la plate-forme, symbolisait sa présence. Ses branches effilées comme des veines et terminées par des bourgeons semblaient capter le ciel. Barak lui jeta un regard accablé avant d'en prendre mollement la direction.

Il atteignit la première passerelle qui devait le mener à la plate-forme du dessous. Chacune d'entre elles offrait le choix entre un escalier ou une rampe munie d'un plateau descendant. Adepte de la marche – c'est bon pour la forme –, Barak opta cette fois-ci pour le plateau mobile, où il s'avachit sur la rambarde. À l'étage inférieur, il déambula, livide, au milieu des habitations, vers la passerelle suivante. Il ne prit même pas le temps de réprimander les citadins au comportement qu'il jugeait abusif.

Seul ce maudit Yorah Soltain, « ce bon à rien de vaurien à casquette à l'envers », parvint à lui arracher une réaction. Comme d'habitude, il courait et bondissait tel un singe de toit en toit. Impossible de ne pas le reconnaître, « son espèce de lumière volante que je ne sais plus comment que ça s'appelle » le suivait comme son ombre, preuve irréfutable qu'il n'était que de la mauvaise graine. Le garçon s'affublait d'une chemise ouverte, d'un short et de tongs, et de larges mèches brunes balayaient son visage. En plus, il portait tout le temps sa casquette à l'envers d'une drôle de façon, de biais sur l'arrière de son crâne, ce qui était complètement ridicule.

— Doucement sur les toitures... maugréa Barak qui n'avait plus l'énergie de crier.

Sans surprise, Yorah ne l'entendit pas et s'éloigna. Son père adoptif, Nolas, le chef de la ville, ne valait guère mieux ; celui-ci avait, certes, montré un investissement appréciable dans Artéria, mais les Cassepanard n'étaient pas dupes. Son fils n'était pas un fauteur de troubles par hasard. Déjà à l'époque du primaire, le garnement ne s'éveillait en cours que pour poser des questions pointilleuses sur la survie et lancer des défis, comme s'il cherchait à décrédibiliser le professeur. Et puis, cette fichue lumière qui tournait autour de lui comme un prédateur ; impossible de savoir ce qu'elle avait en tête... Brrr ! rien que d'y repenser, Barak en avait froid dans le dos. Il avait eu beau envoyer maintes fois Yorah chez Mme la directrice, le comportement de ce dernier ne s'était pas arrangé à l'aube de ses quinze ans et, pour couronner le tout, Stek et Tuna, les deux meilleurs amis de Barak, s'étaient pris d'affection pour le jeune garçon. Incompréhensible !

Après un parcours interminable, Barak arriva devant l'Arbre de Cristal. Aéra Mailleor, la mécanicienne attitrée du Cœur, l'attendait avec son éternelle pipe à la bouche. C'était une petite femme costaude aux yeux plissés et aux cheveux très courts et très gris, les mains et les vêtements noircis par le cambouis. Tout le monde à Artéria l'appelait Tatie Mécanic et la considérait comme une personne autoritaire et juste. Tout le monde, sauf Barak. Le professeur de survie n'avait pas aimé que la mécanicienne le réprimande en public alors qu'il martelait sa propagande anti-Yorah. À croire qu'il fallait des preuves pour accuser quelqu'un de vol. Barak avait sollicité tout son courage pour se retenir de pleurer mais, quand il avait rapporté l'affront à Grand-Mama, il n'avait pu contenir ses larmes. La matriarche avait approuvé son petit-fils d'un bâillement avant de lui rappeler de passer le balai.

— Ah ! te voilà, p'tit ! lança Tatie Mécanic. Eh bien ! tu as vu un fantôme ou quoi ? Ha ! ha !

Barak ne trouva pas ça drôle.

— Tu as besoin de moi, il paraît ? répliqua-t-il d'un ton

27

acide.

— Oui, suis-moi, p'tit.

— Oh, là ! Oh, là ! Minute ! prévint Barak en levant la main. La *chose* est-elle encore là ?

— Non, je ne pense pas.

— Tu ne penses pas ou tu es sûre ?

— J'ai cherché et je n'ai rien trouvé, p'tit. Allez, viens.

Bien obligé de faire confiance à la vision d'une quinquagénaire, Barak suivit Tatie Mécanic jusqu'à une porte dans le tronc de l'Arbre de Cristal. À l'intérieur, tous deux descendirent un long escalier en colimaçon, à peine assez large pour Barak, qui les mena à un tunnel dans les entrailles de l'îlot. L'espace donnait d'un côté sur la cascade, et de l'autre sur une lourde porte de métal. Les Artériens s'en approchèrent. La mécanicienne ouvrit. Le battant trembla dans un grincement abyssal. Barak claquait des dents.

— Vas-y, entre, dit Tatie Mécanic.

— Non, objecta Barak en l'invitant à le précéder, après toi, je suis un gentleman.

— Allez, p'tit. On ne va pas y passer la journée.

Satanée vieille peau. Barak eut une pensée pour Grand-Mama et glissa une tête réticente dans l'antre ténébreux. Il scruta la salle creusée dans la pierre. Dans la pénombre, il repéra beaucoup de caisses et d'objets entassés çà et là, ce qui représentait un nombre inquiétant de cachettes potentielles pour la *chose*. Dans le fond se trouvait le Cœur, une imposante machine en forme de dôme avec en son centre un hublot d'où s'échappait une lumière turquoise et mouvante. Deux énormes câbles, semblables à deux gros tuyaux, en naissaient de chaque côté, s'élevaient vers les hauteurs et rejoignaient l'extérieur par des ouvertures dans la roche. Un bruit régulier de pompage résonnait dans la pièce.

— … Y'a quelqu'un ? bégaya Barak d'une voix fluette.

Tatie Mécanic s'en amusa et poussa Barak pour pouvoir entrer à son tour. Elle s'avança jusqu'au Cœur. Barak se colla dans son dos et balaya la salle du regard.

— Bon alors, que je t'explique... annonça la mécanicienne.

— Oui, mais viens-en tout de suite au fait qu'on sorte de là en vitesse ! exigea Barak qui crut voir une ombre bouger sur sa gauche, avant de se rendre compte que c'était la sienne.

Mais Tatie Mécanic était lancée. Ce qu'elle l'aimait, cette machine !

— L'Onorie est l'énergie universelle qui régit notre monde. Elle est partout, en nous et tout autour de nous. L'équilibre de notre planète dépend de celui de l'Onorie. Mais il est mis à mal par l'activité humaine, avec son utilisation intensive de la magie...

— Foutus Els ! cracha Barak comme un réflexe. Leurs sortilèges sont des concentrés d'Onorie ! Ils détruisent la planète !

— Oui, bon... Grâce aux Orbes, les Sans-Pouvoirs peuvent également utiliser la magie, je te signale. Les Els ne sont pas les seuls responsables. Enfin bref. Dès que quelqu'un se sert de la magie, de l'Onorie est relarguée dans l'air. Celle-ci s'accumule dans l'atmosphère et cette surcharge perturbe le cycle naturel de la planète. Cela provoque de graves conséquences sur l'environnement, comme en est le triste exemple des Terres du Sud. Le fonctionnement d'Artéria repose sur la captation de cet excès d'Onorie. Grâce au Cœur, la ville a non seulement accès à une quantité infinie d'énergie, mais elle contribue, en la recyclant, à la sauvegarde des Terres du Nord. Alors voilà comment marche cette machine...

— Non mais je le sais déj...

— Pour symboliser, on peut comparer la cité à un corps humain. On ne la surnomme pas la « Ville Poumon » pour rien. Les Cristaux Noirs, le minerai le plus précieux de la planète et que tout le monde appelle « Cristaux », ont la capacité de capter l'Onorie. À Artéria, nous les assemblons en plaques qui composent le toit des maisons ; on peut donc assimiler ces dernières aux poumons.

— Oui, oui, abrège... grogna Barak, alors que ses yeux fiévreux guettaient le moindre mouvement suspect.

— L'habitation consomme une partie de l'Onorie captée et le reste rejoint un circuit de câbles. Ceux-ci sont à peine visibles, grâce à leur membrane spéciale, mais ils parcourent toute la ville ; ils sont les veines et les artères. À l'intérieur circule un fluide qui transporte des sphères de Cristaux sur lesquelles l'Onorie va se lier, comme l'oxygène sur les globules rouges. L'Onorie sera ainsi acheminée jusqu'au Cœur. Là, les sphères la transfèrent à des récipients imprégnés de Cristaux. Ce sont des cellules qui stockent l'Onorie et que nous pourrons utiliser en cas de besoin.

Barak commençait à avoir des envies de meurtre.

— Une fois l'Onorie absorbée par les cellules, poursuivit Tatie Mécanic, le Cœur propulse le liquide et ses sphères vides, prêtes à se recharger en énergie, dans toute la cité. Et le circuit redémarre... C'est clair, non ?

— C'EST PARFAITEMENT CLAIR ON PEUT CONTINUER MAINTENANT ?

Tatie Mécanic guida Barak sur le côté et pointa du doigt l'ouverture par laquelle un câble rejoignait la ville.

— La bête a endommagé l'artère sortante du Cœur à ce niveau-là.

Barak leva la tête. En effet, le câble semblait tordu. La mécanicienne disposa une échelle.

— J'ai besoin que tu montes là-haut et que tu identifies le responsable, afin qu'on puisse le retrouver et le mettre hors d'état de nuire, indiqua-t-elle.

Barak observa la grande échelle ; il y avait bien dix mètres de haut. Il posa un pied timoré sur le premier échelon.

— Tu... Tu tiens bien, hein ? dit-il, peu rassuré.

— Mais oui. T'inquiète pas, p'tit.

Barak commença son ascension. Les craquements des barreaux provoquaient en lui des tremblements sismiques. Ceux-ci secouaient à leur tour l'échelle qui craquait de plus belle ; une boucle infernale. Parvenu au sommet, Barak ne pouvait que constater l'ampleur des dégâts.

— Tu vois quelque chose, p'tit ? demanda la voix lointaine de Tatie Mécanic.

Le professeur de survie se persuadait de ne pas regarder en bas. Il essaya de se ressaisir et repensa aux conseils d'Ursus Horn lorsque celui-ci traquait une proie. Il analysa l'ouverture dans la roche à la recherche d'un détail et nota une marque rougeâtre.

« Du sang ! s'exclama-t-il intérieurement alors qu'un frisson à la fois excitant et terrifiant le malmenait. Comme Ursus Horn quand il pistait les béhémoths intelligents ! *Chroniques VII*, page 127, paragraphe 2 ! »

Puis, il observa un impact qui tordait l'artère au même niveau, du côté opposé. L'animal avait dû se heurter au câble et se blesser sur la paroi alors qu'il forçait le passage. Il se dotait, sans nul doute, d'une belle corpulence. Pourtant, Barak ne décela aucune trace de poils, d'écailles ou de griffures ; aucun signe de bête sauvage.

Barak commença à descendre quand quelque chose lui chatouilla les narines. Il crut à une toile d'araignée dont il tenta de se défaire dans un grognement de dégoût. Puis il s'aperçut qu'il luttait en réalité contre de longs fils coincés dans la pierre ; c'était des cheveux, roux et ondulés.

Barak rejoignit Tatie Mécanic en catastrophe, cette dernière peinant à maintenir l'échelle sous la précipitation du grand gaillard.

— Alors, p'tit ? Tu as identifié l'animal qui a fait ça ?

— Ce n'est pas un animal... glissa Barak entre deux souffles. Je pense qu'il s'agit d'un homme ! J'ai trouvé des cheveux !

— Un homme ? Un homme aurait causé de tels dégâts ? Si je m'attendais ! s'exclama la mécanicienne. J'ai vérifié et rien n'a été volé... Ce serait un saboteur ? Si c'est le cas, je vais demander de renforcer la surveillance.

— Fantastique. On peut y aller maintenant ? urgea Barak.

— Une minute, p'tit, je dois juste changer une cellule de stockage, celle-ci est pleine.

Tatie Mécanic tapota le tableau de contrôle du Cœur et en retira un cylindre noir. Une fenêtre sur la coque de l'objet diffusait la même lumière turquoise que celle du hublot de la machine. La mécanicienne alla le mettre dans une caisse parmi d'autres cellules chargées. Elle en attrapa une vide et l'inséra dans le Cœur.

— Ce n'est pas le moment pour un saboteur, dit-elle. Une livraison de Cristaux doit arriver demain pour permettre l'irrigation de la nouvelle plate-forme de la ville.

Tatie Mécanic rejoignit Barak, tout heureux de quitter les lieux. Ce dernier se retourna vers la sortie. Mais Barak ne vit pas les portes métalliques comme il s'y attendait. À la place, le reflet de grandes lunettes rondes aux verres teintés ainsi qu'un sourire aussi large que dément se tenaient juste sous son nez. Le professeur de survie hurla de terreur face à l'énorme silhouette de l'individu.

— *Kälsu*… marmonna l'homme en ricanant.

Une terrible explosion se produisit à l'intérieur de la salle. Il était 11 h 43.

SAYA

Lorsque Saya Ardeïs fut convoquée dans le bureau de Mme la directrice, elle ne se posa aucune question. Seule une excitation irrépressible l'envahit et la jeune fille bouillonnait à présent d'impatience. Cela faisait des années que Saya avait quitté l'école primaire. Elle avait depuis eu affaire à un autre directeur, mais gardait un souvenir ému de Mme la directrice, qu'elle continuerait à appeler ainsi le reste de sa vie. Au matin du 3 septembre, elle revenait pour la première fois dans cet établissement depuis son départ.

À la fin de l'enseignement secondaire, Saya avait formulé une demande pour devenir professeur à l'école de son enfance. Bonne élève, elle ne s'inquiétait pas de la réponse qu'elle recevrait. Elle avait surtout hâte de l'entendre de la bouche de Mme la directrice. La seule appréhension qui subsistait concernait la candidature de Yorah, le meilleur ami de Saya. Ce dernier avait exprimé le même souhait qu'elle, mais sa déplorable assiduité en classe compromettait ses chances de succès. Et puis, il avait cet autre problème.

Avec Saya, rien ne devait traîner, au sens que rien ne devait être remis à plus tard. Quoique si une chose traînait, physiquement parlant, il valait mieux la ranger. Saya avait cette faculté à s'enthousiasmer pour tout, qu'il s'agisse d'organiser une activité ou d'ordonner le placard à manger. Comme d'habitude, elle s'éveilla pleine de motivation et noua un foulard par-dessus ses longs cheveux blonds, un rituel qui marquait le début d'une journée bien remplie.

Chaussée de ses tongs, Saya passa le pas de sa porte vêtue d'une jupe et d'un débardeur. Un bracelet de perles de bois épousait son poignet droit et deux anneaux dorés cerclaient sa cheville opposée. Yeux grands ouverts, tout ouïe et tout sourire, Saya parcourut les rues d'Artéria, bien animée en ce début de matinée. Elle salua de la main les gens qu'elle connaissait, mais ne prit pas le temps de s'arrêter. Lorsqu'elle vit le bâtiment de l'école primaire et traversa son ancien terrain de jeux, la nostalgie l'envahit. Une fois dans l'établissement, chaque couloir, chaque poteau et chaque portemanteau lui rappelaient une foule de souvenirs, sans parler des voix familières des professeurs qui faisaient écho au travers des portes.

Elle arriva devant le bureau de Mme la directrice et entra après avoir frappé. Les retrouvailles, sympathiques, restèrent collégiales. Après tout, les deux femmes travailleraient bientôt ensemble. Mme la directrice expliqua à Saya comment se déroulerait sa formation. Bien entendu, Saya le savait déjà, mais elle n'osa pas l'interrompre. La première année, elle assisterait les enseignants ainsi que les autres employés pour avoir un aperçu des différents postes. Ce serait lors de la deuxième année qu'elle choisirait sa voie.

À Terre sous Lunes, les Cristaux, en plus de leurs capacités extraordinaires, servaient de monnaie. Mais Artéria avait choisi de ne pas les utiliser à cet effet au sein de la ville, car le Cœur en consommait déjà beaucoup. Artéria en échangeait par le commerce extérieur contre des produits de pêche et divers matériaux. Les Cristaux récoltés alimentaient le Cœur et le reste était redistribué de manière équitable entre tous les Artériens pour leurs dépenses en dehors de la cité. Les habitants se voyaient offrir un logement, de la nourriture et tout ce dont ils avaient besoin au quotidien. En retour, ils devaient tenir un rôle à Artéria et participaient ainsi à sa pérennité. Cela demandait à chaque citadin un minimum d'implication et d'honnêteté, mais les Artériens s'en sortaient bien. Ils formaient une grande famille. Non pas qu'il n'y avait jamais de rixes ou de différends internes, mais cela ne faisait que rajouter de l'animation et s'avérait bon enfant. Chacun se réjouissait de cette tranquillité et se satisfaisait de rester à l'écart des problèmes extérieurs. Saya, comme tous, n'aurait vécu ailleurs pour rien au monde. La situation de Yorah l'attristait d'autant plus.

— D'autres questions ? s'enquit Mme la directrice.

— En fait... je me demandais... pour Yorah... répondit Saya, un peu gênée.

— Ah oui, justement. Je devais m'entretenir avec lui, mais il ne s'est pas présenté. Je sais que vous êtes amis, tu as peut-être une idée de la raison de son absence ?

« QUOI ? IL N'EST PAS VENU ? fulmina intérieurement Saya. »

Yorah avait même réussi à oublier ce rendez-vous si important. Saya dissimula sa colère du mieux qu'elle put. Elle allait encore devoir lui sauver la mise.

— Euh... Il ne se sentait pas bien hier... C'est peut-être ça...

dit-elle.

Elle avait été contrainte de mentir dès son premier jour à cause de lui ; il allait l'entendre. Mme la directrice paraissait ennuyée.

— Pour être honnête, je doute que ce poste soit une bonne idée pour Yorah. Je le connais, dans le fond, ce n'est pas un méchant garçon... Mais il lui arrivait de se battre avec ses camarades à l'époque. Certains parents risquent de voir sa présence d'un mauvais œil. Et puis, tu sais ce qu'on raconte à propos de sa lumière volante...

— C'est un ayam ! Je vous assure qu'il n'y a rien à craindre de lui ! Je vous en prie, ce n'est pas juste qu'une créature aussi inoffensive qu'Aube gâche la vie de Yorah !

— Aube ?

— Oui, c'est comme ça qu'il l'a appelée, sourit Saya. Il n'a pas choisi de l'attirer, Aube le suit depuis toujours ! S'il vous plaît, donnez-lui sa chance ! Yorah ne causera aucun problème, j'y veillerai !

Mme la directrice se gratta la tête.

— Je vois, reprit-elle. Bon, pourquoi ne pas essayer. Mais au moindre incident, je me verrais dans l'obligation de mettre fin à son apprentissage. Il peut s'estimer heureux d'avoir une amie comme toi.

Un énorme sourire fendit le visage de Saya.

— Vous associer me paraît la meilleure solution, cela rassurerait tout le monde, qu'en dis-tu ? proposa Mme la directrice.

— C'est parfait !

Quel bonheur, non seulement l'école les acceptait tous les deux, mais ils suivaient leur formation ensemble. Mme la directrice approuva.

— Bien, je n'ai plus qu'à remplir ces formulaires et tout sera en ordre. On se voit donc dans deux jours !

— D'accord ! J'ai hâte d'y être !

— M. Cassepanard doit attendre dehors, tu peux lui dire de

venir.

Saya sortit et aperçut Barak qui faisait les cent pas dans le couloir. Elle l'avait eu comme professeur à l'époque, avec Yorah, et le côtoyait par le biais de Stek et Tuna. Elle le considérait comme un vieux garçon rigide, mais pas si méchant que ça.

— Bonjour, Barak ! Tu peux entrer ! dit-elle en souriant.

— ... 'Jour, marmonna-t-il en la regardant d'un air très suspicieux.

Intriguée, Saya continua cependant son chemin. Elle ne pensait qu'à annoncer à Yorah la bonne nouvelle, et à lui passer un savon. Désirs qui seraient bientôt satisfaits ; les deux amis devaient se retrouver sur la place Liber Rixetout, dans une heure, pour déjeuner. Celle-ci se trouvait sur l'une des deux grandes plates-formes inférieures. Pas pressée, Saya flâna dans les rues et descendit les passerelles et les étages de la cité qui la séparaient du point de rendez-vous. Quand elle arriva à destination, elle s'amusa des pigeons qui roucoulaient aux abords de la fontaine de l'Horloge. Les volatiles espéraient un geste des Artériens attablés aux nombreuses terrasses des bistros et auberges. Les lieux étaient bondés et Saya cherchait un endroit où s'installer. Non loin d'un des gigantesques pylônes qui soutenait l'une des artères du Cœur, une grosse voix l'interpella.

— Youhou ! Saya !

Assis au café *La Bonne Biture*, deux gaillards lui faisaient signe, une pinte de bière à la main. Le premier, Stek Mastik, boucher d'Artéria, bien bâti et le teint hâlé, se baladait toujours torse nu, fier d'exposer sa musculature. Les seuls cheveux qu'il lui restait formaient une toute petite mèche sur le devant. Coiffée avec minutie, elle peinait à faire oublier l'imposante banane que Stek arborait dans sa jeunesse. Le boucher ne perdait jamais une occasion d'en montrer les vieilles photographies. Il avait donc laissé pousser une moustache plantureuse, tout aussi bien peignée.

À ses côtés se tenait Tuna Mâchouille, le poissonnier. Comme à son habitude, ce dernier profitait de sa pause déjeuner pour lire son journal. Plus petit que Stek, l'homme n'en demeurait pas moins massif. Son tablier se tiraillait autour de sa bedaine et ses jambes courtes donnaient l'impression que l'individu était plus épais que grand. Tuna avait des yeux tout ronds et plus un poil sur le caillou, ce que Stek ne manquait pas de lui rappeler en passant la main dans sa mèche. Amis d'enfance de Barak, ils formaient depuis un drôle de trio.

— Salut, Stek ! Salut, Tuna ! répondit Saya.

— Tu cherches un endroit pour manger ? Viens avec nous ! proposa Stek.

— D'accord, accepta volontiers la jeune fille. Yorah doit me rejoindre.

— Parfait ! s'exclama Tuna qui attrapa deux chaises.

— Qu'est-ce que tu prends à boire ? lui demanda Stek.

— Euh... une limonade, c'est bien.

— HÉ ! BIBULE ! UNE LIMO POUR LA DEMOISELLE S.T.P. ! hurla Stek au serveur, qui lui apporta dans la foulée.

— Euh... merci, dit Saya un peu gênée.

— ALLEZ, SANTÉ ! entonnèrent les deux lurons en trinquant leurs énormes chopes contre le verre de Saya, dans un fracas qui renversa le tiers des boissons.

— San... té... balbutia Saya.

Stek et Tuna engloutirent un autre tiers de leurs bibines à coups de déglutitions animales. Ils poussèrent un soupir de satisfaction et abattirent leurs pintes sur la table.

— Alors, vous nous faites quand des bébés avec Yorah ? lança Tuna comme si de rien n'était.

— NON MAIS C'EST QUOI CETTE QUESTION ? explosa Saya.

— T'avais raison, Tuna. Elle s'énerve, ça veut tout dire, glissa Stek à son compère.

— J'te l'avais dit, répondit Tuna en se plongeant dans son journal détrempé.

— JE M'ÉNERVE PAS !

— Ha ! ha ! mais on rigole, s'esclaffa Stek. Pas la peine de devenir toute rouge !

— J'suis pas toute rouge ! grogna Saya, toute rouge.

— Bon, et il arrive quand le bourreau des cœurs ? s'enquit Stek.

Saya regarda l'horloge de la fontaine ; les aiguilles indiquaient 11 h 41.

— Il ne devrait plus tarder, dit-elle.

— Quoi de neuf, sinon ? demanda le boucher.

— Je sors de l'école primaire. Moi et Yorah allons y faire notre apprentissage.

— Ah ! c'est chouette !

— Oui, je suis contente. Ça s'est joué à peu de chose pour Yorah, mais ça va.

— Je me doute. C'est dur d'avoir la vie gâchée par des superstitions...

— Bah ça ! s'écria alors Tuna qui faisait de grands yeux à la lecture d'un article.

— Qu'est-ce qu'il t'arrive ? s'intrigua son compère.

— Plusieurs personnes ont mystérieusement disparu à Pétra, la nuit dernière !

— Comment ça ?

— Sept habitants se sont volatilisés pendant leur sommeil. Et il ne s'agit pas d'une même famille.

— Qu'est-ce que c'est que cette histoire !

— Pétra... C'est une ville Sans-Pouvoirs pas loin d'ici, non ? dit Saya.

— Oui, répondit Tuna. J'espère que Desver va bien...

— Ah ! c'est vrai, tu as un ami là-bas, se remémora Stek. C'est lequel déjà ?

— Celui que tu trouves bizarre, dit Tuna.

— Celui qui parle à sa main ?

— Non, l'autre.

— Celui qui bave ?

— Non plus.

— Ah ! celui qui mange les vers de te...

— Non ! Tu le fais exprès ou quoi ? s'énerva Tuna.

Un vacarme assourdissant, qui résonna dans toute la ville, interrompit les débats. Les tables bondirent. Les verres se brisèrent sur le sol. Saya s'agrippa d'effroi à sa chaise. Stek et Tuna manquèrent de s'étouffer avec leurs bières. La panique et l'incompréhension se propagèrent à travers la place.

— QUE SE PASSE-T-IL ? lança-t-elle à Stek et Tuna, aussi surpris qu'elle.

— Regardez ! s'écria Tuna qui pointait le ciel du doigt. De la fumée !

— C'est... C'est le Cœur ! hurla Stek en se levant.

— Il y a eu une explosion ! s'époumona un passant.

Soudain, l'une des artères se sectionna au niveau de l'îlot ; elle n'avait pu résister au choc. Elle chuta de tout son poids dans le vide. L'un des immenses pylônes qui la soutenait, posté au bord de la plate-forme, ne put supporter la charge et céda à son tour. L'énorme câble se tendit au-dessus des trois amis et scalpa plusieurs toitures. Un effroyable grincement déchira les lieux dans le dos de Saya. Celle-ci tourna la tête. Les râles de souffrance du pylône situé non loin de *La Bonne Biture* lui glacèrent le sang. La colonne se brisa à sa base et bascula. Son ombre dévora, dans le fracas et les cris, le café et ses alentours.

YORAH

Yorah bondit de rocher en rocher. Un dernier saut éleva sa silhouette agile au-dessus de la pente descendante. Ses pieds, chaussés de simples tongs, atterrirent sans broncher sur le terrain friable. D'un dérapage maîtrisé, Yorah dompta la cavalcade traîtresse des cailloux et dévala les mètres jusqu'au filet d'un cours d'eau. Yorah l'enjamba sans peine et stoppa sa course sur le rebord plat et herbeux de la corniche, laissant seul un voile de poussière et de gravats se jeter dans le vide. Short rouge, casquette à l'envers vissée sur la tête, Yorah se redressa pour sentir la fraîcheur du vent du large s'engouffrer dans sa chemise ouverte.

— Elle ne devrait plus être loin, dit-il en parcourant des yeux la forêt qui s'étendait sous lui. Allez, Aube !

— Wish ! répondit la petite créature.

Comme un éclat de lumière blanche, Aube lévitait autour de Yorah avec douceur et abandonnait derrière elle une traînée diaphane. Cependant, elle ne lâchait pas le jeune garçon d'une semelle.

Yorah sauta sur la corniche inférieure et poursuivit sa descente. Il crapahutait dans un vieux cratère au relief très accidenté, où la faune et la flore avaient depuis repris leurs droits. Un incroyable nid, comme une demi-lune de près d'un kilomètre, qui creusait la falaise longeant l'océan. Au matin de ce 3 septembre, le soleil grimpait dans le ciel azur. Le parcours de Yorah le mena à une frêle cascade qui se déversait dans un lac en contrebas. Ce bassin s'entourait d'arbres de plus en plus nombreux, qui se regroupaient et se serraient en une vaste étendue de feuillages, quelques mètres en aval. Ils recouvraient le fond de la dépression naturelle et se succédaient jusqu'à la plage.

— Elle est quelque part dans les bois, dit Yorah. Encore un petit effort, Aube.

Yorah retira quelques vêtements et les fourra dans son sac à dos, contenant une gourde et le morceau de tissu qui avait emballé son repas léger de la veille. Il lança celui-ci au bord du lac et plongea dans l'eau claire. Une fois sorti, il se rhabilla, s'assura que son pendentif à tête-de-loup se trouvait autour de son cou, puis se mit en route. Ce médaillon représentait avec Aube les seuls vestiges de sa vie avant son adoption. Il lui était très précieux.

Le lac donnait naissance à un ruisseau qui s'écoulait vers la forêt. À présent aux abords d'une végétation luxuriante, Yorah entendit la nature s'éveiller, du gazouillis enjoué des oiseaux au chahut des feuillages.

Mais, bientôt, une à une, d'autres voix lui parvinrent. Des voix que seul Yorah pouvait percevoir.

Des sonorités germèrent aux quatre coins de son esprit, d'intensités diverses. Chacune d'entre elles révélait une présence, une vie. Chaque être vivant, animaux comme plantes, possédait sa propre Voix ; Yorah les appelait « les Voix des âmes » et pouvait ainsi ressentir les émotions de ceux qui l'entouraient. Les Voix se mêlaient en un chant harmonieux et joyeux, le Chœur de la nature. Yorah s'accorda un moment pour en apprécier les notes.

— Ça ne va pas être simple de la trouver au milieu de toutes ces Voix, songea-t-il.

Le cours d'eau serpentait entre les arbres. Yorah le suivit et parcourut le terrain accidenté. Il descendit avec habileté les empilements de rochers et zigzagua entre les fûts. Au-dessus de sa tête, les feuilles se doraient et jouaient avec la lumière naissante du soleil. Elles tapissaient les sous-bois d'une mosaïque d'ombres dansantes. Les buissons humides brillaient de la rosée que Yorah récoltait de ses doigts. Un écatchier, arbre qui semblait avoir un double tronc et au feuillage cuivré, proposait ses fruits. Yorah ne se fit pas prier pour en attraper et les déguster. D'aspect écailleux et rosé, ceux-ci s'avéraient sucrés et juteux. De nombreux animaux croisèrent la route du jeune garçon. Il s'amusa en particulier de la troupe de ratons piqueurs, avec leurs pelages bleutés et leurs queues rayées et touffues, qui sautaient dans les branches et essayaient de lui chiper sa casquette. Mais, à l'écoute de leurs Voix, Yorah anticipait leurs tentatives et ne se laissa pas surprendre. Puis, il fit profil bas sous l'œil méfiant d'un vigibou qui montait la garde et hululait d'un ton sévère.

Soudain, Yorah s'arrêta. Il tourna la tête, vers la gauche. Les rangées de buissons et les dédales supérieurs de branches entraînaient son regard vers les méandres inconnus de la forêt. Il demeura ainsi imperturbable au milieu de la végétation qui grouillait. Yorah ne pouvait plus, à présent, détourner les yeux. Quelque chose dans le Chœur de la nature, un peu plus loin dans cette direction, sonnait désuni. Une fausse note, un désaccord, une amertume, seule dans l'allégresse générale. Seule, mais persistante, obsédante pour Yorah, qui l'avait entendue depuis le sommet du cratère.

— C'est elle ! s'exclama-t-il.

Yorah ne pouvait dès lors ignorer cet appel à l'aide, qui ne cesserait pas tant qu'il n'y aurait pas répondu. Il se laissa guider au son de la Voix en peine.

Après un court chemin, Yorah identifia l'origine du trouble ; un arbre, au large tronc, au feuillage dense et vigoureux, en apparence sain. Yorah apposa une main sur son écorce. Il n'y avait pourtant aucun doute. Il examina le végétal, en réalisa le tour, et ne tarda pas à trouver la source de son mal. Des sphères métalliques, rouillées, se superposaient dans une brèche du fût, volontairement taillée au couteau. C'était des Orbes, inutilisables et abandonnés comme ornement sauvage.

— Quel est l'imbécile qui a fait ça ? pesta Yorah, d'autant plus révolté par le cri de douleur de la victime. Je sais, lui dit-il, courage, je vais t'en débarrasser.

Yorah délogea les indésirables et les mit dans son sac. Il constata, amer, la profondeur de la plaie, mais s'apaisa au ressenti d'un soulagement dans la Voix de l'arbre. Le temps ferait son affaire. Après un sourire en guise d'au revoir, Yorah rebroussa chemin.

— J'irai déposer ces vieux Orbes à Tatie Mécanic, songea-t-il, elle saura peut-être quoi en faire.

Yorah rejoignit le cours d'eau et s'arrêta. Son regard accompagna l'écoulement tranquille du ruisseau. S'il le suivait, Yorah sortirait de la vie de la forêt et déboucherait sur le vide de la plage. Là, une marche aisée dans le sable le mènerait à Artéria.

— Je préfère éviter le bord de mer... dit-il. *Elle* risque de se réveiller...

Yorah tourna les talons et décida de remonter le cratère, gagner le haut de la falaise et la longer en compagnie des arbres jusqu'à la Ville Poumon. Yorah connaissait l'endroit comme sa poche et ne tarda pas à atteindre un sentier qui le conduirait au sommet. Il se hâta sur ce parcours rocheux, où les Voix de la verdure, en retrait, se faisaient discrètes.

Une fois en haut, l'immensité paisible du ciel sur l'océan se dévoila à lui. Au nord, tels des diamants nichés dans la falaise, brillaient les plates-formes d'Artéria. Yorah leur jeta un regard las. Au moment où un trouble commençait à naître en lui, il s'éloigna du tracé vierge du rebord pour s'apaiser à l'écoute du Chœur symphonique des arbres, à quelques mètres dans les terres. C'est parmi eux qu'il remonterait la côte pour atteindre la ville. Après trente minutes de marche, Yorah parvint à un escalier taillé dans la roche qui rejoignait la plage et desservait les plates-formes d'Artéria. Yorah s'y engagea. Arrivé à l'étage où se trouvait sa maison, dans les hauteurs, il pénétra dans la cité, le pas et le cœur lourds.

La vie parut quitter les rues au passage du jeune garçon. Les habitants stoppèrent leurs activités et accueillirent Yorah d'une manière semblable à l'accoutumée ; un regard fuyant, parfois accompagné d'un rictus incommodé. Les Voix hostiles se bousculèrent dans l'esprit de l'adolescent en un bourdonnement acerbe. Ce fut dans un silence sinistre que Yorah gagna, enfin, le porche d'une demeure. Le voilage qui habillait une fenêtre ouverte ondulait sous le vent.

Yorah s'engouffra dans la maison et referma aussitôt la porte pour échapper aux Voix. L'entrée donnait sur la salle à manger. Une cuisine attenante investissait le fond de la pièce, ainsi qu'un escalier qui montait vers les chambres et un passage sur la droite vers le salon. Le sol, les murs et le mobilier étaient en bois. Une grande table rectangulaire était affublée de chaises et l'une d'entre elles ressemblait plus à un fauteuil. C'était celle du père de Yorah. Mais elle était trop basse et inconfortable. Elle arborait de somptueuses gravures à l'effigie des moutons. Ces animaux étaient d'ailleurs représentés par de nombreux objets dans la maison, aux côtés des photos de famille.

Dans la cuisine, Lénée Soltain s'occupait de la vaisselle. Ses longs cheveux bruns et ondulés, détachés, la gênaient lorsqu'elle frottait les assiettes avec conviction.

— Coucou, maman, annonça Yorah en fermant la porte.

— Bonjour, mon chéri ! Tu as passé une bonne nuit à la belle étoile ? demanda-t-elle alors que Yorah déposait un baiser sur sa joue.

— C'était super, vivement la prochaine ! répondit-il en s'asseyant, les yeux pleins d'étoiles.

Tout sourire, Yorah raconta son excursion et ses rencontres. Tout à coup, un volatile s'engouffra dans la pièce par la fenêtre. Telle une tornade, il fondit sur Yorah, qui tomba à la renverse pour l'éviter. Puis il frôla Lénée avant de s'encastrer, avec un cri étranglé, dans le mur où pendaient les casseroles au-dessus de l'évier. Un vacarme de métal et de vaisselles brisées retentit au milieu d'une explosion de plumes rouges et dorées.

— Mais quel imbécile, ce piaf ! rugit Yorah qui se relevait.

L'animal, sonné, balbutia quelques pas glissants et maladroits sur l'établi, alors que son gros bec crochu craquait des râles plaintifs. Il chuta sur le sol.

— Un perrocruche ! s'exclama Lénée. Sûrement des nouvelles de ton père.

— Ils portent bien leur nom... grommela Yorah.

— C'est vrai qu'ils peuvent se montrer un peu... brusques, mais ils savent mémoriser un court texte et, une fois dressés, reconnaître un lieu sur une photographie pour s'y rendre et y délivrer un message.

— Un jour, j'en ai vu un continuer à s'emplafonner dans une porte alors que la fenêtre était ouverte juste à côté...

— Eh bien celui-ci a trouvé la fenêtre, rétorqua Lénée.

Yorah leva le pouce.

Le perrocruche bondit sur la table et prit la parole d'une voix cassée et grinçante.

— *Tout va biiieeeenn ! Je rentre dans quelques jooouuuurrrrrs ! Yoraaah, n'oublie pas Mme Friiiiipe !*

— Ça fait deux jours que papa est parti, dit Yorah. C'est bien d'être chef, il a beaucoup de temps libre...

— Je te rappelle que ton père a beaucoup œuvré pour Artéria ces dernières années avec la création du Cœur, souligna Lénée qui ramassait les dégâts du perrocruche. Tu n'as pas l'air de te rendre compte de ce qu'il a réalisé. Il continue de gérer cela, mais c'est normal qu'il puisse se détendre avec ses bêtes, tu ne penses pas ?

— Si, si...

Yorah regarda l'horloge ; 10 h 36.

— Bon, je vais en ville et ce midi je mange avec Saya, dit-il.

— Une minute. Tu n'as rien oublié ?

— Non... grommela-t-il en sachant très bien ce que sa mère allait lui rappeler.

— *Yoraaah, n'oublie pas Mme Friiiiipe !* beugla le perrocruche.

— Tais-toi, toi !

— Ton père et le perrocruche ont raison. Tu dois t'en occuper aujourd'hui. Va chercher une nouvelle plaque de Cristaux pour sa toiture.

Yorah souffla de dépit.

— Et ne souffle pas ! C'est bien beau de courir sur les toits, mais si tu casses quelque chose, tu dois le réparer. Tu feras plus attention à l'avenir.

— Si je l'ai abîmé, c'est parce que Mme Fripe a fait exprès de verser de l'eau savonneuse dessus avant mon passage ! C'est à cause d'elle que je suis tombé ! Qu'elle aille se faire voir ! Je ne l'aiderai pas !

— Yorah ! Ce n'est pas avec ce genre d'attitude que tu arriveras à t'intégrer ! Même si Mme Fripe a agi de manière excessive, ce n'était pas la première fois qu'elle t'interdisait de courir sur son toit. Ce n'est pas négociable. Tu vas aller chez le couvreur immédiatement et cet après-midi tu iras réparer tes dégâts !

Yorah soupira. Mais s'il partait maintenant, il pourrait encore rejoindre Saya après s'être rendu chez l'artisan.

— D'accord...

Yorah prit son sac et vida son contenu sur la table.

— Imbécile ! lança-t-il au perrocruche alors qu'il s'éclipsait à l'étage.

— *Iiimbécile !* répéta celui-ci.

L'oiseau s'envola et quitta la maison par là où il était entré. Du fracas retentit de l'extérieur, entrecoupé par les grognements des habitants, les cris grinçants du perrocruche et d'« *Iiimbécile !* ». Yorah pénétra dans sa chambre, une pièce mansardée aux poutres apparentes. Il ouvrit la fenêtre et grimpa sur le toit. Son regard se perdit dans l'horizon par delà la ville et il inspira à plein poumon l'air du large. Il s'agaça après un dernier « *Yoraaah, n'oublie pas Mme Friiiiipe !* » qui résonna au loin, puis il choisit le trajet qu'il allait suivre pour rejoindre la boutique du couvreur.

— Allez, on y va, Aube !

Yorah fila à toute allure sur les sommets étroits des toitures. Il bondissait d'un pas léger de maison en maison et trouvait toujours une passerelle ou une planche pour traverser les rues. Il saluait au passage les enfants qui l'apercevaient avec un grand sourire, pendant que leurs parents le dévisageaient d'un air réprobateur.

Sur sa route, il crut reconnaître la silhouette imposante de Barak, qu'il considérait comme un petit-fils à grand-maman menteur, tyrannique, peureux, coincé... Bref, qu'il n'appréciait pas. Arrivé au bord de la plate-forme, Yorah s'élança dans le vide au-devant de la cascade. Le jeune garçon atterrit sur un câble mouillé, sur lequel il glissa à toute allure, et perfora, en extase, le voile de gouttelettes, vers un étage en contrebas de l'autre côté de la chute d'eau, dans un « Yahoooo ! »

euphorique.

Yorah profita d'un empilement de caisses pour regagner la voie piétonne et rejoignit la boutique du couvreur, un peu plus loin. À l'intérieur, plusieurs personnes attendaient. Une dame plaisantait avec l'artisan alors qu'il lui tendait son sac de commissions. Mais quand les Artériens s'aperçurent de la présence de Yorah et d'Aube, le silence se fit. Pour tous, sauf Yorah, car les Voix grondaient de plus belle dans l'espace étriqué du magasin. Cette atmosphère pesante persista jusqu'au tour du jeune garçon, qui arriva plus tôt que prévu, un client devant lui préférant sortir en toute hâte.

— Une plaque de Cristaux, s'il vous plaît, glissa Yorah qui leva à peine les yeux.

L'artisan inclina la tête en guise de réponse.

— Voilà, dit-il en lui tendant la plaque. File.

Yorah partit sans demander son reste. Sa plaque sous le bras, il se dirigea vers la place Liber Rixetout pour y retrouver Saya.

— Alors, l'illuminé ? Où vas-tu comme ça ?

Yorah reconnut Pica Kratton, un grand garçon aux cheveux bouclés et châtains, entouré de sa bande habituelle ; Sus Bellourd, brun, de forte corpulence et pas très intelligent, et Equus Beste, petit, blond aux dents de devant proéminentes. Yorah avait passé toute sa scolarité avec eux.

— Pas trop seul, l'illuminé ? poursuivit-il. Où est ta grande copine, Saya ?

— Tu n'aurais jamais dû nous prendre le dos, asséna Bellourd.

— On dit *tourner le dos*, Bellourd ! rectifia Kratton, agacé.

— Ouais, bon, il m'a compris !

— On t'aimait bien, tu sais, ajouta Beste de sa voix nasillarde. Tu étais marrant !

— Vous m'aimiez comme souffre-douleur, rétorqua Yorah.

— Comment vont les morts, aujourd'hui ? gloussa Kratton. Du nouveau dans l'autre monde ?

Des ricanements s'élevèrent de la troupe.

— Je ne discute pas avec les morts, je te l'ai déjà dit, répliqua Yorah. J'entends la Voix de l'âme des vivants.

— Uniquement des vivants ? Mais les vivants parlent ! Ça ne sert à rien !

— Je ne m'attends pas à ce que quelqu'un comme toi comprenne.

— Eh ! change de ton, l'illuminé ! Personne ne veut de toi ici. Si tu n'es pas chassé de la ville, c'est parce que tu es le fils de Nolas ! Et même pas son vrai fils, d'ailleurs ! Quand je pense qu'on t'a donné la chance de faire partie de notre bande ! Seuls les gens maudits attirent les ayams. Le malheur finira par s'abattre sur ceux qui restent à tes côtés. Au final, tu nous as rendu service en nous quittant !

Yorah encaissait, l'air grave. Kratton et Beste éclatèrent de rire. Bellourd avec un peu de retard. Puis, les trois garçons abandonnèrent Yorah. L'écho de leurs moqueries résonna derrière eux.

Aube se rapprocha de l'épaule de son ami.

— Wiiish... fit-elle.

— On était mieux au cratère, pas vrai, Aube ? soupira-t-il. Ne t'en fais pas... ce n'est rien si les Artériens ne m'aiment pas. Je ne les aime pas non plus, à part Saya et quelques autres.

Une énorme détonation, dans son dos, secoua alors le plancher de la rue. L'agitation gagna les passants.

— QU'EST-CE QUE C'ÉTAIT ? s'écria Yorah en se retournant.

Médusé, il constata un imposant nuage de fumée qui s'élevait au-dessus de la ville. Il se précipita vers le bord de la plate-forme et se fraya un chemin parmi l'attroupement. L'explosion avait eu lieu au Cœur. Une artère se rompit et des grands pylônes, dont celui de la place Liber Rixetout, cédèrent. Celui-ci fracassa dans sa chute plusieurs maisons.

— SAYA ! hurla Yorah devant l'horreur de la catastrophe.

Chapitre II

CEUX QUI PARTENT ET CEUX QUI RESTENT

Yorah se débarrassa de sa plaque et fit volte-face. Il bouscula les citadins amassés autour de lui et leur ordonna de libérer le passage. Avec rage, il s'extirpa de la foule et déboula dans la rue. Il slaloma, à la limite du déséquilibre, entre les passants.

« Pas Saya ! Pas Saya ! »

Seule cette pensée martelait son esprit. Yorah dévala à toute allure l'unique passerelle qui le séparait de la place Liber Rixetout, bondée et plongée dans un nuage de poussière. Il s'y engouffra et, au milieu des cris et de la fumée, se fraya un chemin parmi les Artériens qui portaient secours aux blessés.

— SAYA ! hurla Yorah en scrutant la place. SAYA !

Yorah se rapprochait de l'ombre massive du pylône. Et toujours pas de réponse. La terreur et l'inquiétude lui tordaient l'estomac. Les particules agressaient ses yeux et sa gorge. Les victimes se multipliaient, de plus en plus ensanglantées. Certaines déambulaient, hagardes. D'autres gisaient et les premiers venus tentaient de les ranimer. Impossible d'entendre l'âme de Saya dans cette pagaille de Voix. Yorah aboutit sur le lieu du drame. Il se décomposa devant l'étendue des dégâts.

L'énorme colonne s'était abattue sur deux restaurants, *La Bonne Biture* et *L'Artérien*, et avait pulvérisé leurs toits et leurs étages. Elle reposait à présent sur les restes des bâtiments qui risquaient de céder à tout moment. Sous cette menace, une quantité infinie de planches, de poutres et de Cristaux s'entassait sur le sol ; elle piégeait sans nul doute plusieurs personnes.

De nombreux Artériens s'activaient dans ce chaos et dégageaient les débris en toute hâte. Le temps pressait pour retrouver des survivants. Les volontaires s'encourageaient pour maintenir leur cadence. Parmi eux, Yorah reconnut une grande moustache familière.

— STEK ! s'écria-t-il en accourant vers lui.

Le boucher soulevait une poutre qu'il balança plus loin dans un rugissement plein de hargne. Il aperçut alors Yorah qui se précipitait vers lui.

— Yorah ! dit-il d'un ton soulagé. Heureux de voir que tu es sain et sauf.

— Et toi, ça va ? s'enquit le jeune garçon en observant une large plaie sur le crâne du moustachu.

— Ce n'est rien ! Il faut que je dégage les décombres !

— Stek, tu as vu Saya ? Nous avions rendez-vous ici !

Stek ne répondit pas. Il continuait à saisir les planches avec nervosité. Mais Yorah remarqua que sa mine s'était assombrie à la suite de sa demande.

— STEK, RÉPONDS-MOI !

Stek soupira de dépit et se tourna vers Yorah.

— Elle est quelque part là-dessous... Je suis désolé...

Une immense détresse défigura le visage de l'adolescent.

— J'ai pu sauter juste à temps, mais Saya et Tuna n'ont pas eu cette chance... ET JE N'ARRIVE PAS À ME REPÉRER DANS TOUT CE BAZAR ! JE NE SAIS PAS OÙ ILS SONT ! hurla Stek de rage alors que ses mains écorchées attrapaient de nouveaux débris.

Yorah retint ses larmes et se concentra sur la montagne de

poutres et de Cristaux. La Voix de Saya ne lui parvenait pas. Elle était trop faible... ou pire. Yorah se tourna vers Aube.

— Aube ! Cherche Saya ! Tuna ne devrait pas être loin non plus !

— Wish ! répondit le petit ayam qui alla survoler la surface des décombres.

Yorah et Stek ne quittèrent pas la créature des yeux, alertes et anxieux. Soudain, Aube dessina un cercle réduit, à quelques mètres d'eux.

— LÀ-BAS ! s'écria Yorah.

Mais au même moment, un craquement sinistre provint des bâtiments ; leur effondrement n'était plus qu'une question de minutes. Saya et Tuna seraient bientôt écrasés par le pylône.

— VITE ! s'égosilla Yorah en s'élançant vers Aube.

— Non ! dit Stek en le retenant par le bras. C'est trop dangereux, j'y vais. Toi, reste là !

— TU RÊVES ! fulmina Yorah en se débarrassant de la poigne de Stek.

Ce dernier émit un grognement d'embarras et se précipita à la poursuite du jeune garçon. Yorah commença à saisir et jeter les débris à toute allure, un regard inquiet lancé à l'énorme structure qui le menaçait au-dessus de sa tête. Stek ne tarda pas à le rejoindre et lui prêter main-forte.

— Vite ! Vite ! s'écria le boucher.

— Je sais ! Je sais ! rageait Yorah.

Les deux amis s'affairaient. Ils se coupaient sur les Cristaux et s'écorchaient sur le bois. Mais l'amas de matériaux ne semblait pas diminuer. Puis un autre craquement vint malmener l'ardeur de Yorah et Stek.

— ALLEZ ! ALLEZ ! urgea Stek en relevant la tête.

Yorah serrait les dents et maintenait son effort. Il attrapa une énième planche. Celle-ci révéla une main cerclée d'un bracelet qu'il connaissait bien.

— SAYA ! s'écria-t-il en se jetant dessus.

Un bref soulagement se lut sur le visage de Stek. Puis celui-ci se tourna vers les Artériens alentour.

— Hé ! vous autres ! Il y a une victime ici ! Aidez-nous !

Mais les hommes restèrent prostrés. Yorah les vit regarder avec inquiétude l'énorme structure, puis le dévisager.

— Tss... Ils pensent que leur sort est scellé s'il s'approche de moi... pesta Yorah.

Les yeux de Stek s'injectèrent de sang.

— Écoutez-moi bien, bande d'imbéciles ! Le seul malheur qui vous frappera si vous ne vous bougez pas, c'est mon poing ! ALORS MAGNEZ-VOUS !

Plusieurs finirent par se décider et accoururent, alors qu'un nouveau pan d'un bâtiment venait de s'effondrer sous le poids du pylône. À terre, Yorah serrait la main de son amie.

— Saya ! Saya, tu m'entends ?

Pas de réponse.

— Si tu m'entends, serre ma main, je t'en prie !

Pas de réaction. Les secondes paraissaient interminables. Mais dans le tumulte alentour, Yorah décela la caresse discrète de doigts faibles sur sa main. Le jeune garçon poussa un énorme soupir de soulagement et ses yeux s'embuèrent.

— Elle est vivante ! s'écria-t-il.

— Merveilleux ! lança Stek en dégageant une nouvelle poutre. Tuna doit se trouver par là !

— Je ne te lâche pas, Saya ! Je reste avec toi ! Tiens bon !

Trois personnes épaulaient à présent Stek et Yorah. Le groupe s'encourageait avec une ardeur guerrière. Les craquements menaçants se multipliaient. Enfin, le visage éteint et ensanglanté de la jeune fille apparut.

— Il y en a un autre ici ! appela soudain l'un des Artériens.

— TUNA ! s'exclamèrent Yorah et Stek à la vue de la bedaine du poissonnier.

Les bâtiments tombaient en ruines. Après d'âpres efforts, les Artériens parvinrent à extirper les deux victimes. Mais la colonne sombrait sur eux.

— PLUS VITE ! PLUS VITE ! hurla Stek.

Le boucher, aidé de deux hommes, porta Tuna. Un troisième s'occupa de Saya avec Yorah. Le groupe se hâta sur le terrain accidenté alors que le colosse de bois et de tôles grondait dans leur dos. Les Artériens trébuchèrent sur les planches, dérapèrent sur les Cristaux. Ils se jetèrent pour échapper au pylône, qui fit voler en éclats les décombres dans un terrible fracas. Un nouveau nuage de poussières et de débris engloutit la place.

Le calme revint peu à peu. Seules résonnaient les quintes de toux des Artériens qui s'étouffaient dans le voile opaque. Yorah se tenait immobile, face contre terre, avec Saya à ses côtés, qu'il avait protégée autant qu'il avait pu. Aube lévitait autour d'eux. Elle se posa sur la joue de son compagnon pour l'aider à reprendre connaissance. La gorge sèche et les yeux brûlants, Yorah peina à se redresser. L'homme qui avait porté Saya avec lui s'était déjà éloigné.

— Saya... dit Yorah d'une voix faible entre deux toussotements. Tu vas bien ?

La jeune fille, couverte de poussières, paraissait endormie. Peu après, elle se mit à tousser.

— J'ai... failli... attendre... souffla-t-elle.

Un sourire crispé déforma le visage de l'adolescent qui ne put retenir ses larmes.

— Désolé... je suis toujours en retard ! glissa-t-il entre deux sanglots.

Assis auprès d'elle, il la serra fort dans ses bras et savourait l'immense sentiment de délivrance qui l'envahissait.

— Oh ! Tuna !

C'était la voix de Stek. Yorah releva la tête. Il vit le corps du poissonnier, inanimé. Il gisait parmi les ruines scintillantes de Cristaux, entouré par quelques Artériens. Stek se tenait debout au-dessus de lui et l'empoignait par le col.

— Réveille-toi, gros balourd ! T'as pas intérêt à me faire ça ! lui somma-t-il en lui donnant une baffe qui aurait pu assommer un dinosaure.

Après quelques instants, Tuna émit, enfin, un grognement.

— ... Tu appelles ça... une baffe ? Attends un peu... que je me remette... maugréa-t-il.

Les deux vieux amis rirent de bon cœur. Yorah n'en revenait pas ; même Tuna s'en était sorti. Il crut à un miracle. Mais bientôt, des Voix torturées inondèrent son esprit. Puis ce furent de véritables cris qui vinrent déchirer la place et étouffer les rires de Stek et Tuna. Le souffle du large balayait la zone du sinistre et la fumée se dispersait. Yorah vit apparaître des corps inertes. Leurs proches effondrés les enlaçaient de toutes leurs forces ou pleuraient sur leurs dépouilles. D'autres se tenaient là, à genoux. Ils hurlaient de détresse, prostrés devant le pylône qui avait emporté ceux qui n'avaient pu s'échapper à temps des décombres. Yorah détourna les yeux. Il étreignit Saya de plus belle.

— Tu vois, qu'est-ce que je t'avais dit.

Quelqu'un était à côté de lui. Yorah releva la tête. C'était Kratton.

— Tout ça, c'est ta faute, continua-t-il. La malédiction te poursuit et tu la fais subir à nouveau à Artéria. Mais cette fois-ci, il y a des morts. Tu as vu ce que tu as fait ?

Les paroles de Kratton arrivèrent aux oreilles des Artériens alentour. Plusieurs accablèrent Yorah du regard. Les Voix grondèrent. Yorah serra le poing.

— Personne ne veut de toi ici !

Le cœur de Yorah se mit à palpiter. Son tambour s'emballa, lourd contre sa poitrine. Un frisson glaça l'échine de l'adolescent. *Elle* allait s'éveiller. *Elle* allait revenir.

— Regarde cette pauvre Saya qui te faisait confiance !

Un attroupement s'était formé. Tous écrasèrent Yorah de leur jugement. Yorah sentit le trouble monter en lui, bouillonner. Il saisit sa tête dans sa main, l'autre s'agrippant à l'épaule inerte de Saya, batailla pour réfréner ce qui allait exploser. En vain. Comme le vent s'engouffrant dans la brèche d'un rempart, le grondement d'un ressentiment abrupt envahit le jeune garçon et se réappropria un bastion qui avait tenté, un temps, de lui faire front. *La Voix* tant redoutée par Yorah vibrait de nouveau en lui ; celle de sa propre âme, meurtrie... et en colère.

— Regarde dans quel état elle est !

— TAIS-TOI ! hurla Yorah en se jetant sur Kratton.

Celui-ci tomba à terre. Yorah le roua de coups. Un feu irrépressible s'était emparé de lui, attisé par les cris de son âme. Yorah ne se contrôlait plus. Les larmes lui montèrent aux yeux alors que ses poings s'abattaient sur le visage de Kratton, incapable de riposter. Plusieurs Artériens accoururent pour les séparer.

— Non, Yorah, stop ! s'écria Stek en le saisissant. Arrête, bon sang !

Le boucher encaissa un coup de coude involontaire du jeune garçon, alors qu'il tenait bon pour ne pas le lâcher.

— Yorah ! Pense à Saya ! Elle a besoin de toi !

Les paroles du moustachu atteignirent Yorah. La rancœur de ce dernier s'apaisa. La fureur de sa Voix s'atténua. Il s'employa à la contenir tant bien que mal. Stek parvint à l'éloigner de Kratton. Celui-ci porta la main sur ses traits tuméfiés.

— Regardez ! lança Kratton en révélant le sang qui coulait sur ses doigts. Il est dangereux ! Et il ne changera jamais !

Il partit, furieux. Les Artériens, sombres, se dispersèrent. Abandonné, Yorah, au bord des larmes, frémissait encore de rage. Stek le prit entre quatre yeux.

— Cette petite vipère ne mérite pas que tu te mettes dans un tel état pour lui, dit-il en tâtant sa joue endolorie.

— Excuse-moi... Stek, balbutia Yorah.

Le boucher soupira et rejoignit Tuna. Yorah ravala son sanglot. Il retourna auprès de son amie.

L'après-midi, après avoir rassuré sa mère, Yorah se tenait au chevet de Saya à l'hôpital d'Artéria. Une agitation confuse enfiévrait les lieux. De nombreux blessés étaient alités dans une immense pièce, séparés par des rideaux. Le personnel se démenait au milieu des plaintes et des cris, courait et se bousculait dans l'allée centrale. Assis sur sa chaise, Yorah regardait la scène, médusé. Sans compter que le tumulte était accentué par la cacophonie des Voix dans son esprit. Cependant, cela avait le mérite de rendre la Voix de son âme moins audible. Stek, lui, après avoir déposé Tuna sur le lit d'en face, était retourné sur la place pour aider à déblayer et sortir les victimes des décombres.

Saya dormait. Elle récupérait d'un choc important à la tête, un imposant bandage autour du crâne. Des égratignures et des hématomes recouvraient son corps, mais elle n'avait rien de grave. Les médecins s'étaient montrés rassurants ; elle se remettrait totalement d'ici quelques jours. La convalescence de Tuna, quant à elle, durerait quelques semaines ; le poissonnier souffrait d'une jambe cassée. En temps normal, Yorah serait resté auprès de son amie autant qu'il l'aurait pu. Mais la voir dans cet état lui était, cette fois-ci, insupportable. Yorah sentit sa Voix gronder de nouveau. Il s'éclipsa.

Plus tard dans la journée, le soleil amorçait l'ultime phase de son périple. Il surplombait un océan tranquille. Une pâle lueur d'or charmait l'azur, où se fondaient des brumes de nuages qui naissaient de l'horizon. Yorah s'était rendu à « l'Arbre », comme lui et Saya l'appelaient simplement. Celui-ci, malgré sa taille imposante, avait poussé sur le flanc de la falaise et était accessible par l'une des hautes plates-formes d'Artéria. Suspendu au-dessus du vide, il offrait le meilleur point de vue de la ville. Repaire favori de Yorah et Saya, son feuillage épars s'assemblait en touffes aux extrémités de ses ramifications, colorées de fruits généreux jaune-orangé et aux pétales nacrés. Il était ainsi aisé de s'installer sur les branches les plus larges, en grande partie dénudées.

Droit devant lui, Yorah voyait le soleil se rapprocher de l'océan. Loin au sud, les faces imposantes de deux des trois lunes de la planète se poursuivaient autour de l'équateur. Le soleil paraissait minuscule à leur côté. Un spectacle commun à Terre sous Lunes, qui s'associait à de nombreuses éclipses. Sous les astres, Yorah apercevait un voile de ténèbres, comme un trait noir posé sur l'horizon. Au-devant persistait un point lumineux ; le Mont Mirage, le phare de Terre sous Lunes, un lieu mystérieux et empreint de légendes. Cette immense montagne, dont on disait être le centre du monde, rayonnait d'une lumière blanche visible des quatre coins du globe, de nuit comme de jour, par un ciel dégagé ou orageux. Elle symbolisait la limite avec la noirceur des Terres du Sud. Ce qui rendait ce lieu si mystique était son inaccessibilité ; personne n'avait jamais pu percer le secret de son ascension. La base du mont baignait dans une brume cotonneuse et, après plusieurs jours de traversée, les aventuriers réapparaissaient de l'autre côté, sans avoir pu poser le pied sur la montagne, qui trônait alors derrière eux.

Isolé dans son refuge feuillu, Yorah espérait s'apaiser à l'écoute du Chœur de la nature et échapper aux Voix des Artériens. Mais leur souvenir le harcelait. Il attisait depuis des heures la peine de son âme, dont la Voix grondait en un cri plus torturé que jamais. Yorah parcourait de ses doigts crispés son visage, son crâne et sa nuque. Il soupirait, se tordait, frappa l'écorce du poing, pour ensuite s'adosser au tronc, las. Le tourment ne le quitterait plus. Sa Voix hurla ainsi de souffrance, et déchirait la quiétude infinie de l'horizon. Yorah perdit son regard, harassé, dans le ciel. Les va-et-vient d'Aube parmi les branchages s'immiscèrent dans son champ de vision. Yorah se laissa envoûter quelques instants par leurs mouvements onduleux. Comment une créature aussi paisible pouvait-elle susciter de telles craintes ? Yorah maudissait les légendes aux origines obscures qui lui avaient imposé cette vie de misère. Et même si ces dernières étaient vraies, pourquoi Aube était-elle donc attirée par lui ? Portait-il réellement malheur ?

« Kratton a peut-être raison en fin de compte. Tout ce qui est arrivé, la mort des Artériens, Tuna et Saya... ça doit être de ma faute. »

Yorah regarda l'horizon.

« Peut-être que je devrais partir... Non... Le problème sera le même partout. Je suis condamné à vivre seul. »

Un peu plus tard, dans un ciel éteint, les nuages s'accumulaient au-dessus de la ville. Yorah se décida à rentrer chez lui. Là-bas, il apprit par Lénée que la totalité des victimes avait été extirpée des décombres ; seize Artériens avaient péri dans la catastrophe. Une cérémonie funéraire s'organisait le soir même en leur mémoire.

— Il faut vraiment qu'on y aille ? demanda Yorah, amer.

— Évidemment, voyons ! répondit sa mère. Non seulement pour rendre hommage aux disparus, mais aussi pour sauvegarder le cycle naturel de la planète. Les malheureux n'ont pas eu la chance de mourir en paix.

— Si j'y vais, ça va attiser les tensions. Ils me tiennent tous pour responsable de ce qui est arrivé.

— Ce n'est pas parce que quelques imbéciles pensent ça que tu dois te comporter comme eux. Tu dois montrer que cela te touche, c'est important pour t'intégrer.

— Je n'ai aucune envie de m'intégrer, ils me répugnent ! Surtout après ce qu'il s'est passé aujourd'hui.

Lénée soupira, accablée. Elle s'approcha de son fils et posa des mains tendres sur le visage de celui-ci.

— Ne dis pas des choses pareilles. Je sais que ça a dû être difficile et que ce n'est pas juste. Mais il serait judicieux de demander pardon à Kratton.

— Tu plaisantes ? Jamais de la vie !

— Ce qu'il a fait était mal, je suis d'accord avec toi, mais quoi qu'il ait pu dire, tu n'avais pas à céder à ses provocations. Tu devais être meilleur que lui et montrer que ça ne t'atteignait pas. Au lieu de ça, tu es tombé dans son piège, encore une fois. Tu dois cesser de te battre, ça ne résoudra rien. Si tu prouves ta valeur, les Artériens te révéleront plus facilement la leur.

Yorah n'en croyait pas ses oreilles.

— Hors de question de m'excuser. J'accepte d'aller à la cérémonie, mais c'est le maximum que je peux faire, lâcha Yorah en se dirigeant vers la porte d'entrée.

Yorah et Lénée prirent le chemin de la Place du Cœur, où se déroulerait la célébration. Située au-dessus du lieu de l'explosion, la plate-forme avait résisté au choc, tout comme l'arbre de cristal, fier et solide malgré l'adversité. L'îlot avait tenu, mais il se racontait que la salle du Cœur se trouvait dans un état désastreux.

Ce serait la première fois que Yorah assisterait à une telle cérémonie. La nuit venait de tomber et les nuages se faisaient de plus en plus menaçants. Quand Yorah et Lénée arrivèrent, un nombre impressionnant de citadins s'était rassemblé autour du symbole de la ville, alors que le monde continuait d'affluer. Sous les yeux ébahis de Yorah, ceux qui ne pouvaient accéder à la place se massaient sur les passerelles et sur les plates-formes supérieures. Dans la foule silencieuse, qui veilla à ne pas approcher Aube, Yorah dut faire face, comme il s'y attendait, à des regards noirs, des messes basses et des Voix acides. Il tenta de les ignorer et observa devant lui une large estrade où reposaient les victimes, drapées dans les étoffes funéraires, à visages découverts. Derrière elles, un immense feu à la teinte bleutée crépitait dans une gigantesque vasque. De nombreuses torches disposées tout autour de la place s'animaient de la même lumière. Un doux parfum régnait dans l'air. Il enrobait l'endroit d'une odeur caramélisée, dont Yorah s'enivra. La pluie se mit à tomber. Ce serait sous une averse diluvienne que la cérémonie se déroulerait. Ces changements climatiques radicaux étaient un phénomène commun à Terre sous Lunes ; une conséquence de la surcharge en Onorie de l'atmosphère. Les senteurs, associées à la fraîcheur et à la berceuse des gouttes qui s'abattaient dru, aidèrent Yorah à contenir son âme.

— Le feu ne va pas tenir... soupira-t-il.

— Ne t'inquiète pas pour ça, le rassura Lénée. Des lapis ont été jetés dans les flammes. Ces pierres aux propriétés fantastiques parent le brasier qui s'en nourrit de cette teinte bleutée et lui enlèvent son caractère destructeur. Il ne conserve qu'une chaleur enveloppante. De plus, l'eau ne peut en aucun cas l'éteindre ; il brûlera jusqu'à la consumation des précieuses gemmes. L'odeur que tu sens est aussi de leur fait ; elle a la capacité d'attirer une créature sacrée, le Phénix.

— Le Phénix ?

— C'est un être immortel qui va accompagner les disparus dans leur ultime voyage.

Soudain, Yorah entendit une Voix grandir dans son esprit, d'une nature et d'une intensité qu'il n'avait jamais ressenties auparavant. Yorah fut le premier à lever les yeux vers le nord. Un cri majestueux ne tarda pas à faire écho dans le ciel. Devant le regard émerveillé de Yorah, un immense oiseau au plumage bleu et aux reflets d'or perça les nuages et illumina les ténèbres. La créature se déplaçait avec grâce, ces ailes caressant l'air d'un rythme lent et régulier. Le temps et les éléments ne semblaient pas avoir d'emprise sur elle. Elle paraissait venir d'un autre monde, pour honorer de sa présence, un unique instant, la Terre des Hommes. Le Phénix descendit vers la ville et, dans une véritable tempête de gouttes et de plumes, se posa sur l'estrade, au-devant de la grande flamme.

Le feu crépitait sous la pluie battante. L'eau ruisselait sur les faciès sombres et détrempait les sols et les vêtements. La foule demeurait imperturbable, forte et silencieuse dans la douleur. Un profond respect pour son hôte extraordinaire se ressentait. Le Phénix porta son attention sur les défunts. Il s'abaissa et amena une tête délicate contre le visage d'une victime. Une légère lumière émana de celle-ci et fut absorbée par l'animal sacré, dont l'éclat des plumes s'intensifia un bref instant.

— Que fait-il ? demanda Yorah, subjugué.

Lénée, le regard mélancolique et attendri par l'œuvre de la créature divine, répondit d'une voix douce :

60

— Il capte l'Onorie de ceux qui nous ont quittés.

— Il reste de l'énergie dans le corps après la mort ?

— L'Onorie est la source de tout, poursuivit Lénée alors que le Phénix caressait de sa joue une deuxième victime. C'est une énergie universelle, qui anime les êtres vivants, mais aussi les éléments, les phénomènes physiques ou chimiques, et même les sentiments et les sensations. Tout est constitué de cette énergie.

Yorah écoutait avec attention et ne détachait pas son regard du grand oiseau.

— Chez les êtres vivants, l'Onorie permet d'unir l'âme au corps. Lors d'une mort naturelle, l'âme rejoint l'autre monde et l'Onorie et le corps retournent à la planète, ce qui est fondamental pour l'équilibre de Terre sous Lunes. Mais dans le cas d'un décès accidentel, l'âme et l'Onorie sont tourmentées et ne peuvent accomplir leur destinée. L'âme erre dans le monde des vivants, alors que l'Onorie du défunt s'ajoute au surplus néfaste pour l'environnement. Le Phénix capte donc l'Onorie troublée. Et c'est grâce à elle qu'il peut renaître de ses cendres, éternellement.

L'animal sacré s'abaissait vers la dernière victime. Son office achevé, il se redressa, déploya ses ailes et poussa un nouveau cri. La grande flamme bleue s'intensifia et, devant les pleurs des familles brisées par la catastrophe, le Phénix prit son envol. Yorah, comme tous les Artériens, l'observa s'éloigner. La créature disparut dans les nuages noirs.

— Maman... demanda-t-il. Et les âmes tourmentées, elles n'ont aucun moyen de rejoindre l'autre monde ?

— Certaines y parviennent peut-être, une fois apaisées... soupira Lénée. Quant aux autres, je veux croire qu'elles restent pour veiller sur ceux qui leur sont chers. Qu'en penses-tu ?

Yorah regarda sa mère et approuva d'un sourire. Malgré le départ du Phénix, les Artériens demeuraient unis dans leur peine. La pluie n'y ferait rien, ils siégeraient là autant de temps qu'ils le jugeraient nécessaire.

« Mais pour lui ? songeait Yorah. Combien seraient restés si ça avait été lui sur l'estrade ? Combien seraient même venus ? »

Chapitre III

RÉVOLTE

Une nuit longue et solitaire attendit Yorah le soir même. Son âme grondait et l'empêchait de trouver le sommeil. Aux premières lueurs du jour, Yorah hésitait toujours à se rendre à l'hôpital, persuadé qu'il y provoquerait une nouvelle catastrophe. Il finit par se décider peu avant midi ; le temps de prendre des nouvelles de Saya et il repartirait aussitôt.

Un peu plus tard, Yorah franchit les portes de l'hôpital. Dans la grande salle où s'alignaient les lits, l'agitation de la veille s'était dissipée. Seul le bourdonnement d'une rumeur persistait. Yorah s'avança dans l'allée, entre les rangées de convalescents, et arriva au niveau du lit de Saya. Il glissa un œil dans l'ouverture du rideau et s'aperçut que son amie était éveillée.

— Ah ! te voilà ! grommela-t-elle. Où étais-tu passé ?

— Excuse-moi... J'avais des choses à faire... sourit maladroitement Yorah. Comment tu te sens ?

— Un peu mal à la tête, mais ça va.

— Tant mieux.

— Moi je me porte à merveille, au cas où ça t'intéresserait, lança Tuna qui relevait les yeux de son journal.

— Pardon Tuna ! dit Yorah, embarrassé. Heureux de voir que tu t'es remis !

— Mais non, je te charrie ! Faites pas attention à moi, les jeunes. Je vous laisse à vos... petites affaires ! s'amusa-t-il avec un sourire malicieux.

Un peu gêné, Yorah se tourna vers Saya.

— Tu pourras bientôt rentrer chez toi ?

— Les médecins souhaitent me garder cette nuit, mais je devrais sortir demain. Je suis contente !

— Bonne nouvelle.

Il y eut un silence. Yorah se mordit la lèvre.

— Bon, je voulais m'assurer que tu allais bien, je te laisse te reposer, dit-il.

— Quoi ? Tu plaisantes, j'espère ! gronda Saya.

— Il vaut mieux... On ne sait jamais...

— On ne sait jamais quoi ?

Devant l'insistance de Saya, Yorah n'eut d'autre choix que de s'expliquer.

— C'est peut-être à cause de moi que... tu es à l'hôpital...

— Qu'est-ce que c'est que ces salades ?

— Je crois que je porte vraiment malheur.

— N'importe quoi !

— Kratton m'avait mis en garde. Il m'avait prévenu que ça finirait par retomber sur mes proches. En plus, le mauvais sort s'est abattu sur Artéria plusieurs fois. Ce n'est pas pour rien que tout le monde redoute les ayams...

— Kratton est surtout un imbécile ! Le pire fléau de Terre sous Lunes ce n'est pas l'excès d'Onorie ; ce sont les superstitions et la peur de la différence ! Une couleur de cheveux, une habitude jugée étrange... tout aujourd'hui sert de motif de rejet ! Et des gens comme Kratton contribuent à la propagation de ce genre de croyances ! Tu n'es pas responsable de ce qui est arrivé. Tu sais ce que tu as accompli hier ? Tu m'as sauvé la vie ! Je t'en serai toujours reconnaissante. Et Kratton ne se serait jamais précipité sous le pylône comme tu l'as fait !

Elle s'arrêta un instant pour se calmer. Puis, elle parut chercher ses mots.

— Ça l'a réveillée, n'est-ce pas, les paroles de Kratton ? dit-elle.

Yorah baissa les yeux. Son visage s'assombrit.

— Tu as entendu... murmura-t-il.

— Vaguement... admit-elle. Tu criais... Tu avais l'air en colère... C'était la Voix de ton âme, pas vrai ?

Yorah hocha la tête.

— Comme à chaque fois, déplora-t-il. Quand les Voix sont peu nombreuses autour de moi, ou très hostiles, mon âme devient incontrôlable.

Saya l'écoutait avec empathie. Yorah perdait son regard dans le vague.

— Communier avec la nature, c'est génial... continua-t-il. Mais entendre les Voix des autres, et surtout la mienne, en permanence, c'est insupportable. La contrepartie est trop dure.

Saya attrapa la main de Yorah.

— Raison de plus pour rester avec moi ! ordonna-t-elle. Je vais chasser tes idées noires... et je me suis assez ennuyée !

Yorah sourit.

— D'accord. Merci, Saya.

— Oooooh... Ils sont pas trop mignons ? minauda Tuna.

Les deux adolescents parlèrent et plaisantèrent des heures durant, comme si rien ne s'était passé. Tuna s'était endormi. Saya confia à Yorah que l'école primaire les avait acceptés en apprentissage. Le rappel de cette obligation frappa Yorah comme un coup de massue. Ce dernier avait choisi cette voie par défaut, poussé par Saya. Son manque d'entrain déclencha les foudres de la jeune fille, convaincue que c'était une bonne chose pour lui. Yorah se résolut à cette idée ; au moins, il accomplirait cette tâche avec son amie. Une grosse voix résonna alors dans la salle.

— C'EST UN SCANDALE !

Yorah et Saya reconnurent sans difficulté le timbre chatoyant de Barak. Yorah se leva. Il aperçut, dans le fond de la pièce, le professeur de survie, particulièrement remonté, en train de sermonner un docteur dans l'allée centrale.

— Je vous signale que je me trouvais au Cœur lors de la catastrophe ! J'ai échappé de justesse à la mort et vous osez me mettre dehors ? grogna-t-il.

« Au Cœur ? pensa Yorah. Qu'est-ce qu'il faisait là-bas ? »

— Tu t'es évanoui en voyant l'intrus, p'tit... dit une voix derrière un rideau.

« Cette voix, c'était celle de Tatie Mécanic ! Mais... elle venait de parler d'un intrus ? »

— Je ne me suis pas évanoui, j'ai trébuché ! contesta Barak.

— Mais oui, bien sûr... soupira la mécanicienne. Toujours est-il que tu ne t'es rendu compte de rien et que tu n'es pas blessé...

— Pas blessé ? Et ça, c'est quoi ? rétorqua Barak qui pointa du doigt un petit pansement sur son bras.

— Vous n'avez qu'une égratignure, indiqua le médecin, et nous vous avons déjà gardé en observation la nuit dernière. Il est temps de rentrer chez vous.

— Pff ! aucun respect pour les héros de guerre ! ronchonna Barak en se dirigeant vers la sortie, sans apercevoir Yorah qui s'était caché pour éviter de lui parler.

— C'EST UN SCANDALE ! tonna-t-il une ultime fois avant de claquer la porte.

Le bruit réveilla Tuna.

— Qu'est-ce que c'était ? balbutia-t-il.

— Rien d'important, soupira Yorah, bien content que Barak soit parti sans le voir. Je vais discuter un peu avec Tatie Mécanic.

Yorah rejoignit la petite femme costaude, assise dans son lit. Quelques bandages recouvraient ses bras. Elle avait sa pipe à la bouche, ce qui était signe qu'elle se portait bien, même si elle ne la fumait pas dans l'hôpital.

— Bonjour, Tatie Mécanic ! dit Yorah.

— Ah ! bonjour, p'tit ! Tu as l'air d'avoir échappé au pire, constata la mécanicienne en souriant.

— Oui, tout va bien. Je suis venu au chevet de Saya. Elle va s'en sortir, Tuna aussi.

— Bon, tant mieux.

— Et toi ? Tu étais au Cœur d'après ce que j'ai compris, avec Barak ?

— Oui, mais rien de grave, heureusement.

— Je t'ai entendu parler d'un intrus...

Tatie Mécanic mâchouilla sa pipe.

— Oui, confirma-t-elle. Cette explosion a été causée par un homme ; c'était un El.

— Un El ? s'exclama Yorah. Tu en es sûre ?

— Hélas, oui, certaine. Il a fait sauter le Cœur à l'aide d'un sortilège.

— Que s'est-il passé ? Pourquoi Barak était là ?

— Hier matin, j'ai remarqué qu'une artère était endommagée. Pensant que c'était l'œuvre d'un animal, j'ai fait appel à Barak pour l'identifier afin de le neutraliser. Mais Barak m'a affirmé que le responsable était un homme. Nous nous apprêtions à sortir quand l'El nous a barré la route. Il était énorme, plus grand que Barak et plus large que Tuna. Puis il a envoyé une boule d'énergie sur la machine avant de profiter de la confusion pour s'emparer de toutes nos cellules de réserve et fuir. Par chance, Barak et moi nous en sommes tirés sans trop d'égratignures.

— L'El serait resté dans la salle tout ce temps après son intrusion ?

— Oui. Je crois qu'il ignorait à quoi ressemblaient les cellules. Il devait avoir peur de les détruire s'il forçait le Cœur et s'est terré dans un coin en nous observant. Quand il a obtenu les informations qu'il voulait, il est passé à l'action.

— Mais comment a-t-il pu emporter toutes ces cellules ? Et comment s'est-il caché s'il est si énorme ?

— Tu sais, p'tit, les Els possèdent des pouvoirs et des Orbes que nous ne soupçonnons pas. Ce sont des Orbes basiques qui circulent parmi les Sans-Pouvoirs, même si, à Artéria, nous ne nous en servons plus depuis longtemps pour préserver l'environnement.

— C'est insupportable d'être aussi désarmés face à eux ! grogna Yorah.

Les yeux de Tatie Mécanic s'embuèrent. Yorah avait ravivé des souvenirs douloureux chez la mécanicienne. Elle tentait de réfréner ses sentiments, mais sa Voix trahissait sa souffrance.

— Excuse-moi... Je te laisse te reposer. Courage, Tatie Mécanic.

— Oui... merci, p'tit... Ah ! au fait, j'ai eu vent de ce qu'il s'est passé avec Kratton. Ne baisse pas la tête face à la bêtise.

Yorah sourit.

— Merci, prends soin de toi.

Yorah retourna auprès de Saya et Tuna. Il leur raconta ce que lui avait confié la mécanicienne.

— Pauvre Tatie Mécanic, soupira Saya, ça va faire un an que son mari est décédé lors d'une attaque d'Els. Et aujourd'hui, c'est son précieux Cœur qui est détruit...

— Oui, ça doit être terrible pour elle, dit Tuna. Que s'était-il passé déjà ?

— Elle et Vise s'étaient rendus à Emptor pour acheter du matériel, dit Yorah. Un El a alors ciblé le village, et une explosion a emporté Vise.

— Ah oui, c'est vrai... Quelle tragédie... se désola Tuna. Elle travaille si dur dans le Cœur depuis que c'est arrivé ; ce n'est pas le genre à se laisser abattre. Les réparations vont l'accaparer. Les habitations sont autonomes, mais si cet El a dérobé notre réserve d'Onorie, cela affectera le fonctionnement des autres infrastructures, hélas !

— Maudit El ! s'insurgea Yorah.

— Du calme, Yorah, prévint Tuna. On ne peut rien contre lui, il faut l'accepter et aller de l'avant.

— De toute façon, maintenant qu'il a eu ce qu'il voulait, il doit être loin, affirma Saya.

— Mais comment pouvez-vous dire ça ? gronda Yorah. Vous

avez failli mourir par sa faute !

Saya et Tuna baissèrent les yeux. Yorah pesta.

— J'y vais, je dois retourner chez le couvreur pour Mme Fripe, dit-il. On se verra plus tard.

Après avoir quitté ses amis et récupéré une nouvelle plaque, Yorah se dirigea vers la maison de Mme Fripe et passa devant l'école primaire. Il longeait la barrière du terrain de jeux quand les beuglements de Barak vinrent irriter ses oreilles. Ce dernier avait déjà repris son poste. Il martyrisait les tympans de ses jeunes élèves qui tentaient de réaliser leur série de cinquante pompes. Il leur racontait sa lutte héroïque contre l'El et comment la victoire l'avait fui lorsqu'il avait trébuché en voulant éviter une fourmi. Barak mettait beaucoup de cœur dans son récit. Il l'agrémentait d'intonations grandiloquentes et se contorsionnait dans tous les sens.

— Le gredin a donc profité de mon incroyable bonté pour me prendre par surprise ! tonna Barak en affichant fièrement son pansement rose. Rien n'est plus fourbe qu'un El ! Retenez bien ça, les enfants !

Yorah ne put contenir un soupir d'exaspération qui n'échappa pas au grand bonhomme.

— Un commentaire, monsieur casquette à l'envers ? grogna Barak.

— C'est juste que ta version diffère quelque peu de ce que j'ai entendu...

— Voyez-vous ça... s'esclaffa Barak pour masquer sa gêne.

— Mais rassure-toi, je ne raconterai à personne que tu t'es évanoui de peur. Oups, pardon !

Yorah vit dans le regard de Barak que celui-ci mourrait d'envie de lui tordre le cou.

— Ne l'écoutez pas, les enfants ! C'est moi qui dis la vérité ! répliqua Barak, son pansement à l'appui. D'ailleurs, Yorah, tu n'aurais rien pu faire si tu avais été à ma place !

— J'aurai déjà fait plus que toi, ça n'aurait pas été très

difficile...

— Eh bien prouve-le, l'El est toujours dans les parages !

— Comment ça ?

— Tu n'as pas entendu ? Une nouvelle attaque a eu lieu cet après-midi. L'El a dérobé une cargaison de Cristaux que nous attendions depuis quelques jours. Des témoins ont confirmé qu'il s'agissait de l'homme que j'avais vu au Cœur.

— Il est encore en ville ? s'écria Yorah en s'agrippant à la barrière.

— Oui. Une assemblée vient de se tenir.

— Qu'ont-ils décidé ?

— Un couvre-feu va être instauré à 18 h. Les éclairages publics seront éteints, ce qui favorisera l'économie de l'énergie jusqu'à la réparation du Cœur.

— C'est tout ? Vous n'allez même pas essayer de chasser cet El ? s'insurgea Yorah qui en fit tomber sa plaque. Vous comptez le laisser faire jusqu'à ce qu'il en ait assez ?

— Qu'est-ce que tu espérais ? pouffa Barak. Les Sans-Pouvoirs ne peuvent lutter contre les Els. Ce serait du suicide !

Ses élèves le dévisagèrent d'un air dubitatif.

— Sauf pour moi, bien entendu, mais je suis malheureusement en pleine convalescence, c'est *trop bête* ! se rattrapa-t-il en affichant un visage frustré et en se tenant douloureusement son bras pansé. Peut-être que ton père aura une solution, mais pour l'instant il est absent. Cloîtrés chez eux, les gens éviteront de se faire attaquer. Je trouve que c'est une très bonne idée !

— Bien sûr, ça ne change rien pour toi ! Tu es toujours couché à cette heure-là ! Ou bien c'est soirée tisane avec ta Grand-Mama !

— Mais... Mais comment tu sais ça ? balbutia Barak. Et laisse Grand-Mama en dehors de ça ! QUI VIENT DE RIGOLER ? lança-t-il ensuite à ses élèves.

— Décidément, je ne vous comprendrai jamais ! gronda Yorah. Les dernières fois aussi vous étiez restés inactifs. C'est

70

tellement plus simple de dire que j'attire le malheur, au lieu de s'occuper des vrais responsables !

Yorah partit comme une furie... et oublia la plaque de Mme Fripe. À peine arrivé chez lui, il se précipita dans le salon et ouvrit le tiroir d'une commode. Sous les nappes et les couvertures, il dénicha la sacoche qu'il cherchait. Celle-ci contenait une quinzaine de sphères métalliques ; c'était les anciens Orbes de son père. Yorah empoigna le sac d'une main ferme ; hors de question de laisser cet El s'en tirer, il allait payer.

Yorah fixait des yeux l'horloge de sa chambre. Tic... Tic... Tic ! Enfin, les aiguilles s'alignèrent sur deux heures du matin, le moment qu'il avait choisi pour s'éclipser. Yorah passa la bandoulière de sa sacoche d'Orbes et sortit par la fenêtre, talonné par Aube. Sur le toit, un vent vigoureux lui traversa la chair, et s'engouffra en sifflant dans les rues éteintes et désertes. Les nuages masquaient les étoiles et les lunes. Une pénombre timide subsistait grâce à Aube, dont la lueur effleurait des reliefs incertains. Au-delà, un océan invisible s'agitait, quelque part dans le noir.

Yorah gagna le sol de la plate-forme ; il ne voulait pas risquer de tomber en cas d'attaque-surprise de l'El. Il marcha sous les assauts des bourrasques. Aube volait autour de lui avec nervosité.

— Calme-toi, Aube, lui murmura Yorah. Essaie de contrôler ton éclat, nous ne devons pas réveiller les habitants. Ta lumière doit juste être assez forte pour que notre cible nous repère.

Le petit ayam demeurait fébrile, mais Yorah ne le laisserait pas atténuer son désir de vengeance.

— Ça va aller ! Avec les Orbes de papa, je ne crains rien !

Yorah progressait avec prudence. Le plancher de la plate-forme craquait sous ses pas, chose qu'il n'avait jamais remarquée en pleine journée. Artéria lui dévoilait un nouveau visage peu flatteur. La ville morte et ténébreuse n'était plus animée que par nombre de grincements et de chocs sonores dont Yorah ne pouvait déterminer l'origine. La faible visibilité offerte par Aube révélait de multiples formes, qui tardaient à prendre l'aspect de tonneaux, caisses et autres objets, disposés çà et là le long de mornes habitations. Un violent fracas fit sursauter le jeune garçon ; un volet venait de claquer sous le vent. Après une profonde inspiration, Yorah poursuivit son avancée dans l'inconnu. Soudain, une voix lugubre et sournoise s'insinua au creux de son oreille :

— Ho, ho, ho... En voilà une surprise !

Yorah fit volte-face. Il scruta à droite, à gauche. Personne.

— Qui va là ? s'écria-t-il.

— Ho ! ho ! ho ! lève les yeux !

Dans le ciel, au-dessus des toits, lévitait une énorme silhouette, debout sur un grand disque de métal. Un tel engin ne laissait aucun doute possible ; Yorah faisait face à celui qu'il cherchait. Pourtant, Yorah ne pouvait capter sa Voix, et ne l'avait donc pas senti approcher... Pourquoi ? L'El sauta de son piédestal et atterrit lourdement sur le sol, avant de fixer dans son dos le disque comme un bouclier.

— Ho ! ho ! ho ! Porcus Rosa, ravi de faire ta connaissance ! dit-il alors qu'un large sourire dément entaillait son visage.

Tatie Mécanic n'avait pas menti ; l'homme était d'une corpulence à peine croyable. Une ample cape le recouvrait des épaules aux chevilles et son regard se dissimulait derrière de grandes lunettes ovales aux verres teintés. De longues mèches de cheveux roux et ondulés balayaient son faciès rond.

— Ho ! ho ! ho ! continuait-il de rire. Il est déjà rare de rencontrer des Porteurs d'Ayam, mais il est encore plus rare d'en trouver dans une ville ! La solitude vous sied mieux en général, ho ! ho ! ho !

— Tais-toi ! gronda Yorah. Tu as ravagé Artéria et on me tient pour responsable ! Tu vas me le payer !

L'El s'arrêta de glousser, mais conservait son large sourire. Sa posture devint menaçante. Un halo embrasa son poing. Un halo féroce d'agressivité, comme des crocs de feu qui déchiraient l'air, d'un gris sombre et transparent.

Yorah resta tétanisé devant la danse tranchante de l'auréole ténébreuse. Ce pouvoir obscur était la marque des Ombreux, les Els sombres. Yorah en avait entendu parler si souvent. Tellement d'histoires aussi incroyables que lugubres lui avaient été contées à leurs propos. Même lors de leurs attaques sur Artéria, ces êtres étaient demeurés insaisissables et n'avaient laissé derrière eux que le chaos de leur passage. Comme un murmure à peine soufflé au creux de l'oreille, mais d'un froid suffisant pour glacer le sang et ne pas douter de son existence. Et c'était l'un d'eux qui se dressait là, face à lui.

Quelque chose se déclencha en Yorah. Un rouage de sa mécanique téméraire s'était grippé. Son esprit avait commencé à réfléchir, à raisonner. Son cœur s'affola dans sa poitrine. Il propagea un frisson qui prit le contrôle de son corps. Des soubresauts involontaires raidirent les mouvements du jeune garçon. Ils fissuraient des jambes dont les os s'étaient transformés en argile. Ils rappelèrent Yorah à la réalité de sa situation, que sa rancœur avait eu la folie de lui faire oublier ; il n'était qu'un Sans-Pouvoirs, opposé à un démon capable de pulvériser le Cœur de la ville d'un claquement de doigts.

— Ho, ho, ho... Tu veux te venger... C'est bien ça ? ricana l'Ombreux de sa voix la plus obscure. *Edlogn, dafu Tep !*

Yorah recula. Il ne comprenait pas la langue ele, mais le ton n'évoquait rien de sympathique. Le jeune garçon plongea une main paniquée dans sa sacoche. Mais l'Ombreux se dérida et l'auréole de son poing disparut.

— Attends, excuse-moi ! gloussa-t-il. Je vais quand même vérifier une chose avant, ho, ho, ho...

Porcus Rosa farfouilla dans sa cape. Yorah restait figé devant ce curieux personnage. L'Ombreux sortit un objet plat et rond d'une dizaine de centimètres. L'appareil s'ouvrit en deux faces perpendiculaires et la partie verticale projeta un rayon lumineux sur le visage surpris de l'adolescent. Après quelques instants, la machine émit un bip.

— Ho ! ho ! ho ! En effet, tu es bien un Fade... annonça l'Ombreux en rangeant son étrange dispositif.

— Fade ?

— Un Sans-Pouvoirs, ho ! ho ! ho !

Comme si rien ne s'était passé, Porcus Rosa se remit en garde et révéla de nouveau toutes ses dents.

— C'est bon ! Nous pouvons y aller !

Décontenancé, Yorah se ressaisit et voulut attraper un de ses Orbes. Mais un détail le perturba. Il regarda dans sa sacoche. La taille des sphères variait de l'une à l'autre, une caractéristique qu'il ignorait. Qu'à cela ne tienne ! Cela devait signifier que certaines contenaient un pouvoir plus important ! L'essentiel était de connaître leur fonctionnement et Yorah savait qu'il fallait les lancer sur sa cible. L'Orbe se briserait alors et libérerait le sortilège qu'elle renfermait. Yorah s'empara d'un gros.

— Oh ! s'exclama Porcus Rosa. Je vois que tu n'es pas venu sans armes !

— Tu vas moins faire le malin, maintenant ! prévint le jeune garçon avec un sourire satisfait.

Yorah jeta de toutes ses forces l'Orbe sur son adversaire, impossible à manquer. La boule de métal fondit sur l'Ombreux, mais contre toute attente, celui-ci l'attrapa d'une main, devant la mine déconfite de l'Artérien.

— HO ! HO ! HO ! HO ! HO ! tonna l'imposant binoclard. Eh bien ! eh bien ! tu te promènes avec des Orbes, mais tu ignores comment t'en servir ? C'est trop drôle ! Ho ! ho ! ho !

Yorah était désemparé. Pourquoi l'Orbe n'avait-il pas libéré sa puissance ?

— Laisse-moi t'expliquer, lança l'Ombreux qui sortit de sa cape un Orbe de taille réduite. Tu dois savoir que les sortilèges sont des concentrés d'Onorie, n'est-ce pas ? Eh bien, le cœur des Orbes est fait de Cristaux, comme les cellules de votre curieuse machine que j'ai détruite. Les Cristaux captent l'Onorie et permettent aux Orbes d'absorber le pouvoir qu'on leur transfère. On distingue deux types d'Orbes. D'abord, les Billes, plus petites, dont le pouvoir s'enclenche en pressant un bouton, et que l'on doit ensuite jeter sur la cible. La Bille se rompt et révèle son sortilège. Par exemple, celle que j'ai dans la main...

Yorah voulut s'emparer d'une Bille dans sa sacoche, mais il était trop tard ; Porcus Rosa venait d'actionner la sienne, qu'il brisa sur le sol. Une brume mouvante et translucide se dispersa tout autour du jeune garçon. Quand Yorah braqua de nouveau les yeux sur l'Ombreux, l'imposante silhouette se mit à onduler, à se déformer, avant de disparaître.

Yorah n'en revint pas. La rue était déserte. Il regarda à gauche, à droite, et au-dessus de lui ; mais son immense opposant s'était bel et bien évaporé.

— Ho ! ho ! ho ! résonna la voix de Porcus Rosa. Tu me cherches ? Je ne suis pas loin pourtant !

Saisi de terreur, Yorah reculait et scrutait les environs.

— Ho ! ho ! ho ! La Bille que je viens d'utiliser était chargée avec un sort d'Illusion. Celui-ci produit un écran autour de mon adversaire et lui fait croire que j'ai disparu ; idéal pour fausser compagnie ou pour rester discret ! Pour réapparaître, je n'ai qu'à traverser l'écran, ho ! ho ! ho ! dit-il en passant la tête au travers du mur invisible, ce qui donnait l'impression qu'elle flottait dans le vide.

Effaré, Yorah prit ses jambes à son cou pour fuir le faciès hilare. Sa cavalcade éventra le voile de l'illusion. Yorah courut à perdre haleine et se retourna pour s'assurer que l'Ombreux ne le suivait pas ; la corpulence de ce dernier l'empêcherait de le rattraper. Mais quand Yorah regarda de nouveau devant lui, il se retrouva nez à nez avec la mine réjouie de son opposant.

— Coucou ! jubila-t-il.

Yorah tomba à la renverse, sous les rires aliénés et glaçants de l'imposant personnage.

— Je dispose de tout un tas de Billes dans mon attirail,

figure-toi, comme une influant sur la masse des objets et des individus. Ça me permet de porter des choses lourdes et de me déplacer aussi vite que l'éclair, ho ! ho ! ho ! Et au fait, si tu te demandes pourquoi personne ne vient t'aider, c'est parce que j'ai pris soin d'insonoriser un certain périmètre autour de moi. Tu auras beau hurler, tant que je resterai près de toi, aucun son ne parviendra aux oreilles de tes compagnons ! HO ! HO ! HO !

Yorah tremblait. Ses jambes n'arrivaient plus à le soutenir. Il regarda Aube, sans solution.

— Bien ! Mais la leçon n'est pas terminée ! Passons au second type d'Orbes, s'extasia Porcus Rosa en jonglant avec celui que Yorah lui avait envoyé. Ils sont plus gros et ce sont eux que nous appelons communément « Orbes ». Sur leur surface se trouve un orifice, fermé. Lorsqu'on souhaite se servir d'un Orbe, il ne faut surtout pas le jeter comme tu l'as fait, ho ! ho ! ho ! mais pointer cette fenêtre vers la cible et appuyer sur le bouton pour l'activer. L'orifice s'ouvre alors et libère le sortilège, jusqu'à ce qu'on relâche la pression. Plus on appuie fort, plus l'intensité du sort augmente. De plus, contrairement aux Billes qui se brisent, les Orbes offrent l'avantage d'être rechargeables à volonté.

Yorah se mordait les doigts. Comment avait-il pu se lancer dans cette bataille sans vérifier le fonctionnement de ses Orbes ?

— Ah, oui ! Une dernière chose ! Un symbole est gravé pour identifier la magie renfermée, ainsi que le niveau de puissance, de un à trois. Par exemple, sur l'Orbe que tu m'as gentiment donné, je vois... Oh ! ça alors ! Un cercle barré d'un éclair, avec le chiffre 1 ! Ho ! ho ! ho ! j'ignore comment un Fade a pu se procurer un tel Orbe, mais merci pour ce cadeau ! J'en ai déjà un en ma possession et je comptais m'en servir plus tard. Ça m'en fait un deuxième, ça tombe bien. Regarde le pouvoir qu'il contient...

Porcus Rosa tendit le bras sur le côté et appuya sur le bouton. De multiples éclairs sombres jaillirent de la sphère métallique. Ils dessinèrent les contours d'une figure ovale, de la taille d'un homme. Sur ses gardes et médusé, Yorah constata que le décor à l'intérieur avait changé, comme si la forme apparue était une porte qui donnait sur un autre endroit. Il ne parvenait cependant pas à identifier vers où elle menait.

— Ceci est une brèche dimensionnelle, annonça Porcus Rosa. Idéale pour rejoindre rapidement un lieu éloigné.

— Tu fuis ? s'insurgea Yorah.

— Ho ! ho ! ho ! ne rêve pas. Non, j'avais autre chose en tête, glissa-t-il avec son sourire exagéré.

Porcus Rosa engouffra son bras dans le cercle d'éclairs. Puis, il le retira et semblait traîner quelque chose de lourd. À la grande surprise de Yorah, l'imposante carrure de Barak émergea peu à peu de la porte, qui se referma juste derrière lui.

— Barak ? cria Yorah estomaqué.

Le professeur de survie n'avait pas l'air de s'être rendu compte de ce qui lui était arrivé ; vêtu d'un bonnet et d'une chemise de nuit, il dormait à point fermé. Il reprit alors connaissance et se retrouva nez à nez face au visage lugubre et souriant de l'Ombreux.

— AAAAAAAAAAAAAAAAH !

Barak s'évanouit aussitôt.

— Ho ! ho ! ho ! À chaque fois qu'il me voit, il a la même réaction, c'est trop drôle ! Tant mieux, il me fait économiser une Bille Hypnotique !

Porcus Rosa sortit une corde de son attirail qu'il lança en l'air. Il jeta un sort sur celle-ci et elle s'enroula d'elle-même autour de Barak. La carcasse ligotée du professeur tomba sur le sol.

— Qu'est-ce que tu vas faire de lui ? grogna Yorah. Laisse-le partir !

— Patience, murmura Porcus Rosa en ouvrant une nouvelle brèche dimensionnelle.

Cette fois-ci, sa main s'était refermée sur la tête bandée d'une jeune fille, dont les cris résonnèrent dès qu'elle franchit la

77

porte. Vêtue d'un mini-short et d'un débardeur, elle aussi avait été interrompue dans son sommeil.

— SAYA ! hurla Yorah en se précipitant vers Porcus Rosa. RELÂCHE-LÀ !

— Yorah ? Mais qu'est-ce qu'il se passe !

— Hep, hep, hep ! reste tranquille ! ordonna l'Ombreux au jeune garçon.

Il tendit son autre main vers Yorah. Le halo sombre des Ombreux flamboya autour d'elle et une violente bourrasque grise en jaillit. Le souffle emporta Yorah, qui alla s'encastrer dans des caisses entassées à côté d'une maison.

— Yorah ! s'écria Saya, affolée. Arrêtez, je vous en prie !

Sonné, Yorah peinait à s'extirper des décombres. Porcus Rosa ligota Saya de la même manière que Barak, alors qu'il la tenait toujours par la tête à près d'un mètre du sol. Puis, il abattit lourdement son pied sur le corps inerte du professeur de survie.

— Maintenant, écoute-moi bien, prévint Porcus Rosa. Tu vas gentiment faire ce que je te dis ou tes amis en subiront les conséquences, compris ?

— Je me fiche de Barak, mais ne touche pas à Saya !

— Je te déconseille de jouer à ça, rétorqua l'Ombreux en resserrant sa poigne sur le crâne de la jeune fille.

Saya hurla de douleur.

— C'est bon ! C'est bon ! Arrête ! supplia Yorah. Je ferai ce que tu veux...

— Ho ! ho ! ho ! brave petit, gloussa Porcus Rosa. Tu vas commencer par me lancer ce sac d'Orbes.

Yorah serrait les dents. Ce sac représentait sa seule chance de s'en sortir et de sauver Saya et Barak. Que faire ?

Mais, soudain, Aube se rua sur Porcus Rosa. Une fois à sa hauteur, le petit ayam intensifia son éclat pour éblouir son adversaire. Surpris, l'Ombreux recula de quelques pas. Yorah profita de la confusion pour glisser deux Orbes dans ses poches.

— Saleté ! grommela Porcus Rosa. Un ayam qui lance des

attaques ? Qu'est-ce que c'est que ça ! Si tu n'arrives pas à tenir ta créature, ça va mal se passer !

— Yorah, vite... gémit Saya.

— Je suis désolé, ça ne se reproduira plus, affirma Yorah. Voilà mon sac d'Orbes, dit-il en le jetant au pied de l'Ombreux.

Celui-ci fouilla à l'intérieur de sa cape.

— Attrape ça, grogna-t-il.

Yorah saisit l'objet que venait de lui lancer Porcus Rosa ; c'était une Bille.

— Écrase-la dans ta main, ordonna l'Ombreux. Allez !

Frustré, Yorah toisait la sphère. Après un ultime regard vers Saya, il s'exécuta. Des vapeurs émanèrent des fragments. Très vite, des vertiges gagnèrent le jeune garçon. Sa vue se brouilla. Bientôt, les cris de Saya ne parvinrent plus à ses oreilles. La dernière chose qui se figea dans son esprit fut le sourire dément de Porcus Rosa, au moment où Yorah tombait à genoux. Tout devint noir.

Chapitre IV

EN TERRITOIRE OMBREUX

La douleur raidissait le corps de Yorah. Elle le rappelait à la conscience et réveillait ses sensations. Il avait froid. Un vent féroce le transperçait, mais Yorah ne pouvait pas bouger pour s'en protéger. Plongé dans le noir, il entendait une voix trouble se répéter. Soudain, quelque chose le frappa au visage. Un instant après, le choc se reproduisit.

Lorsque ses paupières daignèrent s'ouvrir, des reliefs et des ombres étirés défilaient à grande vitesse sous ses yeux. L'horreur saisit Yorah. Il était ligoté à des centaines de mètres du sol. Les arbres, les collines et les lacs se succédaient sous ses pieds et s'étendaient à perte de vue autour de lui. Une lune imposante dominait et tapissait de sa lumière ces vallons boisés et inconnus, dans un ciel maintenant dégagé ; il devait se trouver loin d'Artéria.

— Bon alors, tu te réveilles ! murmura nerveusement Barak en assénant un nouveau coup de tête à Yorah.

— Aaaiieeee ! gémit ce dernier. Mais ça va pas la tête, espèce d'imbécile !

— Tais-toi ! urgea Barak le plus silencieusement possible. Il est juste au-dessus !

— Quoi ?

Le professeur de survie était lui aussi ligoté, tout comme Saya, inconsciente, probablement sous l'effet d'une Bille Hypnotique. Les trois captifs se ballottaient dos à dos sous le vent, aux côtés de deux énormes sacs. La lumière turquoise des cellules de stockage transperçait la toile de l'un d'eux, alors que l'autre devait contenir les Cristaux dérobés la veille. Les Artériens et le butin de Porcus Rosa étaient chacun suspendus par une corde qui disparaissait au-dessus d'un large disque de métal, à l'origine de leur mouvement. Il s'agissait bien du disque de l'Ombreux, dont la silhouette massive se devinait de temps à autre, assise, tranquille, sur son engin volant. L'imposant personnage ne semblait pas s'être rendu compte du réveil de ses prisonniers.

— Où sommes-nous ? Où est-ce qu'ils nous emmènent ? glissa Yorah à son compagnon d'infortune.

— J'en sais rien du tout, je suis revenu à moi il y a cinq minutes ! Qu'est-ce qu'on va faire ? Je ne veux pas mourir ! sanglota Barak.

— On a peut-être une chance. J'ai eu le temps de mettre deux Orbes dans mes poches.

— Quoi ? murmura Barak d'une voix rapide et stridente. Mais qu'est-ce que tu fabriques avec des Orbes ?

— Ils sont à mon père, dit Yorah, qui se tordit quelque peu pour les sortir.

— Il ne faut pas s'en servir ! C'est dangereux et ils détruisent l'environnement !

— Tu préfères attendre que l'Ombreux nous tue ?

Barak grommela quelque chose d'incompréhensible. Yorah avait un Orbe dans chacune de ses mains.

— Bien, dit-il. Alors, essaie d'identifier le dessin qu'il y a dessus.

Le professeur de survie se contorsionna et exécuta de curieux mouvements avec ses jambes pour tenter de faire volte-face. À la peine, il grognait et soufflait sous l'effort. Il parvint enfin à se retourner, mais l'impulsion qu'il avait prise le fit se balancer et il se cogna contre Yorah.

— Mais doucement ! Si je perds les Orbes, on est foutus ! pesta celui-ci.

— Je voudrais t'y voir ! Je fais ce que je peux !

— Bon alors, tu vois les dessins ?

— Non, rien, dit Barak en se penchant vers les mains de Yorah.

— Et là ? dit Yorah en pivotant les sphères.

— Ah oui, stop !

— Super ! C'est quoi ?

Barak plissa les yeux pour déchiffrer les gravures.

— Oh la la ! grogna-t-il. C'est très mal dessiné !

— Comment ça, mal dessiné ? Tu dois avoir un symbole et un numéro à côté !

— Ah ! donc ce bâton doit être un « un »... Il y est sur les deux.

— Okay, et le symbole ?

— Rooo écoute... Je ne sais pas qui est le foutu artiste qui a fait ça mais...

— MAIS QU'EST-CE QUE TU RACONTES ! On n'est pas au musée ! Ça doit pas être plus compliqué qu'un cercle, un éclair... ou une flamme...

— Ah, attends ! Une flamme... oui, vu sous cet angle, pourquoi pas.

— Je veux que tu sois sûr !

— Mmm... Oui, oui, je suis sûr !

— C'est l'Orbe que j'ai dans cette main ? indiqua Yorah en remuant la main droite.

— Oui !

— D'accord, et l'autre dessin ?

— Bah... On dirait... une crotte...

— UNE QUOI ? s'étrangla Yorah.

— Je suis désolé, mais c'est tout ce que ça m'évoque ! Une sorte de monticule, divisé en trois étages...

— Mais comment veux-tu qu'il existe un Orbe de Crotte,

imbécile !

— On ne sait jamais avec ces Els !

Yorah réfléchit. Barak le fatiguait avant même d'avoir commencé à agir. Soudain, l'évidence le frappa. Il renversa la sphère dans sa main.

— Et là ? demanda-t-il à Barak.

— Ça ressemble à une spirale, dans ce sens...

— C'est une tornade ! C'est un Orbe de Vent !

— J'espère que tu es sûr parce que je n'ai pas du tout envie d'être aspergé de...

— BON ARRÊTE AVEC ÇA MAINTENANT !

Yorah remit l'Orbe de Vent dans sa poche. Il tourna celui de Feu dans sa main afin d'identifier l'emplacement du bouton et celui de l'orifice. Il orienta ce dernier vers le haut et exerça une pression légère sur le bouton. Un faible jet de flammes sombres s'échappa de la sphère. Yorah sentit la chaleur lui brûler le poignet. Il serra les dents pour ne pas lâcher l'Orbe et dirigea comme il put le flux vers la corde.

— C'est bon, tu es dessus ! lui confirma Barak. Bien joué !

Yorah aperçut une fine colonne de fumée s'élever derrière son épaule. Un craquement retentit. Les liens devinrent lâches et Yorah parvint à s'en dépêtrer. Ils tombèrent dans le vide et le jeune garçon se rattrapa in extremis à la corde qui le reliait au disque de métal. Il remit l'Orbe dans sa poche. Puis, à la force de ses bras et devant la mine stupéfiée de Barak, il entama une ascension périlleuse jusqu'à Porcus Rosa. Yorah atteignit la plate-forme volante et jeta un œil discret par-dessus le rebord. Il était dans le dos de leur ravisseur, obnubilé par l'horizon face à lui. Le cœur de Yorah accéléra sa cadence. De gestes précautionneux, le jeune Artérien s'agrippa à une poignée de l'engin. Il se saisit de son Orbe de Feu et restait à l'affût du moindre mouvement de l'Ombreux. Maintenant, il fallait passer à l'acte. Son cœur cognait dans sa poitrine. Le regard braqué sur sa cible, Yorah avala sa salive et, pour trouver le courage de se lancer, poussa un cri féroce avant de libérer le pouvoir de sa sphère sur Porcus Rosa.

Un torrent de flammes sombres dévora l'Ombreux. Ce dernier hurla et se releva alors qu'il s'embrasait. Le géant tituba sur l'espace étriqué dans de grands gestes désordonnés et flirtait avec le précipice. Yorah souffrait aussi du sortilège qu'il ne parvenait pas à contrôler. À la peine, il entendit Barak s'agiter en contrebas. Il s'aperçut alors que son adversaire tenait les cordes. Celles-ci s'échappaient de sa main. Horrifié, Yorah laissa tomber son Orbe et se précipita pour les attraper, au moment où l'Ombreux venait de lâcher prise.

Le poids de ses amis entraîna Yorah dans le vide. Seule la poignée du disque à laquelle il s'agrippait leur évita un sort funeste. La plate-forme volante tourbillonna et perdit de l'altitude. Barak hurla à la mort. Yorah s'accrochait, mais les sensations abandonnaient ses mains. Une moiteur traître les gagna. Elle faisait glisser, d'un côté, ses doigts sur la poignée, et s'alliait, de l'autre, aux cordes pour forcer leur fuite, dans une brûlure insoutenable. Les cris de Yorah alertèrent Barak.

— NE LÂCHE PAS ! NE LÂCHE PAS ! s'égosilla ce dernier.

Le sang de Yorah s'écoulait. Il serpentait dans les tresses de fils. Yorah bataillait contre la douleur, grognait pour étouffer des sanglots déchirés. D'un geste rageur du poignet, il réussit à enrouler les cordes autour de son bras pour soulager sa paume lacérée. Malgré le feu de la plaie, il fallait tenir, coûte que coûte. Les gémissements de Porcus Rosa résonnaient plus haut. Celui-ci s'agitait, toujours en proie aux flammes. Après un ultime cri, l'Ombreux se libéra du brasier. Son visage ulcéré se pencha sur Yorah, tétanisé.

— *INA SAR ROU, RE MUÄNA* ! gronda-t-il alors qu'il attrapait Yorah par la tête.

À cet instant, une terrible migraine foudroya Yorah. Mais la poigne féroce de Porcus Rosa n'en était pas la seule cause. Le jeune garçon avait l'impression que son crâne allait éclater. Une multitude d'images et de sons défilèrent dans son esprit. Des visages, des armées, des temples, des villes, des montagnes, des mers, des forêts, des champs de bataille, des rires et des pleurs... Ils étaient de toutes sortes, entremêlés et indiscernables, dans un chaos total.

Les images et les sons cessèrent leur bal infernal. Le mal qui les accompagnait également, à l'inverse de celui provoqué par les doigts épais de Porcus Rosa, qui resserraient leur étreinte. L'Ombreux hissa sa proie jusqu'à sa hauteur, obligeant Yorah à lâcher la poignée. Suspendu au-dessus du gouffre, Yorah sentait la charge de ses amis s'alourdir. Cette fois, il était au bord de la rupture. Aube tenta d'éblouir Porcus Rosa, mais celui-ci la repoussa d'éclairs sombres qui jaillirent de sa main.

— Aube ! s'écria Yorah.

— Ho ! ho ! ho ! dommage, mon petit, si ça n'avait pas été un sort de Feu, tu aurais gagné !

Porcus Rosa tendit le bras vers les cordes.

— Le sort de Densité Faible que je vous ai jeté commence à s'estomper, dit-il. Laisse-moi t'aider, ho ! ho ! ho !

« S'il s'en empare, c'est fini, pensa Yorah. »

— Je ne sais pas comment tu as fait pour te réveiller après avoir subi une Bille Hypnotique, mais je t'assure que je vais veiller à ce que ça ne se reproduise plus, grommela l'Ombreux.

Le jeune Artérien plongea la main dans sa poche. Il saisit son Orbe de Vent et le braqua droit sur la mine figée de l'Ombreux. Ce dernier hurla de stupeur alors qu'une puissante tornade sombre le repoussait et le forçait à relâcher Yorah. Porcus Rosa perdit l'équilibre et bascula dans le vide. Néanmoins, il put s'agripper à son disque de justesse. L'engin partit en vrille. Yorah, Saya, Barak et le butin de l'Ombreux fondirent vers le sol.

Le choc de la chute arracha les cordes à Yorah. Les cris de Barak se turent dans les secondes qui suivirent ; il avait perdu connaissance. Le vent griffait le visage du jeune garçon. De ses yeux agressés, il vit une forêt, noyée dans une mer de brume, se rapprocher dangereusement. Saya et Barak le devançaient de quelques mètres. Yorah se tourna. Dos au vide, il pointa son

Orbe vers le ciel et déclencha une violente bourrasque. Sa vitesse décupla et il fonça vers ses amis en quête de leurs cordes. Il réussit à saisir celle de Saya et, après un effort qui lui parut interminable, s'empara de celle de Barak. Yorah se dépêcha de les attacher entre elles. Il les enroula autour de lui en guettant les pointes des cyprès, fin prêtes à embrocher les fugitifs. Plus que quelques secondes pour agir. Le jeune garçon provoqua une nouvelle tornade, cette fois-ci en direction du sol. Celle-ci ralentit leur chute. Elle dispersa la brume qui s'ouvrit sur une armée de pins, en une gueule avide aux crocs noirs. Puis celle-ci vola en éclats dans un craquement furieux. Une épaisse couronne d'écorces, de poussières et d'aiguilles secoua la terre et les arbres. Mais aux abords des cimes qui tenaient leurs rangs, le sortilège de l'Orbe cessa, malgré l'insistance de Yorah ; la sphère était vide. Les Artériens s'engouffrèrent dans un corridor de branches. Les lames épineuses se brisèrent et les écorchèrent à leur passage. Yorah tenta en vain de s'y rattraper, entraîné par le poids de ses amis. Il en perdit son deuxième Orbe. Le contact froid et sévère de la terre ferme mit, enfin, un terme à leur dégringolade.

Le silence était revenu, brutal, mais savoureux. Yorah gémissait de douleur, mais se réjouissait de ce témoin irréfutable qu'il était en vie. Et les autres ? Il n'eut pas à se poser la question bien longtemps pour Barak, dont le souffle chaud et âpre lui léchait le visage. Enchevêtré dans les cordes, Yorah rassembla ses forces pour s'en extirper et échapper à l'haleine du professeur. Il rampa jusqu'à Saya. Elle respirait et ne semblait avoir que des égratignures.

Rassuré, Yorah jeta un œil à sa main droite, tiraillée par un feu pulsatile et obstiné. Sa paume, meurtrie, s'était déchirée en une plaie à vif sous la brûlure des cordes. Les liens avaient aussi scarifié son bras. Yorah observa ensuite l'endroit où ils se trouvaient. Leur ravisseur avait disparu dans les cieux et seul un hululement solitaire éveillait les bois. Yorah s'aperçut bien vite qu'ils avaient atterri dans un lieu loin d'être ordinaire, et surtout peu accueillant. Il ne s'en était pas aperçu des hauteurs, mais les pins, noirs dans la nuit, se révélaient d'une grandeur démesurée, en taille comme en envergure. D'incroyables branches perçaient les troncs dès leur base en des pointes élancées et menaçantes. Elles se croisaient et s'enchevêtraient pour former de véritables barricades. Elles auraient suffi à emmurer rapidement l'horizon, mais ce n'était pas tout. Une brume, blanche et épaisse, noyait la forêt dans des méandres étouffants ; l'éclat de la lune peinait à traverser ce voile et l'on ne distinguait plus rien au-delà de quelques mètres. Un tapis d'aiguilles asphyxiait la terre, d'où seules d'éparses et téméraires broussailles s'extirpaient.

Mais plus surprenant encore, Yorah ne parvenait pas à détecter la moindre Voix. Il se concentra, aiguisa ses sens. Rien à faire. Cette forêt paraissait bel et bien endormie.

Passé cet amer constat, Yorah chercha à défaire les liens de Saya, mais il ne trouva aucun nœud. Un sortilège scellait les cordages et il n'arrivait pas à les rompre.

Un hurlement féroce gronda dans la nuit. Le sang de Yorah se glaça ; c'était la voix de Porcus Rosa, démente de colère et de vengeance.

— Où êtes-vous ? Revenez ici ! s'égosillait-il. Vous ne perdez rien pour attendre !

Yorah se hâta. Il forçait et s'énervait sur ces satanés liens qui ne céderaient pas. Il jetait des regards derrière lui et voyait les ténèbres de l'imposante carrure se dessiner dans le brouillard. Elles cassaient et piétinaient les branches pour se frayer un chemin. Le visage de l'Ombreux, ulcéré, apparut, plus assombri qu'éclairé par le feu gris qui dansait sur sa main. Pris de panique, Yorah scruta les environs à la recherche d'une cachette. Mais seuls d'épais troncs d'arbres se dressaient autour de lui. Il traîna Saya vers l'un d'entre eux et la dissimula comme il put. Sa blessure le lançait. Porcus Rosa n'était plus qu'à quelques mètres. Yorah retourna vers Barak et tira sa lourde carcasse. Mais le pas écrasant à leurs trousses franchit une dernière rangée de branchages. Leur ravisseur se retrouva face à eux. Trop tard.

L'Ombreux, en nage, frémissait de rage. Yorah, blême et immobile, le fixait des yeux. Tout était perdu.

— Tu penses que je suis le seul à être venu à Artéria ? hurla Porcus Rosa comme s'il s'adressait à la forêt entière. Eh bien, tu te trompes ! D'autres habitants ont été enlevés !

Yorah n'en crut pas ses oreilles.

— Tes parents en font partie ! Nous les détenons ! poursuivait l'Ombreux qui regardait à droite et à gauche.

— Comment ? s'écria Yorah.

— Si tu ne te montres pas tout de suite, ils en paieront le prix fort, fais-moi confiance !

— D'accord, je me rends ! répondit Yorah en se levant.

— Alors ? tonna Porcus Rosa après un silence. Tu te moques de ta famille ?

— Mais non ! Je t'ai dit que je me rendais !

Porcus Rosa continuait d'avoir une attitude étrange. Il scrutait les environs. Il paraissait ne pas voir Yorah ni l'entendre. Que se passait-il ? L'imposant personnage fit un pas de côté et reprit sa route.

— Tes parents vont mourir et leur sang sera sur tes mains ! grogna-t-il.

— Mais je suis là ! hurla Yorah en tentant de l'attraper par le bras.

Mais quand il voulut rejoindre l'Ombreux, son corps refusa de bouger. Yorah était paralysé. Il avait beau forcer ses mouvements, rien n'y faisait.

« Qu'est-ce qu'il m'arrive ? pensa-t-il. Si je ne me dépêche pas, mes parents... »

Porcus Rosa ramassa l'un des sacs que Yorah avait entraînés dans sa chute et s'éloigna. Il pestait et réitérait ses menaces, à la recherche des fuyards, qui s'étaient pourtant trouvés juste sous son nez. Il disparut dans le brouillard et ses cris résonnèrent bientôt en échos lointains.

Seul dans le silence, au milieu de nulle part, Yorah ne parvenait toujours pas à esquisser un geste. Il se débattait, tirait sur ses muscles, mais son corps s'obstinait à lui tenir tête. La sueur perlait son front et ses forces l'abandonnaient.

Yorah se raidit. Droit devant lui, barrée par les branchages, une ombre, animée d'yeux écarlates, tapissait le mur de brume. Le choc de cette apparition lui coupa le souffle. Ça n'était pas la silhouette de Porcus Rosa. Elle était beaucoup moins massive, mais n'en demeurait pas moins terrifiante. La figure sombre restait figée, son regard ardent braqué sur le jeune garçon. Était-ce une illusion ? Yorah ne l'avait pas entendue approcher et, de nouveau, aucune Voix ne lui était parvenue. Elle se mit à bouger. Elle progressa vers Yorah, dans un silence de mort. Pas une écorce, pas une aiguille ne craquaient sur son passage. La peur envahit l'adolescent, rapide, glaciale et inarrêtable. Yorah se débattit de plus belle pour rompre sa mystérieuse entrave, sans succès. Il était à la merci de la forme spectrale. Mais à mesure qu'elle s'avançait, celle-ci adopta une démarche humaine. Elle évitait les obstacles avec légèreté, toujours à pas de loup. Et ce fut bien un homme qui se tint bientôt face à Yorah.

Une longue cape sombre tombait dans son dos. Elle couvrait ses épaules, s'enroulait en un col autour de son cou et se terminait par un capuchon. Celui-ci enténébrait son visage et laissait apparaître un menton percé d'une barbe de quelques jours. La lueur, folle d'intensité, de ses yeux rougeoyants comme des rubis transperçait le noir infini de sa coiffe, ainsi que le cœur de Yorah. Sous sa cape, une draperie blanche qui naissait d'une de ses épaules se serrait à la taille par une large ceinture et chutait sous ses genoux. Elle masquait en partie une imposante cicatrice sur son abdomen. Des lanières germaient de ses sandales et remontaient le long de ses jambes. De fines bandes de tissus s'enroulaient en des protections rudimentaires autour de ses avant-bras jusqu'à ses paumes. Elles laissaient apparaître des doigts et des ongles noircis de terre. L'individu portait dans son dos un arc ainsi qu'un carquois de flèches. Yorah frémit à la vue d'un long poignard attaché à sa ceinture, au côté d'une bourse.

Le lugubre inconnu se tenait immobile et muet. Soudain, il cibla Yorah de sa main. La panique gagna le jeune garçon qui ferma les yeux. Un bruit sourd claqua et, l'instant d'après, Yorah était de nouveau libre de ses mouvements. L'adolescent s'écroula. Abasourdi, il regarda l'homme. Le mystérieux personnage lui fit signe de se taire. Yorah hocha la tête. L'individu leva la main vers Barak. Le même grondement retentit et les liens du professeur de survie éclatèrent. L'homme répéta l'opération pour libérer Saya. Plus de doute possible. C'était un Ombreux.

Le mystérieux sauveur s'approcha de Barak et se pencha sur lui. Après avoir palpé son visage, il le choqua d'une bonne gifle. Yorah ne comprenait pas les intentions de cet inconnu. Jamais un Ombreux ne porterait secours à des Sans-Pouvoirs. Cela cachait quelque chose. Il n'était pas digne de confiance.

— Qu'est-ce que c'est... maugréa Barak, avant de s'affoler face à l'individu lugubre qui le foudroyait de son regard de sang. AAA...

Le cri de Barak avorta dans la seconde. L'Ombreux venait de poser une main ferme sur la bouche du professeur et le menaçait avec l'autre de son poignard. Il l'avait dégainé avec une telle vitesse que Yorah ne l'avait pas vu faire. L'homme intima à Barak de faire silence.

— Tout va bien, Barak, il n'est pas notre ennemi, lui dit Yorah pour le rassurer, bien qu'il n'en était absolument pas persuadé.

Barak acquiesça dans un sanglot étouffé. L'inconnu rangea son arme et se dirigea vers Saya. Il l'ausculta brièvement puis parcourut de ses mains le visage de celle-ci. Il sortit de sa bourse quelques parties de plantes qu'il écrasa. Il les glissa dans la bouche de la jeune fille.

— Hé ! Qu'est-ce que vous faites ? s'écria Yorah.

L'homme lui lança un regard féroce. Intimidé, Yorah ne savait que faire, mais quelques instants plus tard, Saya reprit connaissance.

— Saya ! s'exclama Yorah en accourant vers elle. Ça va ?

— Mmm... Oui... Ouille, j'ai mal partout...

Elle se raidit à la vue de la silhouette encapuchonnée.

— Il nous a aidés, dit Yorah.

Le mystérieux personnage s'était relevé et scrutait à présent la forêt. Il semblait sur ses gardes. Puis, il se tourna vers les Artériens.

— *Räy Vouy Dälpiy* ne sont pas un lieu sûr pour les Sans-Pouvoirs, dit-il enfin.

— « Ra-aïe » quoi ? s'intrigua Yorah.

— Les Bois Perdus, dans votre langue.

— Les Bois Perdus ? s'étrangla Barak. Quelle catastrophe !

— Tu connais ? lui demanda Yorah.

— Ursus Horn disait que c'était l'un des pires endroits pour s'égarer, avec ses arbres de pointes et cette brume éternelle... Nous n'en sortirons jamais !

— Pas de temps à perdre en lamentations, lança leur sauveur. Vous n'êtes pas venus seuls dans cette forêt. D'autres rôdent. Leurs énergies sont obscures et ils sont à la recherche de quelque chose... ou de quelqu'un, dit-il en jetant un regard en coin aux Artériens.

— Un seul Ombreux nous cherche, rectifia Yorah.

— À présent, ils sont plusieurs, rétorqua l'homme.

— Oh, non ! Nous sommes perdus ! se désespéra Barak qui tremblait comme une feuille.

— Jeune homme, reprit l'inconnu, un ayam est une chose rare, mais trop visible. Dissimule-le, où ils ne tarderont pas à nous trouver. Il nous faut partir sans plus attendre.

— Pour aller où ? interrogea Yorah.

— En lieux sûrs. Cette décision est vôtre, mais je puis vous affirmer que je suis votre unique chance de sortir de ces bois vivants.

Il ne laissa pas au groupe le temps de répondre. Il franchissait déjà un talus et s'éloignait parmi les branches.

— Qu'est-ce qu'on fait ? paniqua Barak. On ne sait même pas qui il est !

— Il dit vrai, sans lui nous n'avons aucun espoir... se résigna Saya. De toute façon, il ne peut pas être pire que Porcus Rosa et ses acolytes, non ?

— Il y a un autre problème, dit Yorah. Porcus Rosa m'a avoué que plusieurs enlèvements avaient eu lieu à Artéria... dont mes parents.

— Oh, non ! s'exclama Saya, dépitée.

— Comment ? s'écria Barak. Est-ce qu'il a dit qui d'autres avaient été capturés ?

— Non...

— Oh, non... Grand-Mama...

Le silence tomba sur les compagnons abattus. Yorah guettait l'ombre de leur sauveur qui s'effaçait peu à peu dans la brume.

— J'ai su par Stek et Tuna que des disparitions s'étaient produites près d'Artéria, à Pétra, révéla Saya. Plusieurs personnes se sont volatilisées la même nuit. Quand nous étions à l'hôpital, Tuna a d'ailleurs appris qu'un de ses amis faisait partie des victimes. Il se pourrait que Porcus Rosa et son groupe soient derrière tout ça.

— Ah, oui ! Il m'en a parlé ! se remémora Barak.

— Quand je repense à la façon dont il nous a enlevés, avec ses portes dimensionnelles, cela expliquerait pourquoi les disparus n'ont pas laissé de traces, déduisit Saya.

— Une organisation de ravisseurs ? s'époumona Barak. Mais pourquoi ? Pour des Cristaux ?

— Aucune demande de rançon n'a été formulée après les rapts de Pétra... infirma Saya.

— Et Porcus Rosa s'est déjà gavé de Cristaux à Artéria ! lâcha Yorah en donnant un coup de pied rageur dans un tas d'aiguilles.

La silhouette de l'inconnu s'évanouit. Saya s'approcha de

Yorah.

— Yorah, je suis désolée pour tes parents et pour les Artériens, mais même si nous retrouvons Porcus Rosa, nous ne pourrons rien face à lui. Cet homme pourra peut-être nous aider et, au pire, nous permettre de quitter cette forêt et donner l'alerte.

— Donner l'alerte ? Et à qui ? gronda Yorah. Je n'attends rien des Sans-Pouvoirs ; ils ne lèveront pas le petit doigt, et les Els encore moins. Je ne fais pas confiance à ce rôdeur. On n'a besoin de personne pour sortir d'ici ni pour secourir nos proches. On peut se débrouiller seuls.

— Ne jamais se fier à un El ! tonna Barak. Foi de Cassepanard !

— Non mais vous vous entendez ? s'insurgea Saya. Je vous rappelle que sans lui on retombait entre les griffes de Porcus Rosa ! Et regardez où nous sommes ; on ne voit rien dans cette brume ! Tu l'as dit toi-même, Barak, cette forêt est l'un des pires endroits pour s'égarer ! Sans oublier que cette région grouille d'Ombreux ! Cet homme connaît ces lieux, il est notre seul espoir, on n'a pas le choix !

Yorah et Barak grognèrent.

— Et tes Orbes ? s'exclama Barak en se tournant vers Yorah. Tu as tes Orbes !

— Je les ai perdus...

Les bras de Barak en tombèrent. Yorah se mordait la lèvre, révolté de devoir faire un tel choix.

— Tu as raison, Saya, soupira-t-il enfin. Dépêchons-nous de le rejoindre avant de perdre sa trace.

— C'est un cauchemar... C'est un cauchemar... se désolait Barak.

— Aube, je suis navré, mais cet homme est dans le vrai, mieux vaut te faire discrète, dit Yorah en retirant sa casquette. Cache-toi là-dessous.

Le petit ayam s'exécuta. Yorah repositionna sa coiffe et les trois compagnons se lancèrent à la poursuite de leur mystérieux sauveur.

Ils le rattrapèrent au bout de quelques mètres. Yorah se posta juste derrière lui. Barak ferma la marche. Les Artériens entamèrent alors un parcours semé d'embûches dans les méandres des Bois Perdus. Ne pas perdre de vue leur guide était primordial et s'avérait ardu. Des reliefs capricieux fracturaient le terrain, succession de dénivelés échancrés par des tranchées sinueuses. Ils menaient le groupe dans l'inconnu de cette maudite brume. Celle-ci engloutissait chaque repère et son opacité était telle qu'elle paraissait collante et poisseuse. Les murs d'albâtre cloisonnaient l'espace comme ceux d'une prison et, en même temps, invitaient à l'évasion, comme une contrée infinie et mystérieuse, dissimulée juste à côté. Un lieu empli de secrets, propice à l'imagination, où la peur vous embarquait volontiers l'esprit pour un voyage au bout du cauchemar, inondant la forêt d'êtres plus monstrueux les uns que les autres, à l'affût derrière le rempart blanc. Une déglutition âpre indisposa Yorah. Il leva les yeux au ciel et voyait les pins disparaître dans ce voile qui masquait les étoiles. Il frémissait sous les oscillations des branches au-dessus de sa tête, que rien ne semblait pourtant avoir touchées. Cependant, la plus grande menace ne résidait pas dans les chimères de sa pensée, mais naissait des plus basses pointes. Ces dernières griffaient ses bras et ses côtes et ne manqueraient pas de crever un œil trop songeur. Sans cesse en travers du chemin de Yorah, celui-ci les enjambait, se contorsionnait ou se baissait pour les éviter, encore et encore. Et comme si cela ne suffisait pas, les nœuds fourbes des racines, tapis sous les aiguilles, se tenaient prêts à le faire trébucher à la première inattention.

Yorah s'agaçait de son incapacité à entendre les Voix. Il ne pouvait pas compter sur elles pour le guider et il ne s'en trouvait que plus perturbé. Non seulement il s'offrait aux dangers du terrain, mais il redoutait une attaque-surprise de leurs ennemis. Jamais il n'avait arpenté d'endroit comme celui-là et son soutien habituel n'aurait pas été de refus.

Mais malgré ce milieu hostile, un sentiment contradictoire habitait le jeune garçon, comme une sorte de légèreté qui l'aidait à franchir les obstacles. Il ne s'en était pas aperçu tout de suite, happé par le feu de l'action, mais, comme le Chœur de la nature, la Voix torturée de son âme s'était tue. Quelque chose en ces lieux apaisait son mal-être. Yorah, à la fois désorienté et soulagé, ne parvenait pas à comprendre ce curieux phénomène.

Leur guide demeurait discret. Une heure plus tard, celui-ci se murait toujours dans le silence. Néanmoins, il avait une parfaite connaissance des bois. Il progressait de foulées rapides et sûres, sans oublier de s'arrêter à la moindre alerte, avant de poursuivre une fois tout danger écarté.

Saya avançait, tête basse, focalisée sur ses pas, alors que Barak pestait et pleurnichait dès qu'il voyait ou sentait quelque chose qui lui paraissait suspect ; autrement dit, tout ce qu'il y avait autour de lui. Yorah ne lui en tenait pas rigueur, Barak n'était vêtu que d'un bonnet et d'une chemise de nuit, pas la tenue idéale pour se promener dans une lugubre forêt de pins. Soudain, Yorah se rendit compte de quelque chose.

— Mais j'y pense, dit-il en se tournant vers Saya et Barak, vous êtes pieds nus !

— Bah oui, qu'est-ce que tu crois ! Aïe ! aïe ! aïe ! gémit Barak qui marchait comme une danseuse de ballet. Enfin, hum... j'ai déjà affronté pire lors de mes expéditions, reprit-il d'un ton devenu superbe. Toute cette brume me rappelle ma traversée de Nasha. Je ne vous en ai jamais narré le récit ?

— Pas la peine de faire semblant, Barak, le prévint Yorah, on sait que tout ce que tu nous racontais en cours n'était que des salades.

— Pff ! tu remettrais la parole de ton professeur en doute ?

— Eh bien, le jour où tu as grimpé sur ton bureau en criant parce que Aube te tournait autour, j'ai commencé à me poser des questions.

— Alors là, je ne vois absolument pas de quoi tu... MAIS AÏÏEEEEE ! SALETÉS DE FOUTUES AIGUILLES À LA

GOMME !

— Barak, moins fort ! intervint Saya qui se concentrait sur le sol. Suis les traces de Yorah et de notre guide. Ça fait moins mal.

— Prends mes tongs, dit Yorah en les retirant.

— Ah ! merci ! se réjouit Barak.

— Pas toi, banane ! De toute façon, elles sont trop petites pour toi. Essaie plutôt de te couvrir les pieds avec les manches de ta chemise.

— Tu veux que je la déchire ? Mais c'est un cadeau de Grand-Mama !

— C'est toi qui vois...

— Qu'aurait fait Ursus Horn ? lui fit remarquer Saya.

Barak resta sans voix. Saya enfila les tongs et changea de place avec Yorah pour faciliter la progression des deux autres. Barak grognait et se grattait la tête. Après quelques instants d'hésitation, il finit par attraper l'une de ses manches.

— Pardon, Grand-Mama... pleurnicha-t-il en l'arrachant.

Un peu plus tard, la mélodie d'un cours d'eau égaya la forêt. La troupe croisa bientôt le chemin d'un ruisseau ; il semblait naître des nuages. Les Artériens s'y abreuvèrent et y soulagèrent leurs pieds. Yorah y plongea sa blessure pour la nettoyer.

— Mais... ta main ! C'est terrible ! s'affola Saya.

— Beurk... grommela Barak avec une mine de dégoût.

— Ça va, ne t'inquiète pas. Aaah... Ça fait du bien... soupira Yorah en savourant la fraîcheur du courant.

— Nous allons remonter le ruisseau, lança leur guide posté plus haut. Marchez dans l'eau pour ne pas laisser de traces de notre passage.

Il partit sans plus de cérémonie.

— Ro la la... bougonna Barak. C'est le rhume assuré...

Ils pataugèrent ainsi pendant une nouvelle heure. Yorah avait l'impression que la brume s'éclaircissait. Le soleil s'était levé. Les hululements badauds des chouettes s'effacèrent derrière les cris arides des corbeaux. Le jour n'avait que confirmé l'aspect morne des lieux. Pas un fruit, pas une fleur, pas une couleur ne venait réchauffer le paysage. Yorah remarqua alors que leur mystérieux meneur avait dégainé son arc et, d'une habileté déconcertante, perçait de ses flèches des poissons, qu'il récupérait pour les attacher à sa ceinture. Yorah l'observait avec attention. Impossible de toucher de telles cibles sans anticiper leurs mouvements. L'homme avait affirmé ressentir les énergies de plusieurs individus dans les bois. Était-il capable, lui aussi, d'entendre les Voix ?

Le ruisseau aboutit à un torrent vigoureux. La terre qui le bordait abandonnait sa place aux rochers. Les compagnons remontèrent le courant de pierre en pierre. La pente raidit. L'ascension se poursuivit quelques minutes. Ils se trouvaient à présent sous la cime de la brume ; le ciel se tenait là, juste derrière. Les rochers s'assemblèrent en un passage qui permettait de traverser les flots. Leur guide s'y engagea par des bonds agiles et légers. Il gagna l'autre rive en un rien de temps. Ravi par ce saut d'obstacles, Yorah le suivit avec entrain sur ce terrain glissant. Il s'arrêta de temps à autre pour aider Saya qui, entre deux éclats de rire, le suppliait de ne pas lui lâcher la main. Les deux amis s'amusèrent de l'équilibre inexistant de Barak, qui exécutait de grands moulinets avec les bras à chacune de ses enjambées pour éviter de tomber à l'eau. Le professeur de survie finit par se retrouver coincé au milieu du parcours, à quatre pattes, et refusait d'avancer ou de reculer. Yorah n'arrangeait pas ses affaires en faisant mine de lui tendre la main, pour la retirer au moment où Barak, les yeux emplis d'espoir, allait saisir la sienne.

Passée cette franche partie de rigolade – ou épreuve de la mort, selon le point de vue –, le silencieux personnage quitta le tracé de la rivière pour s'engouffrer de nouveau dans les bois. Puis, plus loin sur la colline, il se figea au pied d'un pin plus massif que ses congénères.

— Attendez là, lança l'homme.

Il réalisa un bond prodigieux vers les hauteurs, mais, soudain, il disparut en plein saut. Incroyable. Il s'était volatilisé.

— Mais où est-il passé ? s'alarma Yorah.

— Le gredin ! C'était un piège ! C'en est fini de nous ! s'affola Barak.

— Il nous a dit d'attendre, patience ! rétorqua Saya.

Une corde apparut le long du tronc. Seulement, au bout de quelques mètres, à peu près à la même hauteur où leur guide avait disparu, elle s'effaçait et semblait naître du vide.

— Mais qu'est-ce que ça veut dire ? grommela Barak.

— Montez ! résonna la voix de l'homme, qui demeurait invisible.

Les Artériens se regardèrent, abasourdis. Yorah se décida à grimper le premier ; ce phénomène lui rappelait sa lutte avec Porcus Rosa. Arrivé au niveau où la corde disparaissait, le jeune garçon hésitait à porter sa main plus avant.

— Ne craint rien, assura l'inconnu.

Yorah aventura des doigts timides. Ceux-ci s'évaporèrent. Par réflexe, il les retira aussitôt ; tout allait bien, ses phalanges étaient au complet. Yorah renouvela l'expérience et passa cette fois-ci la tête. Stupéfié, il constata que le décor avait changé. Il se trouvait bien dans l'arbre, mais le prolongement de la corde s'élevait jusqu'à une imposante plate-forme de bois qui reposait sur les plus larges branches. Leur guide l'y attendait. Yorah regarda en bas et voyait toujours le reste de son corps, ainsi que Saya et Barak qui le dévisageaient, inquiets. Il grimpa et saisit la main tendue de l'homme pour se hisser jusqu'aux poutres nervurées, à l'odeur de pluie. La plate-forme se tenait juste au-dessus du niveau de la brume, comme un radeau à la dérive sur des flots blancs. Yorah s'émerveilla devant le soleil qui dominait cet océan de brouillard, d'où seules s'extirpaient des cimes de pins et des collines boisées, telle une couverture duveteuse aux reflets d'or, apposée sur la forêt endormie. Yorah ne s'était jamais autant réjoui de retrouver le ciel, pâle dans l'aube.

Cependant, cette mer de nuages semblait s'étendre à l'infini, tous azimuts. Sans guide, les Artériens ne réussiraient pas à en sortir.

— Yorah ?

C'était la voix de Saya.

— Tout va bien, répondit-il, montez !

Saya s'engagea. L'homme se dirigea vers un établi dans le fond du repaire, contre le tronc. Il y déposa ses poissons et commença à les travailler avec son poignard. Quelques objets s'entassaient dans l'espace restreint, qui comptait entre autres une table basse, des pots, jarres et autres récipients, des peaux de bêtes et vêtements, des sacs de graines et d'épices, ainsi que des plantes séchées et des armes... Des livres aux couvertures vieillies s'ordonnaient dans une bibliothèque au côté de carnets et parchemins, d'un encrier et de plumes. Une plate-forme supérieure, plus exiguë, était accessible par une échelle, et encore au-dessus, une toile attachée aux branches protégeait de la pluie l'intégralité du deuxième étage et une bonne partie du premier.

Mais une dernière chose attira l'attention de Yorah. Un pilier qui lui arrivait au torse se dressait au milieu de la pièce, et à son sommet rayonnait une sphère métallique. C'était un Orbe. Yorah s'en approcha.

— Je vois... murmura-t-il. C'est cet Orbe qui crée l'illusion autour de l'arbre.

Yorah tendit la main pour le toucher. Ses doigts allaient goûter à la caresse de l'auréole ondulante. Le maître des lieux apparut brusquement sous son nez et lui saisit le bras. Suffoqué, Yorah dévisagea la figure sombre de son hôte alors qu'un frisson aussi rapide que féroce cristallisait son échine. La poigne de l'homme au regard rougeoyant ne faiblit pas dans le silence qui suivit.

— Je t'interdis de t'en approcher, glissa celui-ci d'une voix glaciale. Notre survie dépend de cet Orbe.

Il remarqua alors la plaie sur la paume du jeune garçon. La

pression de sa main diminua et Yorah s'en libéra d'un pas en arrière.

— Qui êtes-vous, à la fin ? lança-t-il. Pourquoi nous aidez-vous ?

L'individu ne répondit pas et se dirigea vers son étagère où il fouilla dans un sac. Il revint avec une bande de tissu et une partie de plante qu'il tendit à Yorah. Cette dernière était un morceau de feuille, épaisse et dentée sur les bords.

— C'est de la *Vlirens*, brûlance dans votre langue. Écrase-la pour faire sortir un gel qui soulagera et cicatrisera ta plaie. Mets-en aussi sur ton bras et panse-toi.

Sur la défensive, Yorah rechignait à obéir, mais céda devant l'insistance stoïque de son hôte. Le gel frais du végétal apaisa tout de suite sa douleur.

— J'ai du mal à croire qu'un Ombreux viendrait au secours de Sans-Pouvoirs sans arrière-pensées, persista Yorah en réalisant le bandage.

Le lugubre personnage tourna la tête vers la sphère lumineuse.

— Comme tu l'as deviné, cet Orbe projette un sort d'Illusion, dit-il. Il est toujours actif et dissimule ma demeure au monde extérieur, tout en me permettant d'avoir un œil sur lui.

— Pourquoi vous cachez-vous ?

L'homme apposa sa main sur l'Orbe.

— Pour garantir son fonctionnement sans interruption, je dois souvent le recharger.

Sa main se mit à briller. Le halo sombre s'apprêtait à apparaître. Mais il n'en fut rien. Les scintillements ne s'électrisaient pas d'une agitation irrépressible. Ils s'élevaient dans la quiétude. Comme de la neige. Une auréole transparente enveloppa alors sa main. Elle ne flamboyait pas. Elle ondulait comme les flots. D'une blancheur douce et apaisante.

— Un Lumineux... murmura Yorah, stupéfié.

La sphère se nourrit de l'énergie de l'El de lumière, sous le regard captivé du jeune Artérien. Après quelques instants, l'homme retira sa paume. Il se tourna vers Yorah et ôta son capuchon pour dévoiler aux côtés de ses yeux rouges de longs cheveux bruns.

— Les Ombreux sont notre ennemi commun, dit-il. Je m'appelle Dalsen, Dalsen Livu. Vous n'avez rien à craindre ici. Restaurez-vous aujourd'hui. Nous partirons demain. Il y a du cuir et des cordages, là-bas. De quoi confectionner des chaussures de fortune pour tes amis.

Il rejoignit ensuite son établi pour reprendre sa besogne initiale.

— Et tu peux relâcher ton ayam, ajouta-t-il alors que son couteau claquait sur le bois.

— Euh... Oui... Merci.

Yorah libéra Aube au moment où Saya atteignait la plate-forme. Il l'aida à se hisser.

— Ça va ? Je t'ai entendu crier, dit-elle.

— Oui, ne t'en fais pas, dit-il en souriant. Tout va bien.

Chapitre V

UNE OMBRE DANS LA MER BLANCHE

— Comment ? Un Lumineux ? répéta Saya en attrapant le bras de Barak, qui se hissait à grand-peine sur la plate-forme.

— Oui, il s'appelle Dalsen, dit Yorah en saisissant la chemise de nuit du professeur de survie.

— Tu en es sûr ? s'enquit Barak.

— Absolument. La couleur du pouvoir des Ombreux est grise, alors que celle des Lumineux est blanche, pas vrai ?

— Oui, c'est bien ça, mais arrête de tirer sur ma chemise ! Je n'ai rien en dessous ! pesta Barak les fesses à l'air.

— Oups, désolé !

— La sphère d'Illusion nous rend invisibles, mais pas inaudibles, intervint Dalsen. Maîtrisez-vous.

— Oui, pardon, répondit Yorah. Au fait, nous ne nous sommes pas présentés. Je m'appelle Yorah.

— Moi, c'est Saya.

— Monsieur Cassepanard.

Dalsen n'y prêta pas attention. Il alla remplir des bassines avec de l'eau contenue dans un tonneau. Il les donna aux Artériens qui y rafraîchir leurs pieds endoloris. Puis il disposa une table basse qu'il affubla d'un pichet d'eau, de gobelets et d'assiettes garnies de poissons.

— Mangez, lança-t-il. Quand vous aurez terminé, il y a des couches à l'étage où vous pourrez dormir.

Dalsen alla s'asseoir avec son repas sur un rebord de son repaire, ouvert sur le ciel. Il se figea, silencieux, face à l'horizon du Sud, où le soleil émergeait des nuages, sous le règne d'une lune pleine. Les Artériens s'attablèrent.

— Je meurs de faim ! s'exclama Yorah en plongeant dans son plat.

— Attends ! Attends ! s'alarma Barak. Qui nous dit que ça n'est pas empoisonné ?

— C'est un Lumineux, Barak, dit Saya. Nous n'avons rien à craindre.

— Ce n'est pas parce qu'il est contre les Ombreux qu'il est de notre côté ! chuchota d'un ton nerveux le professeur de survie. Il reste un El. Il est dangereux et vraiment très étrange !

— Je pense que ça fait un moment qu'il vit seul ici, dit Yorah.

— Pas étonnant, vu que les Lumineux sont condamnés à mort s'ils sont découverts par les Ombreux, se désola Saya. Depuis le début de l'âge d'or des Ombreux, ils ont été décimés et ceux qui ont survécu doivent se cacher. En fin de compte, ils sont plus à plaindre que nous ; les Sans-Pouvoirs ont au moins la *chance* d'être autorisés à vivre.

— C'est vrai que cette forêt est l'endroit idéal pour disparaître, admit Yorah.

— Bah ! tout ça, ce ne sont que des histoires d'Els ! ronchonna Barak. Ombreux comme Lumineux, ils ne valent pas mieux les uns que les autres !

Yorah jeta un regard amer au professeur de survie et soupira.

— Crois-moi, s'il l'avait voulu, il aurait pu se débarrasser de nous un millier de fois, dit-il. Les Ombreux règnent sur les Terres du Nord. C'est une sacrée veine d'être tombés sur l'un des rares Lumineux encore vivants. Restons sur nos gardes, mais je pense qu'on peut lui faire confiance. De toute façon, si je ne mange pas, je vais mourir. Libre à toi de redescendre et d'attraper des insectes.

Yorah et Saya mangèrent. Barak grommela, mais ne tarda pas à les imiter.

— Ça fait du bien ! s'enthousiasma Yorah.

— Oui, c'est bon, sourit Saya.

— Ça aurait été meilleur cuit, m'enfin... mâchouilla Barak en surveillant les moindres faits et gestes de Dalsen.

— Qu'allons-nous faire ensuite ? s'enquit Saya.

— Dalsen a dit que nous pouvions nous reposer ici aujourd'hui et qu'il nous guiderait hors des Bois Perdus demain, affirma Yorah entre deux gorgées d'eau.

— Hmm... grogna Barak. La perspective de sortir de cette forêt est alléchante, mais celle de dormir à côté d'un El beaucoup moins... Raaa ! encore une arête !

Yorah réfléchit.

— Barak a raison, admit-il. On ne sait jamais. L'un de nous devrait rester éveillé pendant que les deux autres récupèrent. Vous pouvez y aller, je comptais de toute façon discuter avec Dalsen. À quelle distance se trouve Artéria ? demanda-t-il à Barak.

— Environ 300 kilomètres.

— Nous avons nos chaussures à fabriquer, rappela Saya. Tu n'as qu'à aller t'allonger pendant ce temps, Yorah, et nous te réveillerons ensuite.

— D'accord.

Leur repas fini, Saya et Barak se lancèrent dans la confection de leurs chaussures. Yorah se retira à l'étage. En grimpant à l'échelle, il jeta un regard à Dalsen, toujours prostré face à la mer de brume. Sur la plate-forme en hauteur, du foin s'amoncelait en un épais matelas. Un parfum chaud enivra Yorah alors qu'il s'aventurait à quatre pattes dans l'herbe sèche. Yorah s'y blottit. Il se remémora la journée incroyable qu'il venait de vivre. Il pensa à ses parents. Il pensa à Porcus Rosa et à Artéria. Puis ses yeux se fermèrent.

Un instant plus tard, la voix suave de Saya s'immisça dans

son oreille. Yorah s'éveilla.

— Bien dormi ? lui demanda-t-elle.

— Oui, répondit-il d'une voix ensommeillée. Ça fait longtemps ?

— Je dirais deux heures, à peu près.

— Et vous, ça va ?

— Oui, regarde.

Saya lui montra ce qu'elle et Barak avaient réalisé alors que ce dernier s'allongeait à tâtons sur le foin, une expression incommodée sur le visage. Des pièces de cuir, qu'ils avaient découpées à l'aide d'un poignard, emballaient leurs pieds. Ils les avaient ensuite enroulées avec de la corde et maintenues par un solide nœud. L'opération aurait pu être plus rapide si Barak n'avait pas déchiqueté plusieurs morceaux de cuir. Saya était venue à sa rescousse après avoir terminé sa paire.

— J'AVAIS UN TRÈS MAUVAIS COUTEAU ! se défendit Barak.

— Et Dalsen ? s'enquit Yorah.

— Il n'a pas bougé depuis tout à l'heure, répondit Saya en tournant la tête vers leur hôte.

— Bon, je vais lui parler.

— Tu vas lui demander s'il peut nous aider à retrouver nos proches ?

— Je n'en sais rien. On verra comment évolue la conversation.

— Fais attention.

— Oui, reposez-vous.

— Surveille-le bien ! ordonna tout bas Barak.

Yorah descendit l'échelle et s'avança sur la terrasse. Le Lumineux tirait sur une pipe de bois, au long tuyau arqué, dont les volutes de fumée s'élevaient, envoûtantes, au-dessus de la mer de nuages. Yorah nota qu'il tenait dans son autre main des feuilles de papier, cornées et marquées par la répétition des pliages. Yorah crut y deviner des écrits, ponctués de dessins enfantins, que le Lumineux appréciait d'un regard attendri. Le

106

jeune Artérien hésitait à le perturber dans sa tranquillité. Mais soudain, Dalsen releva les yeux et les porta sur la forêt. Quelque chose venait d'attirer son attention. Il cessa de tirer sur sa pipe et dissimula son mystérieux courrier.

— Elles s'agitent, dit-il.

— Pardon ? dit Yorah.

— Les forces obscures à votre recherche. Elles ne sont pas loin.

— COMMENT ?

Yorah accourut vers lui. Dalsen se focalisait sur un endroit précis des bois, quelque part au sud-est. Yorah tenta d'observer le même point que lui. Il scruta les creux et les bosses de la surface d'albâtre. Mais la mer de nuages demeurait imperturbable. Dalsen parvenait pourtant à sentir des auras. Yorah se concentra, en quête d'une Voix, mais l'atmosphère des lieux barrait toujours son pouvoir.

— Ils nous ont retrouvés ? s'enquit Yorah.

— Non, je ne crois pas. Ils sont immobiles, mais... leurs auras bouillonnent !

Dalsen fronça les sourcils.

— Et puis... c'est étrange... Je sens des énergies ombreuses, mais... parmi elles, il y en a une... comment dire...

Il se tut et se leva d'un bond. À ce moment précis, un cri horrifique déchira la quiétude de la mer blanche. Un grondement terrible, abyssal, ébranla les lieux l'instant d'après et une explosion spectaculaire, d'un noir absolu, dévora la brume à l'endroit ciblé par Dalsen. La déflagration, d'une matière ténébreuse, disparut aussitôt, comme une bulle éclatée. Elle avait broyé la forêt en débris d'écorces et de terre, mais n'avait laissé derrière elle aucune fumée. L'impact avait été d'une violence extrême, bref, et résonna au plus profond de Yorah. Un trou béant siégeait à présent dans la brume, dont les lambeaux de nuage stagnaient en cercle au-dessus de l'épicentre de la détonation. Une plaie figée dans le décor endormi, abasourdi et traumatisé.

107

— QU'EST-CE QUE C'ÉTAIT ? sursauta Barak avec Saya.

En quête de réponses, Yorah se tourna vers Dalsen. L'effroi déformait les traits du Lumineux.

— Ils sont là... murmura-t-il.

Des silhouettes émergèrent de la brèche. Elles flottaient dans les airs, haut dans le ciel, et se dirigèrent vers les quatre compagnons. À mesure qu'elles s'approchaient, Yorah put distinguer cinq personnes encapuchonnées. Alors qu'elles s'apprêtaient à survoler le repaire de Dalsen, l'une d'elles stoppa sa course. Les autres l'imitèrent. Dalsen se tétanisa. Les Artériens, tout comme la forêt entière, retinrent leur souffle. La lugubre troupe demeurait immobile. Dans l'insoutenable silence, Yorah porta les yeux sur l'homme qui s'était figé le premier.

Le vent se leva. Les feuillages s'agitèrent. Sous la plate-forme, les bois s'animèrent de la fuite précipitée des rares créatures présentes. Un halo sombre se dessina alors autour de l'individu. Cependant, il n'avait rien à voir avec le voile gris, léger et flamboyant des Ombreux ; celui-ci concentrait des ténèbres opaques, épaisses et visqueuses. Il ondulait, noir et malsain. Plus qu'un halo, il paraissait vivant.

Une entrave, invisible, lourde et obscure, enserra Yorah si fort qu'il avait l'impression de pouvoir la toucher. Une aura le pénétrait, au plus profond de son âme, tranchante, implacable. Hypnotique. Dalsen, Saya et Barak se tenaient tout aussi paralysés.

— C'est lui... glissa Dalsen dans un murmure étouffé. Une énergie plus noire que les Ombreux...

Yorah ne parvenait pas à détacher son regard du mystérieux El, vêtu d'une tenue d'un noir complet. Yorah devina, malgré la distance, un long manteau ouvert qui flottait au vent et laissait apparaître son torse. Des airs, le lugubre personnage semblait chercher quelque chose des yeux. Les Artériens et Dalsen, muets, attendirent, pendant des secondes interminables. Le visage enténébré s'arrêta alors sur le repaire du Lumineux. Les fugitifs se raidirent. Yorah sentit son cœur accélérer. La peur s'unissait à l'entrave qu'il ressentait. La pression qui émanait du sombre observateur grandit. Elle dévorait Yorah et agressait son corps et ses sens. Les battements de son cœur se muaient en torsion de souffrance et martelaient sa poitrine. Le venin d'un mal-être irrépressible l'envahit. Il se répandait en lui par le sang, pulsait dans ses veines jusqu'à ses yeux qui vibraient sous son pouls, comme s'ils tentaient de fuir leurs orbites.

Le supplice devint insupportable. Mais, peu à peu, l'aura du sinistre personnage s'estompa. Son halo se dissipa. Les éléments s'apaisèrent. L'homme esquissa un signe à ses compagnons. La troupe d'Els reprit sa route. Elle s'éloigna dans le ciel et disparut en direction du nord-est.

Yorah s'effondra au sol, subitement libéré de l'emprise de l'individu. Le visage livide, il essayait de récupérer son souffle et dévorait d'amples inspirations. Son cœur peinait à se calmer. Saya et Barak, tout aussi choqués, laissèrent échapper un immense soupir de soulagement.

— Qui... Qui sont ces hommes ? haletait Yorah qui en frémissait encore.

— Apparemment les acolytes de Porcus Rosa, dit Saya. Pourtant il n'était pas avec eux... J'ai vraiment cru qu'ils allaient nous trouver... Vous avez senti cette pression qui émanait d'eux ?

— M'en parle pas ! j'ai failli étouffer ! tremblait Barak. Et dire que nous aurions pu tomber sur ces monstres...

Dalsen bondit alors de la plate-forme et s'évanouit dans la brume ; son ombre se hâtait vers le lieu de l'explosion.

— DALSEN ! s'écria Yorah en se précipitant vers la corde.

— Attends Yorah ! Je viens aussi ! lança Saya.

— HÉ ! MAIS VOUS ÊTES FOUS ! paniqua Barak. NE ME LAISSEZ PAS SEUL ! ATTENDEZ-MOI !

Yorah dégringola le long de la corde et se rua à la poursuite de Dalsen. Il manqua de trébucher et dérapa sur le tapis d'aiguilles, friable et incliné par la pente.

— Dalsen ! Dalsen ! hurla-t-il en s'enfonçant toujours plus parmi les barrières d'écorces, dans l'inconnu du voile blanc.

Yorah ralentit sa cadence, puis s'arrêta. Il regarda à droite et à gauche, encerclé par un décor en écho. Il s'était égaré.

— Yorah ! l'appela Saya au loin.

— Je suis là !

Saya et Barak le rejoignirent.

— Tu l'as perdu ? lui demanda Saya, haletante.

— Oui... répondit Yorah qui scrutait les alentours.

— C'est malin ! pesta Barak.

— DALSEN ! DALSEN ! s'écriait Yorah.

— Silence ! Inconscient ! ragea le Lumineux qui se révéla derrière un cyprès, son capuchon de nouveau rabattu sur son visage. Ton ayam !

Yorah baissa les yeux et dissimula Aube sous sa casquette. L'air grave, Dalsen tourna les talons et reprit sa route. Les Artériens se précipitèrent après lui. Dalsen, qui marchait d'un pas décidé, ralentit peu à peu son allure. Il banda son arc et fit signe aux Artériens de se tenir sur leurs gardes. Le Lumineux avançait maintenant avec une extrême prudence. Yorah et les autres le suivaient, alertes comme jamais. Ils sursautèrent tous au craquement d'une branche. Barak s'excusa alors de sa maladresse. Quelques mètres plus loin, Dalsen s'arrêta auprès d'un arbre. Les Artériens se raidirent.

Une grande marque noire, comme une déchirure sauvage et brutale, lacérait le tronc. Dalsen se pencha pour étudier cette sombre cicatrice. Yorah vit les traits du Lumineux se crisper de rictus incommodés. L'hôte des Bois Perdus apposa une main sur l'écorce. Il la retira alors aussitôt, comme pour échapper à une brûlure. La tourmente envahit ses yeux. À l'aide de son poignard, il entailla la trace. Celle-ci ne siégeait pas qu'en surface, elle avait imprégné profondément le bois. Yorah se sentit étrange en l'observant.

— Mais qu'est-ce que c'est que cette trace ? frémit Saya.

— Quelque chose qui nous indique de fuir sur-le-champ !

chuchota Barak d'une voix paniquée.

Yorah n'écoutait pas ses compagnons. Il tendit la main pour toucher les ténèbres de la plaie. Dalsen lui saisit alors le bras. Le Lumineux transperça le jeune garçon d'un regard meurtrier et, d'un mouvement de tête on ne peut plus explicite, lui interdit toutes nouvelles tentatives.

Ils poursuivirent leur avancée dans le voile de nuages. Ils constatèrent, effarés, que les mêmes traces abyssales griffaient non seulement chaque arbre, mais aussi la terre et la pierre. Le chaos s'intensifiait à mesure qu'ils allaient plus avant. L'énergie qui baignait l'endroit était la même qui émanait de l'être encapuchonné, à la fois terrifiante, et pénétrante. Alors que l'atmosphère ne faisait que s'alourdir, ils arrivèrent sur les lieux de l'explosion. La brume se réappropriait le terrain d'où elle avait été chassée et, mêlée aux lacérations ténébreuses, la forêt s'en trouvait assombrie. Les pins étaient abattus, le sol retourné. Le groupe progressait et, pas après pas, un énorme rocher se dessina dans le brouillard. Quelque chose d'imposant y était logé.

Un homme. Un homme était encastré dans la pierre. Les yeux de la troupe s'horrifièrent devant la carcasse ; le corps entier était taillardé des mystérieuses marques noires. Et l'individu, de forte corpulence, ne leur était pas inconnu.

— C'est... Porcus Rosa... balbutia Yorah d'une voix suffoquée.

Dalsen lévita et se posta auprès de l'Ombreux. Il porta deux doigts sur son cou à la recherche d'un pouls.

— Il est mort.

Saya laissa échapper un cri d'effroi. La mort avait frappé Porcus Rosa dans la terreur et sa bouche en était encore grande ouverte. Les verres brisés de ses lunettes subsistaient sur son nez, mais ne parvenaient pas à dissimuler des yeux sans vie. Secoué par des tremblements indomptables, Yorah ne pouvait détacher son regard de la dépouille lacérée de ténèbres. Les compagnons restèrent ainsi prostrés devant le funeste spectacle.

— Quelle horreur... dit Saya. Ces hommes n'étaient donc pas ses complices. Il a dû tomber sur eux alors qu'il nous cherchait...

— Je veux rentrer chez moi ! grelottait Barak.

Le disque volant de leur ravisseur était fendu en deux, à ses pieds. Son équipement et son butin avaient disparu. Dalsen fouilla l'Ombreux. Il dénicha plusieurs petites sphères.

— Ce sont des Billes ? lui demanda Yorah.

— Oui, confirma Dalsen. Celle-ci contient un sort de Cécité, celle-là un sort de Folie et ces deux-là... renferment la même association de sortilèges, dit-il après un instant de réflexion. Un d'Ignifugation et un autre d'Antiparticules. Je n'avais jamais vu une telle combinaison.

Yorah saisit les quatre Billes pour les observer. En effet, le symbole d'un visage avec le regard masqué par un nuage figurait sur la première, et un visage entouré d'étoiles était gravé sur la seconde. Les deux dernières s'affublaient du dessin d'une flamme barrée ainsi que celui de multiples points, comme de la neige, également rayé d'un trait. Yorah ignorait qu'un Orbe pouvait contenir plusieurs sorts.

— Ignifugation... C'est pour ça que le pouvoir de Feu ne lui a rien fait, comprit Yorah en se remémorant sa lutte contre Porcus Rosa et en rendant les Billes à Dalsen. En revanche, les meurtriers ont dû lui dérober le reste de ses Orbes, ainsi que ceux de mon père...

Le Lumineux rangea ses trouvailles sous sa cape. Mais quelques secondes après, son visage se crispa. Il focalisa son attention sur sa main. Une poudre noire lui parcourait les doigts.

— Un problème, Dalsen ? s'enquit Yorah.

— Cette poudre... J'ai dû la récupérer en fouillant la dépouille... Elle me brûle la peau, s'alarma le Lumineux.

Il porta le minerai jusqu'à son nez pour tenter de l'identifier. L'horreur et le dégoût déformèrent alors ses traits. Il toussa, s'époumona, incapable de débusquer un souffle qui l'avait subitement fui.

— Dalsen ! s'écria Yorah en accourant vers lui, devant l'expression effarée de Saya et Barak.

Yorah s'aperçut alors qu'il avait des traces de cette poudre sur la main. Épouvanté, il la frotta avec frénésie sur son short. Dalsen s'effondra à terre. Les larmes lui montèrent aux yeux. Le Lumineux étouffait, au son de râles insoutenables. De la fumée naissait de ses doigts corrodés, qu'il étrillait contre le sol épineux pour tenter de se débarrasser de l'agresseur. Il vomit, encore et encore. Puis son estomac n'eut plus rien à rendre. Après plusieurs inspirations avides, le regard perdu dans les aiguilles, Dalsen retrouva peu à peu son calme. Les Artériens restaient tétanisés par ce qu'ils venaient de voir. Yorah scruta sa main sous toutes les coutures. Elle n'avait pas eu le temps de rougir ; il l'avait échappé belle.

— Dalsen... est-ce que... ça va ? osa-t-il.

Le Lumineux acquiesça d'un geste de tête hésitant.

— C'est cette poudre qui vous a fait ça ?

— Oui...

— Qu'est-ce que c'est ? s'alarma Saya.

— Je n'en sais rien... balbutia le Lumineux, sous le choc. Je n'ai jamais rencontré un tel poison... Ne vous en approchez pas...

— Pas la peine de me le dire ! s'écria Barak.

Les Artériens jetèrent un œil horrifié à la terre creusée par les frottements de Dalsen. Ce dernier fixa Porcus Rosa d'un regard grave. La tension palpable, mais maîtrisée, de son visage s'était emballée. Le Lumineux paraissait troublé comme jamais. Ses yeux s'agitaient. Il cherchait des réponses, mais il serrait le poing face à l'incompréhension qui lui barrait la route.

— Dalsen, vous avez une idée sur l'origine des hommes qui ont fait ça ? Ces marques... c'est l'œuvre d'Ombreux ? l'interrogea Yorah.

— Les Ombreux sont de sombres personnages, mais ils ne peuvent dégager une énergie aussi noire. Toute cette zone en est imprégnée. Le simple fait de me tenir ici m'est pénible. Je ne sais pas quel genre d'Els ils sont, mais cela n'augure rien de bon. Avant votre arrivée dans les Bois Perdus, je n'avais jamais ressenti un tel mal-être...

Dalsen se tut. Il semblait avoir compris quelque chose. L'instant d'après, il s'était tourné vers Yorah et le menaçait d'une flèche, encochée en un éclair dans son arc.

— D... Dalsen ? bégaya Yorah.

Saya et Barak retinrent leur souffle.

— Qui êtes-vous ? gronda Dalsen.

— Personne ! Nous ne sommes que des Sans-Pouvoirs, nous vivons à Artéria ! affirma Yorah.

— Vous n'allez pas me faire croire que vous n'êtes que de simples victimes dans cette histoire. Votre venue a amené un trouble comme ces bois n'en ont pas connu depuis des années.

Les Artériens en restèrent sans voix.

— Répondez ! lâcha Dalsen en bandant un peu plus son arc.

— C'est la vérité ! dit Yorah. Porcus Rosa nous a enlevés la nuit dernière, ainsi que d'autres habitants ! Nous n'en savons pas plus !

— Nous ignorons qui sont ces hommes, intervint Saya. Je vous en prie Dalsen, il faut nous faire confiance !

Derrière la pointe brillante de la flèche, le regard de Dalsen s'embrasa d'une rage folle. Le Lumineux prit Saya pour cible.

— Ne me parle... jamais plus... de confiance... intima-t-il d'une voix glaciale.

— Dalsen... Je vous en conjure... calmez-vous... balbutia Yorah qui, d'un pas précautionneux, s'interposa entre le Lumineux et Saya.

Les secondes, suffocantes, s'écoulèrent à grand-peine dans un silence de mort. Au bout de quelques instants, Dalsen baissa son arc.

— Je voulais attendre demain avant de vous guider hors de ses bois, mais vous devez quitter ces lieux sur-le-champ.

— Comment ? Mais nous n'en sortirons jamais seuls !

paniqua Barak.

— Je vous jure que nous n'avons rien à voir avec ces Els ! implora Saya.

— Je ne sais pas si les ayams attirent véritablement le malheur, mais les ténèbres se sont abattues sur cette forêt depuis votre arrivée. C'est une coïncidence que je ne peux ignorer. Je vous escorterai, mais nous partirons sans délai. Je ramènerai ainsi la quiétude sur mon domaine.

Les Artériens se regardèrent, désarmés, alors que Dalsen prenait le chemin de son repaire. Ils le suivirent dans les bois.

— Attendez-moi là, leur ordonna Dalsen quand ils atteignirent le pied du grand pin.

Le Lumineux disparu dans l'illusion de son refuge.

— Que fait-on ? murmura Saya.

— Quelle question ? On fait ce qu'il dit, évidemment ! gronda Barak. Je suis déjà heureux qu'il ne se débarrasse pas de nous ! Il commence vraiment à m'effrayer. Plus vite nous serons sortis de ces bois maudits et serons loin de lui, et mieux ce sera !

— Et pour nos proches ? On ne peut pas les abandonner ! protesta Yorah.

— BON-ÇA-SUFFIT-MAINTENANT ! grogna Barak en sautant sur place comme un enfant. On s'occupera de ça plus tard ! De toute façon, Porcus Machin est mort et c'était notre seule piste. Nous pourrons peut-être trouver de l'aide à l'extérieur de la forêt ! Donc jusqu'à ce qu'on soit tirés de là, on se tait, et on fait ce que l'homme des bois nous dit ! Vu ?

Dalsen réapparut alors avec un équipement plus important.

— En route ! annonça-t-il alors qu'il passait sans s'arrêter devant eux.

Yorah et Saya, amers, acquiescèrent. Les Artériens suivirent de nouveau Dalsen dans les méandres des Bois Perdus.

— Marchez en rang serré, lança Dalsen. Le jour, des hordes de prédateurs rôdent à la recherche de proies.

— Il a toujours le mot pour rassurer celui-là, grommela Barak.

— Où nous emmenez-vous ? demanda Yorah.

— Vers l'ouest. Sur la côte se trouvent plusieurs villages de Sans-Pouvoirs, non loin de la lisière des Bois Perdus. Nous ferons une halte pour la nuit aux Collines de Brume. Hâtons-nous.

— Les Collines de Brume ? répéta Barak.

— Qu'est-ce que c'est ? l'interrogea Saya.

— C'est un endroit au cœur des Bois Perdus. Ursus Horn s'y est aventuré. La brume s'y agglomère de manière étrange et forme, vue du ciel, des collines blanches. La traversée de cette zone est âpre à cause de la densité de nuages.

— C'est sûrement le lieu idéal pour se cacher, conclut Yorah.

Dalsen s'était de nouveau muré dans le silence. Les Artériens scrutaient sans répit les alentours à la recherche d'une ombre menaçante. Le Lumineux imposait à la troupe un rythme soutenu. Il n'autorisa pas les Artériens à s'arrêter au bout de quelques heures, quand il leur jeta une miche de pain en guise de repas. Ils poursuivirent leur route jusqu'à la nuit tombée. Le brouillard s'épaississait. Il s'engluait dans une matière à mi-chemin entre le gaz et le liquide. Y respirer devenait pénible. Yorah n'y voyait plus rien, à l'exception de la silhouette diffuse de Dalsen, pourtant à un mètre de lui. Le guide stoppa alors sa marche et se tourna vers Yorah, Saya et Barak.

— À partir de maintenant, suivez exactement le même chemin que moi, ordonna-t-il. Si je contourne un arbre par la gauche, faites de même, compris ?

Les Artériens acquiescèrent.

Dalsen bifurqua sur sa droite. Yorah, Saya et Barak lui emboîtèrent le pas. Le lumineux entreprit ensuite un étrange parcours parmi les pins. Il arriva à hauteur d'un arbre dont plusieurs branches étaient cassées et le contourna par la droite. Derrière s'alignaient curieusement quatre autres pins, ce que Yorah n'aurait jamais remarqué s'il avait arpenté les bois seul. Dalsen contourna le second par la gauche, le troisième par la droite et serpenta ainsi jusqu'au dernier. Là-bas, deux pins se tenaient côte à côte, plus serrés que le reste de leurs congénères. Une barrière de branches fournie occupait ce maigre espace, mais Dalsen s'y fraya néanmoins un passage. L'obstacle franchi, il attendit pour s'assurer que les Artériens avaient suivi ses instructions. Yorah puis Saya le rejoignirent. Barak mit un peu plus de temps, retenu par sa chemise de nuit qui s'était accrochée dans les branches. Il y perdit ensuite son bonnet. Après l'avoir récupéré, il regagna la troupe qui patienta quelques instants. Sous les yeux ébahis de Yorah, le brouillard opaque commença à se dissiper devant eux.

Un chemin se dessina, coincé entre deux véritables murs de brume. Ces façades s'élevaient très haut, comme si elles repoussaient la mer de nuages, pour dévoiler un trait de ciel noir. Les arbres qui bordaient le passage voyaient leurs branches disparaître comme par enchantement pour libérer la voie. Le tapis d'aiguilles se transforma en un matelas de brume, sentier blanc qui grimpait au sommet d'une colline tout aussi immaculée, vers les étoiles.

— Rares sont ceux qui connaissent la vraie nature des Collines de Brume, annonça Dalsen.

— Ça alors... s'émerveilla Barak. Même Ursus Horn n'en a jamais parlé...

Le Lumineux s'avança sur le brouillard... et ne passa pas au travers ; il marchait dessus, comme si de rien n'était. Les Artériens s'y engagèrent à leur tour. Yorah posa un pied hésitant sur ce sol étrange, qui lui offrit un soutien parfait malgré sa faiblesse apparente. Il ramassa un peu de cette curieuse matière pour en former une boule, qu'il ne put se retenir de lancer sur la tête de Barak. Une brève bataille et des éclats de rire – et protestations agacées pour Barak – suivirent au sein des Artériens. Le groupe poursuivit son ascension et se tint bientôt non loin de la surface de la mer de nuages. Les murs de brume s'atténuèrent en un voile léger et révélèrent les cimes des grands pins, clairement visibles, même au loin. Le ciel s'ouvrit, et la lumière d'une lune illuminait avec force la colline blanche. Dalsen leva la main et s'arrêta.

— Nous allons attendre, dit-il en ôtant son capuchon.

Les minutes s'écoulèrent. Rien ne se passait. Dalsen regardait, figé, sur sa gauche.

— Qu'attendons-nous ? demanda Yorah.

— Il ne devrait plus tarder, répondit Dalsen.

Au bout de quelques minutes, le souffle d'un cheval ronfla dans la direction qu'observait le Lumineux. Celui-ci poussa un soupir et ses yeux s'emplirent de mélancolie. Yorah vit la forme d'une imposante monture apparaître dans le brouillard, sur un sentier qui semblait faire le tour de la colline. Ses larges sabots heurtaient d'un pas lourd et lent le sol duveteux. Un fier cavalier le montait, droit sur la selle. Il tenait d'une main les rênes et dans l'autre une grande lance pointée vers le ciel. La brume composait intégralement l'homme et son destrier. Elle dessinait les contours grossiers d'un visage aux cheveux longs et d'une armure, et laissait échapper derrière elle des traînées de nuages.

— Incroyable... glissa Yorah, ébahi.

Le cavalier stoppa sa marche sur le chemin des compagnons. Dalsen paraissait bouleversé par sa présence. Il peinait à retenir ses larmes. Il s'avança auprès de l'entité diffuse et, de gestes appliqués, caressa maintes fois son cheval.

— Voici Keberuä Celp, dit-il en se tournant vers les Artériens. Il y a encore quelques années, un village de Lumineux se dressait au sommet des Collines de Brume. Il s'appelait Niec. Keberuä en était le garde de son vivant... et il continue de protéger ses ruines aujourd'hui. La mort elle-même n'est pas parvenue à lui faire renoncer à son devoir.

Yorah restait médusé. Les traits de Dalsen se raidirent brutalement.

— C'est très simple, dit-il. Keberuä décidait du droit de passage. Si une personne réussissait à franchir le mur de brume, elle devait prouver sa valeur à Keberuä pour poursuivre sa route vers Niec. Si le gardien était convaincu, il s'écartait du chemin. En revanche...

Yorah avala sa salive.

— ... quiconque animé de mauvaises intentions subissait les foudres de sa lance. Il n'y a pas meilleur que lui pour lire dans le cœur des hommes. Je m'en remets à son jugement pour déterminer si vous êtes dignes de confiance ou non.

Un frisson parcourut Yorah.

— Qu'est-ce que vous voulez dire ? trembla Saya.

Dalsen cibla Yorah du regard.

— Je reste persuadé que vous ne me dîtes pas toute la vérité.

— Dalsen... balbutia Yorah. Ne faites pas ça, je vous en prie...

— Ma naïveté a déjà coûté la vie à de nombreuses personnes...

— Dalsen, nous vous jurons que nos intentions ne sont pas mauvaises ! implora Saya.

— ... et je ne commettrai jamais plus une telle erreur.

— MAIS MAIS MAIS MAIS QUOI ? s'étrangla Barak.

Yorah désirait protester, mais aucun mot ne sortait de sa bouche. Le cheval de brume grattait la colline blanche de son sabot. Son souffle gagnait en agressivité. Le cavalier se raidit. À ses côtés, le regard rougeoyant de Dalsen brûlait plus fort que jamais.

— Keberuä... juge-les !

L'annonce résonna dans un silence de mort. Keberuä tourna alors lentement la tête vers les Artériens. Il sembla dévisager Barak, terrifié, qui poussait de petits cris stridents. Après quelques instants, il s'orienta vers Saya. Son regard se détacha ensuite d'elle, pour se porter sur Yorah... où il s'attarda. Le temps s'était figé. Le cœur de Yorah s'arrêta. Sa respiration aussi. Les gouttes de sa sueur glaçaient son corps dans leur fuite. Tous ses sens n'attendaient plus, ne redoutaient plus qu'une chose : le verdict. Mais soudain, des yeux déments percèrent d'une lumière blanche et irradiante le visage de brume. Son cheval se cabra dans un hennissement furieux, et le juge pointa sa lance droit sur le cœur du jeune garçon.

Chapitre VI

LES LUMINEUX

Le cavalier de brume avait tranché. Yorah représentait une menace pour les siens. Le jeune Artérien était tétanisé face à la fureur de cette créature d'un autre monde, déterminée à l'embrocher de sa lance. Peut-être était-il encore temps de fuir. Mais ses jambes refusaient de lui obéir.

— Ainsi mes doutes étaient justifiés, lança Dalsen.

— Ce n'est pas possible ! paniqua Saya. Vous vous trompez !

— Vous emporterez vos mensonges dans la mort. Vas-y, Keberuä !

— NON !

Keberuä gronda et sa brume se concentra à la pointe de son arme. Elle forma les lames d'un tourbillon, hurlant autour de sa lance, que le juge s'apprêtait à déchaîner.

À cet instant, une autre lumière blanche irradia au-dessus de Yorah ; elle venait de sous sa casquette. Le jeune garçon la retira et Aube jaillit, plus étincelante que jamais.

— Aube ? balbutia Yorah.

Le petit ayam multipliait les éclats de lumière. L'attitude de Keberuä, paré à charger, changea. Le gardien se raidit et accorda dès lors toute son attention à ce nouvel être qui lui faisait face. L'action de ce dernier avait un impact clair sur le juge, perturbé, comme si Aube parvenait à communiquer avec lui.

— Un ayam qui agit par sa propre volonté ? murmura Dalsen, ébahi.

Keberuä grognait et reculait. Sa monture se cabrait. Aube persistait dans son ballet rayonnant et semblait déterminée à lui tenir tête jusqu'au bout. Et, enfin, l'inespéré se produisit. Keberuä et son cheval s'apaisèrent. La folie lumineuse qui avait déchiré le visage du cavalier se dissipa. Ses contours retrouvèrent peu à peu la quiétude des nuages. Aube se calma à son tour.

— Impossible ! s'écria Dalsen. Keberuä aurait changé d'avis ?

Le cavalier de brume se tourna vers Dalsen. La parole était un privilège inaccessible au juge blanc, mais sa posture fière et tranquille suffit à atténuer le vide laissé par l'absence des mots. Keberuä transmit ainsi un message au solitaire résident des Bois Perdus. Un message rassurant, mais également tendre et bienveillant, au vu de l'expression émue et démunie qui avait saisi Dalsen. La tension perpétuelle qui tiraillait ses traits s'en était allée. La flamme ardente de ses yeux rubis s'était éteinte. Pourtant, ceux-ci n'avaient jamais miroité si fort, ranimés par la quiétude d'un flot de larmes.

— J'ai compris... frère... glissa Dalsen d'une voix entrecoupée.

Keberuä esquissa un dernier signe de tête à Dalsen. Puis, il se retourna. Il reprit sa marche, et rallia le sentier d'où il était venu. Bercé par la cadence lente de ses sabots, Dalsen ne le quittait pas du regard, comme pour retenir la traîne de nuage qui filait, inexorablement, entre ses doigts. Les Artériens, hagards, contemplèrent le cavalier se fondre dans le voile. Sa silhouette s'effaça derrière les cimes des pins et, bientôt, le bruit de ses pas s'estompa. Le silence revint. Yorah, Saya et Barak n'osèrent pas interrompre le recueillement de Dalsen. Celui-ci retrouva, peu à peu, ses esprits.

— Je vous présente mes excuses pour vous avoir infligé cette épreuve, dit-il enfin. C'était la dernière fois que je mettais votre parole en doute. Mon cœur est en paix à présent.

— Nous comprenons, affirma Yorah.

— Oui, soutint Saya.

— Nous comprenons, nous comprenons... c'est vite dit ! grommela Barak.

— Si la confiance que vous me portez n'est pas trop ébranlée, je m'engage à vous conduire hors des Bois Perdus.

Yorah et Saya se regardèrent en souriant. Barak grogna en signe d'approbation.

— Nous vous suivrons, Dalsen ! lança fièrement Yorah.

— Alors en route, répondit-il, les ruines du village de Niec sont proches. Nous pourrons y passer la nuit sans danger.

Le groupe reprit son ascension. Aube volait maintenant aux côtés de Yorah. Il n'avait plus à s'inquiéter de sa lumière, sinon Dalsen se serait empressé de l'en avertir.

— Tu m'as encore sauvé, merci, Aube ! lui glissa-t-il.

— Wiiiish !

Les aventuriers dépassèrent la cime du manteau de brume qui recouvrait la forêt. Ils gravissaient à présent une colline d'albâtre et dominaient de plus en plus les bois. Leur ascension les égarait dans l'océan d'étoiles. Alors que la faim les rattrapait, ils atteignirent le sommet. Une vue imprenable sur les Collines de Brume se révéla à eux et leur fit oublier les plaintes de leurs estomacs. De multiples monts, blancs et stériles, dont un central, éminent, s'élevaient dans un écrin au milieu de la mer de nuages, à l'abri du voile de brume qui noyait les bois. Pas un rocher, pas un arbre, pas l'ombre d'une trace de vie, pas une Voix. Un lieu de paix imperturbable, à la fois triste et apaisant, en plein cœur des Bois Perdus, presque irréel. Les vallons brillaient sous l'éclat de la lune, tout comme la couverture cotonneuse de la forêt, qui s'étendait à perte de vue, quelle que fût la direction scrutée par Yorah.

— Allez, nous y sommes presque, annonça Dalsen.

Ils parcoururent l'autre versant, avant d'en remonter et d'en descendre d'autres. À mesure qu'il arpentait les flancs blancs, Yorah se laissait gagner par la quiétude des lieux. Transporté, il savourait chacune de ses enjambées sur les monts nuageux. Il s'imprégnait autant que possible de l'énergie ambiante et jetait des regards envoûtés à la forêt endormie en contrebas.

Leur chemin les mena sur la plus haute colline, dont le sommet formait un terrain plat et étendu. De gros blocs de pierre brune, entiers ou fracturés, jalonnèrent leur avancée. Puis, des ruines d'habitations se dessinèrent ; ils venaient de pénétrer dans l'ancien village de Niec.

Ce qui restait des maisons, sommaires constructions de pierres rectangulaires, qui ne comportaient tout au plus qu'un étage, émergeait d'innombrables gravats. Les rues n'étaient pas pavées et la troupe continuait de progresser sur le sol de brume, en crapahutant de temps à autre sur les blocs de roche. Ils parvinrent à une place sur laquelle s'était effondrée la seule structure véritablement impressionnante. Un gigantesque colosse de pierre, agenouillé, y siégeait à l'origine et devait avoisiner les dix mètres de haut. La statue s'était fracturée au niveau de la taille et gisait à présent sur son flanc. Les diverses parties de ses bras s'éparpillaient autour de lui et Yorah remarqua une immense sphère brisée et scintillante contenue dans l'une de ses mains.

Dalsen les mena à une demeure en fort bon état, malgré un trou béant dans un mur. Elle avait conservé son étage et un escalier extérieur aboutissait au premier niveau, puis au toit. Les Artériens suivirent Dalsen à l'intérieur. Ce dernier déposa son équipement au milieu du mobilier ravagé. Yorah y observa de nombreux objets qui évoquaient la présence d'une femme et d'enfants.

— Notre journée s'achève ici, annonça Dalsen.

— Enfin ! soupira Barak qui s'effondra à terre. Je ne sens plus mes pieds... et je meurs de faim. Quelle heure est-il ?

— Près de 1 h du matin, dit Dalsen.

— Quel est cet endroit ? demanda Saya.

Dalsen ne répondit pas tout de suite. Il ouvrit son sac sur une table et en sortit des miches de pain.

— C'était ma maison, dit-il sans lever les yeux.

— Vous habitiez ici ?

Il revint vers eux et leur tendit leur maigre dîner.

— Il y a des lits à l'étage. Mangez et allez vous reposer. Une longue journée nous attend demain.

Dalsen s'éclipsa dehors et Yorah l'entendit grimper l'escalier. Les Artériens avalèrent leur repas et, éreintés, montèrent se coucher. Mais ils n'y trouvèrent pas le Lumineux. Ils s'allongèrent sur leurs matelas afin de récupérer des forces.

Une heure s'écoula. Yorah ne parvenait pas à fermer l'œil. Il s'interrogeait sur les Lumineux, sur Keberuä et sur ce lieu si particulier. Le bruit d'une toux solitaire interrompit sa réflexion. Cela venait du toit. Yorah se leva et gravit les marches. Il y vit Dalsen, assis au-devant du visage impérial de la lune, en train de fumer sa pipe et de lire son mystérieux courrier.

— Le sommeil ne veut pas de toi ? dit celui-ci sans se retourner.

— Non, répondit Yorah en le rejoignant.

Le jeune Artérien s'installa aux côtés du Lumineux, qui caressait des yeux et des doigts les dessins colorés qu'il tenait dans sa main.

— Est-ce que ce sont ceux de vos enfants ? glissa tout bas Yorah.

— De ma fille, murmura Dalsen après un instant.

Yorah n'osa pas demander ce qu'il était advenu de la fillette.

— Vous disiez que c'était votre maison. Pourquoi vivre dans votre repaire à quelques kilomètres de là ?

— Les souvenirs ici sont trop douloureux. Toutefois, je souhaitais avoir un œil sur Niec, tout en évitant d'y attirer des forces obscures par mes allées et venues.

Il marqua un temps d'arrêt, tourna une page, et reprit.

— J'habitais dans cette demeure avec ma femme, Eruxä, et

125

ma fille, Melun. Il y a sept ans, alors que je revenais de la côte avec des vivres, j'ai croisé la route d'un inconnu, grièvement blessé. Il prétendait être un Sans-Pouvoirs et je n'étais pas capable, à l'époque, de ressentir les auras. Les règles du village étaient claires ; il nous était défendu de dévoiler son entrée à quiconque. Mais je ne supportais pas l'idée d'abandonner cet étranger à son sort, alors j'ai bravé l'interdiction. Face à Keberuä, l'homme s'est révélé être un redoutable Ombreux, dont les blessures étaient un leurre. Il a tué Keberuä et m'a frappé si fort qu'il m'a éjecté au loin dans les Bois Perdus, dit-il en apposant sa main et son regard meurtri sur sa cicatrice. Blessé et horrifié, je me suis hâté vers Niec. Quand j'y suis parvenu, tout était ravagé. L'Ombreux avait disparu. Il n'y avait aucun rescapé. Ma femme... Ma fille... L'homme avait profité de mon empathie pour me tromper, et avait tout emporté avec lui. Être à l'écart de Niec permet d'atténuer l'estocade de son rire, gras et crochu, qui hante mon âme. Dévasté par la culpabilité, je m'abandonnais à la mort, dans la froideur d'un lac. Mais elle ne voulut pas de moi. Avec le temps, j'ai vu en ma survie et ma douleur un moyen d'expier mon crime. La volonté des miens m'accompagne et m'intime de veiller sur Niec et les Collines de Brume. Cette tâche et les lettres de ma femme et ma fille sont tout ce qu'il me reste.

— Je suis navré... murmura Yorah.

— Depuis le début du règne des Ombreux, nombreuses sont les tragédies de ce type à s'être produites à travers Terre sous Lunes. De tous les êtres considérés comme maudits, les Lumineux sont ceux dont le sang a le plus coulé. Les ruines de leurs cités jalonnent la planète.

Un frisson parcourut Yorah. La peine de Dalsen devait être sans commune mesure avec la sienne. Il se sentit proche du Lumineux, comme rarement il s'était senti proche de quelqu'un.

— Ma douleur ne me quitte jamais, se confia Yorah. Mon âme hurle constamment.

— Être rejeté pour quelque chose que l'on n'a pas choisi est un lourd fardeau.

— Je veux dire… J'entends véritablement les cris déchirés de mon âme.

— Les cris de ton âme ?

— Depuis tout petit, je peux entendre les âmes des êtres vivants qui m'entourent. Le plus souvent, les Voix s'entremêlent en un chant, comme le Chœur de la nature. Mais d'autres fois, elles peuvent s'affiner en rires ou en pleurs. Voire en cris. Comme vous détectiez les énergies des intrus présents dans les bois, j'ai pensé que vous pouviez posséder la même faculté.

Dalsen fit des yeux ronds.

— Lire dans les âmes et ressentir leurs émotions… Ce pouvoir diffère du mien. À ma connaissance, les Lumineux sont capables de ressentir l'Onorie des êtres vivants, et donc l'énergie qu'ils dégagent. Ainsi je peux déceler la nature Sans-Pouvoirs, Lumineuse ou Ombreuse de ma cible. L'Onorie des Sans-pouvoirs est comme un nuage, neutre, immobile. Celles des Lumineux comme la bruine, légère et flottante, en harmonie avec le milieu qu'elle pénètre. Celle des Ombreux s'apparente à un déluge impérieux, trop bref et trop brutal.

— Je ne parviens pas à distinguer les Ombreux, les Lumineux et les Sans-pouvoirs, admit Yorah. Mais, depuis que je suis dans les Bois Perdus, ma tourmente et les autres Voix se sont effacées. Tout est si calme et silencieux. Je ne me suis jamais senti aussi apaisé. Je ne comprends pas pourquoi…

Dalsen rangea ses écrits. Le regard sur l'horizon, il fit frémir les braises de sa pipe et expira une bouffée de fumée.

— C'est à cause du destin tragique de ces terres, murmura-t-il. Les Lumineux qui peuplaient les Collines de Brume sont morts dans la souffrance. Leurs âmes n'ont jamais réussi à quitter ce monde et errent dans ces bois. Elles développent une énergie particulière à laquelle tu n'es pas habitué et ton pouvoir s'en trouve affaibli. Ces esprits font perdurer l'œuvre des

Lumineux dans cette forêt.

— Que voulez-vous dire ?

— L'enchantement de Niec se veut bien plus complexe que celui de mon repaire. Tu as dû remarquer la statue brisée d'un immense colosse sur la place. Il tient dans sa main un Orbe qui contient de nombreux sortilèges.

— Cette énorme sphère est un Orbe ?

— Sa taille peut surprendre les Sans-Pouvoirs, mais elle est nécessaire pour assurer la protection continue de tout un village. Cet Orbe est chargé d'un puissant sortilège de Barrière, une barrière vivante et dynamique. Elle ne permet l'accès à Niec qu'à la condition d'un cheminement précis entre certains arbres, tout en donnant l'impression à ceux qui ne remplissent pas les critères de ne traverser qu'un épais brouillard. Sont associés à la Barrière un sort d'Illusion pour masquer le village, ainsi qu'un sort de Modelage et de Densité pour conférer à la brume l'apparence de collines et la rendre capable de soutenir les habitations.

— Mais l'Orbe est brisé... Il fonctionne toujours ?

Dalsen leva la tête et perdit son regard dans les étoiles.

— En effet, murmura-t-il. Ce miracle est possible grâce à un talent dont seuls certains Lumineux ont le secret ; celui de continuer à vivre au-delà de la mort.

— Vous voulez dire qu'ils sont... immortels ?

— Il s'agit d'une vie sommaire, à l'état le plus basique et qui peut prendre différentes formes. Mais elle leur est suffisante pour faire perdurer leur volonté après leur trépas, une volonté que je ressens dans mon âme, même s'il m'est impossible de converser avec eux. Notre village et son secret étaient ce que nous avions de plus précieux. Il était nécessaire de recharger son Orbe sans relâche, afin d'éviter toute défaillance. Chacun des habitants s'y employait, au quotidien. À la chute de Niec, lorsque les villageois expirèrent leur dernier souffle, leur désir de garder le village à l'abri de tous persista. Il s'applique aujourd'hui à retenir la fuite des sortilèges de protection des

Collines de Brume, et même à les entretenir. Sept ans ont passé depuis la destruction de Niec, et le mystère et l'intégrité des collines blanches restent intacts.

Il inspira une profonde bouffée de fumée.

— Keberuä était mon frère, gardien de Niec. Il arpentait les collines sur son cheval à l'affût du moindre intrus ayant franchi la barrière. Après son décès, sa volonté de défendre le village s'est matérialisée en ce cavalier de brume.

Un grand frisson parcourut Yorah. La puissance et la noblesse de ce lieu unique et de ses habitants venaient de le frapper. Le garçon se sentit minuscule face à l'œuvre des Lumineux qui défiait la mort elle-même. La cruauté des Ombreux n'avait pas suffi à briser l'harmonie et la quiétude de leur communauté. Dalsen observa alors Aube.

— Depuis le jugement de Keberuä, j'ai réfléchi à propos de ton ayam, dit-il songeur. Les ayams dont j'ai entendu parler arboraient tous une teinte sombre. Ils errent sans but, dans les zones les plus chargées en Onorie de Terre sous Lunes. Mais surtout, aucun ayam noir ne peut réaliser d'actions précises ou agir par sa propre volonté. Le fait que ton ayam soit blanc et qu'il ait pris ta défense face à mon frère me fait penser qu'il est l'œuvre d'un Lumineux.

— Vraiment ? s'exclama Yorah.

— Oui, affirma Dalsen. Par delà la mort, un Lumineux veille sur toi, sous la forme de cet ayam, j'en suis persuadé. Ton énergie est particulière. On pourrait croire à celle d'un Sans-Pouvoirs, mais il y a quelque chose en plus. Ce doit être la force de cet ange gardien que je perçois en toi. Et cela expliquerait ton mystérieux don.

Dalsen inspira profondément une autre bouffée.

— Quelqu'un qui bénéficie d'une telle protection ne peut être mauvais, glissa-t-il comme pour se convaincre lui-même.

Yorah fixa Aube d'un nouveau regard. Dalsen pouvait-il dire vrai ?

— Bien, il nous faut nous reposer à présent. Demain, nous

devons quitter Niec de bonne heure pour rejoindre la côte avant la tombée de la nuit.

— Oui, vous avez raison. Merci, Dalsen.

Après quelques heures passées dans son lit, Yorah fut réveillé par Dalsen. De ses yeux engourdis, le jeune garçon aperçut par une fenêtre l'éclat timide de l'aube. Saya et Barak s'extirpaient eux aussi de leur sommeil. Le Lumineux était aussitôt redescendu et devait être prêt à partir.

— Qu'est-ce que j'ai bien dormi, se réjouit Saya. Et vous ?

— J'ai un peu tardé, mais je me sens en forme ! dit Yorah.

— Ça va. Heureusement, il y avait assez de lumière grâce aux collines blanches, marmonna Barak.

Yorah et Saya se regardèrent.

— Tu dors avec la lumière d'habitude ? sourit Yorah.

— Quoi ? Non ! Non ! Bien sûr que non ! baragouina Barak.

Les Artériens gagnèrent le rez-de-chaussée. Dalsen leur lança une autre miche de pain.

— Nous nous préparerons un meilleur repas une fois sortis des Collines de Brume, leur dit-il. Approchez.

Les Artériens le rejoignirent autour d'une table sur laquelle Dalsen déplia une carte.

— Vous m'avez affirmé que vous et plusieurs de vos amis aviez été enlevés la même nuit, n'est-ce pas ? demanda le Lumineux.

— Exact, confirma Yorah.

— Sachez que ce n'est pas la première fois qu'une telle histoire m'ait contée.

— Vraiment ? s'exclama Yorah.

— Près d'ici ? s'enquit Saya.

Dalsen acquiesça de la tête.

— Je me ravitaille en nourriture et en matériel dans plusieurs bourgs de Sans-Pouvoirs autour des Bois Perdus. Et dans trois d'entre eux, j'ai eu vent de la disparition mystérieuse de plusieurs personnes, et ce durant la même nuit.

— Oui ! approuva Saya. C'est aussi arrivé dans un village près de chez nous. Notre ravisseur a utilisé des portes dimensionnelles. Cela expliquerait pourquoi ces enlèvements ne laissaient aucune trace !

Dalsen se pencha sur la carte.

— Voilà les Bois Perdus et les Collines de Brume, dit-il en montrant ses indications du doigt. Artéria se situe là-bas, au nord-ouest. Nous sommes à une trentaine de kilomètres de la lisière ouest de la forêt, et un peu plus loin, sur la côte, se trouvent les trois villages de Sans-Pouvoirs en question. Vous pourriez y dénicher des informations et, dans le pire des cas, un moyen de transport pour rentrer chez vous. Les villages se nomment Fornax, Port-Parvus et Seges.

À cet instant précis, une terrible migraine assaillit Yorah. Alors qu'il se tordait de douleur, les images d'un petit port de pêche martelèrent tour à tour son esprit ; un quai et un phare, puis de hautes maisons aux pierres rougeâtres et grisées, aux toits de tuiles en écailles sombres. Suivit une enseigne, grinçante sous le vent, qui représentait un pêcheur dans une barque sur des flots déchaînés, au-dessus d'une inscription que Yorah n'eut pas le temps de lire. Sa souffrance et les images disparurent aussi vite qu'elles étaient apparues.

— Ça va, Yorah ? s'alarma Saya.

— Euh... oui...

Abasourdi par ce curieux phénomène, Yorah repensa tout de suite aux visions qui avaient défilé dans sa tête lorsque Porcus Rosa l'avait empoigné par le crâne, juste avant l'évasion des Artériens. Il n'avait alors pas réussi à identifier l'un des innombrables lieux, scènes ou personnages qui s'étaient ainsi succédé. Seulement, maintenant, il était persuadé que Port-Parvus, qu'il venait de voir, faisait partie de cette première vague d'images. Mais... Port-Parvus... Comment pouvait-il savoir le nom de ce village ? Il n'en avait jamais entendu parler et n'y était jamais allé !

— Hé ! le secoua Saya.

131

— Peu importe la destination ! tonna Barak. Rendons-nous au plus proche !

— Dalsen… intervint Yorah. Est-ce que Port-Parvus est un petit port de pêche aux maisons de vieilles pierres rouges et aux tuiles sombres ?

— Oui, en effet.

— Et est-ce que… une enseigne avec un pêcheur sur une barque vous dit quelque chose ?

— C'est celle de l'auberge. Y es-tu déjà allé ?

— Euh… non. balbutia Yorah, perdu.

— Tu es devin maintenant ? C'est nouveau ça ! grommela Barak.

— Comment tu peux connaître un endroit où tu n'es jamais allé ? demanda Saya. Tu l'as lu dans un livre ?

— M'étonnerait… pouffa Barak. C'est pas le genre à lire !

— Bon ça va, Barak ! pesta Yorah.

— Alors comment tu as su ? insista Saya.

— Mais je n'en sais rien ! C'est apparu dans ma tête, comme ça !

Devant l'auditoire perplexe, Yorah tenta d'expliquer ce qui venait de lui arriver.

— Quand nous avons échappé à Porcus Rosa, ce dernier a essayé de me retenir et m'a attrapé par le crâne. Beaucoup d'images ont alors inondé mon esprit. Des lieux, des personnages… pleins de choses, impossibles à discerner nettement. Et juste à l'instant, quand Dalsen a prononcé le nom des villages, des images me sont de nouveau venues en tête, et je savais qu'elles correspondaient à Port-Parvus. Je ne sais pas comment, mais je le savais !

— N'im-por-te-quoi… bougonna Barak.

— C'est la vérité !

— Il a été au contact d'un Ombreux, c'est possible, non ? dit Saya en se tournant vers Dalsen.

— C'est possible…

— Maintenant que tu le dis, Porcus Rosa a crié une phrase en ombreux à ce moment-là, se rappela Yorah.

— C'est donc ça, il t'a jeté un sort ! conclut Saya.

— QUOI ? s'horrifia Barak en reculant de trois pas.

— Est-ce qu'il existe une chose dont tu ne sois pas effrayé ? s'agaça Yorah.

— Nul besoin de formule ou de mots pour lancer un tel sortilège, intervint Dalsen. Certains donnent un nom à leurs techniques, mais cela n'influe en rien sur la réalisation de l'attaque. Seuls les sorts spéciaux très sophistiqués nécessitent une incantation. Mais pour ce qui te concerne, je crois plutôt à une transmission accidentelle de pensées, provoquée par le contact et l'intensité du moment.

— Donc vous dîtes que j'aurais hérité des pensées de Porcus Rosa ?

— Au vu de ce que tu me racontes, je ne vois que cette possibilité.

— Est-ce que ça pourrait être dangereux pour lui ? s'enquit Saya.

— Non, à part être dérangé par des visions intempestives, il ne risque pas grand-chose.

Yorah réfléchit et regarda Saya.

— Ça peut être une piste, dit-il.

— Oui.

— Wo, wo, wo ! je vous vois venir tous les deux ! intervint Barak. On ne va pas se lancer sur les traces d'un groupe d'Ombreux sanguinaires ! Le meilleur moyen de sauver nos proches est de chercher du renfort !

— Pff ! tu dis ça parce que tu as peur ! gronda Yorah.

— Alors là, *pas-du-tout* ! réfuta Barak d'un geste de main. J'essaie juste de me servir de ma tête, moi ! Nous pouvons alerter Artéria et des villages de Sans-Pouvoirs ! En plus, je suis sûr que M. Dalsen a d'autres choses à faire de ces journées. Il doit être débordé... seul... dans sa forêt... hum.

— Il est vrai que mon aide prendra fin à Port-Parvus, je dois veiller sur mon domaine, confirma Dalsen.

— Ah ! vous voyez ? se réjouit Barak. Débordé.

Saya ne put masquer sa déception.

— De toute façon, ça ne coûte rien d'aller à Port-Parvus, dit Yorah. On y apprendra peut-être où se trouvent nos proches. On décidera là-bas de la marche à suivre.

— Soit... grommela Barak. Va pour Port-Parvus.

— Oui, faisons ça ! approuva Saya.

— Entendu, dit Dalsen. Avant de nous mettre en route, j'ai récupéré des tenues, annonça-t-il en attrapant une pile de vêtements sur un meuble. Une appartenait à ma femme, l'autre à mon frère. Ils avaient à peu près les mêmes gabarits que vous, dit Dalsen en tendant à Saya et Barak des habits semblables aux siens. Voici également des capes et des sandales comme les miennes, pour vous tous.

— Génial ! Merci, Dalsen ! s'enthousiasma Yorah en revêtant sa cape. En revanche, je préfère garder mes tongs !

— C'est trop, Dalsen, je ne peux pas... dit Saya en tenant la robe blanche.

— Prenez-les. Les voir vieillir dans un placard m'attriste davantage.

Saya sourit, gagnée par l'émotion.

— J'accepte volontiers, même si pour la route je pense être plus à l'aise avec ma tenue. Et j'aurai trop peur d'abîmer la vôtre. Puis-je l'emporter à Artéria ? Je vous promets de la mettre souvent !

Dalsen acquiesça de la tête.

— Elle en serait ravie, murmura-t-il.

Barak rechignait à recevoir le cadeau d'un El. Puis, jetant un regard à sa chemise de nuit déchirée et maculée de terre et d'aiguilles, il se décida à pendre les vêtements. Dalsen se tourna vers Yorah.

— Jeune homme, voici de quoi refaire ton pansement, dit le Lumineux en sortant une nouvelle bande de tissu et une feuille de brûlance. Garde-le cinq jours et ta plaie aura cicatrisé. Oh, et une dernière chose, ajouta-t-il en fouillant dans sa cape.

Au travers de celle-ci, Dalsen saisit avec précaution les quatre Billes trouvées sur Porcus Rosa. Il les frotta avec insistance pour en enlever tous résidus de poudre noire et secoua sa cape.

— Tenez, dit-il. Elles vous seront plus utiles qu'à moi.

— D'accord, merci, Dalsen ! dit Yorah en attrapant les sphères.

Après s'être parés de leurs nouveaux habits, les Artériens attendirent Dalsen à l'extérieur. Yorah avait changé son pansement. La brûlance était une plante incroyable ; la rougeur de son bras n'était plus et sa blessure à la paume cicatrisait à vue d'œil.

— Confortable, cette tenue, s'enorgueillit Barak. Ça fait un peu jupette, mais bon.

— Tu aurais pu retirer ton bonnet de nuit... dit Yorah, las.

— Il me tient chaud.

— Mets ton capuchon si tu as froid !

— Et ta chemise de nuit... lui fit remarquer Saya en notant la boule de tissu sale et humide sous son bras. Je pense que tu peux la laisser là...

— Je vous l'ai dit, c'est un cadeau de Grand-Mama. Il faudra me passer sur le corps pour que je m'en débarrasse !

— Au fait, Saya, tu as enlevé tes bandages ?

La jeune fille se coiffait à la place d'un foulard blanc.

— Oui, je n'en avais plus besoin. Et en voyant ce foulard, je n'ai pas pu résister à l'envie de le mettre sur ma tête. Dalsen me l'a gentiment offert.

Yorah sourit. Dalsen sortit de la maison. Il jeta un dernier regard à son ancienne demeure avant de hâter le pas et de prendre la tête du cortège.

Les compagnons quittèrent les ruines de Niec pour arpenter les versants et les crêtes ouest des Collines de Brume. Trois heures plus tard, ils entamèrent l'ultime descente qui les mena vers la surface de la mer de nuages. Dans le voile blanc, non loin de l'entrée du corridor qui regagnait les Bois Perdus,

Keberuä se tenait immobile et fier sur son cheval. Dalsen lui adressa un signe de tête déterminé. Saya lui lança des yeux inquiets et Barak pressa le pas en regardant nerveusement par-dessus son épaule. Yorah s'arrêta un instant, l'histoire du valeureux guerrier en tête.

— Je suis heureux de t'avoir rencontré, dit le jeune garçon.

Le garde resta imperturbable. Empli d'un profond respect, Yorah tourna les talons. Il replaça Aube sous sa casquette et s'engouffra entre les murs de brume.

Chapitre VII

CEUX QUI DÉTRUISENT LA PLANÈTE

Le groupe était de retour dans les bois et son labyrinthe de branchages.

— Pouah ! Eh ben, ça ne m'avait pas manqué ! pestait Barak.

Ils se heurtèrent aux barrières d'écorce pendant deux heures. Dalsen profitait de la forêt et de ses incroyables sens pour percer de ses flèches les rares animaux qui avaient le malheur de croiser son chemin. Seul un corbeau fila au-dessus de leur tête, et deux lapins se risquèrent à faire bondir le tapis d'aiguilles. Tous finirent à la ceinture de Dalsen. La troupe s'arrêta pour manger. Ils entassèrent des branchages que le Lumineux embrasa d'un feu blanc. Celui-ci dépeça ensuite son gibier sous le regard fuyant des Artériens. Barak, pris de nausées, s'éloigna. Dalsen embrocha le gibier sur des flèches et les tendit à Yorah et Saya pour les maintenir au-devant des flammes. Toujours sur le qui-vive, il profita d'être libre de ses mouvements pour effectuer des rondes autour de leur campement.

Yorah savoura la chaleur de son déjeuner, qu'il dégusta jusqu'à la dernière miette. Pas de temps à perdre. À peine le repas terminé, Dalsen ordonna au groupe de reprendre la route. Ils marchèrent une nouvelle heure sans encombre, quand le Lumineux leva la main.

Yorah, Saya et Barak se figèrent. Dalsen saisit son arc. Un pas lourd vibra alors dans les oreilles de Yorah. Des grognements caverneux l'accompagnèrent bientôt. Abandonné par son pouvoir, le jeune garçon ne détachait pas son regard de la brume. Quelque chose d'imposant, tout proche, rôdait derrière le voile. Des bruits similaires alertèrent Yorah dans son dos. Des branches craquèrent sur sa droite, puis dans les airs et provoquèrent la fuite d'un oiseau.

— Ils nous ont encerclés, murmura Dalsen.

— QU'EST-CE QUE C'EST ? MAIS QU'EST-CE QUE C'EST ? chuchota dans un souffle strident et affolé le professeur de survie.

— Arrête, Barak ! Tu me rends encore plus nerveuse ! ragea Saya qui serrait le bras de Yorah de plus en plus fort.

— Regroupez-vous vers moi, ordonna Dalsen.

La troupe prise au piège se tenait maintenant dos à dos. Les bois se rompaient sous le passage d'êtres massifs. Une silhouette se dessina enfin dans la brume. La forme était ramassée et Yorah crut d'abord à un rocher. Un rocher qui s'avançait pourtant vers lui. Puis, il distingua des bras ballants monstrueux, qui tapaient le sol du poing, et pensa à un gorille. Les membres musculeux supportaient un large buste qui reposait sur de courtes pattes arrière. Les ombres d'une meute se rapprochaient. La stupeur figea Yorah quand leurs visages émergèrent du voile, à l'opposé de ce qu'il imaginait. Des yeux perçants, de grandes oreilles pointues, un crâne qui s'allongeait en deux mâchoires puissantes ; des faciès de dragons.

Leurs gueules se torturaient de pulsions primitives, l'appel obsédant de la chair fraîche les ayant rendues folles. Elles se déployaient, avides, et exposaient des rangées de crocs salivants qui peinaient à contenir une langue trépignant d'impatience. Des écailles jaunâtres cuirassaient les corps des créatures jusqu'à l'extrémité de leurs queues. Ces dernières s'agitaient en fouets déments qui déchiraient la robe de la brume et éclataient la couverture épineuse de la terre. Les prédateurs encerclaient les quatre voyageurs, l'un d'entre eux perché dans un arbre au-dessus de leurs têtes.

— Les dragons simiens, dit Dalsen. Ils sont capables de masquer leurs auras. J'en compte six.

— QU... QU... QUOI ? grelottait Barak. C'était ça les fameuses hordes qui rôdaient dans les parages ?

— Tu ne l'as pas lu dans tes chroniques d'Ursus Horn ? grogna Yorah.

— C'est sur les Terres du Sud qu'Ursus les a rencontrés ! Pas ici ! se justifia Barak.

— Les dragons simiens se sont installés dans cette forêt depuis peu, affirma Dalsen. Maintenant silence. Ils ne vont pas tarder à passer à l'attaque. Restez groupés.

Barak claquait des dents. Le rugissement féroce d'un des prédateurs fit trembler les bois. La meute frappa le sol des poings dans un rythme sauvage. La terre vibra si fort que le tapis d'aiguilles se souleva en spasmes anarchiques. Les arbres eux-mêmes paraissaient possédés. Yorah, comme ses compagnons, fut déséquilibré, son cœur et son âme secoués. Les dragons simiens dégainèrent des griffes invraisemblables et bondirent sur leurs proies. Les Artériens hurlèrent de frayeur. Barak se recroquevilla et ferma les yeux, les mains sur la tête.

— GRAND-MAMA !

Seulement, les dragons, comme les Artériens, n'imaginaient pas qu'un autre acteur de ce combat pour la survie allait réagir plus vite qu'eux. À peine l'ennemi avait-il entamé sa charge que Dalsen avait décoché une première flèche vers le ciel. Vif, le Lumineux se reconcentra sur l'action terrestre où des griffes s'abattaient sur lui. Pas assez rapides, celles-ci lacérèrent la brume et ne fauchèrent que le bonnet de Barak. Dalsen avait esquivé d'une rotation digne d'une danse aussi belle que terrifiante, et concluait son enchaînement par un coup de poignard dans la gorge de l'agresseur. Les bras de celui-ci tombèrent avant que le premier dragon n'ait chuté de son arbre et n'ait heurté le sol, la gueule béante perforée d'une flèche. Dalsen ne marquait aucun temps mort et décochait une seconde pointe qui siffla entre les Artériens pour frapper du même sort un troisième assaillant. Il rengaina son arc et s'abaissa pour échapper à de nouvelles griffes qui l'attaquèrent dans son dos et frôlèrent sa tête. Son halo blanc s'aggloméra autour de ses poings serrés sur sa lame, orientée vers le haut. Dalsen se releva alors pour transpercer une quatrième trachée par-dessous. Il abandonna son couteau dans sa victime et libéra, dans un mouvement continu, une boule d'énergie lumineuse. Celle-ci abattit un cinquième prédateur dans une explosion sèche et impitoyable. La dernière créature fondait sur les Artériens aux abois. Dalsen exécuta un saut arrière prodigieux pour lui barrer la route. Il esquivait telle une plume sous le vent les griffes sifflantes et les claquements de crocs. Il attendit l'ouverture pour implanter à mains nues, dans un cri rageur, une troisième flèche dans la gueule de la bête. Le dragon s'immobilisa et frémit, dépassé par la célérité de la mort. Il s'effondra enfin au sol, aux côtés de ses congénères, dans un ultime choc qui ramena le calme dans les sous-bois fumants.

Les Artériens étaient tétanisés. Le regard de Saya se perdait dans le vide. Barak continuait de respirer des aiguilles et ne se risquait pas à ouvrir un œil. Yorah, quant à lui, n'arrivait pas à dompter les tremblements de ses membres.

— C'est terminé, dit Dalsen d'un ton plat.

Yorah, Saya et Barak reprenaient leurs esprits pendant que Dalsen arrachait ses flèches et son poignard de ses victimes.

« Quelle force terrible, songeait Yorah en observant l'une des carcasses. »

— Ils... Ils sont bien morts ? demanda le jeune garçon à leur bourreau.

— Oui, rien à craindre, affirma Dalsen. Les dragons simiens sont redoutables, car ils sont vifs comme des fauves et leur peau dure comme l'acier. Je ne maîtrise pas de sortilèges capables de percer leur épiderme. Leur gueule, ainsi qu'un interstice dans leur cuirasse, juste sous la mâchoire, constituent leurs seuls points faibles.

Yorah regarda le prédateur que Dalsen avait terrassé d'un sort. Là encore, la précision meurtrière du Lumineux avait ciblé la gueule du dragon, calcinée dans une forme incertaine.

— En tout cas, nous vous devons la vie, Dalsen, dit Saya. Merci du fond du cœur !

— Oui, approuva Yorah, merci.

— Mmm... vraiment fantastique... maugréa Barak.

Agacé par l'attitude de son compagnon, Yorah se tourna vers lui.

— Ça t'écorcherait la bouche de dire « merci », Barak ? Tu serais mort sans lui, je te signale !

— Jamais un Cassepanard ne s'abaissera à remercier un El !

— Pourquoi ? Juste parce qu'il est un El ? Il vaut bien mieux que la plupart des Sans-Pouvoirs que je connais !

— Ça ne sert à rien Yorah, lui souffla Saya. Il a ses opinions, n'insiste pas, ce n'est pas le moment.

— Si, c'est le moment ! J'en ai assez de l'entendre pester contre Dalsen, qui est l'une des personnes les plus estimables que j'ai jamais rencontrées ! Moi aussi je me méfie des gens, mais Dalsen nous a prouvé qu'il était digne de confiance, et j'aimerais comprendre pourquoi Barak reste borné à ce point !

Barak grogna.

— Tu veux savoir pourquoi ? aboya-t-il. Eh bien, je vais te le dire ! Je ne pourrai jamais respecter ceux qui détruisent la planète, voilà !

— Arrête ton baratin ! Si nous croisions un Sans-Pouvoirs, tu ne te comporterais pas de cette façon, alors qu'ils nuisent autant à l'environnement que les Els. Les Sans-Pouvoirs utilisent aussi les Orbes !

— Pff ! Tu ne sais rien. Tu n'es qu'un ignorant. C'est un des autres problèmes de Terre sous Lunes d'ailleurs. Les Sans-Pouvoirs ne s'intéressent pas aux Els et inversement. T'es-tu seulement demandé comment vivent les Els ?

Yorah ne répondit pas. Dalsen restait silencieux.

— C'est très simple : le quotidien des Els dépend de la magie, poursuivit Barak. Ils ne peuvent s'empêcher de s'en servir, dans des proportions que tu ne peux imaginer. Mais peut-être que monsieur le sauveur veut ajouter quelque chose ?

Dalsen détourna les yeux.

— Je vais développer, alors ! enchaîna Barak. Ursus Horn a tout détaillé dans ses chroniques. La planète dépense de l'Onorie pour le fonctionnement de son écosystème. Mis à part quelques exceptions, quand un être vivant meurt, son Onorie, apaisée, retourne à la planète. Elle restaure ainsi l'Onorie de Terre sous Lune et la maintient en vie. Mais l'Onorie des sortilèges est ardente, brutale, et ne peut faire de même ; elle s'accumule dans l'atmosphère, et ce à chaque fois qu'un sortilège est produit, que ce soit par un Orbe ou un El. Beaucoup plus d'Onorie circule dans le corps des Els par rapport au reste des êtres vivants. C'est grâce à ça que les Els peuvent réaliser des sorts. Alors monsieur regard de braise nous a peut-être sauvés, mais il n'empêche que c'est un pollueur de première ! L'Orbe qui protège son repaire et qui marche sans s'arrêter, les sorts auxquels il a recours tous les jours comme contre ces bestiaux, sans oublier les Collines de Brume, qui doivent être une véritable bouillie de maléfices ! Je ne suis pas dupe ! Et le pire, c'est que chaque El à Terre sous Lunes fait pareil ! Sais-tu à quoi ressemble une ville ele ? J'en doute, évidemment ! Moi je sais, je l'ai lu. Ces inconscients se servent d'Orbes astronomiques pour faire léviter toutes sortes de plates-formes de la taille de montagnes. Ils peuvent également détourner des fleuves pour leur donner la course qu'ils souhaitent... Tout ça représente des quantités colossales d'Onorie relarguées. Ce surplus s'ajoute au cycle naturel de l'Onorie de la planète et il dérègle tout, il n'y a qu'à voir les Terres du Sud ! Le phénomène a empiré quand les Sans-Pouvoirs se sont mis à utiliser les Orbes, même si leur impact est dérisoire en comparaison. Les hommes ne se décideront à réagir que lorsqu'il sera trop tard. La planète court à sa perte et rien n'est fait pour que ça change. JE VAIS MOURIR À CAUSE D'IRRESPONSABLES ET ÇA ME REND FOU !

Les yeux de Barak s'embuèrent. Yorah et Saya ne parvenaient pas à prononcer le moindre son. Yorah en avait la chair de poule.

— Et je ne parle même pas de l'état de mon bonnet de nuit ! Non mais regardez-moi ça ! geignit Barak d'une voix éraillée avant d'éclater en sanglot, tombant à genoux devant la dépouille du bonnet de nuit de Grand-Mama.

Les soubresauts plaintifs du professeur de survie résonnaient comme des coups de masse dans le silence des Bois Perdus. Yorah se sentait très mal. Il aimait la nature. Mais il ne s'était jamais rendu compte de l'ampleur du problème. Des Orbes aussi grands que des villes ? Comment cela pouvait-il être possible ? Le monde des Els était à part, presque irréel. Jamais on ne l'évoquait au sein des Sans-Pouvoirs. Yorah n'arrivait pas à accepter que la beauté d'un lieu comme les Collines de Brume pouvait contribuer au déclin de Terre sous Lunes. Au bout de quelques instants, Dalsen osa briser le malaise ambiant.

— Il nous faut partir sur-le-champ. Nous ne sommes restés que trop longtemps en ces lieux. Le tumulte risque d'attirer d'autres dragons simiens.

Les Artériens ne réagirent pas.

— Allez, glissa le Lumineux. Quatre heures de marche nous attendent avant l'orée des bois.

Dalsen reprit la route. Les Artériens, muets, lui emboîtèrent le pas sans conviction. Toujours abasourdi par les révélations de Barak, Yorah en oubliait presque la menace des prédateurs. Sans bruit, il suivait les traces de Dalsen entre les pins. Saya et Barak demeuraient tout aussi discrets, et aucune alerte ne vint plus perturber leur progression. Comme prédit par le Lumineux, alors que le groupe approchait des quatre heures de marche, la brume s'atténua et des buissons commencèrent à côtoyer les troncs, plus épars et moins imposants. Le Chœur de la nature retrouva peu à peu sa place dans l'esprit de Yorah. Le ciel bleu de l'après-midi se dévoila, l'herbe perça le tapis d'aiguilles et des arbres feuillus remplacèrent les résineux. Le brouillard disparut et les compagnons arpentèrent bientôt un chemin de terre qui annonçait la lisière de la forêt. Les chants d'oiseaux firent germer des sourires sur le visage de Yorah, Saya et Barak. Le cloisonnement des Bois Perdus était bel et bien derrière eux. Pourtant, le cœur de Yorah se serra. Le grondement de son âme refit surface, en arrière-plan, mais prêt à jaillir à la moindre occasion. Ravi de sentir de nouveau l'éclat du soleil, le jeune garçon s'attristait néanmoins de quitter l'atmosphère apaisante de la contrée blanche.

Le sentier parcourait un terrain vallonné et verdoyant. Soudain, Dalsen leva le bras. Yorah et Saya se raidirent. Barak plongea à plat ventre. Dalsen s'agenouilla et intima de faire silence. Après quelques instants, le Lumineux pointa du doigt vers le sud. En contrebas de la colline, deux superbes cervidés au pelage d'or s'abreuvaient à un ruisseau.

— Mais... Mais c'est... une biche et un cerf arc-en-ciel ! balbutia tout bas Barak qui frémissait. Je n'en reviens pas !

Le cerf, impérial avec sa couronne de bois labyrinthique, s'affublait d'une longue traîne de plumes bigarrées. Celle de la biche était plus réduite. Cette dernière lapait la surface de l'eau, pendant que le mâle dessinait des cercles élégants autour d'elle. Yorah se focalisa sur la Voix des cervidés, une Voix d'une incroyable pureté.

— Ils sont magnifiques ! s'extasia Saya.

Le cerf se cabra alors, puis s'inclina bien bas.

— Qu'est-ce qu'il fait ? s'émerveillait Yorah.

La traîne du cerf se déploya en un éventail aux mille couleurs.

— Waaa ! il lui fait la cour ! Exactement comme dans les *Chroniques VIII d'Ursus Horn* ! Page 67, paragraphe 2 !

s'exclama Barak les yeux pleins d'étoiles. Vous avez vu ça ?

La biche et le cerf se caressèrent de leur museau.

— Ooooh ! et elle lui a dit « oui » ! minauda le professeur de survie en joignant ses mains. C'est trop mignon !

Les silhouettes graciles et élancées galopèrent, de bonds légers et élégants par dessus les buissons et rochers, sans bruit, comme s'ils effleuraient la terre. Ils disparurent dans un bosquet.

— On raconte que ces créatures ne se révèlent qu'aux voyageurs arrivant au terme d'un long périple, dit Dalsen. Une récompense pour leur redonner force et courage afin qu'ils atteignent leur but, tout proche.

— Les Artériens ne voudront jamais nous croire... dit Saya.

— C'était tellement beau... soupira Barak aux bords des larmes, qui ne semblait pas s'en remettre.

— C'est autre chose que de le lire dans les livres, hein ? lui souffla Yorah avec un sourire malin.

Barak grogna. Le cœur plus léger, les compagnons reprirent leur route. Le spectacle des cervidés avait imprimé sur le visage de Barak une expression niaise indélébile. Le groupe gagna le sommet d'une ultime butte. Le chemin serpentait ensuite en pente douce vers la côte et menait à un village, d'une centaine de maisons, au bord de l'océan et niché entre les collines.

— Nous y sommes, annonça Dalsen. Voilà Port-Parvus. Jeune homme, à propos de ton ayam...

— Je sais, coupa Yorah. Il provoquera la panique. Je vais le garder caché.

Dalsen hocha la tête.

— Je suis désolé, Aube. Je te libérerai dès que ce sera possible.

La troupe progressa vers Port-Parvus et le roulis des vagues vint ravir les oreilles de Yorah. Non loin des premières habitations, la route se para de dalles. Son rouge d'origine étouffait sous la poussière et le masque grisâtre du temps. Un ruisseau creusait le centre de la voirie et les compagnons descendirent bientôt l'avenue principale de Port-Parvus. Elle menait jusqu'au port. Deux rangées de poteaux de pierre, surmontés d'un Orbe, l'encadraient. La première chose qui frappa Yorah fut la hauteur des bâtiments. Le village n'était pas étendu, mais Yorah s'y sentait minuscule. Les rez-de-chaussée des maisons s'habillaient de pierres, de la même teinte que les rues. Elles soutenaient une architecture en pans de bois de six, voire sept étages. L'encorbellement des habitations donnait l'impression que les façades opposées se touchaient. Ce sentiment d'oppression se confirmait par les quelques venelles, ou plutôt les passages, tellement ils étaient exigus, qui naissaient de l'artère pour se perdre dans des tréfonds indistincts, véritables cloaques sombres d'où s'échappait une odeur nauséabonde. Des tuiles noires s'enchevêtraient en écailles sur les toitures et de nombreux linges se suspendaient à la toile de cordes tissée entre les bâtiments. Yorah en était bouche bée ; cela correspondait en tout point à l'image qui lui était apparue à Niec.

Était-ce la solitude des Bois Perdus qui lui avait fait espérer un autre accueil ? Yorah ne pouvait s'empêcher de ressentir une atmosphère morose. Il avait pourtant l'habitude de la froideur des Artériens. Cependant, ici, les mines n'étaient pas sévères, mais fatiguées et accablées. Les Voix étaient ternes. Une femme, l'air grave, nettoyait le pas de sa porte à l'aide d'un Orbe d'eau qui libérait un jet de liquide sombre. De nombreux habitants circulaient dans l'artère, mais aucun éclat ne s'élevait de la foule. Yorah pouvait entendre une girouette grincer sous le vent et le son lugubre d'une cloche, qui vibra terriblement seul entre les murs, lui glaça le sang. Pas une exclamation. Pas une clameur. Pas même une rumeur. Les visages fermés ne cessaient de défiler et ce n'était, pour une fois, pas la faute d'Aube.

— Qu'est-ce qu'ils ont dans ce village ? marmonna Barak. Ils font tous une tête d'enterrement.

— Port-Parvus était plus gai dans mon souvenir, admit

Dalsen.

Celui-ci mena les Artériens sur une place qui donnait sur les quais d'un petit port. Derrière des établis vides, quelques barques et sommaires bateaux s'y amarraient. Sur la gauche, Yorah remarqua le vieux clocher responsable de la résonance solitaire qui l'avait transpercé. De l'autre côté, un phare se tenait au bout d'un bras de terre recouvert de rochers. Encore une fois identique à la vision du jeune garçon.

Yorah se sentait étrange. Quelque chose dans ce village le perturbait, mais il ne parvenait pas à en identifier la cause. L'écho de voix vibra dans son esprit. Mais il ne s'agissait pas de la Voix des âmes. On aurait dit les paroles des passants. Yorah prêta attention aux individus qu'il croisait, mais ceux-ci déambulaient sur les quais dans un silence de mort.

— Bien, annonça Dalsen, sortant Yorah de son tourment. C'est ici que nos routes se séparent. Certains pêcheurs proposent leurs services pour emmener les voyageurs en bateau contre quelques Cristaux. En voici assez pour passer la nuit à l'auberge et vous permettre de rentrer chez vous, dit-il en tendant à Yorah une bourse.

— Non, Dalsen, déclina Yorah. Vous en avez déjà trop fait pour nous. Nous nous débrouillerons.

— Prenez-les, insista Dalsen. Obtenir des Cristaux n'est pour moi pas une difficulté. Inutile de compliquer davantage votre quête.

Mal à l'aise, Yorah savait cependant que le Lumineux avait raison. Il accepta le dernier cadeau de Dalsen.

— Merci, Dalsen, dit-il d'un sourire timide.

— L'auberge se trouve de ce côté, poursuivit le Lumineux en pointant une rue qui débouchait sur le port, sur la droite en regardant l'océan.

Dalsen se raidit alors. Ses sens venaient de l'alerter d'un danger. Il leva des yeux féroces au ciel, en direction de l'est.

— Qu'y a-t-il, Dalsen ? s'empressa de le questionner Yorah.

— Des auras se dirigent par ici...

— Des auras ? Vous voulez dire que... quelqu'un approche ?
— Oui... et ils ne sont pas amicaux !

Chapitre VIII

PORT–PARVUS

Yorah, Saya et Barak levèrent les yeux vers l'est et scrutèrent le ciel. Yorah guettait d'un regard nerveux l'apparition d'une ombre dans l'azur, pour le moment immaculé. Le danger semblait venir des Bois Perdus et le jeune garçon redoutait le pire.

— Ce sont les hommes de la forêt ? demanda-t-il.

— Non, dit Dalsen, ce sont des Ombreux, mais leurs auras sont différentes. Un... deux... trois... J'en compte dix !

Des points noirs percèrent la quiétude de l'horizon. Ils prirent bientôt la forme de silhouettes. Elles volaient à grande vitesse et dévoraient les kilomètres qui les séparaient de Port-Parvus.

— Les voilà ! prévint Dalsen.

Comme prédit par le Lumineux, un groupe d'une dizaine d'individus s'arrêta, comme un seul homme, au-dessus du village, et dominait allégrement les hauts bâtiments. Les membres de la lugubre compagnie lévitaient et s'ordonnaient en un triangle parfait, chacun d'entre eux espacé d'une distance égale. Ils demeuraient immobiles, telles des marionnettes sans vie. Leurs Voix s'unissaient en un Chœur grave, d'une froideur digne de la souveraineté de leur formation.

— Cette formation, dit Dalsen, c'est l'armée de Lanfal. Une de leurs bases se trouve à l'est, au-delà des Bois Perdus.

— Lanfal ? s'exclama Yorah. Mais je croyais que ces Ombreux ne se déplaçaient que la nuit ou lors des éclipses !

— C'est le cas ! s'affola Barak. Ils ne viennent jamais dans les villes Sans-Pouvoirs pendant la journée !

— Quelque chose d'inhabituel a dû les attirer... frémit Saya.

La présence de la troupe sombre se répandit parmi la foule. Un vent d'agitation secoua la torpeur de Port-Parvus. Les Ombreux, d'un même mouvement, chutèrent alors, droits comme des piquets, vers la place du port. Ils fondirent sur les villageois amassés en dessous, qui se dispersèrent dans la panique. Les Ombreux stoppèrent leur course à quelques centimètres du sol, toujours parfaitement synchrones, chassant dans un bruit de tonnerre un nuage de poussière, avant de poser un pied délicat à terre, au milieu des Parvussiens, tétanisés.

Yorah put observer le mystérieux groupe, de nouveau figé comme la pierre. Des hommes et des femmes revêtaient le même uniforme. Ils se coiffaient de casques d'un métal gris et brillant, munis d'une large pointe dressée sur le devant alors que d'autres, plus réduites, couvraient leurs oreilles et leurs nuques. Des visières noires masquaient leurs regards. D'autres pièces d'armures acérées protégeaient leurs avant-bras et enserraient un ample pantalon violet au niveau de leurs mollets. Celui-ci était ceinturé par un épais foulard noué, d'un rouge vif, dont un long pan tombait sur le côté. Une autre ceinture, en cuir et lâche, était sertie de sphères ressemblant à des Orbes. Un court gilet, noir et sans manches, habillait les soldats, ouvert sur le torse pour les hommes. Leurs chaussures, cuirassées, se terminaient par une pointe imposante et rappelaient leurs casques. Chacun des membres tenait à la main un court sceptre noir, dont l'extrémité s'affublait de trois pics au milieu desquels s'encastrait un Orbe. Une femme parmi eux portait un brassard noir autour du bras gauche.

— Cette femme, avec le brassard, est leur capitaine, glissa Dalsen. Et méfiez-vous de leurs sceptres, l'Orbe qu'ils contiennent libère de violentes décharges électriques. Ils sont connus sous le nom de « foudroyeurs ».

— Entendu... dit Saya en avalant sa salive.

— Alors c'est à ça que ressemblent les fameuses troupes de Lanfal, murmura Yorah. Je n'en reviens pas...

— On ne serait pas un peu trop près, d'ailleurs ? s'affolait Barak qui se cachait derrière Saya. Ils sont peut-être là pour nous !

— Comment le pourraient-ils ? rétorqua Yorah. Nous n'avons rien fait à Lanfal. Et je doute que les Ombreux des Bois Perdus soient avec eux ; ils n'avaient pas cet uniforme.

— Ça reste des Ombreux, nom d'un Cassepanard !

— Est-ce qu'ils pourraient avoir senti l'énergie lumineuse de Dalsen ? s'inquiéta Saya.

— Ressentir les auras est un don Lumineux, affirma celui-ci. Les Ombreux, eux, ont besoin de leurs scanners. Ces appareils ont de courtes portées et je masque actuellement mon aura. Ils n'ont pas pu me détecter.

Yorah se remémora l'objet dont s'était servi Porcus Rosa à Artéria et qui lui avait permis d'identifier Yorah comme un Sans-Pouvoirs ; c'était donc un scanner.

Les Ombreux rompirent leur uniformité. Par des bonds agiles par-dessus la foule, ils se dirigèrent vers une maison proche du port, non loin du clocher. Quatre, dont la capitaine, se tinrent devant la porte d'entrée. Deux se postèrent sur le toit et les autres lévitèrent devant les fenêtres des étages supérieurs ; le bâtiment était cerné. Leur chef déclama quelque chose dans la langue ele.

— *In Rimuna sa kegn pen saf mäxon ! K'ur solf sil ra gnen !*

— Ils recherchent bien un Lumineux ! traduisit Dalsen qui se précipita vers eux.

Les Artériens, Barak en pestant, s'élancèrent à sa poursuite. Ils le retrouvèrent non loin de la maison. Dalsen se dissimulait parmi les spectateurs et sous l'ombre de son capuchon. Dans le même temps, les Ombreux avaient commencé à déployer autour de la demeure les sphères qu'ils portaient à leurs ceintures.

— Äzdroduäw ! s'écriaient-ils en attrapant leurs Orbes et en les nourrissant d'une énergie sombre.

Les sphères se mettaient à léviter et dégainaient d'horribles pointes à leurs surfaces. Puis elles flottaient pour aller se positionner, immobiles, non loin de l'habitation. Un véritable filet de ces oursins volants se développa autour du bâtiment.

— Qu'est-ce que c'est ? s'enquit Yorah.

— Des älmunay, murmura Dalsen, des sortes de mines. Je vous parlais dans les Bois Perdus de sorts spéciaux qui nécessitaient des incantations. Les Ombreux ont la capacité terrible de pouvoir piéger des objets, grâce à des sorts à retardement. Sans rentrer dans les détails, les incantations requièrent une forte concentration et la récitation d'une formule. Ici, la terminaison « duäw » signifie « piège ». Les soldats ont chargé leurs älmunay avec un sort explosif, défini par « äzdro », qui ne se déclenchera qu'en cas de contact avec la sphère. Mais certains Ombreux peuvent même sceller une attaque dans des paroles, ou un geste précis. Le sortilège s'active quand une cible prononce le mot ou exécute le mouvement choisi. Cela peut s'avérer redoutable.

Plusieurs personnes sortirent du bâtiment. L'un des Ombreux saisit dans son attirail un objet plat et rond qui s'ouvrit en deux. Yorah reconnut le même scanner que Porcus Rosa. Le soldat analysa les résidents un par un. D'un signe de tête glacial, il leur signifiait qu'ils pouvaient déguerpir à l'issue de leur contrôle favorable. Mais, au passage d'un homme, l'appareil émit un son discordant. Dalsen serra les dents. Les Ombreux armèrent leurs foudroyeurs.

— *Ina pämonsflesuon pa fon doibour ! Munfanen !*

— Que se passe-t-il ? murmura Yorah.

— Les scanners permettent de quantifier l'Onorie d'un individu. Ils peuvent ainsi différencier les Els des Sans-Pouvoirs. En revanche, ils sont incapables de distinguer les Ombreux des Lumineux, répondit Dalsen. L'appareil vient de détecter chez cet homme un niveau d'Onorie assez élevé pour générer des pouvoirs. Le soldat lui a donc demandé de réaliser un sort ; il déduira la nature de sa cible par la couleur de son halo. Et malheureusement, cet homme est bien un Lumineux, je le sens, et il ne semble pas connaître de sortilège pouvant berner les Ombreux !

— Mais comment l'armée de Lanfal a-t-elle su qu'un Lumineux se cachait ici ? souleva Saya.

Dalsen serra le poing.

— Il a dû être dénoncé, soupira-t-il.

Yorah observait la scène, horrifié. Le prisonnier, muet, jetait des regards désespérés à la recherche d'une échappatoire, mais il était pris au piège. Yorah n'osait admettre le sort qui lui serait réservé s'il ne répondait pas aux exigences des Ombreux. Le jeune Artérien fit un pas en avant. Dalsen lui barra la route du bras. D'un air mêlant incompréhension et révolte, Yorah leva la tête vers le Lumineux et voyait ses yeux rubis, braqués sur son frère de sang, brûler d'un feu féroce dans les ténèbres de son capuchon.

Les soldats semblaient répéter leur demande, menaçants ; ils n'accorderaient pas plus de temps à leur proie. Soudain, discret sous la cape, un halo blanc auréola la main de Dalsen. Un vent de panique s'empara alors des membres de la formation.

— *Oi ä-ur ? Ur e pusdeli !* s'écria l'un des Ombreux, plus que jamais sur le qui-vive.

— Qu'est-ce qu'il leur prend ? s'affola Barak.

— J'ai créé une illusion qui rend le Lumineux invisible à l'œil des Ombreux, murmura Dalsen.

D'abord abasourdi, l'homme ciblé par la lugubre troupe

esquissa un sourire fugace, avant de se ruer dans la maison pour tenter d'échapper à ses bourreaux.

— *TA ! TA E BORONFÄ !* rugit la capitaine.

À cet instant, les Ombreux brandirent leurs foudroyeurs. Ils libérèrent un déluge d'éclairs sombres qui s'engouffrèrent dans la demeure pour en pulvériser l'intérieur. Ils s'attaquèrent à la façade et au toit. L'arrière de l'habitation sombra dans le chaos. Les vitres volèrent en éclats, le bois se rompit, la pierre partit en poussières. La foule terrifiée se dispersa dans la panique et les cris. Les Ombreux hurlaient, rageurs, et poursuivirent leur œuvre de destruction. L'onde de choc activa alors l'une des älmunay. Une première explosion, terrible, traumatisa Port-Parvus. Elle provoqua une réaction en chaîne parmi les mines, qui sautèrent l'une après l'autre dans un déluge de déflagrations. Les Parvussiens et les quatre compagnons se protégèrent comme ils purent. Le vacarme des détonations cessa, remplacé par les impacts épars des débris qui heurtaient le sol, derrière un mur de fumée. Dalsen était médusé. Il semblait chercher de ses sens la trace du Lumineux. Les Artériens se joignirent à lui dans l'attente. Les silhouettes mouvantes des Ombreux se dessinèrent peu à peu au milieu des ruines de l'habitation. Les bâtiments alentour étaient aussi fortement endommagés.

— *S'ä von, ur e son konf,* annonça l'un des soldats.

Dalsen manqua alors de s'effondrer.

— Dalsen ! le soutint in extremis Yorah.

Une grande détresse hantait son regard rougeoyant.

— Il n'a pas survécu, glissa-t-il. Par la pensée, je lui ai expliqué mon aide et l'ai encouragé à fuir. Il m'a remercié et a tenté sa chance en retournant à l'intérieur pour essayer de tromper les Ombreux. Mais il n'a pu échapper à leurs tirs aléatoires.

Un membre de la troupe surgit de l'arrière de la maison et s'éleva dans le ciel. Il tenait par la main le corps inerte et calciné de la malheureuse victime. Les deux silhouettes disparurent au loin, sous le regard horrifié des Artériens.

— *Pusdalsä-boi ä konflorä gnekin päy evufeny. Ur ebä da-äfl in eruä !* maugréa la capitaine.

Dalsen se raidit. Les Ombreux se dispersèrent aux quatre coins du village.

— Qu'est-ce qu'ils font ? paniqua Barak.

— Ils ont compris qu'un autre Lumineux l'avait aidé, dit Dalsen d'un ton grave. Je dois partir.

— Oh non ! s'alarma Saya. Ne traînez pas alors, allez-vous-en vite !

— Je suis désolé pour ce qu'il vient de se passer, Dalsen, dit Yorah. Ne vous sentez pas coupable, vous avez fait tout ce que vous pouviez.

— Tout ce que je peux est insuffisant, se résignait Dalsen. Rien ne pourra jamais empêcher les Ombreux de décider qui a le droit de vivre ou de mourir.

Il marqua un temps d'arrêt et reprit.

— En parlant aux habitants, vous ne devriez pas avoir de mal à obtenir des informations sur vos amis. Bonne chance à vous.

— J'espère de tout cœur que nos chemins se recroiseront ! s'enthousiasma Yorah.

— Plutôt mourir que de remettre les pieds dans les Bois Perdus ! ronchonna Barak.

— Venez nous rendre visite à Artéria ! proposa Saya.

Yorah vit le visage scellé de Dalsen se défiger, perturbé par l'esquisse d'un sourire fugace. L'espace d'un instant, la méfiance et la tristesse de son regard furent repoussées par une flamme nouvelle. Le jeune Artérien lui tendit la main. D'abord hésitant, le Lumineux la serra d'une poigne peu assurée, mais sincère. Puis, sans un mot, il tourna les talons et s'engouffra dans la foule, rapide et furtif. Il disparut bientôt, sans éveiller l'attention des Ombreux qui contrôlaient avec hâte les habitants.

— Voilà, nous sommes seuls à présent, dit Yorah.

— Que fait-on ? demanda Saya.

— On va attendre que les choses se tassent et que les Ombreux partent. Si nous allions à l'auberge ensuite ? La journée a été longue. On questionnera les villageois demain.

— Ça me va ! tonna Barak. Et après nous rentrerons fissa à Artéria !

Yorah dévisagea Barak d'un air exaspéré.

— Commençons par aller nous reposer dès que le calme sera revenu. Nous déciderons après une bonne nuit de sommeil, dit Saya pour apaiser les esprits.

Quelques instants plus tard, Yorah, Saya et Barak s'apprêtaient à subir le contrôle ombreux. L'un des soldats enchaînait les scans à grande vitesse. Il serait bientôt à leur hauteur. Yorah le voyait s'approcher. La panique le saisit alors ; qu'adviendrait-il si l'Ombreux remarquait la présence d'Aube ? Si l'armée de Lanfal découvrait la nature maudite de Yorah, la situation risquait de dégénérer. Le jeune garçon s'assura que sa casquette était parfaitement vissée sur sa tête. Plus que trois personnes avant lui. Fallait-il fuir ? Non, cela attirerait davantage l'attention. Une personne. Il renfonça sa casquette. Peut-être devait-il passer en second, derrière Saya ? Oui, vite, avant que... Mais la lumière du scanner défila sur son visage blême. Le cœur de Yorah s'arrêta. Un bip retentit. L'Ombreux continua son chemin et contrôla Saya, puis Barak. Yorah laissa échapper un soupir de soulagement. Barak l'imita.

Moins d'une demi-heure après, les sombres soldats avaient quitté les lieux. Leur formation en triangle, amputée d'un membre, se fondit dans le lointain, à l'est. La voie libre, les Parvussiens s'affairèrent au déblayage des décombres.

— Je me sens mal pour les habitants, se désola Saya.

— Je sais, mais notre aide ne changera pas grand-chose, dit Yorah. Et nous avons notre propre objectif.

— Et on risque de se couper ou d'avoir des échardes, souligna Barak.

D'après les indications de Dalsen, l'auberge se trouvait de l'autre côté du port. Les Artériens parcoururent les quais en sens inverse, alors que la morosité ambiante reprenait ses quartiers.

Yorah promenait son regard sur les bateaux accostés. La langueur de leurs ballottements se cadençait aux sons flasques des clapotis, aussitôt engloutis dans les remous. Mais le langage des flots devint trouble. Les échos lointains revinrent. Yorah fut de nouveau envahi par son étrange tourment. Des voix indistinctes se bousculèrent de plus belle dans sa tête, comme si la place s'animait des éclats d'un groupe de quelques personnes. À l'encontre d'une pile impressionnante de caisses, Yorah admira sa hauteur et remarqua que les nuages masquaient à présent le ciel. Il ne les avait pas vus arriver, et la pluie vint alourdir la morosité de Port-Parvus.

— Mince, il pleut, dit-il.

— Oh, non ! fit Saya.

Elle leva la main pour capter les gouttes.

— Mais... il ne pleut pas, s'étonna-t-elle.

— Si, je sens les gouttes, persista Yorah, dépêchons-nous.

— Non, je t'assure.

— Mais je te dis que si !

— Qu'est-ce que tu racontes ? grommela Barak. Il n'y a pas un seul nuage !

— Arrête Barak, je suis fatigué, je n'ai pas envie de jouer à ça !

— Tu as trop respiré la brume ! s'esclaffa le professeur de survie.

— Yorah, intervint Saya, Barak a raison, le ciel est dégagé.

— Quoi ?

Yorah vit dans le regard interrogateur de Saya que celle-ci ne plaisantait pas. Il releva les yeux au ciel. Des nuages gris masquaient bien l'azur et le soleil. Les gouttes d'eau ricochaient et coulaient sur son visage. Désabusé et toujours imprégné d'une sensation dérangeante, Yorah observa de nouveau la place du port. Il nota, stupéfié, que la grande pile de caisses qu'il venait de croiser s'était volatilisée. D'autres objets semblaient avoir disparu ou avoir été déplacés. Yorah s'aperçut alors que les bateaux amarrés n'étaient plus les mêmes. Parmi les barques rudimentaires et ballottantes siégeait à présent un solide navire, à la taille et à l'allure invraisemblable pour un petit port de pêche. Impossible de ne pas le remarquer ; Yorah se serait forcément souvenu d'un tel vaisseau. Avait-il accosté pendant l'intervention des Ombreux ?

Le bâtiment se paraît de massives protections d'un métal écarlate et rutilant. Elles blindaient la proue, la poupe et parcouraient les contours d'une coque de bois, celle-ci s'élargissant à mesure qu'elle descendait vers la surface de l'eau. Un superbe cheval cabré, à huit pattes, honorait avec fierté son rôle de figure de proue. L'animal était aussi représenté sur la coque, de profil au milieu d'un cercle du même métal. Une grande cabine dominait le ponton. Cependant, aucun mât ne pointait vers le ciel. Seuls des Orbes pouvaient déplacer pareil vaisseau, et des Orbes d'une telle puissance ne se trouvaient pas chez les Sans-Pouvoirs ; c'était un bateau el.

Yorah se tourna alors vers les collines qui bordaient Port-Parvus. Son regard s'arrêta sur l'une d'elles, au nord du village. Cette initiative perturba l'adolescent, car il eut l'impression troublante que son corps avait pris cette décision seul. Le mont arborait des traits abrupts, des murs de roches s'élevant sous sa robe de verdure. Yorah le contempla quelques secondes, sans pouvoir en détacher les yeux.

— Adek !

Yorah répondit immédiatement à ce prénom qui n'était pourtant pas le sien et tourna la tête une nouvelle fois sans l'avoir choisi. Il se trouvait maintenant face à un groupe d'hommes et de femmes qui se tenaient devant le mystérieux navire el. Ils devaient être une dizaine, l'air forts et arrogants, tous vêtus du même uniforme à la teinte de sang ; une tenue de combat au haut noir était quadrillée de sangles et de poches, sur laquelle tombait un long manteau ouvert. Le cheval à huit pattes composait la boucle de leurs ceintures. Parmi eux, un jeune homme au regard et au sourire narquois, aux longs cheveux blonds et ondulés, avait un visage dont la partie gauche était tatouée d'un désordre de curieux symboles. Plusieurs accessoires de son accoutrement révélaient une personnalité atypique. Yorah nota un anneau noir autour de son cou et des boucles d'oreille qui représentaient des caractères semblables à ceux dessinés sur sa peau. Il avait également un livre à la main. Puis Yorah remarqua l'une des guerrières par sa forte carrure et la couleur turquoise de ses cheveux, la bouche agrippée à un cigare. À ces côtés se tenait un jeune homme à la crinière ébouriffée et du même bleu. Deux épées se croisaient dans son dos.

— Alors, tu viens ? insista l'homme aux tatouages. Nous allons à l'auberge, notre petit Geirrod commence à avoir froid.

L'allusion semblait viser un de leurs camarades à la stature impressionnante et avec un bandeau sur un œil. C'était de toute évidence une plaisanterie, car il fut le seul à se raidir d'un rictus, alors que le reste de la troupe éclata de rire. De plus, l'homme aux tatouages s'était exprimé dans une langue inconnue de Yorah. C'était une langue ele, mais différente de celle de Porcus Rosa et de l'armée de Lanfal. Pourtant, aussi étrange que cela pouvait paraître, Yorah en comprit chaque mot, comme s'il l'avait toujours parlée.

Yorah tourna une nouvelle fois la tête, sans le vouloir, pour reprendre son observation de la colline.

— J'arrive, dit-il dans la mystérieuse langue.

— Quoi ? Qu'est-ce que tu as dit ? demanda subitement Saya.

Yorah secoua la tête pour se ressaisir et se retrouva nez à nez avec les mines perplexes de Saya et Barak, qui semblaient être réapparus de nulle part. Yorah remarqua alors que la pluie avait cessé et que le ciel était dégagé. Il chercha le navire écarlate et la troupe de guerriers, mais, eux aussi, avaient disparu. Le village de Port-Parvus avait recouvré son aspect d'origine. Blême, Yorah ne comprenait pas ce qu'il lui était arrivé. Était-ce les pensées de Porcus Rosa qui lui jouaient des tours ? Mais il y avait autre chose. Malgré la fin de cette curieuse hallucination, Yorah jetait de nombreux regards à la colline abrupte. Il ne pouvait s'en empêcher. C'était plus fort que lui.

— Yorah, est-ce que ça va ? s'enquit Saya.

Yorah ne répondit pas.

— Yorah ?

— Ça va, dit-il, ce n'est rien. Barak a raison, j'ai dû trop respirer la brume.

— Tu es sûr ?

— Ce genre d'expédition, c'est pas pour les petites natures ! pouffa Barak.

— Il est grand temps de nous reposer, dit Saya. Dépêchons-nous.

— Allez-y, je vous rejoins tout de suite, dit Yorah. Je vais profiter de l'air du large encore un peu, ça va me faire du bien.

— D'accord, mais ne tarde pas, prévint son amie.

Saya et Barak partirent. Yorah essaya de se calmer ; il se laissa envahir par les embruns marins. Mais son tourment persistait. Une attirance inexplicable pour la colline incitait Yorah à la contempler. Il sentit les battements de son cœur accélérer. Quelque chose se trouvait là-bas. Quelque chose qu'il connaissait. Qui l'appelait.

Tout à coup, le ciel azur bascula dans une nuit noire et pluvieuse qui enserra la colline dans les ténèbres. La scène ne dura qu'un instant, foudroyante comme un éclair, et le bleu paisible et uniforme retrouva sa place autour du mont dans la seconde qui suivit.

Sous le choc, Yorah poussa un bref cri de stupeur. Pourtant, la surprise de ce brutal changement de décor n'était rien comparée à l'obsession troublante qui habitait le jeune garçon ; il devait y aller. Plus qu'une envie, c'était un besoin, un manque, viscéral et irrépressible, qu'il fallait assouvir coûte que coûte, comme si ce désir l'avait obnubilé pendant des années. Plus rien d'autre ne comptait. Pas après pas, il entreprit une marche irrévocable vers la colline.

Yorah profita de l'extérieur du village pour libérer Aube. Puis il se fraya un passage parmi les buissons. Au bout de quelques minutes, il rejoignit un sentier de terre et de cailloux qui prenait la direction du mont. Le chemin s'enroulait autour du relief pour mener à son sommet. Avant d'en commencer l'ascension, Yorah croisa une pancarte où étaient inscrits les mots « Le Long-Bec ».

Yorah s'avança sur la pente. De nouveau, l'espace d'un instant, un abîme de ténèbres noya les lieux sous la pluie. Le grondement de l'obscurité multiplia ses attaques brutales sur le calme de l'azur, plus que jamais en suspens. Mais à l'inverse de décourager le jeune garçon, le phénomène attisait sa soif de progression. Et, après une ultime percée, la nuit et l'averse perdurèrent. Le ciel bleu avait disparu pour de bon. Abasourdi, Yorah s'autorisa quelques secondes pour analyser ce sombre prodige. Il ressentait l'impact des gouttes et la température, fraîche, faisait regretter celle du jour. Tout ceci paraissait bien réel.

— Tu comprends ce qu'il se passe, Aube ? glissa Yorah.

Mais sa fidèle complice ne lui donna aucune réponse. Yorah la chercha du regard.

— Aube ?

Yorah scruta les alentours. Aucune trace d'Aube ; elle s'était volatilisée.

— Aube !

Incroyable. Jamais Aube ne l'avait abandonné jusqu'à présent. Pourtant, l'absence d'Aube fut vite éclipsée. La mystérieuse volonté qui poussait Yorah à continuer l'avait effacée de son esprit. Les pensées du jeune garçon se braquèrent vers la colline. Il reprit sa route. Puis, un grognement, lugubre, s'immisça dans la monotonie de la pluie et se répercuta dans le creux de ses oreilles.

Une bête apparut dans le tournant, comme un loup, mais de

la taille d'un ours, son front armé d'une imposante corne. Elle se rapprochait d'un pas feutré. Ses babines frémissaient sur des crocs luisants, sous les roulis abrupts de ses menaces. La terreur saisit Yorah. Cette fois, il désirait fuir, mais au moment où il voulut le faire, il ne put exécuter le moindre geste. Ses bras, ses jambes, ses lèvres... son corps entier ne lui répondait plus. Horrifié d'être de nouveau sous le joug d'un tel sortilège, il voyait le prédateur réduire la distance. Immobilisé et sans défense, il lui était même impossible d'appeler à l'aide. L'animal bondit sur lui, toute gueule hurlante.

Soudain, le bras de Yorah se leva, la main ouverte droit vers son assaillant. Comme un coup de tonnerre, une force mystérieuse s'en échappa pour percuter avec une extrême violence l'agresseur. La bête fut éjectée loin hors du sentier, dans un cri aigu et plaintif qui mourut alors que la créature chutait vers la forêt, dans laquelle elle disparut.

Yorah était médusé par ce qu'il venait d'accomplir. Un sortilège. Il avait réalisé un sortilège. Il n'eut pas le temps de se poser plus de questions ; son corps reprit sa marche sans qu'il puisse le contrôler. Dans la nuit noire et sous la pluie battante, et malgré toute la volonté qu'il mettait en œuvre pour faire demi-tour, rien ne semblait pouvoir entraver son ascension. Sous la cape salvatrice de Dalsen, Yorah avançait d'un pas téméraire qui s'arrachait sans mal des prises de la boue et évitait les pièges de la pierre glissante. Il atteignit finalement le sommet. Au détour d'un ultime mur de roche, une violente bourrasque le transperça. Elle dévoila derrière elle un vaste terrain herbeux, gardé par un portique de bois délabré et dévoré par la mousse, sous une mer déchaînée de nuages noirs. Une grande pancarte gisait sur le sol, dont Yorah ne put lire l'écriteau. Mais il ne lui fallut pas longtemps pour comprendre où il se trouvait. Il distingua, dans son angle de vue dirigiste, des tombes, éparses, englouties par les hautes herbes. Le jeune Artérien venait de pénétrer dans un vieux cimetière, abandonné depuis de nombreuses années. Yorah se laissa guider dans les fourrés détrempés. Au cœur de la nécropole, de nouveaux grognements roulèrent dans la nuit. Yorah s'arrêta.

Il tourna la tête vers l'origine de la menace. Sur les hauteurs d'un gros rocher, dans la lumière brutale d'un éclair, l'ombre d'une créature semblable à celle du sentier se dessina, étincelante sous la pluie. Puis une autre présence hostile se révéla dans le dos de l'adolescent. Une meute l'encerclait à présent. Horrifié, Yorah se tenait malgré lui immobile au milieu des prédateurs. Ceux-ci attendaient le moment propice pour se jeter sur leur proie.

Un caillou chassé du sommet rocheux ricocha sur la pierre. La bête qui surplombait Yorah bondit sur lui. Ce dernier vit les abîmes d'une gueule acérée se porter à hauteur de son visage. Les traits du jeune garçon se déchirèrent d'un cri d'effroi qui resterait vain et sourd. L'étreinte de la mort se refermait sur lui, quand quelque chose s'interposa dans un bruit métallique.

Yorah, le regard vide, tremblait de tout son long. Du moins son esprit, car son corps demeurait solide et impassible. Sous le souffle rageur qui lui brûlait la peau, Yorah prit conscience de la barre grise et brillante qui venait de lui sauver la vie. Les crocs de la bête s'étaient abattus sur la lame d'une épée impressionnante, dépourvue de garde, assez grande pour être manipulée à deux mains. Les dents affamées tintaient sur le métal, sur lequel serpentait le sang de gencives trop impatientes.

« Une... épée ? pensa Yorah. Mais d'où sort-elle ? »

Tout ceci ne dura qu'un instant, mais un autre détail interpella le malheureux spectateur. Une main ferme serrait la poignée de l'arme. Elle naissait bien du corps de Yorah, mais était pourtant différente de la sienne. Forte et aguerrie, elle contenait sans mal l'imposant carnassier, et le bras de Yorah se camouflait à présent sous une manche de tissu rougeâtre. Et soudain, droit devant lui, derrière les canines et parmi le sang ruisselant de la créature, dans le reflet de la lame, Yorah entraperçut son visage.

Un visage aux traits fins, mais plus matures. Des yeux d'un bleu perçant, incandescents de détermination. Des cheveux longs de couleur argentée. Et une large cicatrice, comme un croc, déchirait sa joue droite. Yorah arborait l'apparence et la tenue d'un autre. Il reconnut l'uniforme et le manteau écarlate de la troupe de son hallucination de Port-Parvus. Le nouveau corps de Yorah leva alors son bras libre, qui dessina un geste étrange ; avec le pouce, il alla gratter sa joue droite, sa cicatrice. D'un calme imperturbable, il continuait d'observer la bête, impuissante face à la barrière de son arme.

Dirigé par ce mystérieux corps, Yorah repoussa férocement l'animal. Il rengaina son épée dans son dos. Son autre main s'entoura du halo agressif des Ombreux. Il en jaillit une boule de feu sombre qui alla embraser le canidé, encore dans les airs, dont seule la carcasse calcinée et fumante retomba au sol. Sous la menace des prédateurs, Yorah effectua une roulade, puis de multiples bonds pour esquiver leurs charges. Une course-poursuite infernale s'engagea à travers le cimetière, le jeune garçon talonné et assailli par les carnivores affamés. Il voyait leurs silhouettes rageuses défiler devant ses yeux. Le tranchant de leurs crocs et de leurs griffes le frôlait sans parvenir à le toucher. Le vertige envahit Yorah face à la vitesse ahurissante de ses mouvements. Il était léger comme l'air, rapide comme le vent. Ses appuis félins lui faisaient enjamber cinq tombes, sauter par-dessus des rochers de la taille de sa maison. Le décor se renversait sans cesse, entrecoupé par des effusions d'herbes et de terre. Ses déplacements et ceux de ses poursuivants s'apparentaient à des bourrasques jaillissant de toutes parts. Elles griffaient les lieux de leur passage et formaient une tornade folle aux embardées imprévisibles et anguleuses. Perdu au milieu de ce chaos, Yorah s'horrifiait à chaque impact des coups qu'il plaçait. Les gueules, abdomens ou crânes heurtés accouchaient d'un cri plaintif, les victimes revenant à la charge plus revanchardes que jamais.

Tout à coup, l'un des animaux, dans un assaut frontal, se

retrouva en position de croquer la proie tant désirée. La vélocité du jeune garçon n'y pourrait rien. Mais tel un éclair, Yorah disparut, dans un bruit de cisaille, comme si l'air lui-même avait été taillé, laissant un vide traversé par l'agresseur, hébété. Yorah réapparut haut dans le ciel, à une vingtaine de mètres au-dessus des bêtes. Effaré par l'ampleur de son saut, il concentra alors son pouvoir dans ses deux mains. Il les joignit pour libérer une boule de feu sombre et colossale qui fondit sur les créatures en contrebas. Une terrible gerbe de flammes embrasa le cimetière.

Les yeux de Yorah miroitaient de stupeur. Le jeune garçon demeurait hypnotisé par l'obscur brasier qu'il avait engendré. Il n'en était pas réellement le responsable, mais, l'espace d'un instant, un sentiment exaltant de toute-puissance l'envahit. Il lévitait, tel un dieu penché sur le monde des mortels, toisant de son domaine les cendres des impudents qui avaient osé provoquer son courroux. C'était donc ça... d'être un El.

Yorah regagna délicatement le sol et se posa au centre du cercle de terre brûlée, entouré par les corps inertes des créatures. Le voile de fumée se déchira alors sous l'assaut d'un dernier survivant. Yorah l'esquiva de justesse et lui asséna un coup frontal, arrachant un gémissement à l'animal. Touché à l'œil, celui-ci, qui paraissait plus jeune que ses congénères, battit en retraite et disparut dans la nuit. Cette ultime frayeur passée, Yorah poursuivit son exploration du cimetière.

Ses pas le guidèrent au-devant d'une stèle. Dans la pierre étaient gravées les lettres « A. A. A. ». Il l'observa longuement, sans un mot. Prostré sous la pluie, Yorah sentit l'émotion l'envahir et des larmes se mêler à l'eau de son visage ruisselant.

— *Ina sar rou, re muäna... saläfa,* murmura-t-il.

« Cette phrase... *Ina sar rou, re muäna...* pensa Yorah. Mais oui ! C'était celle qu'avait prononcée Porcus Rosa avant la chute des Artériens dans les Bois Perdus ! »

Mais cette fois-ci, Yorah était parvenu à en capter le sens, comme l'autre langage parlé par la troupe écarlate dans sa vision de Port-Parvus. Elle signifiait « une seule loi, la mienne ». Le mystérieux guerrier avait conclu ses paroles par le mot « sœurette ». Sa sœur reposait-elle ici ? Et comment Yorah pouvait-il comprendre les langues eles ?

Quelque chose attira l'attention de l'homme aux cheveux d'argent. Il porta son regard au loin, mais Yorah ne pouvait percer le mur d'obscurité. Il embrasa sa main d'un feu intense. D'innombrables paires d'yeux se révélèrent dans la nuit noire. Les premières rangées de silhouettes se dessinèrent. Les mêmes loups, par dizaines. Parmi eux se trouvait le plus jeune, un œil ensanglanté, l'autre revanchard. La lumière permit à Yorah de distinguer la forme peu commune du Long-Bec. Le cimetière semblait arriver à son terme, mais le terrain se poursuivait dans les ténèbres ; il s'allongeait sur une centaine de mètres, en une pointe qui disparaissait vers le nord et dans la nuit. Yorah n'avait pu s'en rendre compte de Port-Parvus, car la colline n'offrait aux villageois que sa face sud. L'étendue abritait ainsi le repaire des prédateurs.

Yorah sentit son autre bras se lever pour gratter, de nouveau du pouce, sa cicatrice sur la joue droite, avant de saisir son épée. Éclairé par sa flamme, Yorah s'avança dans les hautes herbes vers les animaux, qui grognaient de plus belle à chacun de ses pas.

Mais son assaut à peine lancé, Yorah perdit pied. Le sol s'était dérobé. Il chuta dans l'abîme.

Une douce lumière d'ambre se diffusa peu à peu sous les paupières de Yorah. Le jeune garçon ouvrit les yeux. Il vit tout d'abord Aube, réapparue, onduler sous le ciel paré d'orange. Le jour se mourrait. L'averse nocturne et les nuages avaient disparu. Allongé à terre, Yorah se redressa péniblement, endolori et couvert d'égratignures. Il constata alors qu'il était enfin libre de ses mouvements et qu'il avait retrouvé son corps. Dans un profond soupir de soulagement, il se réjouit de la conclusion de son incroyable hallucination. Il ramassa sa casquette qui était tombée et la remit sur sa tête. Il scruta les alentours et se rendit compte qu'il avait chuté sur le chemin en colimaçon de la colline. Le sommet se tenait à quelques mètres au-dessus de lui. Yorah se releva et s'approcha du rebord. Ce qu'il aperçut le laissa pantois. Un amas considérable de roches s'entassait sur une centaine de mètres au loin et formait un véritable escalier vers la vallée. La pointe du Long-Bec n'était plus. Elle s'était brisée et avait, par miracle, épargné Yorah et le sentier. C'était son effondrement qui avait provoqué la chute du jeune garçon.

— Quelle chance j'ai eue, Aube... murmura-t-il, stupéfié. J'aurais pu être écrasé sous ces tonnes de pierres !

Sous le choc, Yorah ne désira pas s'attarder, malgré ses questionnements sur cet homme à la chevelure d'argent dans lequel il s'était retrouvé prisonnier. Il ne voyait pas non plus comment les pensées de Porcus Rosa pouvaient engendrer une telle hallucination et une telle perte de contrôle. À moins que son ravisseur ne lui ait jeté un sortilège plus élaboré ? Où s'agissait-il d'une malédiction propre à la colline ? Quoiqu'il en était, Yorah se hâta vers Port-Parvus aux côtés d'Aube.

Quand il atteignit le village, la nuit était tombée. Les Orbes au sommet des poteaux s'étaient embrasés d'un feu sombre. La lumière terne de l'éclairage n'égayait pas les lieux.

— Navré Aube, mais il vaut mieux te cacher jusqu'à ce qu'on soit seuls.

— Wiiish...

Aube à l'abri, Yorah se mit en quête de l'auberge. Il scrutait les enseignes lorsque Saya surgit devant lui.

— Où étais-tu ? ragea-t-elle.

— Dans les collines, répondit Yorah, embarrassé.

— Dans les collines ? Mais tu es inconscient ou quoi ? Ça fait deux heures que je te cherche partout ! J'étais morte d'inquiétude !

— Je suis désolé, il m'est arrivé quelque chose d'extraordinaire...

Saya soupira. Yorah sentit du soulagement dans la Voix de la jeune fille, mais crut déceler une pointe d'exaspération.

— Tu me raconteras à l'auberge, dit-elle, Barak nous attend. Ce gros froussard a prétexté garder notre table pour me laisser te chercher toute seule !

Yorah et Saya arrivèrent devant une maison de sept étages et aux grandes fenêtres. Au-dessus d'une porte de bois grinçait une enseigne, à l'effigie d'un pêcheur à bord d'une barque qui tentait de dompter des flots déchaînés, gravée du nom *Le Petit Marin*. Aucun doute, c'était celle de sa vision.

Ils entrèrent. Les lieux étaient bondés et bruyants ; ils contrastaient avec la monotonie des rues. Droit devant eux, un attroupement de sauvages réclamait qu'on remplisse leurs verres comme s'ils n'avaient plus bu depuis des lustres. Au-delà, Yorah distingua un comptoir derrière lequel une dame ronde s'activait, pendant qu'un homme dodu, dont il ne put voir le visage, se brisait le dos en roulant un tonneau. D'autres barils étaient alignés le long des murs, au côté de bouteilles ordonnées sur des étagères et d'une farandole de chopes, suspendues par des crochets au plafond. Un feu naturel crépitait et dansait dans l'âtre d'une cheminée. Yorah et Saya se frayèrent un chemin parmi les remous de la foule, dans les travées dessinées par les bancs de bois. À la lumière vive de véritables bougies, disposées sur les murs et les tables, le jeune Artérien se contentait de suivre son amie. Il n'aimait pas les lieux trop fréquentés. Habitué à attirer les regards, Yorah progressait tête basse et en avait oublié qu'Aube se dissimulait sous sa casquette. Des bribes de conversation s'immiscèrent dans ses oreilles. Elles évoquaient la capture du Lumineux et l'organisation de la cérémonie funéraire, le lendemain soir, à la mémoire des huit victimes dénombrées. Les deux adolescents rejoignirent Barak, assis tout penaud dans un coin.

— OÙ T'ÉTAIS, IMBÉCILE ? bondit-il en les apercevant. On t'a cherché partout !

— JE l'ai cherché partout, corrigea Saya.

— Oui, bon, bref ! C'est toi qui a la bourse de Cristaux ! J'ai eu un mal de chien à garder la table ! Vous n'imaginez pas à quel point ils sont féroces ici !

— Ah oui, désolé... dit Yorah.

— Désolé ? Monsieur est désolé ? Ça me fait une belle jambe ! J'aurais pu laisser ma peau à cause de ta petite balade !

— Je suis sûr que tu aurais adoré ce que j'ai fait...

— Eh bien, parlons-en ! grogna Barak. Qu'est-ce que tu faisais de si important ?

— J'ai été victime d'un sortilège.

— QUOI ? s'exclama Barak avec de grands yeux. Encore ?

— Raconte-nous, dit Saya. C'était des visions, comme à Niec ?

— Pas vraiment. Au port, j'ai d'abord eu des hallucinations. Je voyais une troupe d'Ombreux, tous vêtus de manteaux écarlates. J'avais la sensation qu'il pleuvait, puis qu'il faisait nuit. Après, quelque chose m'a attiré sur une colline à côté du village. Elle s'appelle Le Long-Bec. C'était plus fort que moi. C'est là que l'hallucination s'est aggravée. Je me suis retrouvé piégé dans le corps d'un des guerriers aux manteaux écarlates. Je ne parvenais plus à contrôler mes mouvements et je luttais à coups de sortilèges contre des loups avec des cornes. Heureusement, une partie de la colline s'est effondrée et ma chute, par chance sans gravité, a mis un terme à la malédiction. Et je suis rentré.

— La colline s'est effondrée ? Je n'ai rien vu et rien entendu... dit Saya.

— Moi non plus, confirma Barak.

— Ah bon ? C'était pourtant juste à côté et l'éboulement était colossal, c'est impossible que vous n'ayez rien entendu.

L'ombre d'une silhouette imposante se pencha sur eux.

— Comment va notre petit professeur de survie ? dit une voix tout à fait chaleureuse. Je vois qu'il a retrouvé ses petits compagnons !

Yorah releva la tête. Un grand bonhomme d'une

cinquantaine d'années leur souriait. Il était rondouillard, avec de bonnes joues rouges, une moustache touffue et des cheveux courts et grisonnants, bien que le temps ait dégarni son crâne. Un ample tablier graisseux l'entourait. Ses manches longues étaient retroussées et il se tenait prêt à mémoriser les désirs de ses hôtes. C'était l'aubergiste.

— Euh... oui, merci... lui marmonna Barak.

— Tu avais raison, Barak, ils ont vraiment l'air sanguinaires ici... maugréa Saya à celui-ci, qui détourna les yeux. Hein, Yorah ?

Mais Yorah ne répondit pas. À la seconde où il avait porté le regard sur l'aubergiste, son esprit lui avait joué un nouveau tour. Le nom de *Fervidus Pescion* résonnait dans sa tête. C'était le nom de l'aubergiste, et bien qu'il ne savait pas comment il le connaissait, Yorah en était persuadé. Puis son tourment empira.

La silhouette de l'aubergiste s'affina. Des boucles blondes germèrent sur son crâne, sa moustache disparut et ses rides s'atténuèrent. L'homme paraissait avoir rajeuni de vingt ans. Ses bras s'étaient découverts et révélèrent sur son épaule droite le tatouage bleu d'un grand poisson plat, muni d'un long bec effilé comme la pointe d'une épée. Yorah tourna la tête vers ses amis, mais ils n'étaient plus là. À leurs places était attablée la troupe d'Ombreux aux manteaux écarlates. Ils parlaient fort et riaient, dans leur langue ele, devant le jeune aubergiste, médusé. L'odeur âcre du cigare de la femme costaude irrita les narines de Yorah. L'adolescent se rendit compte qu'il se vêtait du même uniforme que ses bruyants compagnons ; il était de retour dans le corps de l'homme à la cicatrice et à la chevelure d'argent. Puis quelque chose en lui prit l'initiative, incontrôlable.

— Pardonnez l'impolitesse de mes camarades, dit-il à l'aubergiste dans la langue des Sans-Pouvoirs, ils ne jurent que par l'hydromel. Nous nous satisferons de ce que vous pourrez nous proposer, à manger comme à boire.

— Qu'est-ce que tu racontes, imbécile ? grommela Barak en tapant sur la tête de Yorah. Une tisane, ce sera parfait, lança-t-il à l'aubergiste.

Le coup fit instantanément reprendre ses esprits à Yorah. Il dut affronter une nouvelle fois les regards désabusés de ses amis, de retour à ses côtés, et de l'aubergiste, qui avait retrouvé sa bonne corpulence et son âge avancé. La brûlure de la fumée avait également cessé.

— Fu ! fu ! rit l'aubergiste. Bah ça ! Je n'avais plus entendu le mot « hydromel » depuis la nuit où Le Long-Bec s'est écroulé !

Yorah n'en crut pas ses oreilles.

— Attendez une minute ! s'écria-t-il. Vous voulez dire que Le Long-Bec ne s'est pas effondré aujourd'hui ?

— Bwa ! ha ! ha ! bien sûr que non ! Il a cédé il y a dix-sept ans, tranché par l'épée d'un mercenaire aux cheveux d'argent !

Chapitre IX

LE MERCENAIRE DU PASSÉ

— Un... Un mercenaire aux cheveux d'argent ? Il y a dix-sept ans ? balbutia Yorah.

— Oui, mon p'tit, affirma l'aubergiste. Ce fut une sacrée nuit... Bon ! je vous ai préparé une chambre pour tout à l'heure. Pour votre repas, laissez-moi vous proposer un ragoût de raispadon, une spécialité locale. Un pichet d'eau pour les jeunes et une bonne pinte de notre bière du pêcheur pour notre professeur de survie.

— Une tisane à la rêvereine pour clore le dîner me contentera, mon brave, répondit Barak.

— C'est parfait, sourit Saya.

L'aubergiste acquiesça de la tête et tourna les talons.

— Attendez ! l'alpagua Yorah. Cet homme aux cheveux d'argent, comment était-il ?

— Eh bien... ça fait une paie, mais je n'ai jamais plus rencontré quelqu'un comme lui et je n'oublierai jamais son nom. Il s'appelait Adek Sulfurhar.

La révélation foudroya Yorah. Adek ; c'était par ce nom qu'on l'avait appelé dans son hallucination.

— Ses cheveux d'argent tombaient jusqu'aux épaules, continua l'aubergiste, et il était vêtu, tout comme ses compagnons, d'un long manteau écarlate, avec une large épée fixée dans son dos. Ah ! et il avait une cicatrice sur la joue... gauche ou droite ? Je ne sais plus...

— La droite... souffla Yorah, les yeux dans le vague. C'était sur la joue droite...

— Ah oui, tu as raison ! Tu le connais ?

— Euh... Non... J'en ai juste entendu parler. Vous pourriez me raconter cette fameuse nuit où il a tranché Le Long-Bec ?

— Allons, allons, intervint Barak. M. l'aubergiste a d'autres choses à faire. Excusez notre ami, mon brave, il n'a plus toute sa tête depuis qu'il a respiré la brume !

— La ferme, Barak !

— Qu'est-ce que tu as, Yorah ? Qui est cet homme ? s'enquit Saya.

Yorah ne répondit pas. Il fixait l'aubergiste d'un regard ardent.

— Ho ! ho ! c'est qu'il a du caractère ce p'tit ! lança ce dernier. Soit ! Cela ne prendra que quelques minutes.

Il s'approcha et se pencha de nouveau sur les trois compagnons. La lumière de leur bougie dansait sur son visage, soudain grave, et se reflétait dans le noir de ses pupilles, dilatées en puits profonds vers ses souvenirs. Les Artériens comprirent, au son de sa voix caverneuse, que l'événement le plus mémorable de l'histoire de Port-Parvus allait leur être conté.

— Ça s'est passé... il y a dix-sept ans. Jusqu'alors, la colline du Long-Bec arborait dans ses hauteurs une immense falaise qui pointait vers le nord. Cette forme atypique lui a valu son nom, et elle guidait les voyageurs depuis des générations. Mais la venue d'une troupe d'Els balaya cette histoire millénaire en une seule nuit, affirma-t-il avant de marquer une pause et en passant les doigts dans sa moustache. Ils sont arrivés par la mer, je n'ai jamais su d'où exactement, mais l'hydromel confirme qu'ils n'étaient pas de Lanfal. Adek s'est présenté comme appartenant à un groupe de mercenaires. Ils devaient être en train d'accomplir une sorte de mission sur le continent. Mais ce que je peux certifier, c'est qu'ils étaient Ombreux. Ils devaient être une dizaine à descendre de leur bateau, cuirassé d'un métal de la même teinte de sang que leur manteau. Une fois qu'il les eut déposés, leur navire reprit l'océan. À l'auberge, sans surprise, ils ne montraient aucune considération pour les Sans-Pouvoirs. Tous, sauf Adek. Il a été le seul à me témoigner du respect et à me régler le gîte et le couvert.

— Un Ombreux sympathique avec les Sans-Pouvoirs ? Foutaises ! gronda Barak.

— C'est pourtant vrai, rétorqua l'aubergiste, aussi invraisemblable que cela puisse paraître. En raison des superstitions de Terre sous Lunes, les cheveux d'argent sont source d'exclusion. Je pense qu'Adek devait connaître la souffrance d'être rejeté. Néanmoins, cela ne l'empêchait pas d'être estimé au sein de son groupe ; il était leur meneur.

« Lui aussi était victime des superstitions ? songea Yorah. »

— Après leur repas, reprit l'aubergiste, Adek m'a demandé si nous entretenions le cimetière qui se trouve au Long-Bec. Je lui ai répondu que pour notre plus grand malheur, à cause de la prolifération des loups cornés, plus personne n'osait s'y aventurer depuis des années. Vers minuit, j'ai vu Adek s'éclipser, seul, malgré l'averse et, plus tard, un terrible fracas fit trembler Port-Parvus. Dans l'obscurité, les habitants ne se rendirent pas compte de ce qui venait de se produire. Adek rentra quelque temps après et regagna sa chambre. Au matin, le village constata, effaré, la chute du Long-Bec. J'ai tenté d'en toucher deux mots à Adek alors qu'il partait avec ses compagnons. Il a souri et a répondu qu'il était important de pouvoir chérir le souvenir de ceux qui ont disparu. Je l'ai chaleureusement remercié et il s'en est allé, avec sa troupe, dans les terres. Je ne l'ai plus jamais revu.

Il marqua une pause. Ses lèvres frémirent en un sourire.

— Mes grands-parents sont enterrés au Long-Bec, vous savez. Nous avons tous des proches au cimetière. Même si nous en avons construit un autre aujourd'hui, nous avons pu remettre celui du Long-Bec en état, afin que ses occupants y reposent en paix, et dégager le sentier obstrué par les éboulis. Adek avait veillé à sectionner la colline au-delà du cimetière et aucune tombe ne fut dégradée lors de l'effondrement. Seul un dernier loup corné y rôde, mais il n'ose pas s'approcher dès lors que l'on s'arme d'une torche embrasée d'un feu sombre. Je serai toujours reconnaissant envers Adek. J'espère le revoir un jour, même si je doute qu'il se souvienne de moi.

Saya esquissa un sourire attendri, mais Barak ne semblait pas prêt à croire en la bonté d'un Ombreux.

— Attendez, intervint Yorah, vous dîtes que le cimetière est maintenant entretenu ?

— Oui, régulièrement, même si nous n'y enterrons plus nos morts.

Un frisson parcourut Yorah. Il se rappelait parfaitement l'entrée en ruines et les hautes herbes qui s'opposaient à sa marche.

— Il faut que j'aille vérifier quelque chose ! s'écria-t-il en se levant d'un bond.

Saya le rattrapa immédiatement.

— Quoi ? Qu'est-ce que tu racontes ? Tu n'iras nulle part ! s'insurgea-t-elle.

— Tu ne comprends pas ! C'est important ! Laisse-moi passer !

— Effectivement, je ne comprends pas ! rétorqua Saya qui persistait à lui barrer la route. Tu veux retourner au cimetière ? Je ne sais pas ce que tu veux y faire, mais tu n'y verras rien en pleine nuit. Tu risques surtout de te blesser.

Yorah se calma.

— Pour l'instant, dis-nous ce qu'il se passe, reprit Saya, et demain à la première heure, nous irons. D'accord ?

Yorah hocha la tête. Il jeta un regard gêné à l'aubergiste.

— Bon, euh... Je vous laisse ! baragouina le tenancier.

Celui-ci parti, Saya et Yorah rejoignirent leur table et ce

dernier s'expliqua.

— Cet Ombreux aux cheveux d'argent, Adek Sulfurhar, que l'aubergiste a rencontré il y a dix-sept ans... C'est dans son corps que j'étais piégé pendant mon hallucination. J'ai vécu exactement ce que l'aubergiste a raconté. Adek et les Ombreux qui arrivent au port, ainsi qu'une partie de son combat contre les loups cornés au Long-Bec.

— Donc... ton hallucination t'aurait ramené dans le passé ? Il y a dix-sept ans ? déduisit Saya.

— J'ai du mal à y croire, mais... oui ! J'ai même vu l'aubergiste de l'époque, rajeuni. Et ce n'est pas tout ! Je sais des choses que je ne devrais pas connaître, comme le nom de l'aubergiste, alors qu'il n'a jamais été mentionné dans mes hallucinations et que je ne lui ai jamais demandé dans la réalité !

Saya avait l'air perplexe. L'aubergiste revenait avec leurs boissons.

— Tiens, regarde ! lança Yorah. Je te parie qu'il s'appelle Fervidus Pescion. Excusez-moi, dit-il à l'aubergiste. Merci pour votre temps tout à l'heure. Je m'appelle Yorah Soltain.

— À ton service, mon p'tit ! Je me nomme Fervidus Pescion !

Il les quitta. Saya était intriguée, mais paraissait chercher l'astuce.

— Arrête ton char ! intervint Barak. Tu l'as entendu ailleurs avant de venir, voilà tout !

— Je vous jure que non ! rétorqua Yorah. Tu veux une autre preuve ? L'aubergiste a un tatouage bleu sur l'épaule droite, un poisson plat avec un long nez pointu. Et quand il était jeune, il ne portait pas de moustache et avait les cheveux blonds et bouclés. Vas-y ! Demande-lui quand il reviendra ! Si je me trompe, j'admettrai que je perds la raison ! provoqua-t-il Barak en lui tendant la main.

Une flamme de défi crépita dans les yeux du professeur de survie.

— Parfait, j'accepte ! tonna-t-il en tapant la main de Yorah.

L'aubergiste réapparut avec leur repas.

— Et voilà, dit-il en disposant les assiettes sur la table. Bon appétit !

Barak paraissait réfléchir à la manière d'engager la conversation sans éveiller les soupçons. Il se lança finalement.

— Dites-moi, mon brave, il y a beaucoup de pêcheurs avec des tatouages ici ?

— Certains, oui.

— Et vous ? Vous en avez un ? attaqua-t-il avec un petit sourire satisfait de sa stratégie, devant Yorah et Saya, consternés par son manque de finesse.

— Oui, répondit l'aubergiste.

— Ah bon ? Où ça ? répliqua Barak en plissant de plus en plus les yeux.

— À l'épaule.

— Gauche ou droite ?

— Droite.

— Il représente quoi ?

— Un raispadon.

— Quelle couleur ?

— Bleue, mais pourquoi toutes ces questions ?

— Oh, pour rien... Je... J'hésite à m'en faire un, baragouina Barak en jetant un regard agacé à Yorah.

Ce dernier et Saya avaient du mal à se retenir de rire.

— Je me demandais également, reprit Barak, si vous aviez toujours eu cette superbe moustache ?

— Oh, non ! Ça doit faire une dizaine d'années, depuis que mon crâne s'est déplumé, pouffa l'aubergiste.

— ET JUSTEMENT ! bondit Barak, trop heureux face à cette ouverture inespérée. Je parie que dans votre jeunesse vous aviez les cheveux blonds et bouclés ! Je me trompe ?

— Mais non, vous avez raison !

La frustration déforma les traits de Barak, accentuée par le large sourire exagéré que lui lança Yorah.

— Mais comment avez-vous su ? s'intrigua le tenancier. Il n'y a pas de photos de moi à cette époque ici !

— Oh, comme ça... grommela Barak en cherchant une excuse. Je... Je me disais juste que le blond vous irait bien.

L'aubergiste plissa les yeux, comme s'il n'était pas sûr d'avoir bien compris. À l'instant où il réalisa ce qu'il venait de dire, le visage de Barak se décomposa.

— Je... Je vous laisse... balbutia l'aubergiste, suspicieux comme jamais.

Barak se prit la tête dans les mains.

— C'EST MALIN ! tonna-t-il en tapant sur la table. Il va croire que je le drague !

— Oui, en effet ! rit Yorah. Mais au moins, tu sais que je dis la vérité. En tant que professeur de survie, tu dois savoir que le raispadon ressemble à la description que j'en ai faite, pas vrai ?

Barak grommela, ce qui était un signe évident que Yorah avait vu juste.

— Je ne suis pas convaincu ! tenta-t-il de se défendre. Et qu'est-ce que je vais dire à l'aubergiste maintenant ?

— Je pense qu'il vaut mieux que tu ne dises plus rien ! rigolait Saya.

Cet instant léger permit à Yorah d'oublier quelque peu ses tourments. Les trois compagnons savourèrent ce premier repas tranquille depuis le début de leur périple.

— Nom d'un Cassepanard en culotte courte ! s'exclama Barak. Ce raispadon est délicieux ! Ça fond sous la langue !

— Je n'avais jamais mangé quelque chose comme ça... dit Yorah.

— Je me demande ce qu'il y a d'autre dans ce ragoût... se délecta Saya. Il y a de la pomme de terre, de la tomate... il y a autre chose...

— Ça ressemble à de l'oignon, mais en plus relevé, suggéra Barak.

— Oui, on dirait... Tu en penses quoi, Yorah ?

— Aucune idée, tout ce que je sais, c'est que c'est bon.

— C'est de l'ignent, glissa l'aubergiste qui passait par là, un légume de notre région.

— Ah ! merci... lui sourit Barak avant d'être rattrapé par la gêne.

Le regard fuyant, l'aubergiste se racla la gorge et s'éclipsa.

— Ah... l'amour ! rit Yorah.

— Arrête ça tout de suite ! grogna Barak. Je ne suis pas amoureux de lui ! J'ai... J'ai une petite amie, pour votre information.

— Ah bon ? Et qui ça ? s'intrigua immédiatement Saya.

— Elle... Elle s'appelle Frêle.

— Frêle ? Frêle Gribouille ? La professeur de dessin ?

— Bon allez, ça suffit ! J'en ai déjà trop dit !

Les rires de Saya et Yorah, qui harcelèrent Barak de questions sur sa supposée romance, accompagnèrent la fin de leur repas. Saya et Barak saucèrent leur pain jusqu'à la dernière goutte. Yorah ne termina pas son assiette.

— Tu as retrouvé ton appétit habituel ? constata Saya.

— Oui, j'étais affamé dans les Bois Perdus.

— Pas étonnant que tu sois aussi maigrichon. Tu ne deviendras jamais grand et fort comme moi ! gloussa Barak, la barbe dégoulinante, en gobant le poisson de Yorah.

— En effet... Quel dommage... marmonna Yorah avec une expression incommodée.

Barak mit une heure à finir sa tisane, car il n'aimait pas la boire trop chaude. Ceci fait, les Artériens montèrent dans leur chambre. À l'abri des regards, Yorah put y libérer Aube. Le petit ayam ondulait dans la pièce et savourait sa liberté retrouvée, pour le plus grand bonheur de Yorah. Éreintés, les trois compagnons se glissèrent dans la douceur de leurs draps.

— Aaaah ! un vrai lit ! se réjouit Saya.

— Zut, cette couette est trop courte ! pesta Barak dont les pieds dépassaient du matelas.

— Allez, il faut nous reposer, dit Yorah. Une rude journée nous attend demain.

— Peut-être devrions-nous garder une lampe allumée, afin

de prévenir toute intrusion ? proposa Barak.

— Pourquoi quelqu'un s'introduirait ici ? demanda Yorah.

— C'est qu'il y a un sacré paquet de types louches en bas... Et puis les loups cornés sur la colline...

— L'aubergiste a affirmé qu'il n'y en avait plus qu'un et qu'il n'osait pas s'approcher du village. Il craint le feu sombre, si ma mémoire est bonne, rappela Saya.

— C'est pour ça que si l'un d'entre vous veut laisser une bougie, je comprendrai tout à fait, insista Barak. AAAAAAAH ! J'ai vu quelque chose par la fenêtre ! hurla-t-il en se recroquevillant dans son lit.

— Mais arrête de crier comme ça ! Il n'y a personne ! s'exaspéra Yorah.

— C'est vrai, Barak ! dit Saya. Il faut que tu cesses d'avoir peur pour un oui ou pour un non !

— Je n'ai pas peur, je donne l'alerte ! Nuance !

— Enfin bref... En parlant de bougie, il nous faudra une torche pour aller au cimetière, prévint Yorah.

— QU... QUOI ? s'écria Barak. VOUS VOULEZ ALLER AU CIMETIÈRE ?

— Mais moins fort grosse nouille !

— *Vous voulez aller au cimetière ?* répéta Barak dans un murmure strident.

— Je dois vérifier quelque chose.

— Tu as déjà prouvé que tes hallucinations retraçaient le passé, dit Saya. Tu souhaites toujours y retourner ?

— Oui, je dois le voir de mes yeux, j'en ai besoin.

— Mais vous êtes complètement cinglés ! Nous sommes à deux doigts de pouvoir rentrer à Artéria, et vous, vous partez fricoter avec les loups cornés ?

— Rien ne t'oblige à te joindre à nous, dit Saya. Tu n'as qu'à te renseigner sur un moyen de transport pour Artéria pendant ce temps.

— Hum... Bon et bien... si tu insistes, c'est d'accord... balbutia Barak.

— Saya, je ne sais pas exactement ce qui nous attend là-bas, prévint Yorah. Tu es sûre de vouloir m'accompagner ?

— Évidemment ! Hors de question que tu y retournes seul !

— Super ! répondit Yorah. Alors, bonne nuit !

Saya souffla la dernière chandelle. La pénombre tomba dans la pièce, nuancée par la lueur apaisante d'Aube. Yorah savourait d'être emmitouflé dans une épaisse couette, la tête blottie contre un oreiller moelleux, où ni le vent, ni la pluie, ni les craquements et échos suspects ne viendraient troubler son repos. Il se laissa envahir par le sommeil.

— Donc on est tous d'accord pour éteindre *toutes* les bougies ? chuchota Barak, avant l'installation définitive du silence.

— Satané loup corné, grommela Barak le lendemain, je n'ai pas fermé l'œil de la nuit à force d'y penser... En plus, je suis presque sûr que quelque chose m'est tombé sur la tête !

— C'était mon oreiller, grogna Yorah en replaçant Aube sous sa casquette. Tu ronflais si fort que les murs tremblaient, monsieur j'ai pas fermé l'œil de la nuit !

— TU M'AS BALANCÉ TON OREILLER ?

— Bon ça suffit, vous deux ! pesta Saya. Vous n'allez pas commencer dès le matin !

Barak n'avait pas été le seul à perturber le sommeil de Yorah. La douleur avait réveillé le jeune garçon au beau milieu de la nuit pour ne plus le quitter. Les événements du cimetière tirailleraient son corps des jours durant.

Après leur petit-déjeuner, ils sortirent du *Petit Marin*. Yorah et Saya laissèrent leurs capes dans leur chambre. Barak avait emporté toutes ses affaires, y compris la chemise et le bonnet de nuit de Grand-Mama, roulés sous son bras, bien trop précieux pour risquer de se les faire voler. L'aubergiste avait gentiment offert une torche à Yorah, allumée à l'aide d'une Orbe de Feu. Des nuages assombrissaient le ciel.

— Bon, moi et Saya, on va au Long-Bec, annonça Yorah.

— Parfait, moi je vais chercher un moyen de transport pour Artéria, dit Barak. On se retrouve à l'auberge. Donne-moi la bourse.

— Non, je la garde. Renseigne-toi pour le moment.

— Mais comment je vais faire si vous mourez au Long-Bec ?

— On ne mourra pas ! s'exaspéra Saya.

Barak se dirigea vers le port en grognant et les deux amis prirent la route de la colline.

— Barak ne pense qu'à rentrer à Artéria, dit Saya. Tu as bien fait de garder la bourse, il n'hésiterait pas à partir sans nous.

— Oui, il n'a d'yeux que pour sa Grand-Mama adorée, maugréa Yorah, et Mme Gribouille, apparemment.

— Tant qu'il n'aura pas la certitude que l'une d'entre elles a été enlevée, il ne se risquera pas à chercher nos ravisseurs.

— Et encore ! Je ne suis pas sûr qu'il fera quoi que ce soit même dans ce cas-là !

En dehors du village, Yorah libéra Aube. Les amis passèrent devant le panneau du Long-Bec et remontèrent le sentier de la colline. Ils arrivèrent à l'endroit où Yorah avait chuté la veille. Saya resta pantoise devant l'incroyable amas de roches qui descendait vers la forêt.

— Donc cet effondrement a eu lieu il y a dix-sept ans, dit-elle.

— Il semblerait, dit Yorah en reprenant la route.

Ils atteignirent l'entrée du cimetière. Celle-ci était en parfait état et, au loin, les pierres tombales se dressaient bien visibles dans l'herbe coupée. Yorah frissonna.

— Dans mon hallucination, le portique tombait en ruine et l'herbe montait à mes genoux.

— Tu as donc bien revécu une scène du passé ici même... conclut Saya.

Yorah hocha la tête et pénétra dans l'enceinte, talonné par Saya. Il observa chacune des stèles qui croisaient son chemin.

— J'étais, enfin, Adek était poursuivi par des loups cornés, alors je ne saurais plus dire quel trajet j'ai réalisé, expliqua-t-il en avançant. Mais après, il s'est arrêté sur une tombe... Ah ! C'est celle-là !

Il se précipita vers une stèle. C'était bien celle de son hallucination, gravée du mystérieux « A.A.A. ».

— Adek a pleuré sur cette tombe, dit Yorah. Je pense qu'il s'agit de celle de sa sœur.

— Ah oui ? dit Saya. Ces lettres seraient ses initiales...

— Adek a prononcé quelques mots en langue ele, les mêmes que ceux proférés par Porcus Rosa juste avant qu'on ne s'échappe, « ina sar rou, re muäna ». Ça veut dire « une seule loi, la mienne ».

— Tu comprends la langue ele ? s'intrigua Saya.

— Dans les hallucinations, Adek parle notre langue, la langue ele de ce continent et une autre que je n'ai jamais entendue. Je les comprends toutes.

— « Une seule loi, la mienne »... Cette phrase ressemble à une devise, remarqua Saya en fronçant un sourcil. C'est bizarre que Porcus Rosa et Adek aient la même... Est-ce qu'ils pourraient faire partie du même groupe ?

— Adek n'a pas l'air mauvais... si on se fie à l'histoire de l'aubergiste.

— Hmm... Peut-être, mais c'est suspect...

Ils restèrent songeurs quelques instants.

— Ensuite, poursuivit Yorah, Adek a repris son épée et s'est avancé dans cette direction, comme ça. Dans l'hallucination, la pointe du Long-Bec s'étendait vers le nord, mais aujourd'hui...

Yorah s'arrêta au bord de la falaise, à l'endroit où il avait chuté. Plus bas se trouvait le sentier où il avait repris connaissance, devant l'immense amas de roches qui formait autrefois la pointe du Long-Bec.

— Je comprends, dit Saya. C'est cette grande contradiction entre ton hallucination et la réalité qui a mis fin à la vision. Il y a dix-sept ans, Adek s'était aventuré jusqu'à la pointe, qu'il a fini par trancher. Mais toi, quand tu as voulu l'imiter dans le présent, tu as marché dans le vide, le Long-Bec s'étant déjà effondré. Et le choc t'a réveillé.

— Oui, tu as raison. En revanche, la différence entre les hautes herbes et l'herbe coupée n'était pas suffisante pour mettre un terme au maléfice. Il a fallu un obstacle conséquent... Par contre, je ne comprends pas comment je connaissais le nom de l'aubergiste. Je suis certain que personne ne l'a prononcé, dans aucune des visions que j'ai eues.

Saya réfléchissait. Yorah, à l'écoute du vent, perdait son regard dans les terres, qui s'étendaient en vallons au nord-est.

— Peut-être qu'en se promenant un peu dans le cimetière, quelque chose se produira... proposa Saya.

— Oui, essayons.

Les deux amis cheminèrent entre les tombes, sous des nuages de plus en plus hostiles. Les minutes s'écoulaient. Le vent forcit. Yorah se concentrait sur Adek, mais rien ne se passait.

— Le temps se dégrade... Ça ne me dit rien qui vaille, dit Saya. Notre torche risque de s'éteindre, ce n'est pas prudent...

— D'accord, rentrons.

Quelque chose attira alors l'œil de Saya. Elle se figea.

— Qu'est-ce que tu as ? lui demanda Yorah.

— Qu'est-ce que c'est que ça... murmura-t-elle en s'éloignant.

— Hein ? Quoi donc ?

Elle parcourut quelques mètres, ses cheveux chahutés par les bourrasques, comme s'ils ne voulaient pas se rendre plus avant. Yorah l'observait, anxieux, marcher entre les rangées de stèles, le regard braqué sur ce qui l'avait intriguée. Puis elle s'arrêta. Elle se tint immobile.

— Viens voir, vite ! s'écria-t-elle.

Yorah accourut aussitôt. Arrivé à hauteur de Saya, il se raidit devant ce qu'il avait sous les yeux.

Un immense cercle brunâtre, témoin d'un incendie, s'étendait devant eux. L'herbe n'était plus que de la terre, brûlée. Yorah examina les alentours, puis leva la tête au ciel. Il s'agissait bien de l'endroit où Adek avait décimé les loups cornés, d'une boule de feu lancée des airs. Comme l'aubergiste l'avait affirmé, le mercenaire avait veillé à épargner les tombes ; aucune d'entre elles ne se trouvait dans la marque calcinée. Cependant, les flammes d'Adek avaient-elles été intenses au point de toujours scarifier le sol, dix-sept ans après ?

Saya posa sa main sur la croûte sèche et noire.

— C'est chaud, nota-t-elle. Ça a eu lieu il n'y a pas longtemps.

— QU'EST-CE QUE TU DIS ? s'étrangla Yorah.

Il se pencha en toute hâte pour toucher la terre de ses doigts. Yorah avala sa salive. Saya disait vrai. Il sentait la chaleur imprégner sa paume. Comment était-ce possible ?

— Qu'est-ce qu'il y a Yorah ? Ça t'évoque quelque chose ?

Yorah prit une grande inspiration.

— Pendant mon hallucination, je n'ai fait que reproduire les mouvements d'Adek, n'est-ce pas ? Les loups cornés, les sortilèges qu'Adek lançait, l'épée qu'il portait... rien n'était réel... pas vrai ?

— Oui, selon moi tu courais dans le cimetière en croyant te battre contre ces créatures. Où veux-tu en venir ?

— À un moment, Adek a tiré du ciel, pile à cet endroit, une énorme boule de feu. Mais c'était il y a dix-sept ans, exact ?

— Oui, en effet.

Yorah attrapa une poignée de terre et regarda Saya dans les yeux.

— Si c'était il y a dix-sept ans, alors comment expliques-tu que le sol soit encore chaud ?

Saya fit de grands yeux.

— Mais c'est impossible... balbutia-t-elle. Comment aurais-tu pu...

— Cette marque a pourtant été réalisée hier soir.

— Mais si ce ne sont que des hallucinations du passé d'Adek, c'est impossible que tu aies ses pouvoirs dans le présent ! Ça n'a pas de sens !

La pluie se mit à tomber, à grosses gouttes.

— Mince ! s'écria Yorah. La torche ! Il faut rentrer, vite !

— Oui !

Ils coururent vers la sortie. Yorah tenta malgré tout de protéger la flamme, qui finit par mourir. Le portique était en vue. Plus que quelques mètres. Mais soudain, une ombre imposante et bestiale s'avança en travers de leur route. Pris d'effroi, les deux amis dérapèrent sur l'herbe glissante pour stopper leur cavalcade. La créature cornée grognait, menaçante, et se rapprochait.

— Oh non... trembla Saya. C'est lui... le loup corné...

Yorah enrageait face à leur malchance. Il avait laissé ses Billes dans sa cape. Et il leur était impossible de rebrousser chemin afin de trouver un endroit assez bas pour sauter sur le sentier ; l'animal les rattraperait sans problème. Yorah s'aperçut alors que celui-ci était borgne. C'était lui, celui qu'Adek avait frappé à l'œil. Il avait survécu à l'effondrement du Long-Bec et était devenu un adulte aguerri.

— Encore toi... pesta Yorah. Décidément, tu es coriace !

L'ultime loup corné accéléra son allure. La peur reprit le dessus sur les Artériens.

— Cours Saya ! COURS ! COURS !

Saya hurla de terreur. Ils trébuchèrent dans la terre détrempée. C'était peine perdue. La créature bondit. Ses crocs fondirent sur Yorah. Le jeune garçon ne put retenir un cri d'horreur et leva sa main en barrage dans un dernier geste désespéré.

Tout à coup, la présence d'Adek l'envahit. Un grondement s'échappa de sa paume, avant qu'une force terrible n'en soit projetée pour percuter de plein fouet l'agresseur. Propulsé au loin, l'animal retomba lourdement au sol. Il se releva à grand-peine et prit la fuite. Il dégringola d'un pas boiteux l'amas de roches qui l'emmena dans la forêt.

Médusé, Yorah ne parvenait pas à détacher son regard de sa main, auréolée du halo sombre des Ombreux.

Chapitre X

EN QUÊTE D'INDICES

— Sa... Saya... Tu... tu as vu la même chose que moi... bégaya Yorah.

— Je sais pas... frémit Saya. Tu veux parler du loup corné que tu as terrassé avec un sort... ou du truc grisâtre qui tournoie autour de ta main...

— D'accord... donc ce qui vient d'arriver est réel...

— Oui... c'est réel...

— Super...

— Oui... Super...

Ils respirèrent un grand coup et ne quittaient pas des yeux le halo sombre. Celui-ci se dissipa et Yorah ne perçut plus l'énergie d'Adek.

— J'en reviens pas... dit Saya. Tu peux faire des sortilèges...

— Oui... enfin, j'ai clairement ressenti la présence d'Adek quand j'ai abattu le loup corné.

— C'est donc lui qui te transmet ses pouvoirs, déduisit Saya. Essaie encore de l'appeler, pour voir...

Yorah se leva et cibla un rocher de la main. Il fit le vide dans son esprit, poussa plusieurs cris rageurs, mais rien ne se produisit.

— Je n'y arrive pas...

— Il n'a pas l'air de vouloir venir quand tu le souhaites... dit Saya.

Ils restèrent assis un moment, silencieux et immobiles, sous la pluie.

— Mais, oui ! J'ai compris ! s'écria alors Saya.

— Vraiment ? s'exclama Yorah.

— Tu as hérité de l'âme d'Adek !

— L'âme d'Adek ?

— Oui, tu es possédé, quoi !

— Tu peux arrêter d'être aussi réjouie en disant ça ? Tu me fais peur avec tes histoires de fantômes !

— C'est la seule explication. L'âme d'Adek prend le contrôle de ton corps pour te faire revivre des moments de sa vie, jusqu'à combattre en te prêtant ses pouvoirs d'Ombreux !

Yorah réfléchit.

— Admettons... dit-il. Mais si je suis bel et bien possédé par Adek, pourquoi je ne perçois pas sa présence tout le temps ?

— Récapitulons ses manifestations. Ta première vision est apparue au contact de Porcus Rosa...

— J'en ai eu une deuxième quand Dalsen a parlé de Port-Parvus...

— Puis une à Port-Parvus même, où tu es allé au cimetière, ainsi qu'au *Petit Marin* quand tu as vu l'aubergiste. À chaque fois, les interventions d'Adek se sont produites à l'évocation ou au contact de lieux ou de personnages... Ce sont eux les déclencheurs ! Ils doivent être des lieux ou des gens qu'Adek a rencontrés dans sa vie !

— Ça se tient... murmura Yorah. Et dès que je rencontre un déclencheur, selon la situation, Adek provoque des hallucinations pour me faire vivre ses souvenirs, ou me prête sa force.

— Et vu que tout a commencé avec Porcus Rosa, Adek devait forcément le connaître. Et cette devise, ce n'est pas un hasard... Je suis convaincue que tes visions finiront par nous mettre sur la piste de nos amis ! Si elles nous ont menés à Port-Parvus, nous devrions y trouver un indice !

— Sans oublier que je peux me servir des pouvoirs d'Adek ! Je peux lutter contre les Els maintenant ! s'exclama Yorah, revigoré d'une énergie nouvelle. C'est une aide inespérée ! Tout n'est pas perdu !

— Pas si vite, ce n'est pas sans danger ! Adek n'intervient que quand et comment il le souhaite ! Tu risques surtout de devenir incontrôlable, comme hier !

— Hmm... c'est vrai... admit Yorah. Mais on a besoin des informations qu'il pourrait nous transmettre. Bon, allons nous renseigner à Port-Parvus sur les disparitions. C'est le meilleur moyen de réveiller Adek. Tu n'auras qu'à m'assommer si je commence à avoir un comportement suspect !

— Ben voyons... D'après le récit de l'aubergiste, Adek n'a causé du grabuge qu'au cimetière ; il ne s'est pas battu en ville. Tu devrais te tenir tranquille.

Les deux amis se levèrent et descendirent le sentier.

— Mais j'y pense, dit Yorah, si je suis habité par l'âme d'Adek... ça veut dire qu'il est mort ?

— Oui, en effet... confirma Saya. Peut-être que Porcus Rosa l'a trahi et l'a tué ?

Yorah et Saya arrivèrent en vue de Port-Parvus. Alors que leurs pieds clapotaient sur les dalles luisantes sous la pluie fine, Yorah dissimula Aube sous sa coiffe.

— Bon, interrogeons les Parvussiens. Tiens, demande à cet homme, dit Saya en désignant un septuagénaire au visage buriné avec une casquette plate sur la tête.

— Non, vas-y toi. Tu es meilleure que moi pour ce genre de truc.

Saya grommela et s'avança vers l'individu.

— Excusez-moi, monsieur. Mon ami et moi sommes de passage et nous avons appris que plusieurs personnes avaient mystérieusement disparu. Est-ce qu...

— Ah, non ! l'interrompit sèchement son interlocuteur. Assez avec cette malédiction !

Il partit sur-le-champ, laissant les deux Artériens abasourdis.

— Ça commence bien... soupira Saya.

— Essaie d'en choisir un plus ouvert la prochaine fois.

— Mais ils sont tous déprimés ici...

Ils remontèrent la rue qui menait au port.

— Il y a toujours l'aubergiste... proposa Saya.

— C'est vrai. Lui au moins il est sympathique. Nous n'avons qu'à retourner le voir.

— Attends. Regarde les deux femmes là-bas, assises au café. Elles n'ont pas l'air méchantes.

— Si tu veux. Si ça ne donne rien, on ira au *Petit Marin*.

Yorah et Saya s'approchèrent de la terrasse couverte de l'établissement. Autour d'une tisane, les deux dames, d'une soixantaine d'années, discutaient d'un ton distingué et jouaient aux cartes. Toutes deux se dissimulaient derrière de grandes lunettes aux verres teintés, alors que la pluie tombait.

— Ho ! ho ! pouffa la première, qui avait une rose dans les cheveux. C'est vraiment vrai ce que tu me racontes là, Fabula ?

— Hi ! hi ! s'esclaffa la deuxième, qui portait un chapeau incroyable. Mais je t'assuuuuure, Fama !

— Ho ! ho ! le bougre aurait au moins pu revenir avec des fleurs, quand même !

— Tu veux rire ! Pingre comme il est !

— Ho ! ho ! c'est vrai !

— Ah ! et voilà ma dernière paire ! J'ai gagné !

— Ho ! mais tu gagnes tout le temps ! Comment fais-tu ?

— L'entraînement, mon chou, l'entraînement ! gloussa Fabula en rassemblant les cartes.

— Ah ! j'y pense, mon chou, j'ai entendu une drôle d'histoire, se rappela Fama en mélangeant le jeu. Il y aurait, paraît-il, un village au sud qui n'a plus donné signe de vie depuis près d'un mois...

— Ah bon ? s'intrigua Fabula en distribuant. Quel est le nom de cette bourgade ?

192

— Hmm... Cinis, si ma mémoire ne me fait pas défaut...

— Excusez-moi... les interrompit timidement Saya.

Fama et Fabula la regardèrent.

— Oui, ma belle ? dit Fama.

— C'est vrai qu'elle est belle, confirma Fabula.

— N'est-ce pas ?

— Euh... hmm... merci, rougit Saya.

— Et le jeune homme à côté, pas mal du tout... roucoula Fabula.

— Ouh, oui... encore quelques années et il sera à point.

— Ouh, oui ! Vivement ! s'extasia Fabula en frétillant des épaules.

Elles éclatèrent de rire devant les sourires gênés des adolescents. Puis elles se lancèrent dans une nouvelle conversation à propos d'un grand brun ténébreux, habillé comme un sage, qu'elles avaient vu déambuler sur le port plus tôt. Yorah perdait patience. Il observa les alentours. Trois individus d'une quarantaine d'années, et à l'air nettement moins jovial que les deux femmes, échangeaient quelques mots à une table voisine. Yorah prêta l'oreille.

— J'ai pas pu m'endormir la nuit dernière... encore... marmonna l'un.

— Tu m'étonnes, dit un autre.

— Moi j'y arrive un peu, glissa le troisième.

— Ah bon ? T'as pas peur, toi ?

— Si, bien sûr... Mais, au final, ce qu'il s'est passé n'est pas une si mauvaise chose, quand on y pense.

— Qu'est-ce que tu veux dire ?

Fama et Fabula fantasmaient sur leur mystérieux esthète et l'imaginaient lutter de tous ses muscles contre un tigre aux dents de sabres. Yorah continua d'écouter les trois hommes.

— Bah... entre nous... ce sont pas les meilleurs qui ont disparu... Je suis bien content de ne plus voir Maleoit. Jamais aimé ces yeux vairons...

— Greval ne va pas me manquer non plus. Sûr qu'il trafiquait des trucs pas nets, toujours enfermé chez lui...

— Peut-être mais, moi, c'est ce qu'il s'est produit après qui me terrifie...

— *Oh, oui ! Emmène-moi dans ta grotte mon érudit sauvage !* s'exclama alors Fabula dans un caquètement d'éclats de rire avec sa comparse.

Yorah se mordait les doigts. Lui et Saya s'étaient encore une fois trompés d'interlocuteurs ; ils ne tireraient rien de ses deux femmes et passaient à côté des informations de l'autre table.

— Haaa... soupirèrent ces dernières en essuyant de leur mouchoir la larme qui leur coulait de l'œil. Que pouvons-nous faire pour vous, jeunes gens ? s'enquit, enfin, Fama. Vous ne m'avez pas l'air d'ici ?

— Euh... non... balbutia Saya. Nous venons d'Artéria...

— Artéria ? Tu connais, mon chou ?

— Mais non, mais non, répondit Fabula.

— Certaines personnes de notre ville ont été enlevées, reprit Saya. Nous avons su que des habitants de Port-Parvus s'étaient volatilisés et nous pensons que ces deux affaires sont liées. Vous pourriez nous en dire plus sur ces disparitions ?

— Vraiment ? bondit Fabula. Vous croyez que ce sont des rapts ?

— Oui, intervint Yorah. Nous avons nous-mêmes été victimes de ces ravisseurs, mais nous nous sommes échappés.

— Et en plus, il a une belle voix, glissa Fabula à sa complice.

— J'allais le dire, mon chou, j'allais le dire ! J'adore son côté mystérieux !

— Hmm... bredouilla Yorah. Vous pourriez nous raconter ce qu'il s'est passé à Port-Parvus ?

— Tout ce que tu veux, mon chou ! lança Fama. En effet, quatre personnes se sont volatilisées il y a deux semaines, de quatre familles différentes, ce qui est beaucoup pour notre petit village, et toutes pendant leur sommeil. Mais quelque chose d'encore plus étrange est arrivé par la suite...

— Oui, bien plus étrange, continua Fabula. Quelques jours

après ces disparitions, les familles des victimes se sont envolées à leur tour. Toutes, à l'exception d'une.

— Comment ? s'exclama Saya. Les familles ? Quelques jours après ?

— Oui, ma belle.

Yorah et Saya se jetèrent un regard alarmé.

— Très bizarre, cette histoire... soupira Fabula.

— Oui, très très bizarre... renchérit Fama. Depuis, tous les habitants sont terrifiés. La plupart ont cessé de dormir. Ils vivent dans la crainte de disparaître s'ils s'abandonnent au sommeil.

— Mais nous, on n'a pas peur, n'est-ce pas, mon chou ?

— Tout à fait, mon chou. Il faut bien récupérer de toutes ces journées passées à la terrasse des cafés !

La remarque les fit éclater de rire.

— Vous dîtes qu'une famille a été épargnée, dit Yorah. Vous pourriez nous indiquer laquelle ?

— Ho... ho, ho... hmm ! Mais certainement mon chou, consentit Fama. C'est la famille Charroyer. Vous voyez la rue où s'est produite l'attaque d'hier ? Quand vous venez du port, une fois là-bas, prenez la première à droite. C'est la maison avec une enseigne représentant un courrier.

— C'est le mari de cette femme qui a disparu, ajouta Fabula. Elle pourra peut-être vous en apprendre davantage.

— D'accord, merci, répondit Yorah en se dirigeant vers les quais.

— Attendez, jeunes gens ! s'écria Fama. Vous ne nous avez pas dit vos noms !

— Euh... Saya.

— Et moi, Yorah...

— Saya et Yorah... Ho ! ho ! nous nous en souviendrons, rit Fama, pas vrai, mon chou ?

— Hi ! hi ! et comment, mon chou ! Il faudra absolument regarder où se trouve leur ville, Artéria !

— Oh ! mais quelle bonne idée !

— À très bientôt, Saya et Yorah d'Artéria !

— Hi ! hi ! très très bientôt !

— Au... au revoir... bredouillèrent Yorah et Saya.

Les deux amis se mirent en quête de la maison.

— Eh bien, sourit Saya, comme quoi il y a des gens sympathiques dans ce village !

Ils parcoururent le port et empruntèrent la rue où s'était déroulée l'attaque ombreuse. Leurs regards peinés s'attardèrent sur les demeures ravagées, puis ils tournèrent dans la première à droite. Ils repérèrent la fameuse enseigne.

— C'est là... dit Yorah.

La tristesse émanait de la façade. Dans les pots, les fleurs avaient fané. Une pile de journaux détrempés s'entassaient sur le pas. Saya frappa. Alors qu'il attendait une réponse, Yorah remarqua une autre porte à côté de celle des Charroyer. Un système de cloches et de cordelettes, ainsi que des tuyaux, permettait d'alerter et de communiquer avec les occupants des étages supérieurs. La même installation équipait chaque bâtiment. Soudain, une femme d'une trentaine d'années, emmitouflée dans une étoffe de laine, entrouvrit. Elle arborait un visage livide, cerné par des nuits sans sommeil, et de longs cheveux bruns en bataille.

— Oui ? grogna-t-elle.

— Euh... Madame Charroyer ? Excusez-nous de vous déranger. Je m'appelle Saya, et voici mon ami Yorah. Nous avons appris ce qui était arrivé à votre mari et nous en sommes désolés. Nous nous demandions si vous pourriez nous en dire plus sur ce qui s'était passé...

Yorah hocha la tête. La femme les dévisagea du regard.

— Allez-vous-en, souffla-t-elle avant de claquer la porte.

— Attendez ! insista Saya. Nous pensons savoir qui se cache derrière les disparitions ! Il s'agit d'enlèvements ! Nous avons été victimes de ces ravisseurs, mais nous nous sommes échappés !

— S'il vous plaît, nos proches ont subi le même sort et nous voulons les retrouver, intervint Yorah. Écoutez notre histoire et nous vous laisserons tranquille !

Quelques secondes s'écoulèrent. Saya s'apprêtait à renoncer quand le battant tourna sur ses gonds.

— Entrez... soupira Mme Charroyer.

Yorah et Saya s'échangèrent un sourire victorieux. Ils pénétrèrent dans un couloir étroit. Des piles de colis et cartons grignotaient la surface du corridor, qui desservait deux pièces sur la droite et aboutissait à la cuisine. Les deux amis suivirent leur hôte dans un salon sur la gauche, tout aussi encombré. La femme prit place dans un fauteuil et Yorah et Saya s'assirent dans un canapé, autour d'une table basse. Le fond de la pièce donnait sur une salle à manger, dont les portes vitrées s'ouvraient sur un jardin, coincé entre les bâtiments. Pourtant, il avait l'air assez grand. Un espace surprenant pour un village étriqué comme Port-Parvus. Deux fillettes jouaient sur une terrasse de bois, couverte par un toit de tuiles qui tintait sous la pluie. Mme Charroyer craqua une allumette et embrasa une cigarette.

— D'où venez-vous ? dit-elle.

— D'Artéria, répondit Saya, au nord-ouest, sur la côte à...

— Je connais, coupa-t-elle dans une bouffée de fumée dont elle ne chercha pas à épargner ses visiteurs. Racontez-moi.

Yorah et Saya grimacèrent sous le nuage de cendres et entamèrent leur récit. Porcus Rosa et les portes dimensionnelles, leur évasion, l'aide de Dalsen dans les Bois Perdus et leur arrivée à Port-Parvus. Yorah se confia même sur les hallucinations qu'il subissait depuis sa lutte avec leur ravisseur, sans pour autant mentionner Adek. Il révéla simplement qu'elles les avaient guidés dans ce village.

— Des visions ? grommela la femme. C'est ça votre piste ? C'est n'importe quoi...

— Nous avons affaire à des Ombreux, objecta Saya, ce n'est pas négligeable. Il n'y a rien dans notre histoire qui vous évoque quelque chose ?

— Non, rien...

À court d'arguments, Yorah observa les monticules de paquets autour d'eux.

— Qu'est-ce que tous ces cartons ?

— Mon mari et moi sommes livreurs, souffla Mme Charroyer dans un voile de fumée. Depuis la naissance des petites, lui seul voyageait pendant que je préparais les commandes à la maison. Nous livrions des colis sur toute la côte ouest du continent. Maintenant qu'il n'est plus là, je vais devoir prendre sa suite et m'organiser...

— Vous n'avez pas peur des Ombreux ? s'enquit Saya.

La femme sourit. Elle saisit sur la table basse un ruban jaune qu'elle se mit à manipuler.

— Notre famille a une mentalité de battants ; mon époux a perdu une jambe durant l'enfance. Il a toujours lutté pour se faire accepter et a toujours cru en ses rêves. Il désirait gagner sa vie en voyageant, et il l'a fait, malgré la loi des Ombreux. Nous n'avons jamais voulu nous laisser faire face à eux. Rien ne doit entraver notre liberté et nous éduquons nos filles en ce sens. Bien sûr, ce n'est pas sans risques, mais nous avons appris à éviter les troupes sombres.

— Comment ? s'intrigua Yorah.

— Nous avons dompté un ptérobec. Il nous permet de voler et peut sentir la présence d'Ombreux en approche. Il vit caché dans les collines et il répond à nos sollicitations.

— VOUS AVEZ DOMPTÉ UN PTÉROBEC ? s'extasia Yorah. Fantastique ! C'est un exploit pour des Sans-Pouvoirs, comment avez-vous fait ?

— Cela nous a demandé beaucoup de travail, mais nous avons surtout eu la chance de tomber sur un spécimen particulièrement docile.

Yorah n'en revenait pas. Seuls les Els pouvaient d'ordinaire maîtriser un tel moyen de transport.

— Vous avez raison de ne pas vous laisser faire face aux Ombreux, clama Yorah.

Mme Charroyer sourit de nouveau.

— Je suis surprise d'entendre ce genre de propos chez un Artérien. Quand je m'étais rendu dans votre ville, j'avais remarqué que vous aimiez rester dans votre bulle.

Elle s'arrêta.

— Fu, fu... Me revoilà à tenir un discours contestataire alors que je passe mes journées à pleurer mon mari. C'est pathétique...

Une main masquait son visage abattu. Mme Charroyer parut perdue dans ses pensées. Elle baignait dans les volutes de fumée qui s'échappaient de sa bouche. Elle serra son ruban et contempla ses filles, d'un regard à la fois triste et attendri.

— Vous savez, reprit-elle, quand j'ai appris ce qui était arrivé aux autres familles, je ne savais pas si je devais me considérer comme chanceuse ou maudite. Je me disais : « le reste de la famille a disparu, est-ce que ça veut dire qu'ils sont de nouveau réunis ? Dans cette vie ou dans une autre ? Et nous ? Allons-nous devoir vivre sans lui jusqu'à la fin de nos jours ? Pourquoi n'avons-nous pas été emportés nous aussi ? »

Elle se raidit et tira sur sa cigarette. Ses yeux s'embuèrent et elle expira la fumée d'un souffle féroce.

— Je suis tellement en colère... Je déteste être comme ça...

Yorah et Saya se regardèrent.

— Ne pas savoir ce qui s'est passé rend les choses encore plus difficiles, compatit Saya.

— Assurément... Je m'obstine à croire qu'il peut revenir... gronda-t-elle en écrasant sa cigarette et en jetant son ruban. Et vos histoires à dormir debout n'arrangent rien !

— Madame Charroyer, dit Yorah, il y a encore de l'espoir...

— IL N'Y A *PAS* D'ESPOIR !

Un silence tomba dans la pièce. La pluie tapait contre les vitres. Les silhouettes se faisaient face, figées dans la lumière terne du ciel orageux.

— Partez, ordonna leur hôte. Je ne peux plus me permettre d'espérer. Je dois avancer. Mes enfants comptent sur moi.

— Maman, dit alors l'une des fillettes, regarde ce que j'ai trouvé.

Mme Charroyer se pencha vers sa fille.

— Je t'avais dit de ne pas aller dans le jardin, regarde-toi, dit-elle en frottant ses vêtements humides et tachés.

— Mais ça brillait.

— Hmm ? Qu'est-ce que c'est que ça ? dit-elle en saisissant l'objet. Une Bille ? Où as-tu déniché ça ?

— Dans l'herbe.

Mme Charroyer observa la sphère.

— Ce n'est pas une des nôtres... murmura-t-elle. Elle renferme deux sorts en plus, c'est rare... Zut, je ne connais pas ces symboles...

La remarque interpella Yorah.

— Est-ce que je peux voir ? dit-il.

Il prit la Bille et contempla les gravures ; une flamme barrée, au côté d'un nuage de points, lui aussi rayé d'un trait.

— Mais... s'écria-t-il. C'est la même association de sortilèges que détenait Porcus Rosa !

— Comment ? s'exclama Saya en se penchant sur la sphère.

— Porcus Rosa... balbutia Mme Charroyer. Vous voulez dire...

— C'est notre ravisseur, répondit Yorah. Nous avons récupéré deux Billes comme celle-ci sur sa dépouille. Elles renferment un sort d'Ignifugation et d'Antiparticules, et le Lumineux qui nous a secourus affirmait qu'il n'avait jamais vu une telle association.

— C'est étrange qu'il en ait possédé et que nous en trouvions une sur un lieu de rapt... ajouta Saya. Ça ne peut pas être une coïncidence !

— Vraiment ? demanda Mme Charroyer. Ce serait le ravisseur de mon mari qui l'aurait égarée... J'ai pourtant fouillé la maison de fond en comble après sa disparition... Je n'ai pas fait assez attention dans le jardin...

— Nous avons de la chance que tu l'aies débusquée ! dit

Yorah avec un sourire à la petite fille, qui le lui rendit.

— Essayons de savoir à quoi ces Billes pourraient leur servir... dit Saya. Ignifugation, contre le feu. Et Antiparticules ?

— Contre des particules... réfléchit Yorah. Comme de la poussière ?

— Elle offre peut-être une protection contre les milieux chargés en particules, comme un masque respiratoire, proposa Mme Charroyer.

— Ah, oui ! dit Saya. Et associé à un sort d'Ignifugation, cela permet de traverser des incendies en étant immunisé contre les brûlures et la fumée !

— D'accord... dit Yorah. Donc les ravisseurs se rendraient souvent dans un endroit en proie au feu ?

Mme Charroyer se leva et alla chercher une carte de la région qu'elle déplia sur la table.

— Vous dîtes que vous êtes parti d'Artéria et que vous vous êtes échappés dans les Bois Perdus, résuma leur hôte. Vous vous dirigiez donc vers le sud-est... La Porte de Feu se trouve par delà l'océan, loin à l'ouest, ce n'était pas là où vous alliez. Où pouvait-il vous emmener ?

— Vous pensez qu'il souhaitait franchir la Ceinture de Lunes ? proposa Yorah.

Un rictus raidit le visage de la femme.

— Sais-tu seulement ce qu'est la Ceinture de Lunes ? demanda-t-elle d'un ton condescendant.

— Euh... c'est cette zone qui sépare les Terres du Sud et les Terres du Nord, répondit timidement Yorah. Elle fait le tour de la planète au niveau de l'équateur... et les trois lunes gravitent autour d'elle.

— Pff ! on voit que vous n'êtes jamais sortis de votre ville, ricana-t-elle. La Ceinture de Lunes est bien plus que ça, on ne la franchit pas aussi facilement. Elle constitue une barrière naturelle formidable contre les dangers du Sud. Plus de 90 % de ce rempart se situe au-dessus de l'océan et rend la traversée par la mer impossible. Le ciel n'est guère plus praticable. Il est encore préférable de passer par les terres, et il n'existe que deux entrées vers les Terres du Sud ; la Porte de Feu, mais elle n'était pas sur votre route, et la Porte du Condamné. Cette dernière se trouve à l'est du continent, mais, là encore, vous ne sembliez pas en prendre la direction, et utiliser une Bille d'Ignifugation et d'Antiparticules ne sert à rien.

— Il doit pourtant exister un endroit brûlant et toxique quelque part ! ragea Yorah.

La femme soupira.

— Il y a bien un volcan, au sud, mais il est éteint depuis des siècles... Aucune raison de recourir à cette fameuse Bille.

— Où est-il ? demanda Yorah.

— Là, sur la côte sud, dit-elle en pointant du doigt une montagne sur la carte. Je me suis rendu dans cette zone, il y a quelques années, car un village de Sans-Pouvoirs se trouve au pied du volcan, Cinis.

Saya fronça les sourcils.

— Cinis ? répéta-t-elle. J'ai déjà entendu ce nom, il n'y a pas longtemps... Ah ! mais oui ! C'était les deux dames de tout à l'heure qui en parlaient ! Elles disaient que ce village n'avait plus donné signe de vie depuis des semaines !

— Tu es sûre ? demanda Yorah.

— Certaine !

Yorah se leva d'un bond.

— Un village qui ne donne plus de nouvelles au pied d'un volcan, il faut vérifier ça ! Retournons au café, les deux dames y seront peut-être encore.

— En effet, c'est louche... frémit leur hôte. C'est une bonne piste, je dois l'admettre. Il n'y a pas une minute à perdre.

Mme Charroyer les raccompagna jusqu'à la porte. Mais alors qu'elle ouvrait le battant, elle le rabattit aussitôt.

— Si Cinis s'avère être la destination que nous cherchons, prévint-elle d'une expression déterminée que Yorah et Saya ne lui connaissaient pas, je pourrai vous y emmener, gratuitement. Cependant, cet endroit est proche de la Ceinture de Lunes et la mort vous fauchera vite si vous n'êtes pas préparés. Il vous faudra de l'équipement, compris ?

— Entendu, répondit Yorah, merci, madame.

— Appelez-moi Sarcina. Tenez-moi au courant.

Les deux Artériens se précipitèrent vers le café. Par chance, Fama et Fabula s'y trouvaient toujours.

— Oh ! eh bien ça alors ! s'exclama Fabula en apercevant Yorah et Saya. Regarde qui revient nous voir, mon chou !

— Ho ! ho ! nous vous manquions déjà ?

— Nous avons une dernière chose à vous demander, dit Yorah. Vous parliez tout à l'heure d'un village qui ne donnait plus de nouvelles, n'est-ce pas ?

— Tout à fait ! Il se nomme Cinis, je viens d'en faire le récit à Fabula à l'instant ! Encore une sacrée histoire !

— Oh, oui ! Sacrée, sacrée histoire ! confirma Fabula.

— Que se passe-t-il là-bas ? s'enquit Saya.

— Ho ! ho ! soit, soit ! Mais asseyez-vous ! J'ai l'impression que vous avez un goût prononcé pour toutes les histoires lugubres, je me trompe ? dit Fabula avec un clin d'œil.

— Je suis désolé, mais nous manquons de temps ! urgea Yorah.

— Ah ! ces jeunes, toujours pressés ! se désespéra-t-elle.

— Il me faut d'abord du thé... prévint Fama.

— Je te sers, mon chou, c'est vrai qu'il est divin...

— S'il vous plaît ! supplia Saya.

— Oui, oui ! Voilà ! grommela Fama avant de boire une gorgée. Donc, ce village, pour une raison inconnue, a cessé tout contact avec l'extérieur depuis deux semaines. Mais, ce qui est terrible, c'est qu'il est apparemment impossible de s'en approcher, et tous ceux qui se sont aventurés dans cette zone n'en sont jamais revenus.

— C'est très grave, d'autant plus que de la fumée s'échappe du volcan qui se trouve juste à côté, intervint Fabula.

— Le volcan s'est réveillé ? s'exclama Yorah.

— Oui, et puis ces statues dont tu m'as parlé, Fama, ça donne la chair de poule !

— Des statues ?

— Eh bien, dans un périmètre de trois kilomètres autour du village ont germé, comme par enchantement, d'abominables statues de terre aux visages démoniaques et...

À cet instant, alors que Fama et Fabula se lançaient dans la description des statues à l'aide de grands gestes catastrophés et de « Tu l'as dit, mon chou ! », un éclair foudroya Yorah. Les voix des femmes devinrent lointaines, leurs silhouettes se brouillèrent. D'effroyables sculptures aux faciès de monstres et de démons, enchevêtrées dans les lianes et recouvertes de mousse, envahirent l'esprit du jeune garçon. Des dizaines d'entre elles, qu'on aurait dit sorties de terre et qui mesuraient deux fois la taille d'un homme, se dressaient au sein d'une jungle luxuriante, perdue dans une brume noire. Par flashs, Yorah voyait des individus s'aventurer avec prudence au milieu des figures morbides. C'étaient eux ; la troupe aux manteaux écarlates. Yorah les suivait à travers les yeux d'Adek. Les images se succédèrent. Yorah reconnut le fantasque personnage tatoué de symboles, tout sourire. Ce dernier semblait parler de choses légères, en dépit de la terreur ambiante. Puis les mercenaires progressèrent, toujours dans les ténèbres, sur d'antiques dalles blanches, et s'approchèrent d'une mare au noir opaque et miroitant. Les voix se muèrent en plaintes et en cris. Parmi eux, celui d'une femme résonna comme un appel désespéré, pour achever la vision sur une note glaciale : « ODI ! »

Chapitre XI

LE PLUS GRAND HÉROS QU'ARTÉRIA AIT JAMAIS CONNU

Yorah vacilla. Il se rattrapa à une chaise et provoqua la stupeur de Fama et Fabula qui stoppèrent leur récit.

— Yorah ! s'alarma Saya en se portant à ses côtés. Ça va ?

Le jeune garçon haletait, le regard dans le vide.

— Tu as eu une vision, c'est ça ? devina-t-elle.

Yorah la fixa de ses yeux tourmentés et acquiesça.

— Voilà ce qui arrive quand on est trop pressé, pointa Fama. Ne l'avais-je pas dit, Fabula ?

— Ah, si, si, tu l'as dit, mon chou.

— Merci beaucoup pour votre temps, dit Saya, il a besoin de repos, je le ramène à l'auberge.

— Très bien, jeunes gens, au plaisir et tâchez de vous ménager, dit Fama.

— Nous sommes toujours fourrées dans ce café, n'hésitez pas à revenir nous voir ! invita Fabula.

Les deux Artériens prirent la route du *Petit Marin*. Saya aida son ami, hagard, à marcher.

— Ça va aller, Saya, merci, dit-il en s'arrêtant.

— Alors, qu'est-ce que tu as vu ?

— La troupe d'Adek... dans une jungle très sombre... avec des statues correspondant à la description de Fama et Fabula.

— Tu as vu les statues ? s'exclama Saya.

— Oui, c'est leur mention qui a déclenché ma vision. Il y a un lien entre Cinis et Adek. En plus, le volcan à proximité s'est réveillé, ce qui confirme la nécessité de la Bille d'Ignifugation et d'Antiparticules.

— Tu crois que cette jungle se trouve près de Cinis ? On l'aurait vue sur la carte...

— Je ne sais pas. Retournons chez Sarcina. Peut-être que ça lui évoquera quelque chose.

Yorah et Saya regagnèrent le logement Charroyer.

— Une jungle ? répéta Sarcina. Non, il n'y a rien de tel là-bas, j'en suis certaine.

Les deux adolescents se jetèrent un regard désappointé.

— Que fait-on ? dit Saya.

Le tableau dépeint dans la vision ne laissait pas de place au doute ; cette jungle n'augurait rien de bon. Mais celle-ci ne semblait pas être proche de Cinis.

— Il faut quand même tirer ça au clair, trop d'éléments coïncident avec Cinis, affirma Yorah.

— Je le pense aussi, approuva Sarcina. Si vous le souhaitez, nous pouvons partir cet après-midi même. Mais comme je vous l'ai dit, vous devrez être rigoureusement préparés. Vous avez de quoi acheter de l'équipement ?

— Oui, dit Yorah en sortant leur bourse.

— Parfait. Retrouvez-moi à la forge dans deux heures, au bout de la rue.

— D'accord, à tout à l'heure.

Yorah et Saya se dirigèrent vers *Le Petit Marin*.

— Le matériel risque d'être onéreux... songea Saya. Combien avons-nous ?

Yorah compta les Cristaux.

— Vingt... vingt et un... vingt-quatre Cristaux. Combien coûtait une nuit au *Petit Marin* ?

— Si nous prenons un repas ce midi, ça fera quatre-vingt-quinze Cristaux, répondit Saya.

— Tu plaisantes ? On n'a déjà pas assez pour l'auberge ! s'alarma Yorah.

— Mais si, banane ! Le prix est indiqué en gramme de Cristaux, pas en nombre ! Tu ignores même ça ?

— Ah, ouf ! Comme on ne s'en sert pas à Artéria, je ne sais pas comment ça marche.

— Tu le saurais si tu écoutais en classe ! À vue de nez, on doit avoir entre sept cent cinquante et huit cents grammes de Cristaux, affirma Saya en pesant la bourse. Hier, en t'attendant à l'auberge avec Barak, nous avons appris qu'un trajet pour Artéria devrait nous coûter entre cinq cents et six cents Cristaux, quel que soit le nombre de personnes.

— Autrement dit, soit nous achetons de l'équipement et nous nous rendons à Cinis avec Sarcina, soit nous rentrons à Artéria. Mais nous ne pourrons pas faire les deux.

— Barak ne voudra ja-mais aller à Cinis.

— Il va pourtant falloir le convaincre ou, au pire, qu'il accepte de rester ici jusqu'à notre retour.

— Eh ben... ça va pas être de la tarte... soupira Saya.

— J'ai peut-être une idée pour le stimuler.

Ils retrouvèrent Barak dans leur chambre. Ils lui racontèrent d'abord les extraordinaires capacités dont avait hérité Yorah. Puis ils lui exposèrent, le plus délicatement possible, leur nouveau plan, et omirent tout ce qui pouvait avoir un lien avec la peur.

— Vous plaisantez, j'espère ? grommela Barak avec des yeux furieux.

— Écoute, Barak, il s'agit juste de voir ce qu'il se passe là-bas... dit Yorah.

— Pas la peine d'insister, c'est non ! Quand je pense que je vous attendais, là, plein de bonne volonté... J'étais même prêt à rentrer à Artéria à pied !

— Pourquoi à pied ? releva Saya. Tu n'as pas trouvé de

moyen de transport ?

Barak grogna.

— J'ai parcouru les quais pour en trouver un. Mais dès que je demandais à aller à Artéria, chacun des individus auxquels je m'adressais me jetait un regard noir et me chassait à coups de balai ! Je crois que je me suis fait un bleu, se lamenta-t-il en montrant une minuscule tâche sur son tibia.

— C'est un grain de beauté, Barak... soupira Yorah.

— Je sais, mais ça fait extrêmement mal !

— Bizarre que personne ne veuille se rendre à Artéria... s'intrigua Saya. Quelqu'un t'a peut-être vu avec Aube, Yorah ?

— Je pensais avoir fait attention...

— Eh bien, de toute évidence, non ! tonna Barak. Ils disaient tous des trucs comme « je ne veux pas de gens comme vous sur mon bateau » ou « allez au diable » ! La rumeur que tu es un être maudit va se répandre en un rien de temps. Nous ne pouvons plus rester ici, pleurnicha-t-il en soufflant sur son grain de beauté. Et je ne parle pas des deux folles qui m'ont sifflé comme si j'étais un morceau de viande !

— Bon, dans ce cas, viens avec nous à Cinis, proposa Yorah.

— Pour retomber sur des dragons-loups-sauterelles comme dans les Bois Perdus ? Hors de questions !

— Alors, rentre seul à Artéria, à pied...

— Seul ? Non, non, non et non !

Saya se pencha vers Yorah.

— On tourne en rond, s'exaspéra-t-elle.

Yorah abattit sa dernière carte.

— Tu sais, Barak, j'ai repensé à toi et à Mme Gribouille...

Barak lui jeta un regard en coin.

— Oui... lança-t-il d'un ton mauvais. Et alors ?

— Je me disais qu'elle serait terriblement déçue d'apprendre que tu as *abandonné deux pauvres enfants* au milieu de nulle part parce que tu avais la frousse. Ce serait dommage, hein, Saya ?

Saya sourit.

— Oui, surtout pour un professeur de survie...

— Sale petite vermine ! frémit de rage Barak. Tu vas aller lui rapporter ?

— Les relations durables sont basées sur la franchise... affirma Yorah.

— Tu n'oseras jamais !

Yorah sourit, le regard animé d'une étincelle malicieuse.

— Honnêtement, je n'ai aucune envie de faire ça. Je préférerais que tu nous accompagnes et raconter à Mme Gribouille ce que tu as accompli. Et je pourrais... arrondir les angles...

Barak se tut et plissa les yeux.

— Continue... murmura-t-il.

— Je me fiche de la gloire et de ma réputation à Artéria, reprit-il, tout ce que je veux, c'est retrouver mes parents. Je suis prêt à te laisser tous les lauriers et à prétendre que tu nous as sauvé la vie.

Barak écoutait avec attention.

— Et imagine que nous ramenions en plus ceux qui ont été enlevés, conta Saya, tout le monde ne parlera plus que de toi à Artéria ! Et même en dehors ! Tu resteras, à jamais, celui qui aura résolu le mystère des disparitions !

— Tu serais sur une estrade, avec Frêle à tes côtés, et la foule en délire scanderait ton nom ! *Ba-rak ! Ba-rak ! Ba-rak !* renchérit Yorah en peignant le décor de sa main.

Un petit sourire fit frémir la barbe de Barak. Ce dernier passa longuement les doigts dans sa barbe, un regard pétillant en coin vers le ciel. Il visualisait clairement la scène.

— Oui et vous vous embrasserez sous un tonnerre d'applaudissements ! acheva Saya.

— QUEQUEQUOITUCROIS ? balbutia Barak en essuyant un filet de bave qui coulait dans sa barbe.

Yorah et Saya attendaient, fébriles, la réponse de Barak.

— Donc, si j'ai bien compris, énonça celui-ci, il s'agit juste d'aller dans un village de Sans-Pouvoirs tout à fait normal où nous pourrions trouver des informations sur les Artériens disparus ? *C'est bien ça ?*

— Tout à fait, assura Yorah. Plus ou moins... ajouta-t-il tout bas.

— Et si ça tourne mal ? Que ferons-nous ?

— Comme je t'ai dit, l'âme d'un Ombreux m'a confié ses pouvoirs, mais si c'est trop dangereux, Sarcina nous ramènera, *sur-le-champ*, à Artéria, et Saya et moi retournerons voir Dalsen pour lui demander de l'aide.

— Et dans ce cas-là, tu raconteras que je vous ai sauvé d'une mort certaine ?

— Tu me noteras ce que tu veux que je dise sur un papier.

— Hmm... fit Barak, en plein dilemme.

Yorah glissa un clin d'œil à Saya. Barak laissait échapper des grognements et tout un tas d'autres signes qui trahissaient une réflexion intense. Soudain, il se leva d'un bond.

— Entendu ! fulmina-t-il en tapant la main de ses deux acolytes. À moi l'amour et la gloire !

C'est devant un Barak perdu dans ses fantasmes et souriant à son assiette qu'ils avalèrent leur déjeuner. Après avoir rassemblé leurs affaires, les Artériens payèrent l'aubergiste qui calcula 95 Cristaux à l'aide de sa balance, avant de le remercier et de le saluer. Embarrassé de la veille, Barak s'approcha de lui la tête haute et le torse bombé. Le tenancier l'imita et ils se serrèrent la main d'une poigne ferme et virile.

— Fervidus, lança Barak d'un ton solennel.

— Monsieur le professeur de survie, répondit l'aubergiste.

— Appelez-moi Barak.

L'aubergiste plissa les yeux. Barak fit de même. Empêtrés dans un nouveau moment gênant, ils ne réalisèrent pas qu'ils se tenaient toujours la main. Ils se relâchèrent en hâte. Barak s'éclipsa sans un mot et l'aubergiste retourna à ses occupations.

— Bon, glissa Yorah à Saya, même si on raconte à tout le monde que c'est un sauveur, ça ne veut pas dire qu'on ne pourra pas parler de ça, n'est-ce pas ?

— Tout à fait ! confirma Saya en riant. Ce sera une petite anecdote en plus de ses exploits !

Les compagnons se mirent en quête de la forge. Une enseigne en forme d'enclume dominait une boutique avec une large baie vitrée, mais l'intérieur baignait dans la pénombre.

— Bonjour, dit Saya en passant le seuil.

Derrière son comptoir, un homme, avachi sur un journal, s'éveilla au tintement de la clochette. Costaud et à la barbe rousse, il se replongea mollement dans sa lecture à la vue des deux adolescents.

— 'Jour... marmonna-t-il.

Dès son entrée, Yorah fut envahi par l'odeur qui imprégnait les lieux. Une odeur de feu et de sueur, celle du fer battu incandescent et de l'effort, incrustée dans les murs. Elle donnait vie à l'atelier pourtant endormi. Une imposante cheminée arquée, aux pierres noircies par les flammes, se trouvait dans le fond de la pièce. À côté, un drôle d'oiseau rouge et blanc en forme de boule s'agrippait à un perchoir. Une Voix bouillonnante émanait de l'animal. Non loin du volatile étaient disposés une enclume, un marteau et divers outils, ainsi qu'un tonneau d'eau. L'espace où se tenait Yorah exposait des dizaines d'armes rutilantes, des plus communes, à l'image des épées, dagues, haches et lances, aux plus excentriques, dont les enchevêtrements de lames et de pointes ne laissaient aucun doute sur leur dangerosité.

Barak baissa alors la tête pour passer la porte. Les yeux du forgeron s'illuminèrent.

— « Je n'imaginais pas qu'un courage pareil pouvait exister, moi, pauvre délinquant à casquette à l'envers... » lisait à haute voix Barak en griffonnant sur un papier le futur discours à sa gloire que Yorah tiendrait à leur retour.

— Bonjour, cher monsieur ! dit le forgeron en se frottant les mains et en s'échappant de son comptoir.

— Bonjour... répondit Barak d'une voix faible, qui s'arrêta

d'écrire et regarda d'un air inquiet les instruments meurtriers alignés sur les murs.

— Que puis-je pour un grand guerrier tel que vous ? continua l'homme en ignorant complètement Yorah et Saya.

— Euh... Non, moi ça va... C'est pour les deux jeunes...

— BWHO ! HO ! HO ! éclata d'un rire incroyablement aigu et forcé le forgeron. Vous ne manquez pas d'humour ! Mais approchez, vous verrez mieux, lui proposa-t-il en le prenant par le bras et en poussant Yorah et Saya. Si je puis me permettre, je pense que cette arme vous sierra à ravir, annonça-t-il avec un petit sourire fourbe et en saisissant une sorte d'énorme poignard à doubles lames jointes par une poignée extravagante, qui s'enfilait comme un gant et s'affublait de cornes dantesques. Je l'ai baptisé l'Éventreur de Dragon. Essayez-le pour voir... Oh, oui ! *Oh, oui !* Magnifique ! On dirait qu'il a été fait pour vous ! Il est affiché au prix de 4 990 Cristaux, mais ce serait un *crime* que le grand guerrier que vous êtes reparte sans. Aussi suis-je prêt à vous offrir une formidable ristourne de cinq Cristaux !

Yorah et Saya se jetèrent un regard blasé et parcoururent la boutique.

— Euh... non... merci... bredouilla Barak en lui rendant l'objet. Je préfère... euh... ce qu'il y a à droite...

— Ah ! l'Éviscérateur de Tigrours ! Excellent choix ! C'était l'arme de prédilection du héros Fictus Falsus ! 3490 Cristaux pièce !

— Non, non... à gauche...

— Ah, vous voulez dire le Pourfendeur de Cuirasse, qui a fait des ravages pendant la bataille de Baratin !

— Non... au milieu...

— Au milieu ? Mais il n'y a rien au milieu.

— Si, si... dit Barak en montrant du doigt l'objet de sa convoitise.

Le forgeron grimaça. Il regarda le fameux objet, puis regarda Barak. Puis de nouveau l'objet, puis de nouveau Barak.

— La pelle ? grommela-t-il.

— Oui... Je n'aime pas trancher... Une pelle c'est bien.

— Mais ce n'est pas une arme ! Elle n'est même pas à vendre !

— Ah, mince...

Le drôle d'oiseau sur le perchoir éternua alors et libéra une gerbe de flammes sombres. Barak sursauta. Yorah et Saya dévisagèrent le volatile avec de grands yeux.

— Atchoum ! Je t'ai déjà dit, pas devant les clients ! lui grogna le forgeron.

La sonnette retentit et quelqu'un entra dans la boutique.

— Cesse ton numéro, Latro ! Ces gens-là ne sont pas des touristes que tu peux arnaquer !

— Sarcina ! s'écria Yorah.

Plus déterminée que jamais, Sarcina se vêtait d'un court blouson et d'un pantacourt attaché par des bretelles. Le ruban jaune qu'elle manipulait le matin même nouait à présent ses cheveux. Une ceinture munie de poches agrémentait sa tenue. La jeune femme était parée pour l'expédition.

— Arnaquer ? bredouilla Latro. Je ne vois pas de quoi tu parles, friponne !

— Moi non plus, s'étonna Barak.

— Pff... se désespéra Yorah. Il est irrécupérable...

— Tu es sûre que c'est une bonne idée de l'emmener ? lui glissa Saya.

Barak se figea. Il venait de remarquer une armure colossale avec un heaume.

— Mais voilà... Voilà ce qu'il me faut ! Avec ça je ne risque rien ! s'émerveilla Barak. Combien pour ceci ?

— Excellent choix ! répondit Latro. Elle est faite d'un métal extensible résistant et à la fois facile à équiper. Elle n'est qu'à huit cents Cristaux !

— Ça, c'est le prix pour tes pigeons habituels ! grogna Sarcina avec un petit sourire.

— Raaa ! mais tu n'as rien de mieux à faire ? répliqua Latro. Comme pleurer ton estropié de mari ?

Sarcina ricana.

— Je préfère faire capoter tes magouilles, escroc !

— Humff ! ricana Latro. Content de voir que tu as récupéré un peu de ton mordant, livreuse d'opérette ! Alors ces gens sont des amis à toi ?

— Ils ont une piste sérieuse concernant la disparition de Fascis. Nous partons cet après-midi.

— Hmm... Soit, je peux vous laisser l'armure et le casque à six cents Cristaux.

— Vendu ! s'écria Barak.

— Non, pas vendu ! intervint Yorah. On ne va pas dépenser tous nos Cristaux dans une stupide armure !

— Et il nous faut des provisions ! ajouta Saya. On ne sait pas ce qui nous attend à Cinis !

— Je prends cette armure, ce n'est pas négociable ! glapit Barak en attrapant l'énorme morceau de métal.

— C'est vraiment lui votre compagnon ? demanda Sarcina, d'un air dubitatif, aux deux adolescents.

Yorah et Saya acquiescèrent d'un mouvement de tête dépité.

— Et ne vous en faites pas pour les vivres, dit Barak en enfilant maladroitement sa nouvelle tenue. Je vous capturerai tous le gibier que vous voudrez ! Après tout, j'ai lu des dizaines de fois les chroniques d'Ursus Horn ! Mais comment ça se met ce truc ?

— Il faut passer la tête, pas les jambes... soupira Latro.

Yorah mima d'étrangler le grand dadais. Puis il respira un bon coup pour se replonger dans les armes. À mesure qu'il les regardait, il se sentait envahi par une sensation étrange, qui s'amplifia quand il parcourut les rangées d'épées. Il s'émerveilla devant les créations aux couleurs variées et aux formes parfois asymétriques, leurs gardes sculptées comme des œuvres d'art. Mais très vite, il s'aperçut que des caractéristiques autres que l'esthétique accaparaient son intérêt. Yorah se surprenait à scruter les lignes et les échancrures des poignées, l'effilement des lames, leurs matériaux... Il analysait les ouvrages. Plus que ça, il ressentait leurs énergies, percevait la hargne, la sueur et l'application qui leur avaient donné vie. Seul un œil d'expérience pouvait déceler ces mystères ; l'œil d'Adek.

L'attention de Yorah se porta alors sur une épée à deux mains qui étouffait parmi tant d'autres dans un tonneau. Yorah la saisit et, malgré son poids, la brandit dans les airs pour en admirer les rayons lumineux qui se reflétaient sur la lame bleutée, au galbe léger. Un métal cuivré serpentait sur le manche gris sombre, qui offrait une bonne prise en main. Il recouvrait la garde, allongée, et descendait la gouttière, jusqu'à la pointe. Une inscription y était gravée.

— Orichalque... lit Yorah.

Cela attira l'attention de Latro.

— Combien coûte cette épée ? demanda le jeune garçon.

Le forgeron ne put masquer une lueur de stupéfaction dans son regard. Après un bref instant, il répondit.

— Deux cents Cristaux, dit-il en s'approchant.

— Vraiment ? dit Yorah, l'air surpris.

— Oui, pourquoi ? répliqua Latro d'un ton défiant. Ça te paraît étrange ?

— Comment une telle lame peut-elle se retrouver perdue au milieu d'épées de pacotille ? Seriez-vous un amateur en plus d'un arnaqueur ?

— Mais enfin, Yorah ! lui souffla Saya.

Latro fit de grands yeux. Yorah se secoua la tête. Il reprit le dessus sur Adek.

— Euh... excusez-moi... balbutia-t-il en reposant l'arme.

Le visage de Latro se crispa. Ses lèvres palpitèrent. Ses narines avaient gonflé et le froncement de ses sourcils avait dessiné des crevasses insoupçonnées. Tout à coup, il éclata d'un rire terriblement sonore, mais sincère.

— BWA ! HA ! HA ! HA ! HA ! HA ! HA ! alors celle-là, je ne m'y attendais pas ! s'exclama-t-il.

Il prit un instant pour se calmer.

— En effet, p'tit gars, tu as vu juste. Cette épée est la

meilleure de ma modeste boutique, l'une de mes plus belles créations !

— Pourquoi la mettre à un prix dérisoire alors ? demanda Sarcina. Ça ne colle pas avec tes pratiques douteuses...

— Fu ! fu ! rit Latro. Je suis peut-être un commerçant, mais je n'en demeure pas moins un amoureux des armes et, plus que ça, des vrais guerriers. Je me suis lancé dans ce métier pour que les fruits de mon labeur soient maniés par des hommes qui leur feraient honneur. Mais, au fil des années, je n'ai vu passer que trop d'imbéciles qui prétendaient chercher des adversaires à leur mesure alors qu'ils n'étaient pas capables d'identifier une bonne lame. Ces imposteurs choisissent ce qui est censé être leur plus fidèle compagnon en ne se fiant qu'au prix. J'ai donc placé cette épée parmi d'autres, médiocres, en espérant qu'un combattant digne d'elle décèle sa véritable valeur. Si quelqu'un l'avait prise au hasard, j'aurais simplement refusé de la lui vendre. Mais de là à me douter que l'élu serait un gamin...

Yorah ne savait que répondre.

— Désolé d'avoir essayé de vous arnaquer tout à l'heure, continua le forgeron. Cela faisait longtemps que j'attendais quelqu'un de ta trempe. J'ignore d'où tu sors, mais tu as mérité Orichalque, je t'en fais cadeau. Et voici son réceptacle, dit-il d'un ton enflammé alors qu'il attrapait une curieuse pièce ronde et souple. C'est une technologie ombreuse. Orichalque est mon unique création à en être équipée ! L'épée et ce disque sont garnis d'un minerai aimanté particulier. Chaque pierre de cette roche possède son propre magnétisme. Ainsi, seule Orichalque peut se lier à ce disque. Colle ce dernier dans ton dos, à même la peau. Tu pourras y fixer Orichalque et dégainer sans peine. Pour cela, il te suffira d'appuyer sur le bouton présent sur la poignée, qui rompra la force unissant l'épée à son réceptacle.

— C'est super ! s'extasia Yorah en prenant les précieux objets.

— Eh bien, Latro, quelle générosité ! ricana Sarcina. Tu ne

vas pas le regretter, hein ?

— Tais-toi donc ! répliqua-t-il. Une femme comme toi ne peut pas comprendre ce genre de chose. En tout cas, si ces p'tits te disent qu'ils ont une piste pour retrouver ton mari, tu peux leur faire confiance, foi de Latro Armerec !

Une pointe d'amertume vint ternir la joie de Yorah. Celui-ci serrait avec vigueur la poignée d'Orichalque, qu'il contemplait d'un regard grave. Il avait la confiance de Latro. Combien de fois avait-il entendu ces mots ? Son sourire s'effaça. Yorah ne méritait pas les éloges du forgeron. Ce cadeau n'était pas le sien. C'était celui d'Adek.

— Sarcina, Latro, dit-il, votre estime et vos présents me touchent beaucoup. Mais il y a quelque chose que vous devez savoir...

Yorah leur expliqua la relation qu'il partageait avec Adek et que c'était l'instinct de celui-ci qui avait décelé le potentiel d'Orichalque. Il évoqua les liens qu'entretenait le mercenaire avec Port-Parvus.

— L'âme d'un Ombreux ayant vécu il y a dix-sept ans... songea Sarcina. Et c'est donc lui qui te donne tes visions ? Sacrée histoire...

— Il nous reste beaucoup d'éléments à éclaircir, admit Yorah, mais ce qui est sûr, c'est qu'il nous met sur la voie. Et il y a une dernière chose...

Yorah retira sa casquette. Aube jaillit dans la pièce, sous les yeux ébahis des Parvussiens.

— Un ayam ? murmura Sarcina, effarée.

— Un être maudit ! s'exclama Latro d'une voix étouffée.

— MAIS QU'EST-CE QU'IL TE PREND, IMBÉCILE ? rugit Barak.

Yorah n'osait plus regarder Latro et Sarcina.

— Vous voulez encore me confier votre épée ? glissa-t-il d'une voix peu assurée.

— Bwa ! ha ! ha ! s'esclaffa Latro. Un être maudit possédé par l'âme d'un Ombreux... Que tu sois Sans-Pouvoirs, Ombreux ou Lumineux m'importe peu. Tout ce qui m'intéresse, ce sont tes valeurs guerrières, et je n'en suis que plus convaincu !

— Bien parlé, Latro ! ricana Sarcina. J'ai toujours détesté les gens trop sages !

Un large sourire fendit le visage de Yorah.

— Merci, Latro ! dit-il. Je vous promets d'en faire bon usage !

De son côté, Barak avait enfin réussi à enfiler son armure et s'admirait dans le miroir. Celle-ci le protégeait jusqu'à l'extrémité des doigts par des gantelets. Elle s'arrêtait à la taille, d'où tombaient des pièces de métal qui couvraient ses cuisses et son postérieur.

— C'est parfait ! s'extasiait-il. Donnez la pelle, pour voir... hum... oui... oui... pas mal du tout... Je peux la garder ?

— Si ça vous fait plaisir... soupira Latro.

Atchoum éternua une nouvelle gerbe de flammes.

— Atchou-meuh ! gronda Latro.

— Mais qu'est-ce que ce drôle d'oiseau ? demanda Saya.

— Un rondouflam. Pratique pour entretenir un feu, mais il a un sale caractère !

— Il est rigolo, sourit-elle. En revanche, nous n'avons rien trouvé pour moi. Et nous n'aurons pas assez de Cristaux de toute façon...

— Ne t'inquiète pas pour ça, lança Sarcina, je devrais avoir quelque chose pour toi à la maison.

Ils payèrent Latro pour l'armure de Barak et le quittèrent. Fort heureusement, il leur restait une cinquantaine de Cristaux pour poursuivre leurs emplettes. Ils s'achetèrent d'abord quelques vivres. La capture de gibiers promise par Barak n'avait pas suffi à Yorah et Saya pour qu'ils se passent de provisions. À la boucherie, où pendaient au plafond d'innombrables pièces de viande et de charcuterie, les Artériens optèrent pour un épais morceau de jambon qui, malgré son poids, se conserverait et leur permettrait de tenir plusieurs repas. Puis ils acquirent des pommes de terre, une casserole, trois écuelles et des couverts, ainsi qu'une outre et un sac pour y ranger leur attirail. Ils se rendirent enfin chez Sarcina. Yorah appliqua le réceptacle de Latro dans son dos. La matière souple adhérait sur son corps comme une seconde peau. Il se réjouit de l'équipement d'Orichalque, qu'il s'exerça à dégainer à plusieurs reprises, sans peine, comme le forgeron l'avait affirmé. La fixation de l'épée était parfaite, même séparée du cercle magnétique par les couches de vêtements.

— Attendez-moi là, leur dit Sarcina avant de s'éclipser dans une pièce.

Elle revint au bout de quelques instants avec un drôle de bâton et deux Orbes.

— Ceci est une canne onorique, annonça-t-elle à Saya. Sur cette extrémité, tu disposes de deux emplacements pour des Orbes. Tu dois les insérer comme ceci, leurs orifices pointés vers l'extérieur. Plus bas sur le manche, tu as deux boutons, qui contrôlent chacun un Orbe. Les Orbes sont des armes redoutables, mais tenus à mains nues, ils peuvent blesser le porteur lorsqu'ils n'ont pas été chargés par ce dernier. Avec la canne, tu n'auras plus ce problème et jongler entre tes deux sortilèges te sera aisé. Je t'en ai installé un de Feu, et un de Foudre.

— Waou ! s'extasia Saya en saisissant l'artéfact. Génial ! Merci, Sarcina !

— C'est le moins que je puisse faire pour vous aider. J'aurais voulu participer aux recherches à vos côtés, mais qui s'occupera de mes filles s'il m'arrive malheur ? Cela me ronge, mais je dois penser à elles, soupira Sarcina. Vous êtes prêts ?

Yorah et Saya acquiescèrent. Barak rabattit la visière à barreaux de son heaume. Sarcina les emmena dans son jardin, balayé par une pluie fine. Une nacelle, comme un large panier d'osier, les y attendait. Des poissons aux couleurs pâles nageaient dans un bac d'eau. Sarcina émit un sifflement sonore et enjoué vers les collines. Après quelques instants, un imposant volatile émeraude aux traits de dinosaure apparut dans le ciel, avec de grandes ailes membraneuses et un long bec. Il devait mesurer cinq mètres de long. Une Voix paisible émanait de lui.

— Incroyable ! s'extasièrent Yorah et Saya.

— Hum ? Quelque chose approche ? demanda Barak qui ne semblait pas bien voir derrière son casque.

— Euh, non, non... mentit Yorah.

L'animal parvint à se glisser entre les bâtiments et, dans un cri strident, souleva un nuage de poussière alors qu'il atterrissait au-devant de sa maîtresse. Le choc psychologique s'avéra trop violent pour Barak, qui tomba dans les pommes.

— Nous sommes l'un des rares logements à bénéficier d'un tel jardin, expliqua Sarcina. C'est un atout indéniable pour notre commerce et il aurait été dommage de s'en priver. Je vous présente notre ptérobec, Erreor, dit-elle en posant sa main sur le visage de ce dernier. Vous pouvez le caresser.

Yorah et Saya s'avancèrent, hésitants, avant de s'émerveiller au contact des écailles de la créature. Sarcina lui lança un poisson qu'Erreor engloutit d'un claquement de bec. Puis Yorah et Saya aidèrent Sarcina à harnacher la nacelle et, après d'âpres efforts, ils y jetèrent la carcasse métallique de Barak, ainsi que leurs vivres et des colis que la livreuse comptait distribuer. Ils y montèrent enfin. Sarcina, elle, prit place sur le dos de son compagnon.

— Bien, dit-elle. Cette grisaille est une chance. Nous pourrons traverser la région sans attirer l'attention.

— Nous risquons de croiser des Ombreux ? s'enquit Saya.

— Si nous nous tenons à l'écart du Temple de la Gorgone, nous ne devrions pas. Accrochez-vous ! prévint-elle. C'est parti, Erreor !

Erreor grogna et déploya ses ailes. Yorah et Saya eurent des frissons en sentant la nacelle se détacher du sol. Ils s'agrippèrent au rebord, tout sourire, alors qu'ils dépassaient la hauteur des maisons, puis des collines, et que Port-Parvus rétrécissait à vue d'œil. Yorah libéra Aube, qui allait enfin pouvoir virevolter à sa guise pendant un long moment. Parmi les nuages, ils mirent le cap au sud-est, et la brume des Bois Perdus s'effaça peu à peu derrière eux. Les vallons et plaines défilaient sous leurs pieds. En route pour Cinis.

Chapitre XII

EN TERRAIN SAUVAGE

Après deux heures de vol, le ciel s'était éclairci. Mais à peine la grisaille avait-elle abdiqué, qu'un voile sombre envahissait l'azur ; les nuages noirs des Terres du Sud barraient l'horizon, plus visibles que jamais. La lumière éternelle du Mont Mirage irradiait, plus à l'ouest, et semblait contenir seule l'avancée du mur de ténèbres. Les voyageurs survolèrent plusieurs rivières et ruisseaux. Ils serpentaient dans l'étendue verdoyante, depuis une chaîne de montagnes à l'est. Mais à la place de provoquer l'émerveillement de Yorah et Saya, ce paysage idyllique fit naître en eux un frisson d'effroi. Les eaux charriaient une teinte rougeoyante. Elles se rejoignaient en une hémorragie-fleuve, s'écoulant dans la contrée blessée pour disparaître au sud-ouest.

— Tu as vu la couleur de l'eau, Saya ? s'exclama Yorah.

— C'est horrible ! s'alarma cette dernière. Tu crois qu'il y a eu une bataille en amont ?

— Non, rassurez-vous, intervint Sarcina qui les avait entendus. Ceci est l'aspect naturel de ces flots.

— COMMENT ? s'écrièrent les Artériens.

— Ce massif qui court à l'est s'appelle les Montagnes de Sang, à cause de leur roche rouge. Un pouvoir mystique règne

223

en ces lieux et ses cours d'eau en sont imprégnés. La Rivière Rose, la Rivière Rouge et la Rivière Écarlate naissent au cœur de ces sommets et se rejoignent pour former le Fleuve de Sang. Mais je vous déconseille d'en boire l'eau, ricana Sarcina. On la surnomme le « Vin des Dieux ».

Yorah et Saya, subjugués, se concentrèrent pour admirer l'enveloppe lointaine et cramoisie des montagnes.

Quelques instants après, alors que le trajet s'était déroulé sans encombre, Erreor commença à s'agiter.

— Qu'y a-t-il, Erreor ? s'enquit Sarcina.

Le volatile gémissait et grognait. Son allure faiblissait. Yorah et Saya le regardaient d'un air inquiet ; l'animal paraissait en souffrance. Tout à coup, il stoppa sa course. La secousse manqua de faire passer les Artériens par-dessus bord. Erreor rebroussa chemin.

— Mais que t'arrive-t-il, Erreor ? insista Sarcina, abasourdie.

— Il refuse de continuer ? demanda Saya.

— Quelque chose l'effraie, répondit Sarcina. Je suis navrée, mais nous ne pourrons pas nous approcher davantage de Cinis. Il vous faudra poursuivre à pied. Nous allons nous poser.

Ils atterrirent au milieu d'une plaine, bombée çà et là de tertres. L'herbe en touffes dansait sous un vent léger et irradiait d'un vert lumineux semblable à l'éclat de pierre précieuse. D'épars bosquets s'égaraient sur ce vaste territoire. Des multitudes de papillons colorés et autres insectes reflétaient les rayons du soleil. Ils flirtaient avec les brins et recouvraient ainsi la prairie de son voile scintillant. Yorah savoura les notes de chacune des Voix présentes ; la gaieté du Chœur de la nature ravissait ses sens. Cette contrée onirique s'étendait à perte de vue vers le sud noir, cernée par les Montagnes de Sang à l'est et par des collines à l'ouest. Une lune imposante surplombait l'endroit dans le ciel bleu.

— Nous voici dans les Plaines Émeraude, annonça Sarcina.

— Magnifique ! s'extasia Saya.

— Je suis impatient de les explorer ! lança Yorah en sautant de la nacelle.

Mais après quelques pas, Yorah se sentit étrange. Un poids accablant lui pesait sur les épaules.

— Je me sens lourd... soupira-t-il.

— Moi aussi, dit Saya. Et il fait chaud...

— Les effets de la Ceinture de Lunes commencent à se faire sentir, expliqua Sarcina. Là, là, tout doux, glissait-elle à Erreor pour le calmer.

— À quelle distance sommes-nous de Cinis ? lui demanda Yorah.

— Environ trente kilomètres. Vous devrez maintenir le cap au sud-est, ce qui vous rapprochera des Montagnes de Sang, dit-elle en pointant du doigt l'extrémité de la chaîne, qui fuyait vers l'horizon. Vous finirez par apercevoir le volcan, qui n'appartient pas au massif. Il se nomme la Montagne Cendrée. Mais 18 h va sonner, vous n'y arriverez pas avant la nuit.

— Entendu. Que fait-on ? dit Yorah à Saya. On peut faire la moitié du chemin et camper.

— Ça me va. L'endroit à l'air calme.

— Méfiez-vous, prévint Sarcina. Il est rare qu'Erreor refuse de se rendre quelque part. S'il l'a fait, c'est qu'il y a une raison.

— Oui, nous serons prudents, promit Yorah.

Après une bonne baffe, Barak s'éveilla. Il manqua de retomber dans les pommes à la vue d'Erreor, mais Yorah l'en empêcha et le poussa hors de la nacelle.

— Je reviendrai vous chercher ici dans trois jours, à 20 h, déclara Sarcina. Bonne chance !

Elle s'envola et disparut dans le ciel. Les Artériens étaient à présent seuls au milieu de l'étendue verdoyante. Ils entamèrent ainsi leur nouveau périple. Yorah hérita du sac en premier. Il prit plaisir à arpenter le tapis duveteux de la plaine, imprégné de la fraîcheur de la pluie. La progression se voulait simple et apaisante, malgré la pression de la Ceinture de Lunes. Saya s'extasia devant plusieurs créatures à poils « trop mi-mi ». Elles émettaient des sonorités chatoyantes et provoquaient la frayeur de Barak alors qu'elles se faufilaient dans les herbes et grimpaient dans les arbres à toute allure. Yorah retrouvait les sensations d'aventures et de liberté de ses explorations aux alentours d'Artéria. Mais cette fois-ci, en plus de parcourir des terres sauvages et inconnues, il avait une épée fixée dans son dos. Il marchait vers un but. Chacun de ses pas, chacun des tertres franchis, chacun des obstacles surmontés l'emplissait d'un feu exaltant.

Plus avant, de nombreuses Voix parvinrent à Yorah. Elles s'assemblaient en un Chœur impressionnant. Saya, qui menait le groupe, gravit une butte qui barrait l'horizon. Yorah s'apprêtait à la prévenir mais, arrivée au sommet, elle s'accroupit aussitôt et invita son ami à la rejoindre avec un grand sourire et des gestes muets pour ne pas faire de bruit. Yorah s'approcha, pendant que Barak tentait de maîtriser les grincements de son armure qui couinait à chacune de ses enjambées. Yorah passa une tête discrète par-dessus la cime herbeuse. Il frémit alors à la vue du troupeau de bovidés qui broutait juste devant eux. Habillés de longs poils marron, ils se dotaient d'une forte bosse dorsale qui courbait leur échine. Une paire de cornes dantesques s'enroulait sur leur crâne pour pointer vers le ciel. Curieusement, ils semblaient tous accablés par la fatigue ; des poches se creusaient sous leurs yeux globuleux. Barak, qui avait glissé un œil prudent par-dessus la bute, se mit aussitôt à couvert.

— Ce sont des paranoyacks ! murmura-t-il, à la fois affolé et excité.

L'un des paranoyacks releva la tête et, tout en mâchouillant sa touffe d'herbes, scruta les environs.

— Meeeuuuuuuuh ! meugla-t-il subitement.

Ses congénères l'imitèrent tour à tour, dans une cacophonie invraisemblable.

— Qu'est-ce qu'ils font ? chuchota Yorah.

— C'est un rituel qu'ils ont à chaque fois que le troupeau s'arrête dans un endroit, que ce soit pour manger, pour boire ou pour dormir. C'est une sorte de système d'alarme ! rit Barak qui semblait totalement submergé par ses émotions. Ursus Horn disait que les paranoyacks, malgré leurs carrures et leurs cornes, sont de natures peureuses. Ce long meuglement signifie « tout va bien ». C'est la première fois que je vois ça !

— Ils font ça même la nuit ? demanda Saya, intriguée.

— Tu m'étonnes qu'ils aient tous l'air crevés ! s'amusa Yorah. Y'en a jamais un qui dit « tais-toi, je veux dormir » ?

— Bien sûr que non ! gronda Barak. L'unité et la sécurité du troupeau sont primordiales !

L'un des paranoyacks tourna alors la tête vers les spectateurs. Ses yeux s'écarquillèrent. Il en lâcha sa touffe d'herbes. Yorah, Saya et Barak avalèrent leur salive.

— MEUMEUMEEEUUUUUUH !

— Euh... Qu'est-ce qu'il vient de dire là ? s'enquit Yorah.

— Eh bien... quelque chose comme... « tout... va pas bien »... bredouilla Barak.

Un à un, les paranoyacks relevèrent des yeux ahuris et laissèrent tomber leur repas.

— Meu...meumeuh ?

— Meumeumeuh ?

— Meumeumeuh... Meumeumeuh ?

— MEUMEUMEEEUUUUUUH !

La cacophonie précédente faisait maintenant pâle figure à côté du séisme et de l'hystérie générale qui s'empara des paranoyacks. Au son des « tout va pas bien », ils détalèrent, se bousculèrent et trébuchèrent dans un grondement infernal. La terre vibra dans leur fuite vers l'ouest, dans un nuage de poussière. Ils abandonnèrent derrière eux des Artériens pantois, dans le vide d'une plaine subitement trop calme.

— Ils seraient pas un peu... à cran ? demanda Yorah.

— Le manque de sommeil... C'est ça... bégaya Saya.

— Po... possible... admit Barak.

Le soleil déclinait. Il peignait le ciel d'ambre et embrasait la prairie. L'incandescence brillante éblouissait les yeux des aventuriers émerveillés. Les habitants des lieux semblaient gagnés par une effervescence contagieuse. Un bonheur pour les sens de Yorah, qui étouffa quelque peu la Voix tiraillée de son âme.

L'astre mourant disparaissait derrière les collines. Le voile ardent s'estompa sous le poids de l'obscurité qui tombait sur la contrée, moins animée. Un kilomètre plus loin, la topographie changea. La végétation était semblable, mais la terre se creusait de trous béants, parfois immenses et profonds, mais tous recouverts d'un tapis de verdure ; ces cicatrices marquaient la plaine depuis longtemps. Les cratères se succédèrent sur des centaines de mètres, au côté d'innombrables morceaux de roches, d'un rouge vif, certains d'une taille démesurée, et colonisés par la mousse.

— Que s'est-il passé ici ? s'intrigua Yorah. L'endroit était si harmonieux...

— On dirait un éboulement, mais les Montagnes de Sang sont trop éloignées... releva Saya.

— Regardez à gauche, leur dit Barak.

Yorah et Saya tournèrent la tête vers les Montagnes de Sang. Plusieurs d'entre elles possédaient un sommet étrange, comme scalpé.

— Ces pierres sont des débris des montagnes ? s'étrangla Yorah.

Barak acquiesça d'un timide signe de tête.

— Ces rochers rouges en sont la preuve et témoignent des pouvoirs terrifiants des Els, qui les ont projetés jusqu'ici. Les Plaines Émeraude ont été le théâtre de grandes batailles eles dans l'antiquité. Ces cratères et ses pierres en sont les stigmates. L'énorme fracture dans les falaises près d'Artéria, où tu adores passer tes nuits, en est un aussi.

— C'est stupéfiant... glissa Saya, levant les yeux vers la cime d'un pan de roche, perdue dans les cieux.

— Cinis est encore loin ? demanda Barak. Ça doit faire deux heures que nous marchons.

— Ah oui, c'est vrai, tu n'as pas su, s'aperçut Saya. Sarcina nous a déposés à une trentaine de kilomètres du village. Passe-moi l'outre, Yorah.

— UNE TRENTAINE DE KILOMÈTRES ? Mais le soleil a déjà disparu derrière les collines ! Nous n'y arriverons jamais avant la tombée de la nuit !

— Non, mais on pensait continuer deux heures avant de s'arrêter, dit Yorah.

— MAIS VOUS ÊTES STUPIDES OU VOUS LE FAITES EXPRÈS ? gronda Barak. Nous ne devons pas attendre qu'il fasse noir pour établir notre campement ! Il faut le faire tant qu'il fait jour !

— Pas besoin de campement. J'ai dormi à la belle étoile des dizaines de fois.

— C'est pas pareil ! ragea Barak en sautant sur place. On est en milieu hostile, ici ! Par exemple, il est primordial de ne pas s'installer sur une piste d'animaux. Vous voulez vous faire piétiner par les paranoyacks, ou quoi ? Et je ne parle même pas des prédateurs, bien que je n'ai repéré aucune trace. Ensuite, le vent est faible, mais il pourrait forcir. L'idéal serait de trouver un abri naturel pour nous en protéger cette nuit, comme... euh... euh... LÀ-BAS ! s'exclama-t-il en pointant du doigt un gros rocher.

Barak en prit prestement la direction, rythmé par le couinement de ses enjambées.

— Eh ben, quelle énergie. Il me surprend, dit Saya.

— Dès qu'il s'agit de sauver ses fesses, il est le premier motivé, constata Yorah. Il n'a peut-être pas tort. Suivons-le.

Les deux amis rejoignirent le professeur de survie. Celui-ci s'activait au pied du rocher. Il manœuvrait sa pelle par des gestes peu rassurés afin de déblayer les branchages et les feuilles mortes.

— Haa... haa... ça m'a l'air bon, confirma Barak. Ursus Horn disait toujours... haa... qu'il faut bien dégager l'endroit où on va dormir... haa... pour ne pas s'allonger sur un nid d'insectes...

haa... ou sur une autre bestiole !

— Et pourquoi pas s'installer dans un des trous ? On serait plus à l'abri, non ? proposa Yorah.

— Non ! Haa... s'il commence à tomber des trombes d'eau... haa... nous serons vite inondés !

Yorah et Saya ne purent poser leurs affaires que lorsque Barak le leur permit.

— Pff ! s'enorgueillit Barak en se tournant vers Yorah. Quand je pense que tu ne me prenais pas au sérieux lorsque je te donnais des cours !

— Nous y voilà... soupira Yorah. C'est pas comme si tu avais allumé un feu ou que tu avais attrapé un animal pour le dîner.

— Parce que tu crois que je n'en serais pas capable ?

— Eh bien, comment dire... Non.

— Ah oui ?

— Oui.

— *Ah oui ?*

— Oui.

— *AH OUI ?* explosa Barak. Alors, allez me chercher du bois dans le bosquet, là-bas ! Et il doit être sec ! Pas humide ! Il doit craquer, sinon il ne brûlera pas, vu ? Pendant ce temps, je vais installer un piège !

— On a des provisions, tu n'as pas besoin d'installer un piè...

Yorah se tut devant le regard meurtrier de Barak.

— Okay... va l'installer ton piège... soupira Yorah qui ne voulait pas insister.

Yorah et Saya partirent en quête du « bois sec, qui craque ». Après être revenus chargés de branchages, ils cherchèrent Barak. Yorah finit par apercevoir le derrière du professeur de survie, qui se tenait à quatre pattes, le nez collé au sol, à une trentaine de mètres de leur campement. Ils allèrent le rejoindre.

— Tu t'en sors... demanda Yorah d'une voix désintéressée.

— Tais-toi ! chuchota férocement Barak. Ne dis rien ! Ne respire même plus !

Barak avait enfoncé un bout de bois dans la terre, auquel il avait attaché la cordelette de leur sac. Il avait réalisé un nœud coulant à l'autre extrémité, dont l'ouverture était large comme un poing. Il tentait de le faire reposer au-dessus du sol sur deux brindilles qu'il avait planté à une vingtaine de centimètres du bout de bois, tout en maintenant l'ouverture du collet. Une goutte de sueur frétillait sur son nez et ses yeux étaient rivés sur les brindilles. Il se décida à lâcher la cordelette, qui se maintint en suspension sur son frêle support. Il se releva et recula avec la plus grande délicatesse avant de pousser un immense soupir de soulagement.

— Pas mal, reconnut Yorah.

— Qu'est-ce que tu crois ? Je n'arrête pas de m'entraîner dans ma chambre !

— Pourquoi tu l'as mis là ? demanda Saya.

— Grrr ! décidément, vous n'avez rien écouté pendant mes cours ! J'ai repéré un terrier plus haut et j'ai remonté la piste d'empreinte que l'animal prend tous les jours pour aller se nourrir ou boire.

— Ah oui, ça me dit quelque chose.

— Moi, absolument rien, dit Yorah.

— Maintenant, il faut partir sans laisser de traces et espérer que notre odeur ne va pas l'effrayer, grommela Barak. Il commence vraiment à faire sombre et il reste le feu à allumer !

Barak ramassa sur sa route des touffes d'herbes sèches. Au campement, il les entassa au sol et sélectionna dans les branchages de Yorah et Saya un morceau de bois large, comme une planche, et un bâton rigide. Il creusa avec un couteau une gouttière dans la planche et la disposa à côté des herbes sèches.

— Alors... *Chroniques I*, page 47, paragraphe 3... Faire du feu...

Il récita ainsi les consignes d'Ursus Horn alors qu'il frottait avec hargne le bâton dans le creux de la planche.

— Tu devrais peut-être retirer ton armure, lui fit remarquer Yorah.

— J'ai pas besoin de tes conseils !

Vingt minutes plus tard, le visage de Barak ruisselait de sueur, ses yeux écarquillés et avides. Persistant dans son œuvre frénétique, le professeur de survie s'interrompait pour relever la visière de son heaume qui se rabattait sans cesse. Il grognait et pestait car, au lieu d'être submergé par la chaleur et le réconfort, promis par son mentor, au jaillissement des flammes, il redoutait surtout d'être foudroyé par une crise cardiaque. Malgré tous ses efforts, aucune « saleté de foutue étincelle à la gomme » ne vint l'illuminer, alors que la nuit s'installait sur la plaine.

— C'est peut-être pas le moment idéal pour te dire ça, mais on a un Orbe de Feu, intervint délicatement Yorah.

— ... Veux pas... de... ton Orbe... rugit Barak entre deux respirations diaboliques. Mauvais... pour... la... planète... Jamais... Cassepanard... utiliser... Orbe !

— D'accord. Moi et Saya, on va allumer un autre feu pour manger.

Devant la mine fulminante du professeur de survie, les deux amis embrasèrent leurs petits bois en un éclair et y disposèrent une casserole d'eau pour leurs pommes de terre. Barak aboya alors pour leur rappeler d'économiser le précieux liquide. Il leur ordonna de cuire tous les tubercules et de les conserver pour la suite de leur périple. Yorah et Saya s'exécutèrent. Ils profitèrent de la chaleur des flammes sombres et partagèrent leur jambon et leur repas, entourés d'Aube, dans un moment de détente joyeux et bienvenu. Déterminé à vaincre, Barak ne toucha pas à son écuelle. Puis, Yorah et Saya s'allongèrent dans leur cape pour dormir pendant que le professeur de survie continuait à s'acharner sur sa planche, avec pour seule compagnie les couinements obstinés de son armure et le hululement orphelin d'une chouette.

— Tu peux faire moins de bruit ? soupira Yorah.

Quelques heures après, Barak avait fini par abdiquer et avait cédé au sommeil. Yorah demeurait éveillé, la tête dans les étoiles. N'était-ce qu'une impression ? Dans le silence de la nuit, la Voix de son âme semblait gronder plus fort qu'à l'accoutumée.

Yorah quitta sa couche et grimpa au sommet du rocher qui les surplombait. Il s'assit en compagnie d'Aube et prit une profonde inspiration. Il se concentra sur le Chœur de la nature pour s'apaiser. La vie nocturne se révéla à lui. Il écouta. Yorah promena son regard et put apprécier la domination éclatante d'une lune gibbeuse à l'ouest. Un timide quartier se dévoilait à l'est et s'agrippait à la voûte pour ne pas s'empaler sur la pointe des montagnes, tels des crocs noirs qui déchiraient le ciel et dévoraient la lumière des étoiles. Un vent vif naquit des sommets et s'engouffra dans la plaine. L'herbe et les feuillages sifflèrent. Le chant de l'est se mua en rumeur froide. Il forcit. Une bourrasque colportant des murmures lugubres traversa Yorah avec vigueur et lui ôta sa casquette. L'Artérien poursuivit du regard le souffle glacial qui sembla changer de cap pour emporter son message indistinct vers le sud. Vers Cinis. Ébranlé, Yorah descendit de son refuge, ramassa sa coiffe et tenta de se rendormir.

Au matin, les trois compagnons firent une découverte étonnante. Le professeur de survie n'en revenait pas lui-même. Ils étaient penchés sur le piège installé la veille, où un lapin au pelage moutarde s'était fait prendre. Celui-ci était encore vivant, tremblotant, ses grands yeux noirs et humides et ses longues oreilles rabaissées vers l'arrière.

— Ça a marché... murmura Barak. Ça a marché ! J'ai capturé un animal !

— Bravo, Barak, je dois bien l'admettre, dit Yorah.

— Le pauvre, se désola Saya, il est terrorisé.

— Oui. Barak, tu lui fais peur à le regarder comme un trophée.

— Pardon, c'est l'émotion...

— Bon, et qu'est-ce qu'on fait maintenant, monsieur l'expert en survie ? demanda Yorah.

— Eh bien... balbutia Barak. On est censés le tuer, puis le dépecer...

— Vous n'êtes pas sérieux, j'espère ? gronda Saya.

— Ça ne me plaît pas non plus, mais nous pourrions économiser notre jambon. Ce lapin est précieux, dit Yorah.

— Casquette à l'envers marque un point, reconnut Barak. Comme disait Ursus Horn, c'est le cycle de la nature. Tout ce que nous pouvons faire, c'est lui ôter la vie dans la dignité et veiller à ce que sa mort n'ait pas été vaine.

— Bien parlé. Donc comment tu vas t'y prendre ?

— Quoi ? Pourquoi ce serait moi qui le ferais ?

— C'est toi l'expert !

— En tout cas, ne comptez pas sur moi ! prévint Saya.

— Bon et bien... quand faut y aller... murmura Barak en saisissant un couteau.

Barak approcha la lame de la frimousse du lapin. Yorah et Saya s'apprêtaient à détourner le regard quand la boule de poil émit un drôle de bruit, comme un gémissement, ultime tentative pour implorer la grâce de ses bourreaux. Les yeux des trois compagnons s'embuèrent.

— Vous... Vous avez entendu ? pleurnicha le professeur de survie. Il a dit « papa » !

Un peu plus tard pendant le petit-déjeuner, Barak nourrissait de pommes de terre son nouveau lapin.

— Mô oui, tu aimes ça, hein, dit ? Mon petit lapinou d'amour !

— Barak, c'est une chose de l'épargner, mais l'adopter... grommela Yorah.

— Il est trop mignon quand même, dit Saya.

— Oui, mais on ne peut pas l'emmener, enfin !

— C'est pour qui la pomme de terre ? Ouh, c'est pour qui la pomme de terre ? Gouzi-gouzi !

— Arrête de le goinfrer, Barak ! Je te signale qu'on doit économiser nos vivres ! pesta Yorah.

— Eh bien je reposerai des pièges, s'il le faut.

— Pourquoi ? Pour adopter tes proies et fonder une famille ?

— Tu vas l'appeler comment, Barak ? s'intrigua Saya.

— Hum... Lapinou !

— Pas très original, dit Yorah. Gugusse, ça lui irait bien.

— Oh oui ! Gugusse ! se réjouit Saya.

— Non, ce sera Lapinou, rétorqua Barak.

— Pourquoi ?

— Parce que Gugusse Cassepanard ça ne sonne pas.

— Moi, je trouve que si.

— Oui, et bien mieux que Lapino Cassepanard, maintint Yorah.

— C'est LA-PI-NOU !

Le débat se prolongea jusqu'à la fin de leur petit-déjeuner. Puis quand ils eurent repris la route. Gugusse/Lapinou se montrait incroyablement docile. Il ne bougeait pas de l'épaule de Barak, qui continuait à lui donner des pommes de terre. Il gémissait dès que Barak arrêtait, obligeant ce dernier à poursuivre.

Les Artériens gardaient le cap grâce aux indications de Barak qui s'orientait avec les montagnes et la course du soleil, dont la chaleur des rayons grimpait à chacun de leurs pas. Trois heures plus tard, ils quittèrent le scintillement des Plaines Émeraude pour un terrain plus irrégulier. Les Montagnes de Sang et leur roche rouge s'avançaient sur leur chemin. Puis des flocons noirs se mirent à tomber. Saya en récolta quelques-uns dans sa main.

— Des cendres, dit-elle.

Les compagnons levèrent les yeux au loin et, droit devant eux, en retrait du massif rouge, la forme d'une montagne, plus petite, se dessina dans un ciel gris.

— Est-ce que ça pourrait être notre volcan ? dit Yorah.

— Je crois qu'il n'y a pas de doute, dit Saya en se débarrassant des particules qui s'agglutinaient sur ses vêtements.

— Comment ça « notre volcan » ? Vous ne m'avez jamais parlé d'un volcan ! s'intrigua Barak.

— Ah bon ? bredouilla Yorah. Ne t'inquiète pas, il ne fait que cracher un peu de fumée. Il n'y a rien à craindre...

L'herbe s'élevait et se densifiait. Elle atteignait leurs genoux. Les brins verts avaient pâli vers un jaune peu flatteur, qui altérait aussi le feuillage des arbres et des buissons. Un souffle de plus en plus vigoureux indiquait aux compagnons qu'ils gagnaient les côtes, et de sombres nuages masquèrent le soleil. Le poids invisible qui pesait sur leurs épaules s'alourdissait.

— C'est moi ou depuis quelque temps... le silence est... différent... remarqua Saya.

Celle-ci n'avait pas tort. Le seul son qui parvenait à leurs oreilles était le bruissement du vent à travers les hautes herbes et les branchages. Pas de chants d'oiseaux ni de bourdonnements d'insectes. Il ne semblait plus y avoir âme qui vive. Yorah était de moins en moins rassuré.

— Non, je suis d'accord, dit Yorah. Il se passe des choses anormales. Le Chœur de la nature est malsain.

— Ça fait froid dans le dos... trembla Barak. Reste près de moi Gug... euh, Lapinou !

Ils poursuivirent leur route, dans une atmosphère étrange et morbide, alors qu'une sombre fumée se révélait au sommet de la Montagne Cendrée. Sur la roche comme sur la végétation, les couleurs avaient disparu, grisées et tâchées par la neige ténébreuse. Les particules recouvraient les vêtements des voyageurs et martyrisaient leurs yeux. Les herbes s'opposaient davantage à leur progression pour atteindre la taille de Yorah. Elles dansaient sous le vent, sifflant comme des langues de serpent.

Alors que les Artériens longeaient un bosquet noyé dans les buissons, une Voix alerta les sens de Yorah. Elle était en peine mais, contrairement aux précédentes, celle-ci appartenait à une créature. Il s'arrêta net et fit signe à Saya et Barak de ne plus faire un geste. Des branchages remuèrent. Yorah les fixait d'un regard inquiet. Les broussailles cessèrent de bouger. Dans le silence revenu, la Voix retentissait de plus belle. Yorah dégaina Orichalque et la tint de ses deux mains moites. Il s'avança. Fit un pas. Puis un autre. Les yeux braqués sur le mur grisâtre. Son pied ripa sur une pierre et un frisson glacial le cisailla. Yorah se ressaisit. Il reprit sa marche. Les branchages s'agitèrent de nouveau. Barak et Saya se raidirent et empoignèrent leur pelle et leur canne onorique. À hauteur du visage de Yorah, un mufle repoussa les feuillages. Suivirent un museau fin et allongé, un corps quadrupède au pelage grisé, puis une traîne de plumes.

— Mais c'est... une biche arc-en-ciel ! s'exclama Yorah.

Malgré sa fourrure ternie par les cendres, il n'y avait pas de doute. Barak et Saya n'en revinrent pas non plus. Deux biches arc-en-ciel, plus un cerf, avaient croisé leur route en quelques jours, alors que la plupart des voyageurs n'en rencontraient jamais dans leur vie. Mais quelque chose clochait. Le cervidé adoptait un comportement étrange. Il tremblait. Sa respiration était rapide. Ses yeux pleuraient et il gémissait. Il paraissait désorienté, errant dans les fourrés, sans but, à l'agonie.

— La pauvre, s'attrista Saya en s'approchant pour la caresser, que lui est-il arrivé ?

— C'est curieux... grommelait Barak. On dirait que... Non... Non, ce n'est pas possible...

Tout à coup, la Voix de l'animal devint furieuse.

— SAYA, RECULE ! l'alerta Yorah.

La biche se cabra et gronda. Elle menaça Saya de ses sabots. La jeune fille tomba à la renverse. Barak plongea dans les herbes. Yorah s'interposa de son épée pour contenir la rage subite de la créature. Saya recula. Brutalisé par le cervidé, Yorah était paralysé par la terreur. Ses jambes flageolèrent. Ses mains devinrent lâches. Son arme s'alourdit. Il ne put résister aux assauts et fut projeté au sol. Il allait être piétiné quand la présence d'Adek l'envahit. D'une roulade, il esquiva les attaques qui traumatisèrent la terre. Il se réappropria sa lame et s'appuya sur ses jambes, soudain robustes, pour trancher la bête en se relevant. La biche hurla à la mort. Elle tituba et, dans un ultime râle, s'effondra.

À la seconde suivante, Adek avait quitté Yorah. Le poids d'Orichalque devint insoutenable. Yorah lâcha prise. Ses jambes le trahirent. Il s'écroula. Il tremblait, hagard, et cherchait son souffle. Lorsqu'il porta les yeux sur l'animal, celui-ci gisait à terre et baignait dans son sang, qui maculait Orichalque. Yorah détourna le regard, pris de nausées. Il l'avait tué.

— Il... Il est mort ? frémit Saya.

— Oui... murmura Yorah.

— Tu n'as rien ?

Yorah mit quelques secondes avant de répondre.

— Non... ça va... grâce à Adek...

— Ton mystérieux fantôme ? balbutia Barak en sortant sa tête des hautes herbes. T... Très efficace !

Le regard dans le vague, à genoux, Yorah ne pouvait s'arrêter de frémir. Il osa, du coin de l'œil, fixer de nouveau la dépouille ensanglantée ; il en était responsable. Il avait ôté la vie. Ses frissons se muèrent en spasmes tyranniques. La panique et la terreur le saisirent. Elles affolaient son cœur, gagné par un rythme effréné, comme une bombe sur le point d'exploser. Mais, soudain, Adek refit surface. Son énergie envahit Yorah et mata la rébellion interne. La tourmente de son protégé maîtrisée, le mercenaire s'en alla. Yorah était déboussolé ; le trépas de la créature ne lui importait plus. Ou, du moins, il le supportait ; il s'était défendu.

Yorah se releva. Il se posta aux côtés de sa victime. Silencieux, il enrageait de ne plus entendre la Voix de l'animal. Il maudissait le mal qui avait frappé la biche et l'avait contraint à l'abattre. Il serra le poing.

— Que lui est-il arrivé ? gronda-t-il.

— Elle était malade, de toute évidence, glissa Saya. Tu n'as pas eu le choix.

— En effet, confirma Barak, il n'y avait rien à faire. Cette biche était déjà condamnée.

— Que veux-tu dire ? demanda Yorah.

— Elle a été intoxiquée à l'Onorie.

— Intoxiquée ?

Barak acquiesça d'un geste de tête accablé.

— La surcharge d'Onorie dans l'atmosphère a un effet désastreux sur l'environnement. Quand un être vivant baigne un temps dans l'Onorie, sa forme physique et mentale augmente. Mais ce bien-être est un piège macabre. Le sujet perd l'appétit. Il ne ressent plus le besoin de se nourrir, car il absorbe de plus en plus cette énergie qui l'entoure, à tel point qu'il en devient dépendant. Il finit par ne plus pouvoir vivre sans et, lorsqu'il quitte ce milieu riche en Onorie, ses forces l'abandonnent... jusqu'à mourir.

Yorah et Saya n'en crurent pas leurs oreilles. Ils posèrent des yeux éplorés sur l'être éteint.

— Cette biche présentait tous les signes d'un sevrage à la suite d'une exposition massive à l'Onorie, reprit Barak. Déprime, tremblements, perte d'énergie et des pulsions de férocité qui la sortent de son agonie.

— C'est impossible que l'Onorie puisse faire une telle chose ! fulmina Yorah. C'est l'énergie de la planète, l'énergie de la vie !

— L'excès n'apporte jamais rien de bon. L'Onorie est avant tout une énergie d'une extrême puissance, rappela Barak.

— Tu penses que cette biche vient du Sud ? dit Saya. Il n'y a que là-bas où les concentrations d'Onorie sont assez élevées pour engendrer une dépendance, pas vrai ?

Barak grogna.

— En effet, c'est la seule explication, confirma le professeur de survie. Cependant, il n'y a que deux passages qui traversent la Ceinture de Lunes et mènent au Sud. Le plus proche est la Porte du Condamné, à des milliers de kilomètres à l'est. C'est un miracle que cette biche ait survécu aussi longtemps pour parvenir jusqu'ici. Ça ne peut vouloir dire qu'une chose : les

concentrations d'Onorie augmentent sur les Terres du Nord...
Si les hommes persistent à se servir des Orbes et des sortilèges,
nous courrons à notre perte !

Les trois compagnons demeurèrent quelques instants
songeurs. Le monde regorgeait de sombres secrets et de
dangers insoupçonnés. Jamais Yorah n'aurait pu imaginer
l'ampleur des ravages causés par l'excès d'Onorie, qui avait
gangrené la pureté d'une biche arc-en-ciel.

Amer, le groupe devait pourtant reprendre son chemin. Ils
avançaient en silence. Yorah ressassait son combat ; à la peur
qui l'avait paralysé et à ses jambes qui tremblaient,
incontrôlables. Sans Adek, il se serait fait abattre, sans rien
faire. Sa lâcheté le révoltait et il ne voulait plus ressentir cela.

Un autre animal intoxiqué leur barra la route ; un fauve, aux
canines longues comme des poignards. Contraint à
l'affrontement, Yorah se mit en garde, mais il avait toutes les
peines du monde à lutter contre son instinct qui lui hurlait de
s'enfuir. Il balbutia une attaque, pas assez appuyée, que
l'agresseur esquiva d'un bond. Au moment où les griffes
menacèrent sa vie, Yorah dut compter sur Adek, dont le sang-
froid et la détermination l'imprégnèrent pour l'extirper du
piège et porter un coup fatal à la bête. Attristé par la sentence
qu'il avait de nouveau prononcée, le jeune garçon ne se laissait
cependant plus abattre ; son esprit ne le lui permettait plus. Les
êtres en souffrance et hostiles se succédèrent. Yorah contrôlait
mieux ses tremblements. À force d'être guidé par Adek, il
parvenait à reproduire certains des mouvements et
déplacements du mercenaire. Quelques heures plus tard, ses
progrès étaient indéniables. Adek était le meilleur professeur
possible et ses interventions se raréfiaient, uniquement en cas
de danger de mort. Saya contribuait à cette réussite. Elle
couvrait les arrières de Yorah et punissait d'un jet de flammes
ou d'éclairs les adversaires coriaces. Barak, sa pelle à la main,
sursautait et se battait contre son ombre, à coups de cris tantôt
rageurs, tantôt effrayés, en réponse aux contacts imprévus de

hautes herbes.

— Je n'en reviens pas qu'autant d'êtres intoxiqués soient parvenus jusqu'ici, frémissait-il. La situation du Nord est pire que ce que je pensais. Ce n'est pas prudent de continuer !

— Calme-toi, Barak, lança Yorah. Nous nous débrouillons bien !

— J'espère que Cinis n'a pas été attaqué par ces animaux... s'inquiéta Saya.

Leurs pas les menèrent au pied d'une butte. Sur ses hauteurs, ils distinguèrent une forme étrange et figée. Yorah sentit un trouble croître en lui à mesure qu'il s'en approchait. Bientôt, la mystérieuse forme les surplomba. Comme sortie de terre, elle arborait un visage de démon. Sous un ciel boursouflé de nuages, ses cornes semblaient empaler la voûte grise. Des oreilles pointues, de grands yeux vides et mauvais, un sourire dément révélant des dents acérées. La première statue leur faisait finalement face, semblable à celles que Yorah avait aperçues dans sa vision. Dominés par l'effroi, les Artériens restèrent prostrés à son pied.

— Nous y voilà, dit Saya en contemplant l'œuvre du diable.

— Quelle horreur... souffla Barak en s'agrippant à sa pelle.

Dès l'instant où Yorah avait posé les yeux sur la macabre figure, son cœur s'était emballé. Sa respiration devint saccadée. Quelque chose allait se passer. Aube s'agita à ses côtés ; elle avait deviné le mal-être de son ami. Yorah remarqua alors, par delà la butte, la cime d'une autre statue. Il gravit la petite colline. Chacun de ses pas révélait un nouveau visage terreux et démoniaque. Une fois au sommet, ce furent des centaines de ces abominations qui se dévoilèrent parmi les hautes herbes grises, et s'étendaient à perte de vue sous les bourrasques de cendres, autour du volcan. Elles avaient germé, proliféré, comme des parasites ayant profité de la faiblesse d'un terrain malade, annonciateurs d'une mort inéluctable.

— Mon dieu... laissa-t-il échapper, comprenant la gravité de la situation et la désertion des voyageurs. Quelle folie s'est emparée de ces terres ?

Alors que Yorah demeurait prostré, une violente migraine le foudroya. Il hurla sous la douleur. Les appels affolés de Saya ne lui parvinrent plus qu'en échos lointains. Sa vision se troubla. Il perdit connaissance.

Chapitre XIII

LA PORTE DU CONDAMNÉ

Un coup de tonnerre secoua Yorah. Sous le choc de cet éveil brutal, le jeune garçon tentait d'identifier, de sa vue trouble, un détail auquel se raccrocher. Mais tout était si noir... à tel point qu'il se demanda s'il avait bien repris connaissance. Puis la fureur du ciel, incessante, qui grondait dans ses oreilles, et la sensation que le décor bougeait, lui confirmèrent qu'il était conscient. Il s'aperçut alors qu'il était incapable de diriger son regard. L'environnement nébuleux défilait devant ses yeux dans un champ de vision qui lui était imposé ; Yorah devait de nouveau se trouver dans le corps d'Adek. Une douleur le lançait au niveau du bras gauche, mais il ne pouvait en vérifier la cause. Quand le paysage s'affina, tout avait changé. Le volcan de Cinis avait disparu, tout comme les rangées de statues.

Adek observa alors les alentours. Une brume ténébreuse et opaque noyait les lieux et Yorah ne pouvait dire s'il faisait jour ou nuit. La seule lumière naissait des nombreux éclairs qui déchiraient le voile sombre de cicatrices blanches. Il régnait une chaleur intense, étouffante, et une énergie colossale s'employait à plaquer Yorah au sol, sans commune mesure avec les environs de Cinis. Pourtant, le vent dans ses cheveux lui indiqua qu'il se déplaçait, à grande vitesse. Yorah se tenait debout sur ses jambes et réalisait des bonds prodigieux. Ses appuis sur des hauts reliefs lui donnaient la sensation qu'il volait.

Yorah parcourait un terrain dramatiquement accidenté. Il n'avait jamais vu de pareille région ; des pans de pierre, véritables dents acérées imposantes comme des collines, s'entassaient dans une anarchie totale, aussi loin dans les ténèbres que la cadence infernale des éclairs permettait de les distinguer. On aurait dit que la terre s'était fracturée et retournée. Une végétation dense au feuillage d'un noir absolu était tout de même parvenue à se développer dans le chaos. Un amas d'arbres anormalement massifs, penchés et tordus, de buissons, lianes et fougères boursouflés, bataillait pour s'extirper des crevasses et coloniser les versants. Prisonnier dans les souvenirs d'Adek, Yorah ne captait pas les Voix. Mais malgré le roulement du tonnerre, il percevait d'innombrables cris, grognements et rugissements qui lui glacèrent le sang. Il entraperçut des ombres fugaces, des secousses et des craquements dans les branchages. La jungle en contrebas grouillait de présence, et dans cet endroit tout droit sorti des enfers, il ne pouvait s'agir de simples animaux. La vue de nouvelles silhouettes aux allures de dragons, qui tournoyaient dans le ciel comme des vautours, camouflées dans les ténèbres et révélées au grès des éclairs, lui confirma son funeste pressentiment.

Yorah n'était pas le seul à parcourir cet effroyable territoire. Il discerna les manteaux écarlates de la troupe ombreuse de Port-Parvus, qui surgissaient dans son champ de vision au rythme de leurs sauts. Yorah observa alors que la manche d'Adek était lacérée et qu'il saignait, d'où la douleur qu'il ressentait. Il en était de même pour les autres mercenaires ; leurs vêtements étaient déchirés, et la plupart avaient dégainé leurs épées. Adek tourna la tête vers l'un de ses camarades. Yorah reconnut le jeune homme aux cheveux turquoise de son hallucination de Port-Parvus. Son visage, marqué, peinait à retenir ses larmes.

— Je suis désolé, Odi, lui dit Adek dans leur étrange langage. Je sais que toi et Geirrod étiez proches...

Odi pesta.

— Geirrod, Ivald, Egil... Trois d'entre nous ont déjà péri depuis notre arrivée sur ces terres maudites ! se lamenta-t-il. Et ce que je vois au loin me fait craindre que la traversée de la Porte du Condamné était une partie de plaisir comparée à cet endroit !

— Erreur, le grand arc n'était que l'entrée, nous parcourons toujours la Porte, le corrigea Adek. Et nous n'en sortirons pas, notre objectif se trouve en son cœur, au-delà des Dents de Roche, dont nous ne devrions plus tarder à nous extirper.

« La Porte du Condamné ? Ils sont à la Porte du Condamné ? pensa Yorah. L'une des entrées vers le Sud et l'une des régions les plus terribles de Terre sous Lunes ? C'est à ça que ça ressemble ! »

La terreur transparut dans les yeux d'Odi. Celui-ci se recueillit alors sur lui-même, saisit son pendentif et murmura quelque chose, avec conviction, comme pour se donner du courage.

— *Marcher, Combattre, Festoyer... Marcher, Combattre, Festoyer...* répétait-il.

— Il est vrai que cette meute de béhémoths intelligents m'a stupéfié ! intervint l'homme au visage tatoué avec un enthousiasme surprenant. Non seulement ces fauves sont immenses, mais ils ont évolué et sont devenus bipèdes ! Et vous avez vu les peintures tribales qui recouvraient leurs corps ? Et leurs armes dantesques ? Tout bonnement extraordinaire !

— Et toi ? Tu as remarqué qu'ils avaient massacré trois de nos compagnons, ou cela t'a échappé ? l'agressa Odi.

Yorah sentit Adek hausser un sourcil exaspéré à l'homme aux tatouages, comme s'il n'était pas étonné de son comportement.

— Oh, navré, mon cher Odi, répondit l'extravagant mercenaire en jetant un œil amusé à Adek, j'ai tendance à m'emporter devant un tel spectacle de la nature. Mais ce genre d'incidents arrive lorsqu'on s'aventure dans la Porte du Condamné. On ne l'appelle pas comme cela pour rien.

Odi le foudroya d'un regard haineux.

— Le poème du *Périple de Niod* évoque cet endroit, continua l'homme aux tatouages, qui sortit son livre de son manteau, et qui ne semblait pas prêt à s'arrêter de parler. Il raconte comment Niod a bravé la Porte du Condamné pour défier les Géants. Dans ce passage, le héros tente de convaincre les Dieux de l'aider dans sa quête.

Son recueil à la main, il ne l'ouvrit cependant pas et récita, d'un ton solennel, quelques vers.

Donnez-moi un cheval qui pourfendra les ténèbres,
Émoussera les dents de pierre,
Chevauchera plus vite que la foudre,
Et que le mal ne pourra séduire.

Ses compagnons ne dirent rien.

— Ils lui offrirent Sleipnir, poursuivit-il, destrier à huit pattes capable de se déplacer sur la mer et dans les airs. Fu ! fu ! nous ne possédons malheureusement pas une telle monture...

— Je pense qu'il est inutile d'en rajouter, Loki, lui intima Adek.

— Oui, prends exemple sur ma sœur et tais-toi, gronda Odi.

— Si Sygna ne parle pas c'est parce qu'elle a toujours un cigare à la bouche, hein, Sygna ? s'amusa Loki.

La fameuse Sygna devait se trouver en arrière, parmi quatre autres personnages que Yorah n'avait pu identifier. Mais Yorah se souvenait d'une femme forte avec un cigare à Port-Parvus. Sygna et Odi étaient donc frères et sœurs, d'où la couleur commune, turquoise, de leurs cheveux. Sygna demeura silencieuse.

— Allez, restons concentrés, dit Adek, nous avons une bonne distance à parcourir avant d'atteindre notre but.

— Vous êtes d'une tristesse... se lamenta Loki. Je vais tenter ma chance avec Skadi et Surt. Ils seront plus enclins à discuter, eux, comme ils sont nouveaux dans le groupe.

Il quitta l'avant-poste.

— C'est ça ! Va ennuyer les p'tits jeunes ! grogna Odi.

Tout à coup, une ombre massive transperça les hauteurs de la brume et fondit sur la compagnie. La foudre fit naître en Yorah une terreur viscérale, apposant les traits d'un immense dragon sur la forme qui venait de les prendre en chasse. La gueule vibrante d'un brasier obscur, la créature déversa un torrent de flammes sombres sur ses cibles. Au milieu des cris de panique, un tourbillon de feu embrasa la forêt. Adek réussit à éviter le souffle de justesse. Il vrilla sur plusieurs mètres avant de parvenir à se stabiliser dans les airs, pour léviter aux côtés de Loki. Yorah s'horrifia face au monstre qui dévorait l'un des mercenaires. Les autres guerriers volaient autour de lui comme de vulgaires mouches. Yorah remarqua, à la lumière des éclairs, de nombreux scintillements parmi les écailles de la bête. Elle brillait de noir, ce qui l'auréolait d'une aura divine. La troupe multipliait les attaques, mais sortilèges comme épées paraissaient vains sur la cuirasse de leur adversaire. Odi y brisa même ses deux lames lors d'un assaut. Un second Ombreux disparut entre les crocs de l'ennemi.

— *Ina sar rou, re muäna* ! lâcha Adek d'un murmure féroce.

Il fondit sur le dragon. Il envoya une boule d'énergie sombre qui explosa à la tête du monstre. Ce dernier cibla Adek du regard et, fou de colère, riposta de ses flammes. Gagné par la panique, Yorah s'attendait à ce qu'Adek dévie de sa trajectoire pour éviter la fournaise, mais il n'en fit rien. Au contraire, Adek accéléra. Il concentra son aura, furieuse autour de son poing et, dans un hurlement rageur, transperça le brasier et pénétra à l'intérieur même de la gueule du prédateur, avant de libérer le pouvoir emmagasiné dans sa main. Une terrible déflagration déforma les mâchoires du dragon et secoua les ténèbres. Adek s'extirpa sans mal de sa victime. Des volutes de fumée s'échappaient de la gueule et des orbites de la créature, dont la carcasse chuta pour aller s'empaler sur les Dents de Roche. S'il avait pu esquisser le moindre geste, Yorah aurait été bouche bée.

Loki vint à sa rencontre.

— Tout en finesse, comme d'habitude ! rit-il.

Tous accoururent et congratulèrent le mercenaire aux cheveux d'argent, lévitant dans le ciel sombre. Mais l'intonation de leurs voix ne pouvait masquer leur amertume.

— Tss... Et à présent, ce sont mes deux précieuses lames qui sont brisées ! ragea Odi en jetant ce qu'il restait de ses épées. JE N'EN PEUX PLUS DE CES TERRES MAUDITES !

Un silence tomba au milieu de la troupe, lacéré par le grondement lourd des éclairs.

— Nous avons une mission, rappela froidement Adek.

— Je n'en ai que faire de cette mission suicide ! Elle était vouée à l'échec, depuis le départ ! Tout ça pour dénicher une *hypothétique* arme !

Le cigare de Sygna craqua entre ses dents.

— C'est la volonté de notre seigneur et cela devrait te suffire, prévint-elle son frère.

— Eh bien, ça ne me suffit plus ! Je ne vais pas mourir pour une arme qui n'a aucune chance de se trouver dans un tel endroit.

Sygna s'approcha d'Odi.

— Notre famille sert notre roi depuis des générations. Jamais elle ne l'a trahi. Père aurait honte s'il t'entendait.

— Pff... Épargne-moi tes sermons !

Le claquement d'une gifle retentit.

— Ressaisis-toi, sévit Sygna. *Marcher, Combattre, Festoyer !*

La réponse d'Odi se fit attendre.

— ... *Marcher, Combattre, Festoyer...* murmura-t-il sans conviction.

Odi tourna le dos et se mit à l'écart. Adek posa les yeux sur le reste de la troupe.

— Ceux qui sont tombés... Ce sont Eir et Surt... glissa Adek en ne les comptant pas autour de lui.

Sygna confirma d'un signe de tête. Adek soupira.

En plus d'Adek, d'Odi, de Sygna et de Loki, une jeune fille complétait la formation, livide.

— Courage, Skadi, lui dit Adek.

Yorah dévisagea la pauvre mercenaire, à peine plus âgée que lui, aux longs cheveux blonds et deux dagues à sa ceinture. Elle lui rappelait Saya. Yorah la plaignait. Lui avait la chance d'être à l'abri dans le corps d'Adek.

— Il est temps d'y aller, poursuivit ce dernier. Nous réussirons. C'est notre honneur qui est en jeu !

— Et comment que nous réussirons ! s'exclama Loki. Cet endroit est grandiose !

C'est sur ces mots que les cinq rescapés reprirent leur route au-dessus des Dents de Roche. Loki se posta aux côtés d'Adek.

— Je vois que tu récites encore cette curieuse phrase en Delral dans les moments critiques. C'est en souvenir de ta sœur, si je me souviens bien ?

« Le Delral ? pensa Yorah. Ça doit être le nom de la langue ombreuse du continent. »

— Elle me donne de la force, répondit Adek.

— Hum... Un peu comme Odi et Sygna avec leur devise familiale, en somme. Puis-je demander le sens de la tienne ?

Adek perdit son regard dans l'horizon d'éclairs.

— Ma famille a toujours été maudite à cause de la couleur de ses cheveux. Ma sœur et moi prononcions cette devise quand nous étions enfants, pour évoquer nos rêves de liberté et de jours meilleurs. Elle signifie « une seule loi, la mienne ».

Loki éclata de rire.

— Qui y a-t-il de si drôle ? sévit Adek.

— Fu, fu... Excuse-moi, c'est juste que... je repensais à notre rencontre et à notre première mission il y a trois ans. J'avais dû te tirer les vers du nez, après des mois d'efforts, pour que tu daignes m'avouer que cette phrase était un souvenir de ta sœur.

Tu es tellement plus bavard qu'à l'époque.

Adek replongea son regard dans le lointain. Il afficha un bref sourire, mais Yorah sentit qu'une certaine mélancolie l'envahissait.

— Certaines choses ont changé, murmura-t-il.

Une immense forme révélée par les éclairs barra alors l'horizon. Yorah crut à une montagne, mais malgré sa taille, elle n'en arborait pas l'allure. C'était un arbre.

Yorah n'en revenait pas. C'était absurde. Il ne pouvait pas distinguer sa cime qui se perdait dans les hauteurs de la brume. Son tronc se dressait presque aussi large que grand. Ses branches montaient comme des ponts noueux vers le ciel, submergées par un feuillage dense et noir d'où pendaient une multitude de lianes, comme des cordes naissant des nuages. Un réseau racinaire chaotique s'en échappait. Il sautait et serpentait dans la forêt, parmi les broussailles formées par les arbres, pourtant immenses, avant de s'engouffrer dans le sol.

— Nous y sommes ! déclara Adek. Le Grand Arbre !

À quelques kilomètres de l'invraisemblable tronc, le relief changea. Malgré de nombreux amas de pierres, crevasses, et pans de terre surélevés çà et là, le terrain n'avait plus rien à voir avec l'anarchie des Dents de Roche. Adek s'arrêta. Il lévita, immobile, au-dessus de la jungle qui s'étendait jusqu'au Grand Arbre. Le reste du groupe l'imita. Dans le ciel, une nuée de créatures ailées, toutes plus titanesques les unes que les autres, semblait monter la garde.

— Nous ne traverserons jamais une telle armée, prévint Sygna.

— Oui, admit Adek, optons pour le camouflage de la forêt.

Les compagnons transpercèrent la voûte de feuillage et atterrirent dans des herbes noires d'une hauteur égale à celles de Cinis. La végétation, si dense et imposante, réduisait les mercenaires à une troupe de rongeurs. Ils se frayèrent un chemin entre les buissons et les troncs démesurés. Yorah remarqua que les fûts pâles des arbres et les fourrés se maculaient de scintillements ; la flore, comme le dragon plus tôt, brillait de noir. Une beauté trompeuse dans cet enfer, comme une multitude de dards lumineux tentant de percer l'obscurité trop épaisse de la brume. Le groupe arriva au pied d'une racine du Grand Arbre qui leur barrait la route. Yorah y constata les mêmes symptômes, à l'exception que les scintillements s'y aggloméraient en larges croûtes noirâtres et étincelantes. Les mercenaires l'escaladèrent et poursuivirent leur marche une fois de l'autre côté. Les obstacles se répétaient, sans oublier la crainte perpétuelle d'une rencontre hostile.

Quelque chose heurta alors le visage de Yorah, un choc bref et à peine douloureux, suivi d'un deuxième. Adek n'avait pas bronché ; ça devait être des insectes.

Adek s'arrêta, le regard braqué sur sa gauche. Après un instant, il se dirigea vers ce qui avait attiré son attention. À mesure qu'il avançait, Yorah devina la forme d'un pilier. Adek arriva à hauteur de la structure. Le cœur de Yorah se serra alors qu'un frisson lui glaçait l'échine.

Une statue de terre lui faisait face. Bien qu'elle fut endommagée, recouverte de mousse et piégée dans des lianes, il n'y avait aucun doute possible ; elle ressemblait trait pour trait à celles de Cinis. Elle confirmait ce que sa précédente vision avait révélé. Yorah aperçut d'autres démons de pierre. Ils semblaient garder les alentours du Grand Arbre, comme ceux de son époque défendaient quiconque de pénétrer les environs du volcan. La vue de Yorah s'agita. Les statues et la forêt se déformèrent. Puis les ténèbres envahirent l'esprit du jeune garçon.

— Je crois qu'il revient à lui, s'écria une voix lointaine.

Yorah peinait à ouvrir les yeux, quand une baffe monumentale lui décrocha la mâchoire.

— BON, C'EST FINI LA SIESTE, OUI ? tonna Barak.

— Aïe... grommela Yorah qui émergeait. T'es lourd, Barak...

— C'est moi qui suis lourd ? Ça fait trois heures que tu dors, imbécile !

— Hein ?

— T'as bien entendu ! Comme tu ne te réveillais pas, on t'a traîné derrière ces rochers pour se mettre à l'abri ! Qu'est-ce qu'on aurait fait si des bestioles nous avaient attaqués ?

Yorah jeta un regard à Saya qui lui confirma les dires de Barak d'un signe de tête.

— Et vous n'êtes pas parvenus à me réveiller ?

— On t'a secoué dans tous les sens, je t'ai collé des dizaines de... euh... deux, trois baffes et, crois-moi, j'y suis pas allé de main morte ! pesta Barak.

— Ah, c'est ça... se remémora Yorah. J'ai senti deux chocs étranges.

— Seulement deux ? s'étonna Saya.

— La prochaine fois, allez-y plus fort. Ça devrait marcher.

— Plus fort ? Je vais devoir te balancer d'une falaise pour y aller plus fort ! rétorqua Barak.

— Barak a raison, Yorah. Il n'y avait rien à faire. On ne peut pas prendre le risque qu'une telle situation se reproduise dans un endroit comme celui-ci.

— Écoutez, dit Yorah en se relevant, contrairement à l'hallucination du cimetière, je ne suis pas devenu incontrôlable. C'est déjà une bonne chose et ça prouve que je m'habitue aux visions. Je réussirai à les maîtriser. Je vous rappelle qu'elles sont notre seule chance de retrouver nos amis. Il faut juste qu'elles ne s'éternisent pas.

Saya et Barak s'échangèrent un regard peu convaincu. Barak grogna et tourna le dos.

— Bon, et en parlant de ça, dit Saya, tu as eu d'autres indices ?

— Oui. Adek et ses compagnons se trouvaient à la Porte du Condamné, et ils ont croisé des statues identiques à celles d'ici. Adek a dû affronter le même ennemi que nous. On apprendra bientôt de qui il s'agit.

— À la Porte du Condamné ? s'alarma Barak. Quelle bande

de fous... Ça voudrait dire que notre adversaire vient de là-bas ? Mais on ne pourra rien contre un tel être ! Hors de question de poursuivre ! Nous devons rebrousser chemin !

Saya soupira de dépit face à cette implacable réalité.

— Certainement pas, on continue, décréta Yorah. Je suis là pour une bonne raison et j'irai jusqu'au bout.

— Mais bon sang, Yorah ! s'écria Barak.

— Nous avons Adek avec nous. Il ne nous arrivera rien. Assez perdus de temps, mes parents et les autres comptent sur nous.

Barak tourna le dos et marmonna dans son coin. Yorah savait que ce dernier ne se risquerait pas à rentrer seul. Saya avait l'air indécise.

— Tu es sûr de toi ? lui glissa-t-elle.

Yorah hocha la tête.

— Oui, fais-moi confiance, soutint-il.

Plus tard, Yorah marchait à bonne distance de ces compagnons. Devant. Seul. Sa tête, basse, noyait son regard dans les hautes herbes. Que venait-il de se produire ? Il n'en était pas certain... Le vent lui fouettait le visage. Il agitait ses cheveux devant ses yeux, auxquels il arrachait des larmes. Yorah essuya de sa main le bout humide de son nez. *Être déterminé à retrouver ses proches était une chose, mais... c'était comme si... l'avis de Saya et Barak n'avait pas d'importance...* Yorah se sentait étrange. Depuis son arrivée dans les Plaines Émeraude, sa Voix se faisait de plus en plus présente. Insistante. Il voulait rebrousser chemin, s'excuser et s'expliquer, partager avec ses compagnons ses peurs et ses doutes. Mais une volonté féroce l'incitait à renoncer à cette idée et à continuer, coûte que coûte, même au prix de l'amitié. Même au prix de celle de Saya.

Les conditions se dégradaient. Les particules s'aggloméraient sur les vêtements des Artériens et parmi les hautes herbes en un tapis grisâtre et boueux. La troupe évitait les regards des statues, plus lugubres que jamais sous la pellicule sombre. Chacun de leurs pas les amenait dans des températures croissantes, une chaleur humide qui s'ajoutait au poids sur leurs épaules, de plus en plus accablant. Ils atteignirent la base du volcan, qu'ils longèrent. Au-dessus de leurs têtes, la fumée noire s'échappait en masse du cratère. Les cendres, agressives, tourbillonnaient dans un vent chaud qui ne cessait de forcir. La Montagne Cendrée ne pouvait être la seule responsable de cet environnement hostile ; il y avait autre chose. Les compagnons éprouvés se heurtèrent à plusieurs animaux intoxiqués et ils espéraient un moment de répit. Puis, au terme d'un énième combat, un vacarme assourdissant parvint à leurs oreilles. Le sol se mit à frémir.

Après un dernier parcours dans la moiteur des hautes herbes, ils atteignirent une route de terre. Elle suivait la côte, qui chutait en une falaise, à une centaine de mètres plus loin. Mais Yorah, comme le reste du groupe, ne se préoccupa pas du tracé, alarmé par le tumulte qui opérait plus avant, juste sous leurs pieds. Ils traversèrent la route et s'aventurèrent jusqu'au rebord qui dessinait la limite du continent. Des trombes d'eau s'abattaient sur les lieux et les Artériens. Le souffle du large les repoussait comme des feuilles prises dans la brise. Le sol les secouait comme des insectes rampants. Désormais dans une lutte constante pour conserver son équilibre, d'un pas prudent, et malgré la coalition du vent, de l'eau et de la terre, Yorah s'avança et pencha une tête hésitante par-dessus le précipice.

Une dizaine de mètres plus bas, des flots en furie se déchaînaient contre le mur de roche. Ils cognaient, d'attaques lourdes et désinhibées, comme si des Titans du monde marin cherchaient à forcer leur cage. Ils fracassaient leurs poings en milliers d'éclats qui s'envolaient haut dans les cieux, par delà le sommet de la falaise, s'illuminant sous le soleil à la vue des terres tant convoitées, pour replonger, inexorablement, dans la tourmente sombre de leur enclave, après avoir caressé l'espoir furtif et cruel de s'en échapper. Ils retrouvaient le chaos dont ils s'étaient extirpés à grand-peine, batailles de remous et de vagues colossales, qui s'enchevêtraient, se submergeaient, comme si chacune d'entre elles tentait de s'appuyer sur ses sœurs pour respirer avidement le ciel, avant de se noyer dans l'écume, dans une lutte acharnée et sans fin pour la survie.

Les spectateurs se tenaient, minuscules, face à la toute-puissance des éléments. Yorah recula pour éviter qu'une secousse ne le fasse basculer dans cet enfer.

— Quelle folie ! hurla-t-il.

— Quoi ? répliqua Saya qui s'abritait derrière son bras.

— JE DIS QUELLE FOLIE !

— C'est à cause de la Ceinture de Lunes ! s'égosilla Barak. REGARDEZ ! lança-t-il en pointant le doigt vers le sud.

Yorah suivit des yeux la direction indiquée par le professeur de survie et remonta le courroux de l'océan vers le large. Cependant, les eaux ne disparurent pas dans l'horizon ou à l'encontre d'une terre. Ni même dans les ténèbres du Sud. Les flots paraissaient s'effondrer au loin, dans un gouffre infini. Puis, encore plus au sud, Yorah distingua un trait bleu et horizontal. C'était un mur d'eau, l'autre versant liquide de cette faille dantesque. De terribles nuages surplombaient cette zone et grondaient sans relâche. Ils libéraient par centaines des éclairs, d'un bleu pur, mais dont la taille était suffisante pour foudroyer Artéria tout entière, déchirant l'air pour se perdre dans l'abîme. D'innombrables tornades régnaient également sur les lieux et montaient une garde scrupuleuse, comme des sentinelles allantes et venantes. Par delà ces obstacles, les ténèbres des Terres du Sud avaient dévoré ce qui pouvait subsister de l'azur. Au milieu du tumulte infernal des flots et du ciel, et de la secousse permanente de la terre, la planète semblait hurler, se débattre et se tordre de douleur. Un temps tétanisé par le spectacle, Yorah tourna la tête pour voir le précipice au milieu de l'océan courir vers l'est et disparaître derrière les montagnes. De l'autre côté, il fondait vers l'infini de l'ouest, comme une gigantesque plaie béante qui cisaillait toute la planète. Coincées entre les deux murs d'eau, la lumière et la brume blanche du Mont Mirage apportaient une once de sérénité inespérée dans ce chaos. Le tout paraissait reposer sur un équilibre infime, comme une dernière chance, Terre sous Lunes menaçant d'exploser à la moindre perturbation. Il n'y avait pas d'endroit plus proche de ce lieu de légende sur le continent. Les Artériens en restèrent muets de stupéfaction.

— Éloignons-nous en vitesse ! hurla Barak, après quelques instants.

— Tu as un oignon dans les fesses ? interrogea Yorah qui n'était pas sûr d'avoir bien compris.

— OUI ! confirma Barak, qui leva le pouce et se dirigea vers la route.

Les Artériens regagnèrent le chemin de terre et reprirent leurs esprits, trempés d'eau et de sueur.

— Quel spectacle... laissa échapper Saya. C'est la Ceinture de Lunes, n'est-ce pas ?

— Oui... frémissait Barak en reniflant. C'est ce gouffre qui coupe les océans en deux et fait le tour de la planète. Terrifiant... Exactement comme dans les chroniques d'Ursus Horn... Je n'arrive pas à croire que je la vois de mes yeux...

— Mais comment une telle chose est possible ? s'exclama Yorah.

— On appelle la région de la Ceinture de Lunes et ses alentours la « zone de pression lunaire forte ». Ça ne te dit rien ?

Yorah fit la moue.

— Moi, si, affirma Saya.

— Bon ça va, n'en rajoute pas...

— Comme c'est surprenant... ironisa Barak. Et ce *détail* de l'histoire qu'est l'Armageddon, ça ne te parle pas non plus ?

— C'est le cataclysme qui a engendré la Ceinture de Lunes... marmonna Yorah d'un ton amer.

— Oh ! incroyable ! s'extasia Barak. Ne force pas, ton cerveau va fumer !

— Avant cet événement, il y avait quatre lunes et la gravité était homogène sur toute la planète. Et les lunes ne s'alignaient pas autour de l'équateur, précisa Saya.

— Non, en effet, même s'il ne s'agit pas de gravité, mais de pression lunaire. Les lunes étaient disposées comme les sommets d'une pyramide, avec Terre sous Lunes en son centre. Jusqu'à ce fameux jour, le Jour Un de l'An Zéro, le jour de l'Armageddon.

— Il y a 1201 ans... murmura Yorah.

— Tout a commencé à la cité de Rowur, en plein cœur de la Porte du Condamné, qui est un territoire si terrible qu'Ursus Horn a renoncé à s'y rendre, dit Barak. Une libération massive, extrême, d'Onorie a eu lieu et a provoqué la destruction d'une lune. Cela a engendré un cataclysme sans précédent. La terre s'est soulevée par endroit. Terre sous Lunes se désagrégeait. Pour sauvegarder un semblant d'équilibre, la planète a alors réagi. Ses trois lunes restantes se sont réorganisées. Elles se sont rapprochées de Terre sous Lunes et disposées autour de l'équateur, pour créer la Ceinture de Lunes. C'est leur pression qui accable cette région, et elle décroît jusqu'à devenir obsolète aux pôles, appelés « zones de pression lunaire faible ». Non seulement la Ceinture de Lunes a permis la survie de la planète, mais elle contient au Sud l'Onorie libérée lors de l'Armageddon, qui s'agglomère en cette brume ténébreuse, ainsi que les créatures terribles qu'elle a engendrées.

— Cette brume noire qui recouvre le Sud est de l'Onorie ? s'exclama Yorah, effaré.

Barak acquiesça de la tête et reprit.

— L'Onorie n'influe pas que sur les êtres vivants. Si elle est déréglée, c'est l'équilibre entier de la planète qui en subit les conséquences. La Ceinture de Lunes nous a sauvés, mais cela n'a pas été sans sacrifices ; en repoussant les eaux, celles-ci ont envahi les terres, englouti des villes et redessiné les côtes sud du continent. Celui-ci s'étendait bien plus loin autrefois.

Les trois compagnons contemplèrent quelques instants la beauté de ce terrible spectacle.

— Si nous continuions ? proposa Saya en observant la fumée du volcan. Les cendres me brûlent...

Yorah scruta les alentours. Il remonta du regard le chemin de terre qui descendait le long de la côte, vers l'est, et aperçut, au pied de la montagne de feu, un village d'une trentaine de maisons, enfermées derrière de hauts remparts de bois, rangée de troncs dont l'extrémité était taillée en pointe. Deux grandes torches au-devant des portes s'animaient de flammes rougeoyantes.

— Là-bas ! s'écria-t-il. Ce doit être Cinis !

Saya et Barak tournèrent la tête.

— Les torches indiquent qu'il est habité par des Sans-Pouvoirs, affirma Yorah. Allons voir.

Ils suivirent le sentier. Un champ de maïs s'étendait sur la gauche et se prolongeait jusqu'à l'arrière du village.

— Mieux vaut éviter la route ! Avançons à couvert dans le champ ! proposa Barak. C'est plus prudent !

— C'est d'accord, dit Yorah.

Ils s'engouffrèrent dans le champ et essayèrent de faire bouger le moins possible les épis. Les cultures se dressaient, hautes, mais dépérissaient, se fanaient. L'agression des cendres les grisait et les rongeait de brûlures. Les Artériens se frayèrent un chemin vers les remparts, qui s'élevaient à vue d'œil, lorsqu'une Voix alerta les sens de Yorah. Des bruits de frottement et de craquement retentirent dans la plantation. Quelque chose venait dans leur direction. Les Artériens s'immobilisèrent et se turent. La chose tapie dans les épis allait passer à quelques mètres d'eux. Yorah et Saya retinrent leur souffle et saisirent leurs armes. Barak implora le ciel. Plus que quelques secondes et la créature aurait poursuivi sa route sans se rendre compte de leur présence. Mais Barak tomba au sol dans un fracas métallique assourdissant, sous les yeux horrifiés de Saya et Yorah.

— On... On m'a poussé ! bégaya Barak. Quelque chose m'a poussé !

— Ben voyons ! pesta Yorah qui n'avait détecté aucune autre Voix et n'y croyait pas une seconde.

— Yorah ! Barak ! Attention ! urgea Saya.

Les cultures s'agitèrent de plus belle. La mystérieuse chose s'était retournée et accourait dans leur direction. Une silhouette surgit alors des épis. Une silhouette humaine.

Trapu et poilu, un homme, qui arborait une barbe grise en frisottis, un béret, de vieux vêtements et des bottes boueuses, tenait de ses deux mains une bêche. Comme la végétation, il était recouvert de cendres. Tout laissait à penser qu'il était le propriétaire du champ. Mécontent de trouver des inconnus sur son domaine, il affichait une expression froide. Mais il avait l'air plus angoissé que menaçant.

— Déguerpissez... tout... de suite ! lança-t-il d'une voix saccadée.

Les Artériens restèrent figés. Yorah observa leur interlocuteur. Ses mains tremblaient sur sa bêche. Des gouttes de sueur perlaient son front. Son teint était livide, ses yeux creusés de cernes, sa respiration rapide. On aurait pu croire à de la peur, mais il y avait autre chose. La Voix de l'individu était tourmentée, en souffrance.

— Veuillez pardonner notre intrusion sur vos terres, dit Saya en s'avançant vers lui. Nous sommes à la recherche de nos amis. Nous venons d'Artéria. Un groupe d'Ombreux a enlevé des habitants de notre ville et...

Le paysan tourna la tête vers Saya, comme une pulsion, pour la fusiller de son regard torturé, les yeux injectés de sang. La jeune fille s'arrêta. Extrêmement nerveux, l'homme était incapable de se détendre.

— Vous... êtes... sourds ? dit-il dans une déglutition maladroite. Déguerpissez !

— P... P... Pardon, cher monsieur ! bégaya Barak. Nous partons immédiatement ! Pas vrai, vous autres ?

— Vous n'avez rien à craindre, intervint Yorah pour l'apaiser.

— PARTEZ MAINTENANT !

— Je vous en prie, calmez-vous, insista Saya. Que s'est-il passé ? Nous pouvons vous aider !

L'homme poussa un hurlement rageur et arma sa bêche. L'impact brutal du manche sur le crâne de Saya retentit. Barak cria. Yorah, hagard, n'avait pas compris. Saya s'effondra. Elle heurta le sol. Yorah la fixait d'yeux médusés. Les plaintes de Barak résonnaient en échos lointains. Le souffle de l'agresseur lui parvenait en vrombissement lourd et rugueux. Saya ne bougeait plus. On l'avait frappée. Quelqu'un avait osé la frapper. Yorah remonta lentement les yeux vers le paysan. Le regard et le visage du jeune garçon se crispèrent de haine. Yorah s'avança d'un pas furieux vers le coupable.

— T'as fait l'erreur de ta vie ! lança-t-il en dégainant Orichalque.

— NON, YORAH ! s'écria alors Saya en lui attrapant le pied.

Yorah stoppa son assaut. Il retrouva un semblant de sérénité.

— Saya, ça va ? dit-il en se penchant sur elle et notant la plaie sur son front.

— Oui... écoute... ne résiste pas... sinon ça va finir en bain de sang...

Trois autres individus surgirent derrière le bourreau de Saya, armés de machettes, dans un état de nervosité en tout point semblable au premier.

— Le... chef... décidera de votre sort, gronda l'homme à la bêche qui luttait pour se calmer. Lâchez... vos armes !

Il fit signe à ses trois complices d'encercler les intrus. Ceux-ci brandirent leurs lames pour les sommer d'obtempérer.

— JE ME RENDS ! JE ME RENDS ! supplia Barak en levant les mains et en leur remettant sa pelle et son sac. Ça va aller, Gugusse... Ça va aller, snif...

Acculé, Yorah ne voulait pas risquer que Saya prenne un nouveau coup. Que faire ?

— Yorah... s'il te plaît... balbutia Saya.

Pendant que Yorah tergiversait, une scène surréaliste se

produisit. Yorah ne put savoir avec précision ce qui la déclencha. L'un des trois individus avait sans doute bousculé l'un de ses acolytes, ou l'avait entaillé par un mouvement maladroit de sa lame. La cible de cette attaque involontaire entra alors dans une folie furieuse et rendit au centuple l'agression à son initiateur. Les deux entamèrent une rixe sanguinaire. Ils râlaient comme des bêtes sauvages et s'assénaient coups de poings et de machettes. Médusé, Yorah tenta en vain de les raisonner et remarqua que les deux autres n'intervenaient pas, leurs traits creusés par un mal-être grandissant.

— Mais qu'est-ce qui vous prend ? Stop ! Arrêtez ! cria-t-il.

Les deux hommes finirent par se séparer, couverts de sang. L'accablement, voire l'effroi, remplaça la rage sur leurs visages. Yorah les regarda, tétanisé. Saya pleurait. Barak était tombé dans les pommes. Gugusse s'était enfui. Fou de colère, Yorah serra son épée et la pointa vers leurs geôliers.

— MAIS QU'EST-CE QUI VA PAS CHEZ VOUS ? hurla-t-il les larmes aux yeux.

— Yorah ! Non ! le supplia de nouveau Saya. Baisse ton arme ! Tu vois bien qu'ils ne sont pas maîtres d'eux-mêmes !

Yorah bouillonnait, tremblait. Sa Voix grondait. Les quatre hommes se terraient dans leur mutisme. Ils ne laissaient échapper qu'un souffle saccadé. Le jeune garçon bataillait contre lui-même. Il se résolut, enfin, à écouter Saya. Il remit Orichalque aux paysans.

— Au village ! grommela l'homme à la bêche.

Yorah offrit un soutien à son amie affaiblie, puis ils suivirent, avec Aube, les individus à travers le champ. Les deux hommes qui fermaient la marche suaient à grosses gouttes pour traîner Barak. Un troisième vint leur prêter main-forte. Yorah observait leur labeur et s'aperçut que les Cinissiens n'avaient pas réagi à la présence d'Aube. Qu'en serait-il au village ? Par précaution, Yorah la dissimula sous sa casquette, devant les yeux perdus de ses geôliers qui n'avaient pas l'air de s'y intéresser. Le cortège rejoignit la route de terre qui allait les mener tout droit vers Cinis.

Chapitre XIV

LE VILLAGE SOUS LES CENDRES

Les Artériens attendaient, au pied des remparts, cernés par leurs geôliers et le feu de deux imposantes torches. Les flammes démentes se torturaient sous le vent, la protection du mur de bois empêchant les gerbes de l'océan d'abréger leur souffrance. Les lourds battants s'ouvrirent sur le village dans un grincement glaçant. Le groupe les franchit sous l'œil mauvais des vigies.

Yorah et Saya découvrirent un espace restreint, emprisonné par les hautes pointes. Le fracas de coups de tonnerre, qui ne venait pas du ciel, mais des attaques invisibles des vagues sur la falaise, au-delà du mur de pieux, faisait trembler ce cloître isolé et donnait la sensation étouffante que les flots pouvaient le submerger à tout moment. Les particules se piégeaient en abondance dans l'enceinte. Elles recouvraient le sol et étincelaient la paille fumante qui fagotait le toit de maisonnettes de bois. L'eau s'abattait, incessante. Elle éteignait les braises à peine naissantes et se mêlait au crachin de la Montagne Cendrée dans une boue grisâtre qui s'accumulait en monticules disgracieux. Une vapeur collante s'en échappait et avait transformé Cinis en étuve. Les demeures s'éparpillaient et s'ordonnaient autour d'une petite place où dansait un grand feu

263

de joie. Il survivait aux trombes d'eau, comme plusieurs torches plantées dans la terre et qui couraient le long des remparts, alors que d'autres, à découvert, avaient rendu les armes. Des décorations diverses et rudimentaires, tels des poteries, bibelots, étoffes et toiles, agrémentaient les façades des habitations. L'unique échappatoire se referma derrière les captifs à grand bruit, résonnant comme le glas.

— C'est de la folie de rester dans ce village alors que le volcan s'est réveillé, dit Yorah.

— Ça confirme qu'ils n'ont plus toute leur tête, répondit Saya.

Les Cinissiens ne paraissaient pas se préoccuper des particules qui s'agglutinaient sur eux. Ils déambulaient, livides, leur équilibre mis à mal par les assauts de l'océan. En nage, ils frémissaient, malgré la chaleur ambiante, et répétaient des gestes machinaux de nervosité. Certains demeuraient assis, çà et là, à bout de force, parfois jusqu'aux larmes. Un mal-être terrible les accablait.

— Mais... on dirait qu'ils sont... murmura Yorah dans un souffle d'épouvante.

Les regards se braquèrent sur les captifs. Un vent d'animosité gronda dans l'enceinte. Le cortège s'arrêta devant l'habitation la plus imposante, de l'autre côté de la place, dont quelques marches de bois, gardées par deux hommes, précédaient l'entrée.

— Spelta Paillart amène d... des intrus ! s'écria l'homme à la bêche.

Les deux sentinelles grognèrent et l'un d'eux pénétra dans la maison.

Alors qu'il patientait, Yorah aperçut un individu au nez crochu, vêtu d'une casquette rouge et d'une salopette bleue, qui traversait la place. Contrairement au reste des villageois, il n'observait pas les Artériens. Plus que cela, il faisait abstraction de l'agitation qui secouait Cinis. Droit sur ses jambes, sa démarche était normale et son visage, inexpressif derrière la couche de cendres, n'était pas marqué ou éprouvé. Son comportement s'opposait à celui des autres. Il paraissait avoir échappé à la malédiction ambiante. La tourmente des Voix des habitants empêcha cependant Yorah de percevoir celle de l'homme.

— ENTREZ !

Yorah retourna la tête. Le garde était revenu et les autorisait à pénétrer dans la maison. Une poignée de Cinissiens les suivit.

À l'intérieur, Yorah frémit devant le crépitement de deux grandes flammes, dont la danse animait les murs, draperies et poteries de chimères sauvages. Les deux vasques de feu bordaient un imposant fauteuil, surélevé par une estrade. Y était assis un homme, en nage et les yeux creusés par des cernes, habillé d'une tunique serrée à la taille par une large ceinture. Malgré la tension palpable qui tiraillait son visage, ainsi qu'un doigt frénétique qui tapait l'accoudoir de son siège, il dégageait une once de discipline et de contrôle qui avait fui depuis longtemps les autres habitants. Il devait être leur chef. Yorah nota sur une table la présence de plusieurs assiettes de nourritures, auxquelles le maître des lieux ne semblait pas avoir touché, pour le bonheur des mouches. Le sac et les armes des Artériens furent déposés dans un coin de la pièce. On obligea Yorah et Saya à s'agenouiller et on leur ligota les mains dans le dos. Barak, toujours évanoui, subit le même sort. Le chef du village prit la parole alors qu'une assemblée fiévreuse s'était formée autour de lui et des intrus.

— Spelta... déclara-t-il en s'adressant à l'homme à la bêche, c'est toi q... qui as trouvé les prisonniers ?

— Oui, Holus, d... dans le champ de maïs, répondit-il en s'épongeant nerveusement le front.

Holus observa les Artériens.

— Pourquoi êtes-vous venus ? grogna-t-il.

— Nous recherchons nos amis disparus, répéta Yorah. Nous pensons qu'ils pourraient être retenus dans les environs.

— Foutaises ! Au.. Aucun étranger n'a été vu ici depuis l'éveil du volcan !

Des cris entre pleurs et colère résonnèrent parmi les spectateurs. Le souffle saccadé, Holus serrait de toutes ses forces les accoudoirs de son fauteuil. Il bataillait pour réprimer un élan d'agressivité.

— Yorah, lui glissa Saya, inutile de parler de notre problème. Essayons plutôt de savoir ce qui leur est arrivé.

Yorah acquiesça d'un air dépité.

— Depuis quand le volcan s'est-il réveillé ? demanda Saya.

— Trois se... maines, répondit Holus après un instant de réflexion.

— Trois semaines ? s'exclama Saya. Mais c'est dangereux, il faut évacuer le village dès que possible !

La remarque de Saya engendra un tumulte général. Dans les cris et les bousculades, certains recommencèrent à se battre. Les chocs et les bris se multiplièrent. Les participants s'écroulaient pour mieux revenir à la charge. Yorah et Saya contemplèrent la scène, médusés. Ils se jetèrent un regard alarmé au milieu du chaos.

— Un état de déprime et de nervosité, associé à des accès de violence... chuchota Saya. Il n'y a pas de doute. Ces gens souffrent d'un manque d'Onorie, comme les animaux. Ils ont été intoxiqués !

— Mais comment ça se pourrait ? glissa Yorah. Barak a dit qu'il n'y avait pas assez d'Onorie dans cette région.

— Ça veut dire qu'une grande quantité d'Onorie est arrivée ici récemment, il n'y a pas d'autres explications.

Le calme revint.

— Pas question d'évacuer ! répondit Holus. La Mont... Montagne Cendrée n'est pas dangereuse ! C'est une bénédiction ! Les cultures n'ont... j... jamais été aussi bonnes... que depuis son éveil ! Une équipe de surveillance... est là-haut pour nous prévenir en cas de... danger !

— Vos cultures ne sont pas bonnes ! rétorqua Saya. Elles se meurent !

— Ça ne fait q... que deux jours qu'elles sont dans cet état. D... des jours meilleurs viendront vite grâce au volcan. Je dé... ciderai de votre sort cette nuit... EMMENEZ-LES !

La foule harangua la déclaration de leur chef. Yorah et Saya furent mis debout et accompagnés dans la pagaille vers la sortie. Ils furent ensuite conduits et jetés avec Barak dans une des cahutes, à l'arrière du village. La porte claqua, avant le tour hasardeux d'une clef dans la serrure.

Enfermé dans leur cellule de fortune, Yorah était soulagé de se tenir à l'écart des esprits instables. Les fenêtres, couvertes de suie et de cendres, diffusaient peu de lumière. Les particules s'étaient glissées sur le sol de la demeure abandonnée, au milieu du mobilier. Saya s'assit dans un coin.

— Ça va, Saya, ils ne t'ont pas fait mal ? lui demanda Yorah.

— Ça va... mais qu'allons-nous faire maintenant ?

Yorah se posta à l'une des vitres. Il voyait à peine à l'extérieur, mais il devinait les allées et venues des habitants.

— Ils n'ont pas barricadé les fenêtres, dit Yorah. Leur manque de lucidité est une chance. On pourra facilement s'évader. Aube, je suis désolé, mais je ne peux pas te libérer. Ta lumière risque de les attirer.

— Wish...

Yorah fouilla la maison. Il ouvrait les placards et les tiroirs avec ses mains attachées dans le dos ou à l'aide de ses dents.

— Qu'est-ce que tu fais ? lui demanda Saya.

— Il n'y a aucune logique dans ce qu'ils font. Ça m'étonnerait qu'ils aient trié les affaires. Je te parie que je vais trouver un couteau.

Alors qu'il s'activait, Barak reprit connaissance. Ce dernier toussa et grommela de dégoût en ingérant de la poussière. Puis, il réalisa qu'il était ligoté et commença à se tortiller de panique.

— Où... Où sommes-nous ? balbutia-t-il.

— Enfermés dans une maison, lui dit Saya.

— « Un village normal »... Vous vous êtes bien fichus de moi !

— Crois-moi, on ne savait pas que la situation serait si grave, corrigea Yorah.

— Les habitants ont, eux aussi, été intoxiqués à l'Onorie et sont en sevrage. Ils ont les mêmes symptômes que la biche arc-en-ciel et les animaux que nous avons croisés, ajouta Saya.

— Je vous répète que ce n'est pas possible, rétorqua Barak. La brume noire de l'autre côté de la Ceinture de Lunes est la marque d'une Onorie très concentrée. Il n'y en a aucune trace à Cinis. Et même une telle brume nécessiterait des mois d'exposition avant de provoquer une intoxication.

— Regarde la réalité en face, répliqua Yorah, c'est toute la région qui est touchée ! La flore paraît à la fois surdéveloppée et malade. Elle n'est pas juste brûlée par les cendres, elle est en sevrage !

— Oui, dit Saya. Et souvenez-vous de ce qu'a dit le chef du village ; tout a commencé avec l'éveil du volcan, il y a trois semaines. Cela a été une bénédiction qui a favorisé leurs cultures. L'Onorie doit provenir de la Montagne Cendrée.

Yorah approuva.

— Ça ne tient pas debout, objecta Barak. Si les êtres vivants sont en sevrage, ça veut dire que l'Onorie qui les a intoxiqués a maintenant disparu. Or, le volcan est toujours en activité !

Les trois compagnons restèrent pensifs.

— Il faut tout de même aller voir ce volcan de plus près. Nous y dénicherons à coup sûr des indices, dit Yorah. Et nos proches ne sont peut-être pas loin.

— Oh non... soupira Barak.

— Ah, ça y est ! Un couteau ! se réjouit Yorah après l'ouverture d'un nouveau tiroir.

— Génial ! s'écria Saya. On va pouvoir sortir d'ici !

Yorah revint avec sa trouvaille auprès de Saya et, malgré leurs mains nouées dans le dos, les deux amis parvinrent à se transmettre le précieux objet. La jeune fille réussit tant bien que mal à maintenir la lame afin que Yorah puisse y rompre ses liens. Après plusieurs minutes d'efforts, ceux-ci finirent par céder. Yorah libéra ses compagnons.

— Et maintenant ? s'enquit Barak.

— Mieux vaut attendre la nuit, proposa Saya.

— Oui, on tentera de récupérer notre équipement. Pour aller au volcan, nous aurons besoin des Billes de Porcus Rosa, prévint Yorah.

— Et comment tu veux faire ça ? s'étrangla Barak. On ne sait pas où sont nos affaires !

— Je compte sur Adek et le manque de lucidité des villageois. On verra bien. Essayons de dormir un peu.

— C'est ça... *On verra bien...* maugréa Barak.

Alors que Yorah se laissait gagner par le sommeil, ses pensées s'agitèrent. Sans qu'il ne puisse réagir, il se retrouva de nouveau au milieu de la Porte du Condamné, dans la peau d'Adek, face aux lugubres statues.

« La suite de la vision, songea Yorah. Parfait, voyons voir qui se cache derrière toute cette histoire. »

Odi avala sa salive.

— Qu'est-ce que c'est que ça ? dit-il en dévisageant la figure démoniaque.

— Fu, fu... un message de bienvenue, ricana Loki.

— Un écriteau aurait suffi, grommela Sygna.

— C'est également le signe que nous touchons au but, rappela Adek. Continuons.

Adek se tourna vers Skadi, plus que jamais terrifiée.

— Ça va aller, lui dit-il. Si nous restons soudés, nous nous en sortirons.

Elle lui répondit d'un sourire tremblant.

Comme à Cinis, de nombreux démons de pierre, plus ou moins détruits et asphyxiés par la flore, croisèrent leur route. Yorah était horrifié. Ces abominations se camouflaient dans la jungle luxuriante et donnaient l'impression de surgir au détour des troncs. Cela ne semblait pas perturber Adek, qui marchait sans s'arrêter dans les hautes herbes. Les ombres de plusieurs bêtes les firent frémir. Les mercenaires retinrent leur souffle, à maintes reprises, plaqués derrière des arbres, terrés dans les buissons, et parvinrent à échapper à leur vigilance. Ils passèrent sous les rondes des créatures célestes, puis les rangées de statues finirent par les mener à un espace dégagé, véritable bouffée d'oxygène dans ce chaos. Le groupe s'avança jusqu'au rebord d'une falaise, avec une vue imprenable sur le Grand Arbre. Une lumière inattendue baignait les lieux. Yorah fut subjugué par le spectacle qui s'offrit à lui.

Dans le ciel noir, au-devant du Grand Arbre, d'innombrables traînées lumineuses, grises, naissaient d'êtres volants à l'éclat obscur. Ils lévitaient dans la quiétude et ondulaient devant les yeux ravivés des explorateurs, aux âmes meurtries et fatiguées. Le cœur de Yorah se serra. Malgré leurs teintes, il n'y avait pas l'ombre d'un doute ; des ayams. Des ayams par millier.

« Tous ces ayams... noirs... songeait Yorah qui n'en revenait pas. Ils sont si nombreux... »

Comme Dalsen le lui avait affirmé, les paisibles créatures erraient sans but, et étaient toutes de couleur noire. Leur présence signifiait une quantité colossale d'Onorie. Yorah chercha, mais n'en décela aucun d'un éclat comparable à celui d'Aube.

Les ayams lévitaient au-dessus et parmi les murs d'une antique cité blanche, immense et ravagée, qui s'étendait jusqu'au pied du Grand Arbre. Bâtie à partir du sommet de la falaise, elle descendait au fond du gouffre et formait un gigantesque demi-cercle, où les habitations s'alignaient et se superposaient en arc de cercle sur plusieurs étages, comme un amphithéâtre grandiose, dont les travées auraient été remplacées par des routes. Plusieurs larges escaliers reliaient les hauteurs à la base, une longue place dallée nichée entre les maisons et le Grand Arbre. Celle-ci aboutissait à une nouvelle série de marches, qui grimpait à un autel au-devant du végétal souverain, entouré par les vestiges de quatre piliers sculptés.

— Eh bien, eh bien ! Somptueux ! s'extasia Loki.

— Ne t'y trompe pas, grogna Odi, ces saletés d'ayams vont sceller notre destin !

— Nous y sommes, se réjouit Sygna en tirant sur son cigare, la Cité Maudite de Rowur. C'est un exploit qui fera date.

« Rowur ? s'exclama Yorah. Alors c'est là que s'est produit l'Armageddon ! »

— La faune à l'air de se tenir à l'écart de la ville, remarqua Adek. Prudence, les lieux ne sont peut-être pas abandonnés.

— Qui vivrait dans un endroit pareil ? ironisa Odi.

— J'ai hâte de le découvrir ! dit Loki en se frottant les mains.

— Adek, que cherchons-nous exactement ? demanda Sygna.

— Je l'ignore. Un objet, une inscription... n'importe quel indice.

Les mercenaires ne semblaient pas savoir eux-mêmes à quoi leur objectif ressemblait. Ils descendirent l'infinie succession de marches, parmi la brume et les ayams, et rejoignirent la place. L'écho de leurs pas se répercutait, solitaire, sur les murs de la cité. Au cœur de l'enceinte, Yorah avait le sentiment que ses hauteurs se refermaient sur eux. Sur le qui-vive, les Ombreux se frayèrent un chemin au milieu des gravats et atteignirent sans encombre l'extrémité de l'esplanade. La ville paraissait bel et bien morte. La troupe fouillait les alentours, soulevait les débris et inspectait les ruines.

Odi s'était arrêté non loin de l'escalier qui menait à l'autel, le regard fixé sur quelque chose, entre l'édifice et le Grand Arbre. Il s'en approcha à pas de loup.

— Qu'y a-t-il, Odi ? lui demanda Sygna.

— J'ai vu quelque chose...

Sygna emboîta le pas de son frère, puis le reste du groupe l'imita. Dans les lambeaux de brume, sous la caresse froide des ayams, Adek rejoignit Odi et Sygna. Tous deux étaient postés au bord d'une mare, d'un noir miroitant. Elle s'étendait, nichée au pied du Grand Arbre. Mais il ne s'agissait pas d'eau. L'étrange liquide s'animait de remous. Cependant, ceux-ci ne naissaient pas sous le passage d'une créature tapie dans les profondeurs, mais plutôt comme si la mare, elle-même, était vivante.

Les remous s'agitèrent. La mare se bombait et se creusait, comme un cœur en souffrance. L'effroi se répandit parmi la troupe qui se tenait sur ses gardes. Puis, la substance redevint calme. Aucune onde ne perturbait sa surface d'huile. Elle restait figée comme de la glace.

— Qu'est-ce que c'est... que ce truc ? glissa Odi en se penchant.

Un gigantesque bras de substance surgit alors de la mare. Il s'empara d'Odi. Celui-ci hurla de terreur, un cri aussitôt annihilé alors que le mercenaire disparaissait la seconde suivante, entraîné sous les flots sombres par la chose, avant que ses compagnons n'aient pu réagir.

— ODI ! s'époumona Sygna.

— Non ! lui intima Adek en la retenant de se jeter après son frère.

La mare trembla, s'agita de nouveau, de plus belle, comme envahie par une énergie folle. L'immense bras resurgit pour déposer Odi sur la terre ferme. La substance regagna son nid. Odi quant à lui faisait face aux mercenaires. Il se tenait sur des jambes faibles, bras ballants, tête basse.

— ... Odi ? osa Sygna.

Celui-ci ne répondit pas. Il ne bougea pas d'un cil. Sygna s'avança vers lui, un pas après l'autre. Odi demeurait immobile. L'atmosphère devint irrespirable.

— Reste près de moi, Skadi, glissa Adek à la jeune fille.

— Odi... répéta Sygna. Est-ce que ça va ?

Elle tendit une main hésitante. Ses dents se crispèrent sur son cigare alors que ses doigts s'apprêter à se poser sur l'épaule de son frère, quand celui-ci eut enfin une réaction.

— ... *Mar... cher...*

— Odi ?

Odi redressa la tête, dévisageant Sygna d'un regard vitreux.

— ... *Marcher... Com... battre... Fes... toyer...*

— Odi ! soupira Sygna, soulagée.

Mais, telle une fissure dans une façade blanche, les yeux d'Odi s'injectèrent de ténèbres. Et soudain un bruit, sourd, bref. Sygna expia un souffle. Elle baissa la tête. Une lame de substance noire, prolongement du bras d'Odi, lui transperçait la poitrine. Sygna releva son visage blême vers celui de son frère.

— É... *pargne-moi... tes sermons...* lui grommela Odi sur un ton bien plus malfaisant.

Sygna laissa échapper son cigare.

— SYGNA ! hurla Adek alors que celle-ci s'effondrait au sol.

Des spasmes parcoururent alors Odi, soubresauts torturés et dérangeants. Le vent se leva, balayant la cime des arbres sur les hauteurs de la cité. La terre se mit à frémir et des fragments de roche et de débris s'élevèrent vers le ciel. Horrifié, Yorah voyait les éléments se déchaîner sous la seule volonté d'Odi. Ce dernier gémissait, râlait. Il se tordait à présent de douleur. Puis, les ténèbres emplirent ses yeux et gorgèrent ses cheveux turquoise. Adek, Loki et Skadi, uniques rescapés, le regardaient, aussi médusés que Yorah par ce qui s'opérait face à eux.

De multiples scintillements s'agglomérèrent près d'Odi. Dans un éclat de lumière grise, ils donnèrent naissance à un ayam noir. Celui-ci errait devant Adek, Loki et Skadi. Yorah n'en revint pas. L'énergie furieuse d'Odi paraissait avoir donné vie à l'être léger et diaphane. Mais cet ayam différait de ceux qui hantaient déjà la Cité Maudite. Pas par son allure, mais par son attitude. De ses yeux pétrifiés, Yorah contemplait les va-et-vient de l'ayam, ondulant en cercles délicats autour de son créateur torturé. L'ayam ne s'éloignait pas du mercenaire. Un coup de tonnerre éclata dans la poitrine du jeune garçon. Cet ayam était lié à Odi. Comme Aube était lié à lui.

Le choc de cette apparition réveilla Yorah en sursaut. Il haletait, en nage et hagard, dans l'obscurité de sa prison de Cinis. Saya et Barak étaient endormis. Yorah ne voulait pas croire ce qu'il avait vu. Ne comprenait pas ce qu'il avait vu.

Pourtant, son attention se détacha de la vision pour se focaliser ailleurs ; aucune Voix ne lui parvenait de l'extérieur. Une énergie envahit Yorah et lui intima d'agir. Celle-ci éclipsa ses peurs et ses interrogations. Trop de temps avait été gaspillé et il devait se rendre au volcan sans plus tarder. Yorah se leva et s'approcha de la fenêtre. Derrière les vitres couvertes de suie, il ne décela, à l'exception du fracas des vagues, aucune activité.

Yorah retourna auprès de ses compagnons.

— Saya ! Barak ! dit-il en les secouant. C'est le moment !

— ... Hein ? grommela Barak.

— On s'échappe, maintenant ! urgea Yorah.

— Maintenant ? répéta Saya d'une voix ensommeillée.

— Oui, les rues sont désertes. J'y vais le premier. Si tout va bien, je reviens vous chercher.

Barak et Saya avalèrent leur salive. Yorah se demanda s'il allait devoir briser la vitre, mais lorsqu'il tourna la poignée, il s'aperçut que celle-ci n'était pas bloquée. Il entrouvrit avec précaution la fenêtre et jeta un œil. Personne à l'horizon. Le village, sous la neige de cendres, semblait mort.

— La voie à l'air libre... chuchota-t-il.

— Sois prudent... lui souffla Saya.

— Et si tu te fais prendre, c'était ton idée, compris ? prévint Barak.

Yorah ouvrit grand les battants et sortit. Ses pieds heurtèrent le sol d'une empreinte glissante. Alerte, Yorah balaya les environs du regard. Les nuages barraient la lumière de la lune et plongeaient l'enceinte dans un noir complet. Les quelques torches vives qui couraient le long des remparts étaient à présent éteintes. L'obscurité accentuait la terreur provoquée par le fracas de l'océan, dont les gerbes d'eau ne cessaient de surprendre Yorah. Le jeune Artérien garda Aube dissimulée pour exploiter ce camouflage sonore et visuel parfait. Il avançait à tâtons, de pas lents qui s'engluaient dans la boue. Mais, malmené par la chute des cendres et les secousses du sol, il se décida à surélever sa casquette. Yorah profita ainsi d'un trait de lumière de sa fidèle complice pour faciliter sa progression. Alors qu'il surveillait ses pieds, un visage s'engouffra dans son champ de vision. L'effroi agrippa son cœur, mais il fut vite emporté par une vague de tristesse. Le malheureux était inconscient ; le sevrage avait épuisé ses forces. D'autres personnes évanouies suivirent à mesure que Yorah s'approchait de la place. Et, au détour d'une habitation, la grande flamme apparut, comme un unique survivant dans les ténèbres de la mort, révélant sur la route qui menait à elle un spectacle funeste.

Des corps à l'agonie s'entassaient, dans la boue ou isolés sur les seuils des portes, luisants d'eau et de bouillie grisâtre, et ne s'animaient plus que par la lumière vacillante du feu. Yorah resta prostré au-devant de l'allée désolée. Un flux glacial lui parcourut les veines. Yorah serrait le poing et peinait à retenir des larmes décidées à s'échapper ; des enfants figuraient parmi eux.

Yorah détourna les yeux et rebroussa chemin. Il libéra Aube afin de rejoindre au plus vite ses compagnons. Il n'y avait malheureusement plus rien à craindre ou à espérer. Les villageois étaient condamnés. Il retrouva Saya et Barak, qui sortirent à leur tour de la maison et le suivirent au milieu de l'enceinte morbide.

— Quel cauchemar... sanglota Barak.

— Le sevrage a fini par avoir raison d'eux... se lamenta Saya.

— Quand je pense qu'une poignée d'hommes est responsable de ce carnage, s'indigna Yorah. Quels monstres !

Yorah, Saya et Barak n'eurent pas à chercher leur équipement longtemps. Celui-ci avait été laissé tel quel dans la demeure du chef de Cinis, assis sur son siège, évanoui, mais agité de soubresauts. Les Artériens hésitèrent avant de s'approcher, mais Holus n'avait plus l'énergie pour un quelconque accès de violence. Yorah et Saya posèrent une main délicate sur les siennes. Holus se calma, puis s'endormit. Yorah enrageait.

— Allons vite au volcan, déclara-t-il.

— On y jette un coup d'œil vite fait et on rentre tout de suite après ! dit Barak. C'est promis, hein ?

— Attendez, intervint Saya. Je meurs de faim, pas vous ?

— Non... dit Yorah. Mais tu as raison, il faut reprendre des forces.

Ils rassasièrent leurs estomacs avec le reste de jambon et de pommes de terre qui n'avait pas quitté leur sac. Barak et Saya mangèrent avec hâte. Yorah, lui, grignotait. Il ressassait sa vision, riche en événements et capitale pour leur quête. Il ne souhaitait pas garder une telle information pour lui. Mais il n'arrivait pas à se lancer pour la partager. Et sa Voix qui grondait... Une seule chose obnubilait le jeune garçon.

— Bon, il faut y aller maintenant, annonça Yorah en se levant.

— Attends, j'ai presque terminé, répondit Barak.

— J'ai dit maintenant ! s'écria Yorah.

Un silence tomba. Barak grommela et se dépêcha de finir son repas. Saya dévisageait Yorah d'un air sévère. Puis, les Artériens saisirent les deux Billes de Porcus Rosa et celle retrouvée dans le jardin de Sarcina. Chacun d'entre eux brisa une sphère sur sa poitrine. Yorah remarqua alors Aube. Celle-ci dessinait avec insistance un cercle vers la sortie. Yorah s'approcha. Il passa la tête dans l'ouverture de la porte. De l'autre côté de la place, au milieu des corps inertes, l'éclat du feu tapissait les plis d'une silhouette encapuchonnée, debout et immobile.

Chapitre XV

MARIONNETTES

— Il y a quelqu'un, dit Yorah d'une voix serrée.

— QUOI ? s'écria Barak dans un murmure strident. MAIS RESTE PAS PLANTÉ LÀ, IMBÉCILE ! CACHE-TOI !

— C'est un villageois ? demanda Saya en allant rejoindre Yorah.

— Je ne pense pas.

Le jeune garçon percevait la Voix de l'inconnu. Étrangement, elle lui était familière. Mais il ne parvenait plus à se souvenir de son propriétaire.

Yorah et Saya se tenaient dans l'ouverture de la porte face au mystérieux personnage. Barak se risqua à glisser un œil. Leur visiteur les observait, stoïque comme un roc.

— Reste derrière moi, dit Yorah.

— Entendu ! dit Barak.

— C'est à Saya que je parle !

Yorah descendit les marches de la maison de Holus, suivi de Saya. Barak se terra dans l'habitation.

— Qui êtes-vous ? lança Yorah.

Pas de réponse.

— C'est vous le responsable de tout ceci ?

L'individu demeurait enfermé dans son mutisme. La grande

flamme de la place s'agitait au milieu du face à face étouffant. Puis un sourire se devina sous le capuchon.

— Vous m'aurez donné bien du fil à retordre... p'tit.

Yorah n'en crut pas ses oreilles. Cette voix... Non. Ça ne pouvait pas être celle à laquelle il pensait. C'était impossible.

L'inconnu retira sa coiffe et dévoila un visage aux yeux plissés, des cheveux très courts et très gris.

— Tatie Mécanic ! s'écria Yorah, stupéfié.

— TATIE MÉCANIC ? s'émerveilla Barak qui jaillit dans l'ouverture de la porte. Tu es là pour nous sauver !

— Mais... comment as-tu su ? s'exclama Saya, subjuguée.

— Je suis venue vous chercher, répondit la mécanicienne avec un sourire.

— Tu n'imagines pas à quel point on est contents de te voir ! se ravit Yorah en accourant vers elle.

Les autres lui emboîtèrent le pas. Barak baragouinait dans ses sanglots sa joie d'être enfin sorti de ce cauchemar. Les deux parties allaient se réunir quand Aube s'interposa devant Yorah. Ce dernier eut beau essayer de passer, le petit ayam s'opposait, farouche, à son ami.

— Qu'est qu'il te prend, Aube ? demanda Yorah.

— Mais pousse-le, Yorah ! grommela Barak.

— Attends, dit Saya. Aube ne serait pas intervenue sans raison...

— Fu, fu... Satanée bestiole, ricana Tatie Mécanic. Depuis que je suis sur vos traces, j'ai eu toutes les peines du monde à dissimuler ma présence pour tromper sa vigilance, et elle continue de me mettre des bâtons dans les roues.

Les trois compagnons se turent et cessèrent de bouger. Ils avaient forcément mal entendu.

— Qu'est-ce que tu veux dire ? dit Yorah.

— Tu n'es pas venue nous chercher ? sanglota Barak.

— Fu, fu... Si, mais pas pour rentrer à Artéria.

— Comment ça ? demanda Saya.

— Pour être franche, j'espérais que vous resteriez tranquilles dans votre prison. Cela m'aurait évité d'intervenir. Mais cette poudre renferme un pouvoir bien supérieur à ce que nous pensions.

— TU DÉLIRES ? QU'EST-CE QUE TU RACONTES ? explosa Yorah.

— Tu fais partie des responsables de l'intoxication des Cinissiens ? lança Saya, estomaquée.

Le silence de Tatie Mécanic en disait long. Les Artériens tombèrent des nues. Comment quelqu'un comme elle avait-il pu participer à un tel crime ?

— C'est impossible... Pourquoi ? s'enquit Yorah.

— Le sacrifice des Cinissiens sert une cause d'une importance capitale, asséna la mécanicienne.

— De quoi parles-tu ?

— Tu le sauras bien assez tôt, p'tit.

— Tu ne veux rien dire ? s'insurgea Yorah.

— Comment avez-vous intoxiqué les villageois ? intervint Saya. Tu as mentionné une poudre...

Il y eut un nouveau silence.

— Ce n'est pas à moi de vous parler de notre projet, répondit Tatie Mécanic. *Lui* le fera mieux que moi. Mais je peux vous éclairer sur certains points.

Les Artériens écoutaient, déconfits.

— Comme vous l'avez deviné, les Cinissiens ont été intoxiqués à l'Onorie. Nous avons pour cela utilisé une poudre spéciale, qui est en somme de l'Onorie hyperconcentrée. Vous y avez déjà été confrontés durant votre voyage... Une poudre noire et agressive, ça ne vous rappelle rien ?

— Celle que l'on a retrouvée sur Porcus Rosa ! se souvint Yorah.

— Le poison qui a terrassé l'homme des bois ? s'horrifia Barak.

Tatie Mécanic ricana.

— Ce Lumineux a été bien sot d'en récolter à mains nues, reprit-elle. Sans la protection d'une Bille Antiparticules, comme

Rosa, le choc pour son organisme a dû être terrible. Concernant Cinis, pour rester discrets et diminuer l'agressivité des particules noires, nous avons provoqué le réveil du volcan, afin de disséminer la poudre dans sa fumée. Celle-ci a pu tomber en abondance sur Cinis et les alentours, camouflée dans les cendres. La faune et la flore se sont nourries de son énergie, accroissant leur forme physique et mentale. Elles y sont devenues dépendantes. Puis, il y a trois jours, nous avons stoppé sa diffusion...

— ... et les êtres vivants, intoxiqués, se sont subitement retrouvés en manque d'Onorie, entraînant leur agonie... conclut à demi-mot Barak.

— Ça correspond avec les dires de Holus ; le maïs, surdéveloppé et vigoureux, a commencé à faner il y a deux jours... s'attrista Saya.

— MAIS POURQUOI AVOIR FAIT ÇA ? hurla Yorah.

— Patience, p'tit...

— Attends une minute ! coupa Saya. Tu nous as vus dans les Bois Perdus ? Tu nous as vus avec Dalsen ?

Tatie Mécanic afficha un sourire malin.

— Tu nous suis depuis là-bas ? osa Yorah.

Tatie Mécanic fit quelques pas, un sourire de plus en plus satisfait aux lèvres qui la poussa, malgré ses ordres, à en révéler plus qu'elle aurait dû.

— Il y a quelqu'un que tu dois rencontrer, Yorah.

— Qui ça ?

— Celui qui vous a fait venir ici, bien sûr. Vous vous êtes manqué de peu dans les Bois Perdus. Et je vous ai vu trembler face à son pouvoir stupéfiant. Peut-être même l'avez-vous aperçu ?

Yorah frémit.

— Tu veux parler de... l'homme à l'énergie plus noire que les Ombreux ? suffoqua-t-il.

— Plus noire que les Ombreux ? répéta Tatie Mécanic. Fu ! fu ! ça dépend du point de vue mais, oui, c'est bien lui.

— Comment ? s'étrangla Barak. C'est après ce démon que nous courons depuis le début ?

Le visage de Tatie Mécanic se raidit.

— Surveille tes paroles, sale pleutre. Tu parles d'un grand homme !

Barak avala nerveusement sa salive.

— Je ne comprends pas ! s'écria Saya. C'est Porcus Rosa qui nous a enlevés ! Et cet homme l'a tué !

Tatie Mécanic rit.

— En parallèle de notre activité à Cinis, notre groupe organise des rapts dans la région. Nos cibles répondent à des critères qu'il ne m'appartient pas de développer. Cela faisait plusieurs mois que je servais d'informateur à Artéria. Avec Porcus Rosa, nous poursuivions deux objectifs ; dérober les cellules d'énergie et les Cristaux, ainsi que capturer Yorah. Votre présence, Saya et Barak, n'avait pour but que de convaincre Yorah de nous suivre. Nous avions prévu de t'enlever pendant ton sommeil, avoua-t-elle en s'adressant à Yorah, mais la nuit de l'opération, tu as décidé de t'aventurer dans la ville.

— QUOI ? tonna Barak en se tournant vers Yorah. Donc c'est à cause de toi que je me retrouve embarqué dans toute cette histoire ?

— Oui, confirma Tatie Mécanic. Je comprends que Rosa ait choisi Saya, mais toi, Barak... Rosa a dû te voir discuter avec Yorah et en conclure que vous étiez amis.

— Mais quel imbécile, ce gros plein de soupe ! pesta Barak.

Yorah n'y prêta pas attention et reprit la conversation.

— Tu parles de Saya et Barak, mais qu'en est-il de mes parents ? Et les autres habitants d'Artéria que vous avez enlevé ? Où sont-ils ?

— Tes parents ?

— Oui ! Porcus Rosa nous a révélé que vous les aviez emmenés ! OÙ SONT-ILS ?

Tatie Mécanic avait l'air abasourdie. Puis, ses lèvres se

mirent à frémir.

— HA ! HA ! HA ! HA ! HA ! HA ! éclata-t-elle d'un rire sonore et glacial. Je comprends mieux maintenant !

Yorah ne savait que penser. La mécanicienne peinait à calmer son euphorie, devant les compagnons médusés. Quelques secondes s'écoulèrent.

— Aucun autre rapt n'a eu lieu à Artéria, affirma-t-elle. Il n'y avait que vous trois.

— ... Quoi ? balbutia Yorah.

— Vous êtes les seuls Artériens que nous ayons capturés. Rosa a dû vous raconter ça pour vous obliger à le suivre. Au final, malgré son échec, il vous a poussé à partir à la recherche des soi-disant disparus et à vous faire venir ici. Ha ! ha ! cet imbécile aura au moins réussi ça !

La révélation foudroya Yorah. Toute leur quête, toutes leurs frayeurs et tous leurs efforts n'avaient reposé que sur un mensonge. Les éclats de rire de Tatie Mécanic, au milieu du vacarme des flots dans l'enceinte funeste de Cinis, transperçaient Yorah comme des estocades. La présence de Saya et Barak se rappela alors au jeune garçon. Yorah n'avait pas simplement été victime d'une farce morbide. Il n'avait pas simplement provoqué sa propre perte. Il avait entraîné ses amis avec lui. Dans son dos, leurs auras lui paraissaient grandir et le surplomber, pesant sur ses épaules, comme celles de géants à qui il n'osait faire face. Il tomba à genoux.

— Nous... Nous aurions pu rentrer à Artéria... depuis le début... murmura Barak, dépité.

Saya se tut. Elle posa une main sur l'épaule de Yorah.

— Nous ne pouvions pas le savoir... lui glissa-t-elle. La vague d'enlèvements laissait croire que les dires de Porcus Rosa étaient vrais.

Yorah resta un moment silencieux, les yeux perdus dans le vague. Puis, les ricanements de Tatie Mécanic, que celle-ci tentait à peine d'étouffer, le sortirent de sa torpeur. Il releva la tête vers son faciès hilare. Impensable. Une telle froideur sur son visage et dans son discours... Qu'était-il advenu de la femme appréciée de tous à Artéria ?

— Tu as donc fait exprès d'être blessée pendant l'attaque, alors que Porcus Rosa était ton complice depuis le début ? lui demanda Saya.

— Il fallait que ça ait l'air crédible. Barak a fait un excellent témoin. Aujourd'hui, les Artériens croient que j'ai subi le même sort que vous.

— Et tes larmes, à l'hôpital ? C'était faux aussi ? s'insurgea Yorah.

— La destruction du Cœur m'a été difficile, mais était nécessaire à notre cause. Une cause où tu as un rôle a joué, Yorah.

— Quoi ?

— Fu, fu... Il se trouve que tu es très précieux pour *lui*, p'tit. Il était ravi lorsque je l'ai informé de ton existence, quand j'ai rejoint ses rangs il y a quelques mois, dit-elle en marquant une pause. Après que Rosa vous eut enlevés, le plan était que nous nous retrouvions tous, *lui* y compris, dans les Bois Perdus. C'était un endroit idéal pour organiser une réunion discrète, situé à mi-chemin entre Artéria et Cinis, où notre groupe a fort à faire en ce moment, comme vous avez pu le voir. Tu étais censé rencontrer notre chef dans cette forêt, mais vous êtes parvenu à vous échapper.

Une bourrasque s'engouffra dans l'enceinte alors que Tatie Mécanic s'était interrompue une nouvelle fois à l'évocation de son chef.

— C'est un homme droit et juste, reprit-elle comme habitée par une admiration sans bornes, mais il ne tolère pas qu'on trahisse sa confiance. Rosa l'a appris à ses dépens.

— Il l'a tué parce que nous nous sommes enfuis ? dit Saya, atterrée.

— Notre leader a de grandes ambitions. Nous ne pouvons nous permettre d'échouer lors d'opérations qui ont été planifiées avec minutie et qui ne relèvent pas de difficultés particulières. Après la mort de Rosa, il m'a chargée de vous retrouver. Il a quitté les Bois Perdus pendant que j'y suis restée pour poursuivre les recherches. Fort heureusement pour moi, l'explosion vous a attiré et je vous ai vu trembler devant la dépouille de Rosa. Je ne pouvais néanmoins pas intervenir, car ce Lumineux vous collait aux basques. Je vous ai donc suivi en attendant son départ. J'ai eu peur quand j'ai perdu votre trace dans les Collines de Brume, mais je savais que vous vous dirigiez vers l'ouest et la chance m'a souri à la sortie des Bois Perdus. D'autant qu'à Port-Parvus, le Lumineux vous a quitté.

— Alors, pourquoi ne pas nous avoir capturés là-bas ? gronda Yorah.

— Je te l'ai dit, p'tit, je n'aime pas prendre de risque. Tu as commencé à développer des pouvoirs ombreux, voilà pourquoi. Je t'ai suivi au cimetière. Bien que je ne comprenne pas comment, tu étais devenu une menace. Devais-je appeler du renfort ? Je ne pouvais pas perdre la face auprès de *lui*. Alors j'ai écouté. Et je me suis rendu compte que vous étiez sur notre piste. Mais vous étiez en réalité à la recherche de vos proches, fu ! fu ! Quoi qu'il en soit, vos projets étaient une aubaine. Pourquoi me hasarder dans un combat alors que vous désiriez vous rendre là où je souhaitais vous emmener ? J'ai donc surveillé votre avancée en m'arrangeant pour que vous ne puissiez pas rentrer à Artéria. Il a suffi de glisser un mot sur la nature de Yorah à chacun des hommes qui pouvaient vous y transporter et le tour était joué. Mais malgré toutes mes précautions, j'ai bien cru que Barak m'avait aperçu à la fenêtre de votre auberge. Et quand vous paraissiez perdus, je vous ai mis sur la voie.

— Qu'est-ce que tu veux dire ? osa Saya.

— J'ai failli perdre patience quand vous gambergiez chez cette femme qui vous a conduit jusqu'ici... j'ai fini par lancer une Bille d'Ignifugation et d'Antiparticules dans son jardin, que sa gamine s'est empressée de vous apporter. Dans les champs de maïs, j'ai ensuite bousculé cette grande chiffe molle pour que les Cinissiens vous gardent au chaud en attendant *sa* venue.

Les trois compagnons en restèrent tétanisés. Le regard de Yorah, vide, s'engluait dans le sol visqueux.

— Je n'espère pas vous convaincre du bien-fondé de notre projet. Mais je sais que, *lui*, le pourra. Il te comprendra, Yorah.

Un éclair de vision frappa brusquement le jeune garçon. Dans la douleur provoquée lui apparut, l'espace d'un instant, la silhouette lugubre d'Odi et de son ayam noir. Yorah releva la tête vers Tatie Mécanic.

— Il est comme toi, lui lança-t-elle, le regard soudain empli d'une grande empathie.

Yorah sentit son cœur battre plus lourd. Les images d'Odi se bousculèrent et brutalisèrent ses pensées.

— … Comme moi ?

— Oui…

Tatie Mécanic jeta un coup d'œil à Aube, ce qui bouleversa le jeune garçon. Tout à coup, les souvenirs d'Adek le submergèrent. En souffrance, Yorah ne parvenait plus à garder les yeux ouverts. Quand il les rouvrit, il avait retrouvé le corps du mercenaire aux cheveux d'argent, dans la cité tremblante de Rowur. Face à lui, l'abominable transformation d'Odi se crispait de spasmes de douleur, son ayam noir flottant à ses côtés, devant les figures prostrées d'Adek, Loki et Skadi.

Les plaintes d'Odi se faisaient de plus en plus déchirantes, horrifiantes. Leurs échos se percutaient au mur de l'enceinte blanche. Ils faisaient frémir les arbres, se perdaient dans le ciel, se mêlaient au grondement du tonnerre. Quelque chose paraissait ronger le mercenaire de l'intérieur. Après une succession interminable de cris, Odi retrouva un semblant de calme. Il se tenait immobile, hagard, comme si le mal qui le tourmentait l'avait abandonné. Dans le silence tombé, Adek ne quittait pas des yeux son ancien partenaire, une goutte de sueur osant s'aventurer le long de sa tempe. Mais la folie rattrapa Odi, qui poussa un hurlement encore plus féroce, alors qu'il agrippait et secouait sa tête de ses mains. Un vent de terreur se propagea aux alentours. Des nuées de créatures ailées surgirent des feuillages et fuirent à tire-d'aile. Un halo noir s'extirpa alors du corps recroquevillé d'Odi, perforant son dos comme de l'acide qui s'écoulait vers le ciel. Les éléments s'apaisèrent. Odi ne semblait plus en souffrance. Il se redressa lentement et son allure évoquait à présent celle d'un spectre baignant dans son effroyable halo noir. Yorah contemplait, tétanisé, l'être qui se tenait face à lui. Et qu'il avait déjà croisé, quelques jours auparavant.

La vision s'acheva, comme un poignard arraché de sa poitrine. Yorah rouvrit des yeux égarés au milieu de Cinis, alors qu'un flux glacial lui parcourait les veines. Il restait prostré, le regard noyé dans la boue de cendres. Toutes les pièces d'un puzzle macabre venaient de s'emboîter dans sa tête. La raison de son enlèvement ; l'envoûtement d'Adek ; l'ennemi au halo noir auquel le mercenaire avait fait face il y a dix-sept ans ; et l'homme des Bois Perdus.

Yorah se pinça les lèvres. Une larme coula le long de sa joue.

— ... C'est un Porteur d'Ayam... n'est-ce pas ? balbutia-t-il à Tatie Mécanic.

Celle-ci acquiesça. Yorah crut chuter dans un gouffre sans fin. Le fameux Odi, changé par cette horrible substance en un Porteur d'Ayam Noir, était devenu, dix-sept ans plus tard, le chef de cette organisation. Cela ne pouvait signifier qu'une chose ; Adek avait péri face à Odi lors de leur affrontement à Rowur. Le mercenaire aux cheveux d'argent n'avait pu trouver le repos et avait possédé Yorah pour assouvir sa vengeance.

— Tu le savais, Yorah ? demanda Saya.

Yorah serrait les dents et les poings.

— Tu savais quel genre de monstre nous attendait et tu n'as rien dit ? tonna Barak. Tu savais que c'était l'homme des Bois Perdus ?

— Non ! Jusqu'à ma dernière vision, cette nuit, j'ignorais que c'était un Porteur d'Ayam ! Je voulais vous en parler... Je vous le jure ! explosa Yorah pour tenter de se justifier. Je ne savais pas que c'était l'homme des Bois Perdus... On ne voyait pas son ayam du repaire de Dalsen...

Barak se mordit les lèvres, furieux.

— Tu aurais dû nous parler de ta vision, Yorah, immédiatement ! aboya-t-il. Tu aurais pu nous avertir avant notre évasion. On te faisait confiance !

Yorah baissa les yeux, avant d'en relever de timides, vers son amie.

— ... Saya ?

Le visage tiraillé entre la peine et la colère, Saya détourna le regard. La Voix de celle-ci grondait comme jamais à l'égard du jeune garçon.

— Assez bavassé, intervint Tatie Mécanic. Je vais te poser la question une fois, Yorah. Vas-tu me suivre sans faire d'histoire pour rencontrer notre chef ?

« Rencontrer ce monstre noir qu'était devenu Odi ? pensa Yorah. C'était un rendez-vous avec la mort elle-même. »

— Tu n'as rien à craindre de lui, continua-t-elle. Je te l'ai dit, il est droit et juste et tu as mérité de le rencontrer.

« Mérité ? »

— C'est un homme précautionneux. Il se fait appeler Mist, en référence à la divinité lanfale de la justice.

« La justice » ? Odi était devenu une créature déshumanisée ; impossible qu'il ait de telles préoccupations. Que faire ? Tatie Mécanic mentait. Yorah savait ce qui les attendait s'ils la suivaient. Maintenant, il devait penser avant tout à la sécurité de ses amis.

— RENCONTRE-LE ! hurla la mécanicienne.

Peut-être pouvait-il tenter de raisonner Tatie Mécanic ?

— Tatie Mécanic, dit Yorah. Pourquoi as-tu rejoint ces monstres ? Ce n'est pas toi ! Nous avons partagé tant de moments à Artéria. Je te connais depuis que je suis petit. C'est toi qui maintenais la ville en vie en veillant sur le Cœur. Tu n'as pas pu faire semblant, c'est impossible !

Tatie Mécanic resta un instant silencieuse.

— Ton père a son caractère, mais son projet était grandiose. J'ai éprouvé un plaisir immense à m'investir dans le Cœur. Hélas, j'ai réalisé que mon implication était vaine dans ce monde. Par la suite, elle m'a permis de tenir le coup, et mûrir ma colère.

— Tenir le coup ? Tu veux dire...

— Pas un mot de plus ! coupa-t-elle le visage frémissant de rage. Bien, il semble que tu aies encore besoin de motivation.

Elle claqua des doigts.

— Viens-là ! lança-t-elle d'une voix sonore en direction des remparts.

D'un bond prodigieux, un homme surgit par-dessus les pieux et atterrit auprès de Tatie Mécanic. Il s'agissait de l'individu en salopette bleue et à la casquette rouge, qui avait ignoré les Artériens devant la demeure de Holus.

— Capture la fille, lui ordonna Tatie Mécanic.

— Quoi ? balbutia Yorah.

Saya se raidit.

Le lugubre serviteur s'avança vers eux. Yorah se redressa.

— Attends, Tatie Mécanic ! J'ai compris, je vais te suivre ! implora-t-il. Laisse Saya et Barak en dehors de ça ! S'il te plaît !

— Tu as eu ta chance, répondit-elle. Je ne te fais plus confiance.

L'homme n'était plus qu'à quelques mètres d'eux. Saya reculait, apeurée, et s'agrippait à sa canne onorique. Barak s'écarta, caché derrière sa pelle.

— NON ! hurla Yorah en dégainant Orichalque et en la pointant vers son adversaire. Un pas de plus et tu es mort !

L'individu n'eut aucune réaction. Il avançait comme si de rien n'était, les yeux braqués sur Saya.

— ARRÊTE IMMÉDIATEMENT ! le somma Yorah.

Rien à faire. Pas après pas, le sous-fifre de Tatie Mécanic s'approchait, cette dernière observant la scène, impassible. Le sbire arrivait à portée de Yorah. Le jeune garçon n'avait plus le choix. Il serra la poignée d'Orichalque et bondit sur l'agresseur.

Il brandit sa lame et l'abattit sur la menace, jusqu'à l'impact, sec et irrévocable.

Son épée appuyée sur son ennemi, Yorah n'osait relever la tête. Son adversaire ne tarderait pas à s'effondrer. Mais, seconde après seconde, l'homme ne fléchissait pas. Yorah releva la tête. Stupéfié, il constata que l'expression livide de l'individu n'avait pas changé, plus obnubilée que jamais par Saya. Yorah chercha la blessure sur sa cible ; pas la moindre goutte de sang ne tachait son t-shirt. Pire, ses vêtements ne s'étaient pas déchirés, comme si Yorah l'avait attaquée avec une épée de bois. Le lugubre personnage baissa les yeux pour glacer de son regard vide le visage effaré de l'adolescent. À cet instant, les traits de Skadi, la femme blonde des souvenirs d'Adek, surgit dans l'esprit de Yorah, avec une expression morne identique à celle du serviteur de Tatie Mécanic. L'image disparut aussitôt. Une douleur atroce perfora Yorah dans l'abdomen. Le jeune garçon, à l'agonie, cherchait son souffle, alors que ses yeux horrifiés se penchaient sur le poing qui déformait son bas-ventre. Incapable de bouger, il subit un deuxième coup terrible qui l'envoya briser la façade d'une maison et lui arracha sa casquette.

— YORAH ! s'écria Saya.

— Sa... ya... balbutia Yorah, sonné.

De sa vision trouble, Yorah voyait Saya jeter des éclairs et des gerbes de feu sur son assaillant, sans effet, dans des cris de panique. Yorah luttait, râlait de toutes ses forces pour contraindre son corps à réagir, mais il ne parvenait pas à se relever. Il rampait dans les débris, dans la boue, et appelait après Saya. Cette dernière multipliait les attaques sur l'invulnérable menace. L'homme la désarma alors et s'empara d'elle. Les hurlements d'effroi de la jeune fille secouèrent Cinis.

— SAYA ! rugit Yorah. LÂCHE-LA !

— Amène-la au volcan, ordonna Tatie Mécanic.

Le sbire s'exécuta et disparut au-dessus des remparts. Il emporta avec lui les cris désespérés de Saya après Yorah. Ceux-ci résonnèrent au loin, avant de s'évanouir dans la tempête noire qui s'échappait du cratère.

— Non... pesta Yorah, face contre terre.

Tatie Mécanic s'avança alors vers lui.

— Je te connais, dit-elle, je sais que tu ne l'abandonneras pas. Tu sais où nous trouver.

Elle sortit de sa cape une Bille qu'elle brisa à terre. Une porte dimensionnelle déchira la place de Cinis.

— Il te comprendra, Yorah, répéta-t-elle, bien plus que tu ne pourrais imaginer.

Elle s'engouffra dans la brèche. La porte se referma sur son passage. De rage, Yorah frappa le sol du poing. Barak, qui s'était réfugié derrière une maison, émergea de sa cachette et rejoignit Yorah d'un pas hâtif et nerveux.

— JE T'AVAIS PRÉVENU ! déclama-t-il, le visage marqué par la terreur. Je savais que ça finirait comme ça !

Yorah ne répondit pas.

— Tu as vu où nous ont emmenés tes obsessions ? Maintenant, cette pauvre Saya va subir mille tourments, par TA faute !

Barak reprit son souffle, les yeux miroitants.

— C'est terminé. Je rentre, quoi que tu décides. Si nous persistons, le bain de sang ne fera qu'empirer. La mort de Saya est ta responsabilité, pas la mienne.

Barak tourna les talons et se dirigea vers la cahute de Holus. Il en ressortit avec leur sac et courut vers les portes de Cinis. Il ouvrit avec hargne l'imposant battant et disparut derrière les remparts, abandonnant son compagnon dans le village meurtri. La grande flamme de la place étouffait. Elle n'avait plus rien à animer de sa lumière et, après s'être débattue pendant des heures contre les flots, finit par abdiquer. Les ténèbres s'abattirent pour de bon sur Cinis. Seul au milieu de l'enceinte morte, Yorah éclata en sanglots.

Chapitre XVI

LES INVINCIBLES ENNEMIS

Les cendres pleuvaient sur Cinis. Le grondement de l'océan martyrisait le silence de la nuit, ses flots persistant à abreuver le village mort. Toutefois, en prêtant l'oreille, une complainte, timide, cherchait à rester discrète, cachée derrière la furie des éléments, mais ne pouvait s'empêcher de jouer. Des notes fausses et humides sifflaient, aspirées par un souffle précipité, étouffé. Une lumière blanche défiait l'ombre et dansait dans les cieux de cercles langoureux. Elle révélait une cape imbibée, hoquetante, et des mèches de cheveux détrempées où coulaient des ruisseaux, dont les larmes, acculées aux pointes, se jetaient, désespérées, dans le vide à chaque soubresaut. La tête barricadée derrière ses bras et ses genoux, Yorah s'enfonçait sous la pluie noire. Aube se posa contre sa chevelure luisante. Après quelques instants, le jeune garçon étreignit le petit ayam d'une main tremblante. Yorah étrangla un ultime sanglot et sortit son visage ruisselant de sa tanière. Il se débarbouilla quelque peu. Un geste après l'autre, il se releva et entama une marche hésitante, guidée par des yeux éteints qui s'appuyaient sur la boue, miroitante sous l'éclat d'Aube. Son pied glissa et il tomba sur les coudes. À la peine, il se redressa, reprit son avancée et rejoignit son épée, qu'il ramassa. Yorah la nettoya avec sa cape et la rengaina. Il fit de même avec sa casquette, qu'il plia dans sa poche. Au pied des grandes portes, Yorah porta un dernier regard accablé à la désolation de Cinis, avant d'en fuir les ruines, une fois pour toutes.

Dehors, le jeune garçon leva la tête vers le sommet du volcan. Saya était là-bas. Yorah cherchait des forces qui l'avaient abandonné. Pourtant, il n'y avait pas une minute à perdre. Plus il attendait, plus les chances de survie de son amie s'amenuisaient. Il s'engouffra dans le champ de maïs qui le séparait de la Montagne Cendrée. Sa marche indécise se heurtait à la fermeté des tiges, sans cesse en travers de sa route, déchirant un peu plus les lambeaux de sa volonté. Il s'arrêta et agrippa ces maudites sentinelles qui ne lui ouvriraient définitivement pas la voie.

— C'est à croire qu'ils leur restent plus d'énergie que les villageois ! ragea-t-il.

Un éclair illumina alors son esprit.

— Mais oui... dit-il en observant les épis les moins abîmés. Les plantes ont absorbé l'Onorie... Le maïs doit encore en contenir !

Yorah détacha trois épis et rebroussa chemin. Il courut à toute allure vers Cinis, franchit les remparts et pénétra dans la demeure de Holus.

— Allez, debout ! Un petit effort ! s'écria Yorah qui martelait Holus de claques.

Ce dernier gémit. Yorah écrasa quelques grains de maïs dans sa main.

— Tenez, Holus ! dit-il en lui fourrant les grains dans la bouche. C'est de l'énergie, ça vous fera du bien !

Au bout d'un moment, Holus esquissa les gestes d'une mastication. Yorah attendit. Holus ouvrit les yeux, comme ravivé, et mâchait volontiers les grains. Un grand sourire fendit le visage de Yorah, heureux de sa bonne déduction. Il continua à nourrir Holus et, bientôt, celui-ci sembla avoir retrouvé toutes ses forces. Ses traits n'étaient plus marqués par l'agonie du sevrage.

— Merci... mon garçon... dit-il, le regard un instant bloqué sur Aube. Je me sens... tellement mieux !

— Je suis soulagé de vous voir en meilleure forme, répondit Yorah.

— Je n'arrive pas à comprendre ce qu'il nous est arrivé...

— Je dois faire vite, car le temps presse, mais vous avez été intoxiqués à l'Onorie. Vous êtes maintenant dépendant de cette énergie, et votre corps ne peut survivre sans.

— Comment ? s'exclama le chef de Cinis.

Yorah acquiesça de la tête.

— Je vous expliquerai tout plus tard. Pour le moment, le reste des villageois se meurent, dehors. Le maïs a également été intoxiqué. Vous avez perdu le besoin de vous nourrir à cause de l'Onorie, mais le maïs en contient, et il est pour l'instant votre seule chance de survie. Il faut forcer les habitants à en manger. Je dois vous laisser vous en charger, car les responsables de votre malheur détiennent mon amie.

Holus fit de grands yeux.

— J'ai compris, dit-il. Va sauver ton amie. Je m'occupe des Cinissiens.

Il tendit une main vers Yorah.

— Merci, Porteur d'Ayam.

Un frisson intense parcourut Yorah alors qu'il contemplait la main tendue par Holus. Le jeune garçon esquissa un sourire et les deux hommes se serrèrent la main. Yorah sortit de la maison, puis du village. Il traversa le champ de maïs pour se retrouver au pied du volcan. Son regard, figé sur la colonne de fumée sombre, se durcit. Yorah se débarrassa de sa cape engluée de boue et remit sa casquette. Il retira son bandage et constata que sa plaie était guérie. Il serra le poing et, un pas après l'autre, il entreprit son ultime ascension.

Deux heures après, Yorah se heurtait à des conditions difficiles. La pente du volcan ne s'avérait pas particulièrement abrupte, mais la nuit et le voile tourbillonnant de particules, qui s'épaississait, manigançaient des pièges escarpés et friables. La Bille utilisée à Cinis protégeait cependant le grimpeur de la brûlure des cendres et épargnait ses poumons. À l'approche du sommet, la pente se mua en mur. Un sentier devait exister, pour faciliter les allers et retours des Cinissiens mais, dans l'obscurité, il avait échappé au jeune garçon. Sa route l'avait mené là et il n'avait pas le temps pour des détours et encore moins pour rebrousser chemin. Yorah observa la paroi ; les prises ne manquaient pas. Il pouvait y arriver. Il pouvait franchir le mur. Yorah y agrippa ses doigts. À la force de ses bras, à la poussée de ses jambes, il se hissa, de niveau en niveau. Il profitait des corniches pour récupérer, s'encourager et visualiser la prochaine étape, avant de poursuivre son ascension, alors qu'une aube, rouge et fière, émergeait pour dominer les montagnes. Des écorchures entaillèrent ses coudes et ses genoux. Son sang se glissait sous ses ongles. Les muscles de ses bras se raidissaient. Les sensations fuyaient ses mains, chassées par la moiteur de la sueur. Il fallait tenir bon. Yorah s'accrochait et, après deux nouvelles heures d'effort, il atteignit un petit plateau, quelques mètres en dessous de la cime du volcan. Yorah se mit à couvert et reprit son souffle.

Un rudimentaire bâtiment de pierres se trouvait là. Il était délabré et paraissait abandonné. Dans le fond du plateau, une entrée creusait la paroi du cratère et devait conduire à l'intérieur de celui-ci. Yorah nota non loin de lui, avec une pointe d'amertume, un sentier qui devait descendre vers Cinis. Il patienta plusieurs minutes ; l'endroit demeurait désert. Yorah se décida à s'y aventurer.

Il s'approcha à pas de loup de la cabane de roche, à l'affût de la moindre silhouette derrière les fenêtres brisées. Arrivé à leur niveau, Yorah glissa un œil pour en voir l'intérieur... Personne. Tout y était sens dessus dessous. Au vu des nombreux papiers et carnets, il devait s'agir du poste de surveillance du volcan dont parlait Holus ; mais aucune trace des membres de l'équipe.

Yorah guettait l'entrée qui menait au cratère. Il remarqua alors qu'Aube tournoyait derrière la façade adjacente du local. Un détail qui reposait sur le sol accrocha son regard, d'une couleur qui se confondait avec la roche, à peine visible. Pourtant... Oui, il en était sûr, cet objet n'était pas de la roche... C'était du cuir... Oui, c'était bien ça, comme le bout d'une chaussure ! Yorah s'approcha lentement et en distingua une deuxième. Une goutte de sueur s'écoula de son aisselle et ruissela le long de ses côtes, Yorah redoutant de déjà savoir ce qu'il allait découvrir.

Des lacets, puis l'extrémité d'un pantalon déchiré. Yorah se retrouva nez à nez avec non pas un, mais trois cadavres. Les malheureux étaient morts depuis un moment. Les cendres avaient accéléré la dégradation des dépouilles, dont les squelettes se devinaient sous les lambeaux de peau. Yorah amena une main engourdie à son visage pour l'aider à contenir un haut-le-cœur.

— Je crois qu'on a trouvé les membres de l'équipe de surveillance... glissa-t-il, attristé.

Yorah observa les corps. Les habits noircis laissaient transparaître leur état d'origine. Le premier individu portait notamment des lunettes et une chemise à carreaux verts. Un autre, corpulent, était habillé d'un short jaune et de sandales. Enfin, le troisième était vêtu d'une salopette bleue et les restes calcinés d'une casquette subsistaient sur sa tête. Après cet amer constat, Yorah abandonna les trois victimes pour s'engouffrer dans l'entrée creusée dans la paroi. Celle-ci formait un étroit tunnel où une timide lumière du jour révélait l'autre extrémité. Un écho accompagnait maintenant chacun des pas de Yorah. À sa grande surprise, il ne déboucha pas dans le cratère principal, mais dans un espace à ciel ouvert, taillé dans la roche, éclairé par des Orbes de Feu.

Une énergie féroce oppressa Yorah. Sa Voix s'emballa. Devant lui, une curieuse machine, comme une immense jarre de pierre, lévitait à quelques centimètres du sol. Des sacs s'alignaient le long des murs. L'un d'entre eux, ouvert, laissait apparaître la fameuse poudre noire. C'était elle, le concentré d'Onorie, et la source du trouble de l'adolescent. Yorah nota un bouton sur la jarre et le poussa afin de vérifier son intuition. La machine gronda et une tornade de particules en jaillit. Celles-ci s'élevèrent dans le ciel pour se mêler au nuage de cendres qui s'échappait de la cheminée du volcan, au-delà de l'espace où se trouvait Yorah.

— C'était donc cette jarre qui disséminait la poudre sur la région, commenta Yorah.

Le jeune garçon arrêta la machine. Il jetait des regards aux sacs de particules. Depuis qu'il avait pénétré la pièce, il avait la sensation que la sombre matière l'appelait. Son cœur battait la chamade. Yorah ne put résister à la tentation de s'en approcher. Prostré face à la poudre, Yorah se remémorait la souffrance de Dalsen à son contact. Pourtant, il voulait la toucher. Il tendit la main. Un éclat de lumière l'aveugla alors. Yorah retrouva ses esprits. Aube virevoltait autour de lui, furieuse. Puis elle fuit à l'opposé de la salle, pour avertir Yorah d'un danger. Quelqu'un venait de surgir d'un couloir. C'était le sbire de Tatie Mécanic, qui avait emporté Saya, au visage toujours inexpressif. Un deuxième individu, puis un troisième se joignirent à lui, tout aussi éteints. Aucunes Voix n'émanaient d'eux.

Un détail interloqua Yorah. Le premier s'affublait, entre autres, de lunettes et d'une chemise à carreaux verts, le second d'un short jaune et de sandales. Se remémorant la tenue du troisième cadavre, Yorah s'aperçut qu'elle était semblable à celle du ravisseur de Saya. Les trois hommes portaient les mêmes vêtements que les membres de l'équipe de surveillance ! Mais ça ne pouvait pas être eux, ils étaient morts... Pourtant la coïncidence paraissait trop grosse pour un simple hasard.

— Qui êtes-vous ? lança Yorah. Vous êtes de Cinis ?

Pas de réponse. D'une démarche sinistre et mécanique, les trois individus s'avancèrent vers lui, et rien ne semblait pouvoir les détourner de leur objectif.

À cet instant, la présence d'Adek envahit Yorah. Les trois personnages avaient réveillé quelque chose en lui. Le jeune Artérien fut soulagé de ne pas avoir à les défier seul. À Cinis, il n'avait rien pu faire, mais avec Adek, ce serait une autre histoire. Le pouvoir du mercenaire les vaincrait à coup sûr.

Les trois complices encerclèrent Yorah. Alors qu'ils portaient la main sur lui, Yorah se dégagea d'un geste rageur du bras. Puis, sous l'impulsion de son ange gardien, il rassembla ses forces pour frapper des deux poings le thorax de l'homme à la salopette. La violence de l'impact l'envoya s'encastrer dans le mur opposé. Il tomba, face contre terre. Le sourire satisfait de la vengeance se dessina sur le visage du jeune garçon. Mais les assauts de l'individu au short jaune le rappelèrent au combat. Yorah enchaîna esquives et parades, jusqu'à l'ouverture. D'un puissant coup dans l'estomac, suivi d'un deuxième qui lui décrocha la mâchoire, Yorah mit son adversaire hors d'état de nuire. Le troisième surgit dans son dos. Yorah évita son offensive d'un bond et se retrouva derrière lui. D'un coup de pied terrible, il l'envoya goûter la pierre de la paroi.

— On fait moins les malins, maintenant ? triompha Yorah.

Mais son euphorie fut de courte durée. Le premier de ses ennemis se releva, tel un pantin qui obéissait aux fils de son maître. Les deux autres l'imitèrent. Ils se tenaient immobiles et silencieux, comme si rien ne s'était passé. Pas la moindre égratignure, pas la moindre ecchymose, pas la moindre émotion. Comme à Cinis.

— Mais en quoi êtes-vous faits, bon sang ? grommela Yorah.

La présence d'Adek grandit ; une vision se profilait, mais ce n'était pas le moment de s'évanouir ! Tout à coup, les adversaires changèrent de rythme. Surpris par leur vitesse, Yorah ne put réagir alors que tous trois se retrouvaient sous son nez. Ils attaquèrent ensemble. Yorah reculait et évitait tant bien que mal la furie du triple assaut. Il bloquait les coups des avant-bras, des coudes. Une migraine le prit en traître. Yorah encaissa dans l'épaule, puis la poitrine. L'homme au short jaune se glissa dans son dos. Il étrangla Yorah de son bras et le souleva. Le poing de l'homme aux lunettes transperça alors le jeune garçon dans l'abdomen. La douleur qui le prit dans les entrailles accoucha d'un grognement féroce. Yorah asséna un coup de pied rageur sous le menton de son agresseur. Il le repoussa des deux pieds et, grâce à son impulsion, passa par-dessus la tête de son geôlier. Il s'extirpa de son entrave, l'attrapa au visage et le fit basculer en arrière pour écraser son crâne contre le sol. Dans un cri plein de hargne, il concentra la force des Ombreux dans son poing avant d'en projeter l'énergie sur le ravisseur de Saya. Le souffle l'envoya percuter son complice à lunettes, qui se relevait à peine, et tous deux firent trembler la paroi une nouvelle fois.

Pas le temps de se reposer. L'homme au short jaune s'était déjà relevé. Les assauts s'enchaînèrent, interminables, suffocants. Rien à faire. Les êtres lugubres revenaient à la charge, impassibles, indemnes, infatigables, alors que les forces de Yorah fondaient comme neige au soleil. La vision d'Adek bataillait pour s'imposer ; elle ne tarderait pas à prendre le dessus. Épuisé, la vue trouble, Yorah subissait les offensives du trio. La douleur qui agressait son esprit enfonça la barrière de sa volonté. Yorah tomba, à genoux, hurlant sa colère face à la terrible fatalité, d'un cri fuyant dans le ciel noir, avant de perdre connaissance.

BARAK

Quelques heures plus tôt, Barak avait fait une rencontre inattendue aux abords du volcan, alors qu'il faisait route vers le point de rendez-vous donné par Sarcina.

— Je n'en reviens pas ! Ça doit être le destin ! s'exclama-t-il en jetant un regard euphorique à Gugusse, logé dans sa main.

Je suis bien content d'être tombé sur toi, l'idée de voyager seul ne m'enchantait guère. J'aurais préféré que Yorah retrouve la raison, mais c'était peine perdue.

Gugusse mâchouillait nonchalamment une touffe d'herbe.

— Quelle histoire, quand même... Le choix des mots s'avérera primordial une fois à Artéria. Il ne faudrait pas qu'on m'accuse de les avoir abandonnés. C'est moi la victime dans cette histoire ! Je dois penser à moi maintenant. J'espère que je ne vais pas croiser de bêtes intoxiquées... trembla-t-il en serrant sa pelle. J'aurais dû ramasser la canne onorique... Grand-Mama m'aurait pardonné pour une fois.

Gugusse continuait de mâchouiller.

— Il est vraiment fou à lier... S'élancer comme ça à la poursuite de ses démons... Bah ! après tout, c'est de sa faute ! Il n'avait qu'à réfléchir avant de nous entraîner là-dedans ! J'enrage à l'idée que Saya en ait subi les conséquences. Ce qui est arrivé est terrible, mais je n'ai pas à me sentir coupable.

Gugusse s'arrêta de mâchouiller et regarda Barak.

— « J'ai tout tenté pour le raisonner, récitait ce dernier, mais il n'a pas voulu m'écouter et... la pauvre Saya en a payé le prix fort. C'est une véritable tragédie – ah oui, c'est bien, ça, tragédie ! – mais nous ne pouvons rien contre les Ombreux ! » Ils comprendront... pas vrai ?

Gugusse reprit son mâchouillement. Les deux compagnons se dévisagèrent. Longuement.

— Raah ! ne me fais pas ces yeux-là !

YORAH

Yorah rouvrit les yeux, abattu de constater qu'il était de retour aux côtés de Loki et Skadi à Rowur. La figure lugubre d'Odi, qui baignait dans son effroyable halo noir, se tenait face à eux. Le jeune garçon n'avait plus qu'à espérer une vision brève et que ses adversaires le croiraient mort.

— Ça alors, mais que lui est-il arrivé ? glissa Loki d'un ton moins enthousiaste que d'habitude. Et qu'est-ce que c'est que ce halo ?

— On dirait que cette substance a pris possession de son corps, dit Adek.

Skadi, muette, paraissait terrifiée.

— Reste près de moi, Skadi, lui intima Adek.

— *Mes deux... précieuses lames... sont brisées...* continuait de grommeler Odi.

— Tu penses qu'Odi est toujours vivant ? demanda Loki. Cette chose serait une sorte de parasite ?

— Il semblerait, dit Adek.

— *Mes deux... précieuses...*

— Il marmonne les paroles d'Odi, comme sa devise familiale, nota Loki.

— Il ne fait que répéter bêtement des mots qu'Odi a prononcés il y a peu. Cette créature doit avoir accès à sa mémoire.

— Fuyons ! implora Skadi.

Odi projeta une salve d'éclairs sur Loki. Pris de court, celui-ci les esquiva de justesse. Les mercenaires regardèrent l'ennemi, abasourdis.

— *JE N'EN PEUX PLUS... DE CES TERRES MAUDITES !* hurla ce dernier.

Son halo noir se développa. Il en jaillit un bras de substance, comme un tentacule aiguisé comme une lance, qui fondit à toute vitesse vers Adek, Loki et Skadi. Ces derniers l'évitèrent d'un bond, chacun de leur côté. La pointe fit voler en éclats le sol de dalles. La cicatrice de l'impact s'imprégna de ténèbres.

Le halo d'Odi réitéra son offensive par une quantité infinie de tentacules. Les compagnons les esquivèrent de mouvements latéraux et verticaux rapides comme l'éclair. La place blanche se griffa de marques noires et se perfora de trous béants et obscurs.

À cet instant, Yorah sentit un choc. Mais Adek n'avait pas été touché. Son corps venait de subir un dommage dans la réalité.

« Non ! Je vais y passer ! Dépêche-toi, Adek ! »

L'une des pointes transperça alors Skadi. Elle poussa un cri, bref et étouffé, avant de s'effondrer sur la lance qui l'avait abattue.

— SKADI ! s'écria Adek.

La lame vivante se débarrassa de sa victime, qui tomba à terre, et retourna dans l'ombre de son maître. Adek et Loki se précipitèrent aux côtés de Skadi. Adek se pencha sur elle et chercha son pouls. Son regard s'arrêta sur l'ample plaie noire qui envahissait le ventre de sa camarade.

— C'est fini... dit Adek.

« La même blessure que celles de Porcus Rosa... se lamenta Yorah »

— Qu'est-ce qu'on fait ? demanda Loki avec un sérieux qui surprit l'Artérien.

— Même si Odi est vivant, j'ignore comment le débarrasser de ce parasite. Et si on tergiverse, on est morts !

— Donc qu'est-ce que tu proposes ?

Adek serra le poing.

— Il faut l'abattre, on n'a pas le choix.

— *Prends exemple sur ma sœur... et tais-toi !* gronda Odi en exécutant un pas hésitant.

— Même dans cet état il continue à me disputer... ricana Loki. C'est moi ou ses phrases sont mieux construites ? J'ai l'impression qu'il se tient plus droit...

— Il doit s'habituer au corps d'Odi, ce n'est pas bon signe ! grogna Adek. Nous devons en finir vite, pendant qu'il n'arrive pas à bouger correctement !

« Je ne vois pas comment cette vision est censée m'aider, s'impatientait Yorah. Où veux-tu en venir, Adek ? »

Odi tendit alors un bras vers la mare de substance noire. Un échantillon en sortit. Celui-ci irradia et prit la forme d'un fragment solide et brillant.

— Qu'est-ce que... Il a transformé le liquide... en Cristal ? balbutia Adek.

— Je sens qu'on va adorer ça... rit Loki, amer.

Odi ouvrit son autre paume, avec laquelle il cibla Skadi. Une lueur s'échappa de la défunte et Odi la guida de sa main vers le fragment obscur. Une grande lumière en jaillit et, devant les yeux ébahis de Loki, Adek et Yorah, le corps de Skadi se matérialisa autour de la pierre sombre.

Adek et Loki eurent le même réflexe et tournèrent la tête vers la dépouille de Skadi, toujours allongée sur le sol, alors qu'une autre de leur amie leur faisait face.

— C'est elle, mais... quelque chose est différent, glissa Loki.

La différence sauta aux yeux de Yorah ; un visage sans vie, inexpressif. Cette Skadi était le portrait craché de ses trois adversaires du cratère. Odi désigna Adek et Loki. Le clone de Skadi fondit alors sur eux. Elle asséna une série de coups à ses anciens compagnons. Adek et Loki esquivaient et paraient, mais ils semblaient se retenir de la frapper.

— Arg ! grommela Loki. Elle a une force terrible ! lança-t-il alors qu'il tentait de la contenir.

L'attitude de cette Skadi ne faisait que confirmer son lien avec les trois individus du volcan. Son comportement, mécanique et sans la moindre émotion, était le même. Cela n'avait pas échappé à Adek, qui se décida à porter la première attaque et repoussa le double de Skadi au loin.

— Il n'y a pas à hésiter, Loki, intima-t-il à son frère d'armes. Ce n'est pas Skadi !

— Autant pour moi, je ne voulais pas encore passer pour l'insensible de service.

Les deux hommes chargèrent le clone. Ils volaient à toute allure à raz du sol. La fureur de leur assaut laissa Yorah pantois. Chacun faisait déferler une pluie de coups à une vitesse ahurissante, tout en veillant à ne pas gêner son coéquipier. Ils se croisaient, se survolaient, habiles, et échangeaient leur place dans l'offensive tel un ballet infernal et maîtrisé à la perfection.

Leur cible reculait en tentant de les contenir, mais fut bientôt dépassée. Elle encaissa une pluie d'impacts qui l'envoya s'écraser dans une des habitations. Le choc de la collision résonna dans l'enceinte de la Cité Maudite.

« Non, Adek ! Ça ne va pas suffire ! voulut le prévenir Yorah. Elle va se relever ! »

La prédiction de Yorah se confirma. La fumée se dissipa et la silhouette immobile du clone réapparut, indemne.

— Pourquoi je ne suis pas surpris... s'amusa Loki.

— Allons-y plus fort, on finira par trouver la faille. Profitons qu'Odi reste spectateur pour se débarrasser d'elle.

— Compris.

Les deux Ombreux tendirent le bras, leurs mains grandes ouvertes vers le double de Skadi. Ils s'enveloppèrent de leurs halos et les attisèrent à leurs paroxysmes. Une multitude de boules d'énergie sombre jaillit de leur paume. Adek et Loki bombardèrent leur cible pendant plusieurs secondes. Leur attaque dévasta les habitations dans un nuage de poussière. Ils cessèrent le feu. Les gravats retombaient au sol. Adek et Loki scrutaient la fumée. L'ombre de l'ennemie finit par noircir l'écran, droite et imperturbable. Mais quand son corps se dévoila, un événement inattendu se produisit. L'image de Skadi se brouilla. Elle apparaissait et disparaissait, révélant en son cœur le fragment de pierre noire, au milieu de sa poitrine.

À cet instant, Adek dégaina son épée et fonça sur le clone. Il transperça l'enveloppe charnelle vacillante et pourfendit le cristal. Le double de Skadi et Adek se figèrent, unis par la lame du mercenaire. Yorah retint son souffle dans l'attente d'une réaction d'un des deux adversaires. Des éclairs, trahissant une faille, un dérèglement, jaillirent du fragment noir. Une énergie sembla s'en échapper. La silhouette de Skadi s'évapora. La pierre se fendit en deux et ses morceaux tombèrent sur le sol.

« Il a réussi ! Il l'a vaincu ! pensa Yorah, euphorique. »

Mais soudain des mains se refermèrent sur la gorge de l'Artérien et la serrèrent avec force. Le jeune garçon se retrouvait privé d'oxygène. L'un de ses opposants dans la réalité l'étranglait. La situation était gravissime et Yorah devait à tout prix se réveiller. Sa détresse provoqua un trouble dans sa vision. Les images devinrent saccadées, alors que Loki avait rejoint Adek.

— Alors, c'était une sorte de Matérialisation, lança le fantasque mercenaire à ce dernier.

— Oui, mais d'un niveau incomparable avec tout ce que j'avais déjà vu. Odi est parvenu à manipuler l'âme de Skadi pour la faire fusionner avec cette pierre. Cette substance noire renferme un pouvoir incroyable, inimaginable. Elle a permis de matérialiser parfaitement le corps de Skadi et lui a conféré une force et une autonomie invraisemblable. Ce n'est qu'une fois le réceptacle brisé que l'enchantement a cessé.

— Et ce parasite a réalisé tout ça sans la moindre incantation...

Mais, tel un éclair, Odi surgit dans le ciel, devant les yeux médusés d'Adek et Loki. Leur ancien compagnon concentra son énergie et son halo lugubre s'aggloméra autour de ses mains.

— *Vous allez... disparaître* ! lança-t-il.

— Il est déjà aussi rapide ! s'écria Adek.

Odi projeta ses bras vers les deux mercenaires et donna naissance à une véritable comète, d'un noir absolu, qui s'abattit sur ces derniers. Les ténèbres dévorèrent le champ de vision de Yorah, qui vibrèrent d'une explosion assourdissante. Puis, plus rien. Les secondes s'écoulèrent. L'obscurité perdura. Soudain seul, Yorah attendait, refusait de croire au dénouement redouté. Mais il fallait se rendre à l'évidence. Adek et Loki ne réapparurent pas. Et ne réapparaîtraient pas. Ainsi s'achevait l'histoire d'Adek. Ainsi avait-il péri face au Porteur d'Ayam.

Malgré cette fin brutale et glaçante, il y avait urgence ; Yorah n'arrivait toujours pas à respirer. Mais il ne parvenait pas à se réveiller. Était-il trop tard ? Était-ce son heure à lui aussi ? Les ennemis, dans la réalité, l'avaient-ils achevé ? Peu à peu, Yorah renonçait à l'espoir de reprendre connaissance.

Mais, soudain, l'image d'Adek lui apparut dans l'abîme. Sûrement l'œuvre de l'esprit agonisant de l'adolescent. Adek se tenait, fier, et dévisageait Yorah de son regard si transperçant, toujours ardent de détermination, sans dire un mot. Pourtant, le message était on ne peut plus clair. Yorah serra le poing.

— Je te vengerai, promit-il au mercenaire.

Adek hocha la tête. Puis, ce fut au tour de Saya d'émerger dans les pensées du jeune garçon. Une lumière perfora les ténèbres. Ce fut à grand-peine que Yorah y discerna quelque chose. Suffoqué, tout lui apparaissait brumeux. C'est avec horreur qu'il vit une lourde poigne se dessiner autour de sa gorge. Elle le maintenait fermement à bonne hauteur du sol. Au bout de bras puissants se tenait le visage inexpressif de l'individu à la casquette rouge. Mais celui-ci semblait avoir doublé de volume. Il était devenu un véritable colosse. Que s'était-il passé ?

Aube virevoltait autour de Yorah et tentait de gêner l'agresseur à coups d'éclats, en vain. Yorah aperçut, du coin de l'œil, des silhouettes en mouvements. Trois hommes s'affrontaient, à deux contre un. Les deux acolytes du ravisseur de Saya luttaient contre quelqu'un de forte carrure. Le combattant enchaînait les esquives habiles et ripostait par des fulgurances bien placées qui repoussaient ses adversaires. Yorah crut deviner le visage de Barak.

Barak ? Barak se battait ? Impossible. La menace de la mort devait le faire délirer.

BARAK

Quelques minutes auparavant, Barak, qui s'était laissé convaincre par Gugusse, avait suivi le sentier du volcan et venait d'atteindre le plateau où se trouvait le poste de surveillance. Sur ses jambes tremblantes, visière rabattue et les mains serrées sur sa pelle, Barak effectuait des enjambées peu assurées et se retournait sans cesse pour vérifier que personne ne le prenait à revers. Gugusse se tenait sur son épaule.

— B... B... Bon ! Mon cher Gugusse, nous y sommes ! Reste avec moi !

Il tomba alors sur les cadavres des trois hommes.

— AAAH ! nom d'un Cassepanard en jupe courte ! Quelle horreur ! Tu es vraiment sûr de toi, Gugusse ?

Gugusse, le regard sévère, frétilla du museau. Les deux compagnons se fixèrent longuement des yeux. Mais Gugusse n'abdiquait pas.

— Oui... Je sais ce que tu vas dire... soupira Barak.

Un cri terrible résonna de derrière la paroi.

— QU... QU'EST-CE QUE C'ÉTAIT ? sursauta Barak. On aurait dit la voix de Yorah !

Barak eut une pensée pour Frêle et Grand-Mama. Tentant de refouler sa peur, il s'aventura dans le tunnel d'où était venu le hurlement. Des bruits parvinrent à ses oreilles ; il y avait bien quelqu'un. La fin du couloir approchait. Barak se pencha autant qu'il put pour rester le plus possible à couvert. Il aperçut d'abord la casquette de Yorah, par terre, et, plus loin, trois hommes étaient en train de transporter le jeune garçon. Ils se dirigeaient vers un autre passage qui semblait mener au cratère. Barak étouffa un cri et se plaqua contre la paroi du tunnel. Il essaya de calmer sa tension qui était montée en flèche.

— Respire... Respire ! chuchotait-il. Catastrophe... Qu'est-ce que je peux faire ? Je le reconnais, celui à la casquette rouge... Il est insensible à toutes les attaques ! Je suis désolé, Gugusse, mais je suis inutile !

— Ne t'en fais pas. Je vais t'aider.

Barak se tut. Il tourna la tête vers son épaule et dévisagea Gugusse avec de grands yeux.

— Gu... gusse ? Tu... Tu parles ?

— Non, c'est moi, Dalsen. Je communique par télépathie.

— DALSEN ? L'HOMME DES BOIS ? lança Barak dans un murmure stupéfait en regardant en l'air.

— Oui. J'ignore comment, mais les cris de Yorah sont arrivés jusqu'à moi. Je sens que vous êtes confrontés à trois énergies obscures. Écoute bien, je vais utiliser un sort de Dualité. Cela va me permettre de prendre le contrôle de ton corps pour combattre vos ennemis. Je verrai et j'entendrai à travers toi. Ce sera comme si j'étais à vos côtés.

Barak ne répondit pas tout de suite.

— Euh... Pourquoi est-ce que ça sonne aussi effrayant que ça en a l'air ?

— Ne t'inquiète pas.

À ces mots, Barak s'illumina du halo blanc des Lumineux, qui se dissipa l'instant d'après.

Le professeur de survie se mit à bouger, tout seul. Ses bras, puis ses jambes qui le guidèrent vers la salle.

— ATTENDS ! MAIS ATTENDS ! paniqua Barak qui n'avait pas la moindre envie d'avancer.

— Cette armure me gêne, résonna dans sa tête la voix de Dalsen. Je vais l'enlever.

— QUOI ? MAIS TU ES COMPLÈTEMENT FOU ! s'égosilla Barak qui ne pouvait lutter contre ses bras qui se débarrassaient de sa pelle et ôtaient son heaume.

Les protestations de Barak finirent par alerter les trois individus. Gugusse sauta de l'épaule du professeur de survie et courut se cacher dans un recoin de la paroi. Barak se délesta de son sac à dos et sa cuirasse tomba avec fracas. Il se tenait maintenant face à l'ennemi.

— REMETS CETTE ARMURE TOUT DE SUITE ! se cria-t-il dessus.

Les trois hommes lâchèrent Yorah, qui heurta le sol. Barak se mit en garde. Une garde sereine, puissante. Nuancée cependant par l'expression d'effroi qui défigurait son visage. Ses adversaires fondirent sur lui.

— AAAAAAAAAAAAAAAAH ! hurla Barak face à la mort.

Mais la mort allait devoir se montrer patiente. De gestes sûrs et implacables, Barak dévia tous les coups qui le menaçaient. Il se déplaçait, léger, telle une plume que ses agresseurs ne parvenaient pas à toucher, puis les repoussait et les sonnait d'attaques précises et fatales. Exactement comme Dalsen. À la différence que des hurlements de terreur cadençaient la danse de Barak.

— AAAH ! AAH ! HIII ! OUH ! AAAAAAAAAAH !

— Garde les yeux ouverts, ordonna Dalsen.

— JE FAIS CE QUE JE PEUX !

Au bout d'un moment, une certaine excitation commença à gagner le professeur de survie. Même lui se rendait compte que ses opposants étaient impuissants face à sa force. Ses cris horrifiés s'estompèrent. Puis il se laissa aller à des « Hop ! hop ! », avant de s'amuser ouvertement de sa supériorité.

— Hop-là ! ouh ! ha ! bim ! trop lent ! Essaie encore !

Si seulement Frêle pouvait voir ça !

Barak asséna un violent crochet à l'homme à la casquette rouge. Ce dernier alla percuter la jarre. Elle se renversa et l'individu retomba au milieu des particules. Mais alors que celui-ci baignait dans la poudre ténébreuse, des éclairs noirs parcoururent son corps. Il se releva et donnait l'impression qu'une énergie toute-puissante le submergeait. Devant les yeux médusés de Barak, ses biceps, puis ses bras, doublèrent de volume. Suivirent ses cuisses et ses jambes, puis son torse, dont les pectoraux avaient gonflé si fort qu'ils semblaient sur le point d'éclater. Le sbire grandit. Il dépassa Barak, qui avait maintenant l'air d'un petit garçon face à lui. Son visage livide s'animait de rictus nerveux, bestiaux.

— Euh... c'était prévu qu'il fasse ça ? frémit Barak.

Le colosse fondit sur le professeur de survie, d'une charge bien plus agressive qu'auparavant. Même ses complices, qui avaient eu le malheur de se trouver sur son passage, subirent son courroux. Puis il percuta un Barak épouvanté qui bataillait pour contenir son assaut. Le géant enchaîna avec des attaques titanesques. La douleur foudroyait l'Artérien à chacune de ses parades. Acculé contre la paroi, ce dernier esquiva de justesse un coup qui explosa la roche. Barak poussa un cri horrifié et se dégagea.

— Dîtes-moi, monsieur Dalsen... vous allez nous tirer de là, n'est-ce pas ? Je ne voudrais pas vous alarmer, mais je ne sens plus mes mains et je commence à avoir un point de côté...

— Je dois admettre que je ne m'attendais pas à une telle résistance... et encore moins à ce qu'ils gonflent comme des ballons. Il va falloir songer à emporter ton ami et fuir, annonça Dalsen, alors que Yorah reposait, inconscient, juste derrière lui.

L'homme au short jaune surprit Barak dans son dos. Barak parvint à échapper à sa charge, mais ne put s'écarter de celle du colosse, qui le percuta violemment et le projeta contre le mur de roche.

— Bouaaarg ! grogna de douleur Barak.

— Est-ce que ça va ? s'enquit Dalsen. J'ai pu parer in extremis pour réduire l'impact.

— Arg ! j'ai dû me briser le fémur intercostal ! grommela Barak qui restait à terre.

Mais il ne put demeurer au sol bien longtemps ; Dalsen le releva pour affronter les deux individus qui fondaient déjà sur lui, alors que le géant avait fini par remarquer la présence de Yorah, toujours évanoui, et s'avançait vers lui.

— Zut ! Yorah ! s'alarma Dalsen.

Le colosse saisit Yorah par la gorge. Il fallait intervenir, mais les deux autres, bien que contenus par Barak, revenaient sans cesse à la charge. Et le corps du professeur de survie commençait à fatiguer. Malgré la force de Dalsen, l'impact de ses coups s'en ressentait.

YORAH

Suffoqué, Yorah se sentait partir. Mais l'énergie d'Adek l'envahit. Il reprit connaissance, attrapa Orichalque et, dans un ultime effort, transperça l'immense clone au niveau du thorax. Celui-ci maintenait son étreinte alors que le jeune garçon priait le ciel d'avoir touché le cristal. Mais rien ne se produisit. Empli de rage et au bord de l'asphyxie, Yorah retira son épée et renouvela son estocade. Encore, et encore. Et soudain, un choc, une cassure. Sa lame avait fini par trancher quelque chose de solide. À bout de force, il lâcha son arme, le regard agonisant plongé dans celui de son impassible agresseur, de plus en plus diffus derrière le voile de l'inconscience. Des étincelles, puis des éclairs de ténèbres, craquèrent pour rompre le silence. Yorah vit des brumes de scintillements s'échapper du corps trouble du colosse. L'étreinte de ce dernier se relâcha enfin, jusqu'à la disparition totale du géant. L'adolescent tomba au sol, en même temps que le bruit métallique de son épée, et celui, sec, de deux fragments de pierre noire.

Éreinté, Yorah releva la tête. Ses yeux persistaient à lui montrer Barak aux prises avec les deux autres clones. Mais ceux-ci, inépuisables, prenaient le dessus sur le professeur de survie. Barak encaissa une série de coups qui l'envoya mordre la poussière, non loin de Yorah.

— Barak... balbutia le jeune garçon, haletant.

Yorah saisit Orichalque et se traîna vers son compagnon. Une fois à ses côtés, il constata que Barak ne bougeait plus. Mort d'inquiétude, il tenta de le secouer, mais dut vite stopper son action ; l'ennemi marchait vers eux. Poussé par la colère, Yorah parvint à se tenir sur ses jambes. Les deux adversaires arrivèrent à sa hauteur, mais l'Artérien demeurait tête basse. L'homme aux lunettes brandit haut le poing. Yorah ne réagit pas, le regard éteint, comme à demi conscient. La menace s'abattit sur l'adolescent. Yorah ne releva pas la tête. Sous l'impulsion d'Adek, Orichalque transperça d'un coup direct et précis son agresseur. Ses deux mains sur la poignée, Yorah effectua une rotation pour arracher la lame de sa première victime et se servit de son élan pour traverser de part en part le dernier opposant, non loin de son acolyte. Yorah s'effondra et s'évanouit pour de bon. Le choc de pierres claqua sur le sol, les deux matérialisations s'évaporant lentement dans le ciel de poussière.

Chapitre XVII

AU CŒUR DU VOLCAN

— Yorah... Monsieur Cassepanard...

Quelqu'un les appelait. Yorah connaissait cette voix. C'était celle de Dalsen. Le jeune Artérien ouvrit les yeux.

— Dal... sen ?

— Oui, répondit ce dernier.

Barak reprenait ses esprits.

— Ne t'inquiète pas, qu'il disait... maugréa le professeur de survie, qui paraissait incapable de bouger le moindre muscle.

— Pourquoi... j'entends votre voix ? demanda Yorah.

— Je vous parle par télépathie. Tes cris sont arrivés jusqu'à moi et je suis parvenu à te localiser. D'habitude, ce genre de lien ne fonctionne qu'entre Lumineux.

Yorah regarda Aube onduler dans les airs. Il sourit.

— Je suppose que nous te devons une fière chandelle, Aube. Tu veilles sur nous !

— Si à l'avenir elle pouvait veiller sur nous en évitant qu'on s'en prenne plein la figure... ronchonna Barak.

— Je me suis permis de contrôler M. Cassepanard afin de participer au combat, reprit Dalsen.

— C'est donc ça... dit Yorah. Je savais qu'il était impossible que Barak sache se battre !

— Sale petit ingrat ! aboya celui-ci.

Yorah éclata de rire.

— Je suis heureux de voir que vous vous portez bien, dit Dalsen. Mais où est votre amie ?

— Elle est entre leurs mains, répondit Yorah d'un ton grave. Nous luttons pour la délivrer.

— J'en suis navré. D'autant que je ne pourrai plus intervenir. La Dualité a épuisé mes réserves d'énergie.

— Ne vous en faites pas, Dalsen. Vous nous avez sauvés.

— Bon courage et prudence. Je n'avais jamais rencontré pareils ennemis jusqu'alors. Mes prières vous accompagnent.

— Merci, Dalsen, au revoir !

— C'est ça, à la prochaine... marmonna Barak.

De nouveau seuls, Yorah et Barak prirent quelques minutes pour se restaurer en compagnie de Gugusse et d'Aube.

— Alors ces hommes étaient des clones de l'équipe de surveillance du volcan ? demanda Barak en caressant son lapin.

— Oui, je l'ai compris grâce à Adek. Le groupe de Tatie Mécanic les a abattus et les a remplacés par ces marionnettes. Tu as dû voir leurs cadavres dehors, avec les mêmes vêtements que nos adversaires. C'est pour ça que les villageois ne s'inquiétaient pas du volcan malgré son réveil. Perturbés par l'Onorie, ils n'y ont vu que du feu.

— La puissance des Els est effroyable...

— Ce n'est pas un simple El qui a fait ça. Dans mes visions, l'ennemi d'Adek est une sorte de substance noire. Une substance vivante, qui a pris possession de l'un des compagnons d'Adek et l'a transformé en un Porteur d'Ayam Noir. Elle a tué Adek et aujourd'hui elle est responsable des enlèvements et de Cinis.

Barak haussa les sourcils.

— Je vois que tu as détruit la machine qui répandait la poudre, nota Yorah.

— Oui, mais si j'avais su que ça créerait un monstre pareil, je me serais abstenu !

— Que s'est-il passé ?

— J'ai envoyé le ravisseur de Saya dessus. Et quand il s'est relevé, il avait doublé de volume.

— La poudre noire a renforcé son pouvoir...

Yorah réfléchissait, nerveux. Il jeta un œil aux particules répandues sur le sol.

— Dis-moi, Barak... Est-ce que tu es attiré par la poudre ?

Barak fit une grimace.

— Bien sûr que non, pourquoi ?

— Pour rien... Bon, ne traînons pas, Saya nous attend, rappela Yorah en se levant. Et il vaut mieux que je quitte cette salle.

— Qu'est-ce qu'il y a ? Tu te sens mal ?

— À dire vrai... je ne sais pas trop...

Yorah alla ramasser sa casquette et la remit sur sa tête.

— Tu as un plan ? demanda Barak.

— Pas vraiment, j'espère qu'Adek nous apportera la solution. Tu n'es pas obligé de venir, tu sais...

— Si, malheureusement je le suis, ronchonna Barak en renfilant son armure. Partir en vous laissant derrière s'est avéré plus pénible que les coups des clones. Je suis coincé, maintenant !

Yorah sourit.

— Inutile d'emporter notre sac, dit-il.

— Gugusse, reste ici. Si je ne devais pas m'en sortir... tu... tu devrais...

Barak ne parvint pas à finir sa phrase et étouffa un sanglot. Il fuit le regard de Gugusse et saisit sa pelle, avant de suivre Yorah dans le tunnel qui menait au cratère. Ce dernier s'arrêta, puis se tourna vers son compagnon.

— Barak... merci d'être revenu.

L'intérieur du cratère était immense, traversé par une épaisse colonne de fumée noire. Yorah et Barak se penchèrent, anxieux, au-dessus du gouffre. Un frisson parcourut les deux

Artériens à la vue du point lumineux et rougeoyant qui perçait le voile sombre et vrombissait dans les entrailles de la planète. La paroi du volcan avait été creusée et formait un couloir qui descendait en colimaçon dans la cheminée. Yorah et Barak s'engagèrent dans la spirale et marchèrent d'un pas prudent au bord du précipice.

— Tu ne demandes pas à Aube de se cacher ? remarqua Barak.

— Nous sommes attendus de toute façon. Et Aube peut nous alerter en cas de danger.

— Et tes visions ? Tu penses en avoir d'autres ? Si tu t'évanouis sur ce chemin, la chute sera fatale !

— Ne t'inquiète pas, je crois que je commence à comprendre comment les contrôler.

— Vraiment ?

— Oui, la dernière fois, j'ai senti que je n'étais pas loin de stopper le phénomène. Les premiers instants sont capitaux. Dès que je ressens les premiers signes, je dois m'accrocher pour l'empêcher de me plonger dans l'inconscience. Mais c'est possible. En revanche, une fois que la vision a démarré, je ne peux plus rien faire. Il a fallu que je sois aux portes de la mort pour réussir à me réveiller tout à l'heure.

Pas à pas, les deux Artériens s'enfonçaient dans les profondeurs et guettaient les abysses à la recherche de leurs ennemis et de Saya. Près d'un kilomètre plus bas, ils distinguèrent des ponts qui reliaient les bords du cratère et formaient, vus des hauteurs, une gigantesque toile d'araignée. Ils s'apparentaient à des bras de roche qui semblaient avoir germé des murs, assez larges pour le passage d'un homme, et qui descendaient, les uns à la suite des autres, vers le foyer de lave. Le chemin circulaire s'acheva au premier d'entre eux.

— Nom d'un Cassepanard en pantoufles ! On va se rompre les os ! paniqua Barak.

— Le sentier qu'on vient d'emprunter devait être l'œuvre de l'équipe de surveillance de Cinis, observa Yorah. En revanche, ces passerelles ont été créées par des Els. Courage !

Ils se risquèrent sur le parcours étriqué. Les traversées s'avéraient périlleuses. Les ponts, archaïques et peu praticables, obligeaient de surcroît Yorah et Barak à des allers et retours dans le rideau de cendres, où leur visibilité s'effondrait. Yorah se concentrait sur ses pas. Derrière, les gesticulations de Barak provoquaient la fuite de fragments qui allaient mourir dans la lumière du magma.

— Ne regarde pas en bas... Ne regarde pas en bas... se répétait le professeur de survie.

Une effusion de gaz remonta alors des profondeurs. La passerelle trembla et le souffle ardent souleva un instant les Artériens du sol. Yorah empêcha sa casquette de s'envoler et n'eut d'autre choix que de tomber à plat ventre pour se maintenir sur le bras de roche. Barak chuta sur les fesses et, entraîné par le poids de son armure, bascula en arrière. Il roula par-dessus bord. Barak hurla à la mort, mais parvint à s'agripper au rebord in extremis, aux dépens de sa pelle. Yorah se précipita à son secours. Le grand gaillard tiré d'affaire, les deux compagnons se remirent de leur frayeur. Puis, ils reprirent leur descente infernale, rythmée par des sueurs froides sur près de deux nouveaux kilomètres. Malgré la protection de leurs Billes, la lumière et la chaleur du magma devenaient intenses.

Enfin, Yorah et Barak aperçurent une corniche, à quelques centaines de mètres au-dessus du bassin de lave en fusion. Elle creusait la paroi, bien plus imposante que celles qu'ils avaient pu croiser jusqu'à présent, et menait à une large sortie qui se perdait dans un tunnel souterrain. Mais surtout, ils purent y deviner la présence de Tatie Mécanic et de Saya.

— Les voilà ! s'exclama Yorah.

— Elles ont l'air seules ! remarqua Barak. Quelle aubaine ! On a peut-être une chance de délivrer Saya avant que les complices de Tatie Mécanic arrivent ! Appelle ton copain !

— Adek ne vient pas sur commande ! Mais tu as raison,

dépêchons-nous !

Yorah et Barak rejoignirent Tatie Mécanic, sa pipe à la bouche, et Saya, ligotée.

— Yorah ! s'écria-t-elle dans un grand soulagement.

— Saya ! Est-ce que ça va ?

— Ça va, répondit-elle les yeux humides.

— Vous vous êtes débarrassés des clones ? Je ne m'y attendais pas... lança Tatie Mécanic.

Yorah la fusilla du regard.

— Encore un peu de patience, Saya, je vais te tirer de là ! promit-il.

— Bon, hé, je suis là, je vous signale ! grommela Barak.

— Excuse-moi Barak, sourit Saya, merci d'être venu !

— Je n'ai fait que mon devoir... hum...

Tatie Mécanic éclata de rire.

— Quelle surprise ! La présence de Yorah ne m'étonne pas, mais celle de ce froussard, en revanche !

Barak grogna.

— Barak a un sens moral, lui, pas comme toi, Aéra, rétorqua Yorah.

Celle-ci eut un rictus incommodé.

— Tu ne m'appelles plus Tatie Mécanic ? gronda-t-elle.

— Je ne te fais plus confiance. Tu disais que ton chef souhaitait me rencontrer et que je ne craignais rien. Mais tu n'as pas hésité à m'envoyer tes marionnettes pour m'abattre.

— Les clones avaient simplement ordre de te ramener ! Si tu n'avais pas résisté, ils ne t'auraient pas brutalisé !

— Tu pourras dire ce qu'il te chante, ça ne changera rien. La Tatie Mécanic que je connaissais est morte à Cinis.

— Oui, tu nous as tous bernés ! renchérit Barak.

— Je n'ai pas envie de te faire du mal, prévint Yorah en dégainant son épée et en la pointant vers l'ancienne Artérienne. Relâche Saya et nous partirons sans faire d'histoire.

La colère déforma les traits d'Aéra. Elle vida sa pipe d'un geste rageur et la dissimula sous sa cape.

— Vous êtes vraiment bornés ! Parfait, vous voulez vous battre ? Je vais vous calmer avant qu'*il* arrive ! Lui vous ramènera à la raison !

— Pauvre inconsciente ! répliqua Yorah. Si tu savais la véritable nature de ton chef, tu ne l'aurais jamais rejoint !

Yorah et Barak se tinrent prêts, le professeur de survie un peu en retrait. Soudain, la caresse froide d'un murmure pénétra l'oreille de Yorah. Une sensation familière envahit le jeune garçon. Les battements de son cœur se firent plus lourds. Une énergie, terrible, l'oppressa. Son étreinte s'accentuait chaque seconde ; la même qu'il avait ressentie dans les Bois Perdus... à *sa* vue. Yorah tourna la tête vers le tunnel et perdit ses yeux dans les ténèbres souterraines. À son tour, Aéra détecta quelque chose. Elle sourit. Yorah serra son épée de ses mains tremblantes, alors qu'une goutte de sueur née de sa tempe lui glaçait la joue.

— *Il* arrive...

Chapitre XVIII

MÈRE

L'aura grandissait. Elle imprégnait le cœur du volcan, peu à peu dévoré par une ombre invisible. L'atmosphère en devenait étouffante, une chaleur accablante contre laquelle les Billes de protection ne pourraient rien changer. Du fin fond des abîmes, une bourrasque de murmures surgit pour traverser le jeune garçon. Il aurait fallu fuir. Emporter Saya et courir avec Barak vers les passerelles. Mais Yorah avait le sentiment que des tentacules de substance noire avaient jailli du tunnel, s'étaient enroulés autour de son cou et de ses membres et tentaient de le traîner dans les entrailles de la planète. Yorah, comme possédé, ne pouvait s'empêcher d'observer le souterrain. Dans les ténèbres, *il* approchait.

Des bruits de pas firent écho, et un homme se révéla peu après dans la lumière du cratère. Mais ce n'était pas celui attendu par Yorah. Celui-ci avoisinait les deux mètres et sa carrure et la taille de ses muscles étaient impressionnantes. Une grande cape le recouvrait et encapuchonnait sa tête, sans pour autant masquer son visage... un visage bestial.

Un frisson d'épouvante tortura l'échine de Yorah. De longues mèches de cheveux blancs et fins tombaient de chaque côté du faciès rugueux de l'inconnu. Son nez, aux allures de museau, laissait échapper de ses naseaux frémissants un souffle lourd. Une balafre verticale entaillait ses lèvres. Ses arcades s'étaient développées, dépourvues de sourcils, et surplombaient des yeux vides. De grossiers bandages s'entremêlaient sur son seul bras visible. Ils tentaient de dissimuler de multiples tâches noires sur sa peau. Alors que l'individu allait s'adosser contre un mur, une pulsion bestiale vint briser sa façade de marbre. Celle-ci contracta ses muscles et révéla ses crocs au son d'un grognement avide ; le lugubre personnage semblait lutter pour ne pas céder à l'envie de tout déchiqueter sur son passage.

D'autres hommes et femmes suivirent, tous marqués par une vie de batailles. Certains maquillaient l'absence d'un bras sous une draperie, ou celle d'un œil derrière un bandeau ou une mèche de cheveux. Ils se postèrent non loin du tunnel.

Le bruit lent et régulier de tintements métalliques, cadencés par une marche tranquille, se fit entendre. Leurs chocs résonnaient et se rapprochaient. Une silhouette se devina dans la pénombre. Quelqu'un s'avançait, accompagné d'une faible lueur qui ondulait autour de lui ; l'ayam noir. Yorah avala sa salive. L'homme encapuchonné apparut dans la lumière rougeoyante. Le temps s'arrêta. Le jeune Artérien put observer à loisir celui qui l'avait tant effrayé dans le ciel des Bois Perdus, et qui s'avançait à présent vers lui.

Yorah fut frappé par son allure. Dix-sept ans après, la démarche d'Odi n'avait plus rien à voir avec la claudication lugubre qu'il traînait à Rowur. Il marchait, sûr et droit, comme si l'air lui-même s'écartait pour le laisser passer. Il était devenu un tout-puissant chef de guerre, à l'aura à la fois terrifiante et magnétique, qui vous susurrait comme une évidence que vous aviez tout intérêt à être de son côté.

Le tintement s'échappait de piécettes fixées à ses chaussures. Tout de noir vêtu, il portait son long manteau, affublé de doubles épaulettes d'argent. Celui-ci s'ouvrait sur son torse lacéré en diagonale par une abominable cicatrice. De multiples sangles s'enroulaient autour de ses bras et confondaient ses manches et ses gants. D'épaisses pièces d'armure argentées aux allures de griffes se superposaient le long de la cuisse gauche de son pantalon, liées à sa ceinture par plusieurs lanières de cuir.

L'atmosphère des Bois Perdus avait empêché Yorah de capter la Voix d'Odi. Celle-ci s'insinua dans son esprit. Les Murmures. Ceux qui avaient jailli du tunnel et qui l'avaient traversé dans les Plaines Émeraude. Ils frémissaient, comme si le calme apparent d'Odi menaçait d'exploser à tout moment.

— *Ina sar rou, re muäna*, dit Aéra en s'inclinant.

Alors qu'Odi s'approchait, malgré les ténèbres qui noyaient son visage, Yorah eut la sensation que l'homme le fixait du regard. Oui, c'était bien ça. Il ne se souciait pas du tout de Saya ni de Barak. À quelques mètres de Yorah, celui qu'Aéra appelait Mist commença à dessiner une trajectoire circulaire pour le contourner, sans pour autant le quitter des yeux. Un léger interstice entre ses lèvres révéla au jeune garçon qu'Odi ne faisait pas que l'observer. Non. Il l'admirait.

— Ainsi... c'est donc vrai... Un Porteur d'Ayam Blanc... glissa-t-il dans un sourire envoûté. Fantastique...

Médusé, Yorah n'osait pas tourner la tête pour le suivre. Il ne lui jetait que des regards furtifs et peu assurés.

— Bienvenue... messager de la planète ! lança, dans un souffle spectral, l'entité sombre à son jeune captif, avant de disparaître dans son dos.

Le cœur de Yorah accéléra. Messager de la planète ? Qu'est-ce qu'il voulait dire ? Yorah avala sa salive et prit son courage à deux mains. Il se retourna. Son interlocuteur avait quitté sa ronde autour du jeune garçon pour se diriger vers le rebord de la corniche. Yorah remarqua la terrible épée fixée dans son dos malgré l'absence de fourreau, à la manière d'Orichalque. Une longue poignée, sans garde, se terminait par un pommeau à deux pointes, qui évoquaient des cornes. La lame était crantée des deux côtés sur son extrémité et un métal noir descendait le long de celle-ci en son milieu, cisaillé d'une paire d'yeux démoniaques.

L'homme s'avança, tel un seigneur noir, au-devant des effusions incandescentes qui fouettèrent son manteau, pour dominer de son balcon le cœur rougeoyant de la planète. Sa silhouette s'embrasa d'une teinte de feu alors qu'il contemplait l'ardent spectacle. Il tendit la main, paume vers le ciel et, après quelques instants, un filet de lave venu des profondeurs s'aggloméra en une boule dansante au creux de ses doigts.

— Une telle énergie, ensommeillée et prête à exploser... dit-il fasciné, avant de prendre un ton plus sombre. Et pourtant, *Mère* ne parvient pas à éradiquer la menace...

Yorah, Saya et Barak échangèrent un regard épouvanté. Le jeune Artérien releva la diction parfaite de l'homme. La substance noire et le corps d'Odi ne faisaient plus qu'un. Le Porteur d'Ayam Noir relâcha la sphère de magma qui rejoignit sa chambre bouillonnante. Puis un étrange spasme gagna l'ancien mercenaire. Celui-ci tremblait, tourmenté, et avait toutes les peines du monde à réfréner l'entité enfouie en lui. Il agrippa d'une main torturée son visage. Le halo noir l'entoura quelques secondes, avant de disparaître. L'homme retrouva son calme et reprit son monologue.

— Mon nom est... Mist.

Entendre leur hôte enfin prononcer ce mot fit naître en Yorah un frisson qui lui secoua l'échine. Mist se tourna vers lui.

— Je suis ravi de te rencontrer, Yorah. Cela fait des mois que j'attends ce moment... *Frère*.

« *Frère ?* pensa Yorah. »

— Mère est très heureuse de nous savoir réunis, continuait ce dernier.

— Mais qu'est-ce que tu racontes à la fin ? osa Yorah.

— Je vais tout t'expliquer, répondit Mist en souriant. Et je tiens tout d'abord à m'excuser pour le périple que tu as traversé afin de parvenir jusqu'ici. Je crois que nous aurions tous préféré que tout ceci se passe... plus simplement.

Mist entreprit une marche le long de la corniche. Il jetait des regards au magma, mais maintenait sa plus grande attention sur Yorah.

— La planète... est notre Mère, dit l'être encapuchonné. Nous sommes tous issus de son Onorie. Les hommes, les animaux, les plantes, les éléments... Mère nous a fait le plus précieux des cadeaux ; celui de la vie. Nous sommes nés dans la paix, dans l'harmonie, tous unis par cette énergie universelle qu'est l'Onorie. Au commencement, les enfants de Terre sous Lunes se découvraient et s'enthousiasmaient de leurs différences. Ils apprenaient les uns des autres et grandissaient ensemble. Mère était heureuse.

Mist leva les yeux au ciel, alors que ses mots s'étaient voilés d'un ton mélancolique, comme si la nostalgie d'un souvenir lointain l'habitait. Il poussa un profond soupir et baissa le regard.

— Mais les choses ont changé, dit-il d'une voix ferme et calme, qui résonnait pourtant aussi puissante qu'un rugissement. Peu à peu, les enfants de Mère ont commencé à se craindre, puis à se rejeter, reprit-il en continuant sa marche au bord du précipice. Mère, dans son immense bonté, avait pris soin de façonner chacune de ses progénitures de manière unique. Leur diversité faisait leur force. Mais certains n'ont pas hésité à se proclamer supérieurs aux autres. Et aujourd'hui, les enfants de Terre sous Lunes sont capables de s'entre-tuer pour une simple couleur de cheveux...

Il s'arrêta et se tourna vers Yorah.

— Et Mère est en colère.

Une violente effusion de gaz explosa et secoua le jeune Artérien. Elle maquilla le visage enténébré de Mist d'un masque écarlate. Ce dernier repencha la tête vers le bassin de magma.

— Son sang bouillonne. Ses larmes tombent à torrents. J'entends ses hurlements et je partage sa peine, ragea-t-il en serrant le poing. Mère est en colère, Frère...

Il regarda de nouveau Yorah.

— ... et je suis persuadé que tu l'entends aussi.

La stupeur de Yorah fit naître un sourire chez Mist.

— Tu peux l'entendre, n'est-ce pas ? La Voix de Mère ?

— Les Voix ? dit Yorah, stupéfié. Tu peux les entendre ?

— Aéra m'a rapporté quelque chose d'intéressant à ton sujet. Tu sembles capable d'entendre les Voix de chaque être vivant. Ce n'est pas mon cas. Je ne peux ressentir que celles de Mère et de ses messagers. Si ça n'avait pas été dans ces maudits Bois Perdus, j'aurais pu te retrouver tout de suite. Je sentais que tu n'étais pas loin.

« Lui aussi était bloqué par l'atmosphère des Bois Perdus, pensa Yorah. »

— La Voix de Mère, elle, résonne en un grondement, un cri lointain... reprit Mist. Un mal-être omniprésent, que rien n'apaise... à tel point qu'il imprègne ton âme.

Yorah se raidit.

— Oui, la peine de ton âme... est celle de la planète, reprit Mist. La souffrance de Mère est tienne. Elle te ronge, t'obsède. N'es-tu pas souvent en colère ? Cette colère, c'est celle de Mère qui s'exprime. Tu es son messager.

Yorah en tremblait. Le tourment qui l'habitait n'était pas dû à son propre rejet par les Artériens ? C'était celui de la planète ? Mais comment ?

— Je t'ai appelé, continuait le seigneur sombre. Mère également. Tu as dû nous entendre aux abords de Cinis, où l'énergie de Mère imprègne la région. Mère te poussait à venir me rejoindre, révéla-t-il avant de marquer une pause. En revanche, tu n'as aucune capacité guerrière...

— Il en a acquis durant son périple, intervint Aéra.

— Oh ! parfait ! Ton pouvoir semble ne pas être arrivé à maturité. Je suis certain que tu nous dévoileras d'autres talents incessamment sous peu, sourit Mist. Cela doit être dû à la couleur blanche de ton ayam, ce qui fait de toi quelqu'un d'unique. Mais cela ne change en rien le rôle que t'a confié Mère. N'est-ce pas, Frère ?

— ARRÊTE DE M'APPELER COMME ÇA ! OÙ VEUX-TU EN VENIR ?

Mist rit.

— Malgré toute sa puissance, Mère ne parvient pas à enrayer d'elle-même le mal qui s'est installé. Alors, chaque fois que cela est nécessaire, elle envoie des élus pour remettre ses enfants dans le droit chemin. Il s'agit des messagers de la planète... les Enorars.

— Les Enorars ? suffoqua Yorah.

— L'Onorie est l'énergie de Mère. C'est par elle qu'elle nous transmet ses émotions. Quand la fureur la gagne, l'Onorie devient agressive, tourmentée, et si la rage de Mère dépasse les limites de ce qu'elle peut tolérer, l'Onorie se concentre jusqu'à prendre l'apparence d'une matière organique. La colère de Mère prend vie.

« La substance noire... pensa Yorah. »

— Cependant, même à cet état organique, la colère de Mère ne peut agir. Elle a besoin d'un hôte. Elle fusionne donc avec l'un de ses enfants pour donner naissance à un Enorar, lança Mist en dévoilant au creux de sa main une gerbe de halos noirs. Puis, les Enorars interviennent pour rétablir l'harmonie parmi les enfants de Mère. Ils sont ceux que les hommes appellent les Porteurs d'Ayam.

Le cœur de Yorah éclata dans sa poitrine, dans un tel vacarme qu'il ne perçut plus, l'espace d'un instant, le grondement du cratère. Mist sourit.

— Ton ayam est la preuve que tu es, toi aussi, imprégné de la colère de Mère... même si sa lumière blanche semble indiquer un autre facteur dans l'équation, fu ! fu !

Yorah était tétanisé. Cette substance noire, cette chose immonde de Rowur, coulait dans ses veines ? Mist mit fin à son lugubre halo et poursuivit.

— L'action des Enorars survient dans les heures sombres. Elle est de ce fait synonyme d'importants sacrifices, lança-t-il gravement. Et à cause de leur implication dans les grandes catastrophes du monde, ils tiennent une place de choix, dans les croyances populaires, au sein des êtres maudits. Ils sont redoutés plus que nul autre. Mais tout ceci n'est que balivernes. Il ne s'agit pas de catastrophes, mais de guérison, de purification. Nous ne sommes pas le pire fléau de Terre sous Lunes, comme ses habitants l'affirment, mais ses sauveurs.

— Les Porteurs d'Ayam... Des sauveurs ? balbutia Yorah.

— Mais... Les grandes catastrophes... intervint Saya. Vous voulez dire... l'Armageddon ?

Mist approuva d'un signe de tête.

— Entre autres, oui. Rien d'étonnant à ce que vous ne soyez pas au courant. Les Els sont terrifiés par les Enorars et font l'impossible pour nous effacer de l'histoire ou minimiser nos actes. Peu de gens savent, et seul notre statut d'êtres maudits s'est répandu, sans explications quant à l'origine de cette appellation.

— Mais l'Armageddon a ravagé la planète ! s'insurgea Saya. Comment peut-on parler de guérison ?

— À chaque mal, son remède. Si les Enorars ont déclenché l'Armageddon, c'est que les circonstances l'imposaient. Pour qu'ils soient contraints d'abîmer Mère, la situation devait être dramatique. N'oubliez jamais que ces bouleversements ne sont que les fruits de votre existence.

— Mais... Mais... trembla Barak. Et les quantités colossales d'Onorie qui ont été libérées... Les Terres du Sud sont un cauchemar à présent. Les relargages d'Onorie détruisent l'environnement !

— L'excès d'Onorie change le visage de Mère, certes. C'est regrettable, mais c'est l'unique solution qu'elle ait pour se débarrasser des nuisibles. L'environnement évolue et devient un danger pour les hommes. Mais ce n'est pas parce que l'Onorie constitue une menace pour ses enfants qu'elle en est une pour la planète. L'Onorie aura beau grandir et l'environnement changer, la planète sera toujours là. Seuls ceux qui la pervertissent disparaîtront. Une nouvelle ère débutera avec de nouveaux enfants, conscients de la valeur de la vie. L'Onorie est une arme précieuse pour Mère ; elle apporte la vie, mais peut aussi semer la mort. Et je compte bien m'en servir.

— Qu'est-ce que tu veux dire ? osa Yorah.

— Les hommes, par leur utilisation intensive de la magie, contribuent à leur propre disparition. C'est assez ironique. Néanmoins, cela n'est pas assez rapide et je souhaiterais, autant que possible, sauvegarder la beauté du Nord. Aujourd'hui, l'avenir de Terre sous Lunes est entre mes mains. Non. Il est entre nos mains, Yorah. Je n'emploierai pas une solution aussi extrême que l'Armageddon, mais je débarrasserai Terre sous Lunes de tous ceux qui la souillent, une bonne fois pour toutes, sans pour autant blâmer ceux qui y méritent leur place.

Un tremblement venu des profondeurs secoua le cratère.

— J'ai sillonné la planète. J'ai vu de mes yeux l'égoïsme de certains et la détresse d'autres. Qu'ils aient été Ombreux, Lumineux ou Sans-Pouvoirs, j'ai pris sous mon aile ceux mis au ban et notre armée a grandi, chacun de ses soldats animé par la même flamme de renouveau et de justice. L'ordre des Bâtisseurs fut ainsi fondé. Puis, nous avons observé les populations afin de sélectionner ceux dignes de prendre part à cette nouvelle ère. Par souci de discrétion, nous enlevons les élus et les emmenons dans un lieu sûr pour leur faire notre proposition. S'ils acceptent, ils sont autorisés à convier quelques-uns de leurs proches, souvent leurs familles. Ton statut d'Enorar, Yorah, te désignait automatiquement. Aéra m'a rapporté le calvaire de ton quotidien à cause de ton ayam. C'est pour t'aider dans ton choix que Rosa avait décidé de capturer tes deux amis, mais tu seras libre de sélectionner d'autres personnes.

Mist marqua une pause et le ton de sa voix s'assombrit.

— Dès que tous les partisans nous auront rejoints, nous entamerons la purification. À partir de la colère de Mère, j'ai élaboré une poudre extrêmement riche en Onorie et nous l'avons testée à Cinis.

— Testée ? s'indigna Yorah.

— L'essai a dépassé toutes nos espérances. Bientôt, nous

déverserons la poudre sur les cités du Nord. Une fois ses habitants intoxiqués à l'Onorie, nous retirerons la poudre. Ils mourront du manque et le mal disparaîtra de lui-même.

Un silence tomba.

— Vous allez répandre cette poudre sur tous les peuples du Nord ? suffoqua Yorah.

Mist le cibla du regard.

— Oui, asséna-t-il glacial.

Yorah fut envahi d'effroi. Il se tourna vers Aéra.

— Comment as-tu pu adhérer à un tel projet de barbarie ? explosa-t-il. Je sais que tu as connu ton lot de malheur, mais ne t'avons-nous pas traitée avec respect à Artéria ? N'avons-nous pas été présents dans les moments difficiles ? C'est comme ça que tu nous remercies ? Pourquoi ?

Le visage d'Aéra se déforma d'un spasme.

— *Pourquoi ?* répéta-t-elle, le poing serré si fort que son corps entier tremblait de rage.

Devant les yeux ébahis de Yorah, Saya et Barak, des étincelles blanches crépitèrent autour du poing d'Aéra. Il s'embrasa d'un feu d'albâtre. Ses ondulations, d'ordinaire paisibles, s'agitaient, violentes, sous la fureur de sa maîtresse.

— VOILÀ POURQUOI !

Yorah aurait voulu dire quelque chose. Le regard rivé sur la flamme blanche, il ne pouvait articuler le moindre mot. Blême, il voyait la mécanicienne se noyer dans un torrent de détresse et de colère. Pourquoi ne l'avait-il jamais deviné ? Était-il en partie responsable de sa chute ? Et connaissait-il seulement un peu cette femme qu'il avait côtoyée depuis son enfance ? Aéra mit fin à son halo.

— Si tu te demandais pourquoi tu n'arrivais pas à détecter ma présence, tu as ta réponse ! gronda Aéra à Yorah. Je faisais également profiter de mon pouvoir à mes acolytes, si besoin, comme Rosa à Artéria.

— Une Lumineuse... dit Saya d'une voix éteinte. Tu nous l'as caché tout ce temps ?

— Tss ! Certains se risquent à se dévoiler à leur communauté d'adoption, mais je ne suis pas aussi inconsciente, ragea Aéra.

Yorah grogna. Le reste de la lugubre troupe demeurait silencieux. Il laissait la parole à leur camarade.

— Vivre parmi les Artériens n'était pas déplaisant, reprit-elle. Il arrivait des jours où j'oubliais presque ma nature de Lumineux. Mais ces jours étaient rares, et trop souvent la grande faucheuse se rappelait à moi. Je ne compte plus le nombre de fois où j'utilisais l'Onorie par réflexe, et priais pour ne pas avoir été vue. Sans parler des contrôles inopinés des Ombreux quand je partais dans les terres avec Vise, Lumineux lui aussi.

— Ton mari... Lui aussi ? intervint Barak.

— Oui.

Elle s'arrêta, étranglée par un sanglot. Des larmes s'écoulèrent de ses yeux.

— Le jour de sa mort, dit-elle d'une voix entrecoupée, il n'est pas tombé sous le feu d'une attaque ombreuse aléatoire, comme je vous l'ai raconté. Quand nous sommes allés à Emptor, un mur a cédé et a menacé la vie d'un enfant. Sans réfléchir, j'ai utilisé mon pouvoir pour retenir la chute des blocs de pierre, afin qu'il puisse s'échapper... au moment où une patrouille de soldats ombreux se trouvait sur les lieux. J'étais piégée. Mais, sans prévenir, Vise a décidé de se dénoncer à ma place. Il a dévoilé son halo blanc aux Ombreux, qui l'ont abattu sous mes yeux.

— Tatie Mécanic... s'attrista Saya.

— Tout a changé ce jour-là. Effondrée, je suis rentrée à Artéria. Vous m'avez, certes, apporté votre soutien, mais pas celui que j'attendais. « Nous sommes navrés Tatie Mécanic, mais nous ne pouvons rien y faire ». Nous ne pouvons rien y faire. Subir. Rester à l'écart des problèmes. Vous n'avez que ces mots-là à la bouche à Artéria.

Un frisson parcourut Yorah. Il comprenait parfaitement ce que la mécanicienne ressentait.

— Je me suis investi corps et âme dans le Cœur pour tenter d'oublier ma peine. En vain. Seule avec la machine, chaque coup de marteau, chaque étincelle, chaque flamme, ne faisait qu'attiser ma rage. J'avais passé toute mon existence à vivre dans la peur et, à présent, les Ombreux m'avaient pris mon mari. Toute une vie de frustration, de secrets et de résignation... pour en arriver là ? Non, c'en était trop. La colère que j'éprouvais ne s'apaiserait pas. Alors, j'ai rejoint le mouvement du seul homme qui avait décidé de s'opposer à ces exactions. Un plan radical, mais nécessaire, car ce mal ronge tout Terre sous Lunes... et il doit être coupé à la racine !

Aéra regarda Yorah. Baigné de larmes, le visage de la Lumineuse s'enlaidit alors que la haine reprenait le dessus. Elle cisaillait celui-ci de rides profondes et labyrinthiques, contractait les muscles palpitants de ses joues, cornait ses lèvres pour révéler des dents écrasées et frémissantes. Méconnaissable.

— Je vais te dire une bonne chose, p'tit. À partir du moment où tu as été désigné comme être maudit, tu ne pourras pas y échapper. Le malheur finira par s'abattre sur toi. Et si ce n'est pas toi, il frappera ceux que tu aimes. C'est inéluctable. Chacun d'entre nous, parmi les Bâtisseurs, a tout perdu ! TOUT !

Troublé par le discours de l'ancienne Artérienne, Yorah jeta un regard blême aux autres membres de la troupe. L'agressivité qu'il avait lue dans leurs yeux lui apparaissait à présent comme de la peine et de la souffrance. Yorah ne pouvait s'empêcher de penser à ce qu'il vivait au quotidien et ne pouvait occulter la compassion qu'il ressentait à leur égard.

— Si les Artériens avaient eu la possibilité de se débarrasser de toi, que crois-tu qu'ils auraient fait ? intervint Mist.

Yorah baissa la tête.

— Combien de fois as-tu dissimulé ton ayam pendant ton voyage, par peur d'être jugé ? Je sais exactement ce que tu vis. Tout ceci pourrait prendre fin. Tu serais libre, avec tes proches, dans un monde où seuls les méritants auraient leur place.

Le jeune Artérien serra le poing. Tout s'emmêlait dans son esprit. Il essayait de réfléchir, mais il ne parvenait pas à se défaire du mal-être qui le hantait. Cette complainte permanente était donc celle de la planète. Maintenant qu'il en avait pris conscience, celle-ci hurlait en lui comme jamais. La planète pouvait-elle être à ce point en colère ?

— C'est effrayant, n'est-ce pas ? lui lança Mist.

Yorah releva la tête.

— J'entends ton trouble, sourit le chef des Bâtisseurs. Crois-moi, la colère que tu ressens est réelle. La planète souffre. Ne souhaites-tu pas l'apaiser ? Les hommes ne changeront pas. Mère a renié ses enfants et ils doivent disparaître. Ne souhaites-tu pas mettre un terme aux exactions et communier avec Mère dans le bonheur ? Tu peux lire dans mon âme. Tu verras que je dis la vérité.

Yorah se concentra sur la Voix de Mist. Les murmures qui l'animaient ne laissaient aucun doute. Mist disait vrai. Il voulait ramener la paix. Il voulait, du plus profond de son être, sauver Terre sous Lunes. Ce dernier fit un pas vers lui et lui tendit la main.

— Tu es né pour ça... Frère !

Yorah perdit son regard dans les ténèbres du visage encapuchonné. Un fourmillement parcourut sa main.

— Et qu'advient-il de ceux que vous enlevez et qui refusent de vous rejoindre ? s'écria alors Saya. Je doute que vous les relâchiez !

Mist tourna la tête vers Saya.

— Cela n'arrive que rarement, dit-il.

— Mme Charroyer de Port-Parvus pleure son mari, Fascis, depuis son rapt !

Mist ne répondit pas tout de suite.

— Ça te dit quelque chose, Dolos ? lança-t-il.

— OUI, grogna l'homme au faciès bestial. IL A DÉCLINÉ NOTRE OFFRE.

— Qu'est-il devenu ? insista Saya.

333

— Ceux qui ne sont pas avec nous... sont contre nous, asséna Mist, glacial. Cet homme a eu sa chance et l'a laissée passer.

— Vous l'avez tué... murmura Yorah en songeant à Sarcina.

Le grondement du cratère répondit à la place de Mist.

Quel courage, pensait Yorah. Fascis aurait pu sauver sa vie et celle de sa famille, mais il avait préféré rester fidèle à ses convictions. Contrairement aux autres qui avaient accepté et fait enlever leurs proches, lui n'avait pas cédé face à la peur. Lui n'avait pas cédé face à la mort.

— Alors, dit Mist en s'approchant, quelle est ta réponse ?

Yorah releva des yeux furieux vers lui.

— Ce ne sont pas les *méritants* qui sont dans vos rangs, mais les plus terrorisés. Les méritants sont morts, parce qu'ils ont refusé de vous rejoindre, ragea Yorah. Je suis maintenant certain, grâce à Fascis, qu'aucun d'entre vous n'a un centième de son courage et de ses valeurs !

Yorah sentit le pouvoir d'Adek l'envahir et galvaniser son corps et ses poings.

— Tu dis que les gens ne peuvent pas changer, mais Barak m'a montré que même quelqu'un comme lui pouvait revenir me sauver la vie tout à l'heure !

— Hé, ho ! grommela ce dernier.

— Désolé, lui répondit Yorah avant de lui jeter un regard appuyé.

Mist serra le poing.

— Tu oses te rebeller... contre Mère ?

— La peine de la planète m'attriste, mais je refuse d'adhérer à ce massacre. Je refuse de croire qu'un tel acte puisse rendre la planète heureuse. Et puis... si j'acceptais... je ne pourrais plus regarder Sarcina en face, ainsi que tous les autres qui nous ont aidés, Latro, Dalsen, et surtout...

Les ténèbres d'Odi emportant Adek et Loki défilèrent dans l'esprit de Yorah. L'aura des Ombreux explosa du corps du jeune garçon et le halo sombre l'enveloppa de son feu tranchant, qui fulminait à toute allure et cisaillait l'air autour de lui.

— ... COMMENT POURRAIS-JE REGARDER ADEK ?

Les Bâtisseurs se mirent en garde, tous à l'exception de leur leader. Yorah lança une boule d'énergie vers la paroi du cratère, dans les hauteurs, au-dessus de ses adversaires. Ces derniers, surpris par la déflagration, levèrent les yeux au ciel pour éviter les blocs de roche qui leur tombaient dessus.

— MAINTENANT, BARAK ! s'écria Yorah.

— C'est déjà fait ! répliqua le professeur de survie.

Barak avait profité de la diversion pour s'emparer de Saya, qu'il portait comme un sac à patates, et courait à grandes enjambées vers les passerelles.

— Bravo ! se réjouit Yorah.

— Bien joué ! s'extasia Saya.

Mais son enthousiasme s'effaça lorsqu'elle aperçut Yorah lui adresser un signe de la main.

— Mais... Yorah... il ne vient pas ? s'alarma-t-elle.

— Non, dit Barak d'un ton grave, c'est son idée. Il reste derrière pour nous couvrir.

— Quoi ? Tu n'es pas sérieux ! On ne peut pas l'abandonner !

— Il s'en veut de nous avoir entraînés là-dedans. Je suis désolé, mais il m'a fait promettre de ne pas revenir ! Il nous rejoindra dès que nos arrières seront sûrs !

— YORAH !

Le cri de Saya parvint aux oreilles du jeune garçon, heureux de savoir que son plan avait fonctionné.

— Où est-ce que vous croyez aller comme ça ? grogna Aéra en auréolant son poing.

— NON ! s'écria Yorah en lançant une boule d'énergie qui éclata la roche aux pieds de la mécanicienne.

— Laisse, Aéra, dit Mist. Ils n'iront pas loin.

Yorah intensifia son aura. Il s'élança sur Mist, d'un bond d'une telle violence que la pierre se fractura sous son impulsion. Il fondit sur sa cible et arma son poing pour frapper. Il visait le visage, mais le chef des Bâtisseurs leva la main pour parer sans effort l'incroyable impact provoqué par le jeune rebelle. Un souffle terrible s'en dégagea. Il repoussa Aéra et les parois du cratère vibrèrent de poussières.

Le manteau de Mist se soulevait en furie. Son capuchon finit par céder. Il s'envola pour disparaître dans les tréfonds incandescents du volcan. L'adversaire de Yorah n'avait même pas pris la peine de lever la tête pour contenir l'attaque. Figé dans les airs, le jeune Artérien vit, devant ses yeux effarés, s'agiter une chevelure d'argent. Une cicatrice en forme de croc déchirait la joue droite de Mist. Le chef des Bâtisseurs porta sa main à son visage et gratta sa vieille blessure de son pouce.

— Adek... dit-il en relevant la tête pour dévoiler la flamme glacée de son regard bleu. On m'a appelé comme cela à une époque...

Chapitre XIX

LE COMBAT DE LA MÉMOIRE

Non.

Ses yeux lui mentaient. Yorah forçait son regard comme pour les obliger à changer leur verdict.

L'homme qui se tenait face à lui arborait un visage mutilé. Sa cicatrice sur la joue droite s'accompagnait de trois autres griffes sur la joue opposée. Il paraissait aveugle de l'œil gauche, dépourvu de pupille, et amputé de l'oreille droite. Le poids d'une vingtaine d'années étirait ses traits, mais, oui... aucun doute. Il s'agissait bien d'Adek. Adek était Mist.

Yorah sentit l'âme du mercenaire le quitter. La poigne de son adversaire écrasa alors son poing. Un spasme de douleur remonta le long du bras du jeune garçon, qui étouffa un cri en un râle crispé.

— Tu es... un Enorar ! lança Mist d'une voix féroce. Tu ne peux tourner le dos à Mère ! Tu n'entends pas sa déception ? Ces cris ne te déchirent-ils pas le cœur ?

Il asséna un violent coup de poing dans l'estomac de Yorah. Ce dernier s'envola dans les hauteurs, avant de retomber lourdement au sol. L'attaque de Mist lui martyrisait l'abdomen. Yorah cherchait son souffle. Des centaines de questions se bousculaient dans son esprit. Comment Adek pouvait-il être là ? Odi l'avait abattu dix-sept ans plus tôt. Yorah avait hérité de l'âme du mercenaire ; il ne pouvait pas être vivant !

Le tintement fit de nouveau écho dans le cratère. Yorah releva la tête. Adek s'avançait vers lui, et l'accablait de son regard de glace. Le jeune garçon voyait son ancien frère d'armes approcher et menacer sa vie, lui qui l'avait tant de fois arraché aux griffes de la mort pendant leur périple. Les yeux de l'adolescent s'embuèrent. Il avait appris à connaître Adek. À l'apprécier. À lui faire confiance. Leur histoire commune n'avait-elle été qu'un mensonge ? Un subterfuge, un sortilège jeté par Porcus Rosa, afin d'attirer Yorah et lui permettre de rejoindre Mist, évidemment. Yorah frappa le sol d'un poing féroce et maudit l'imbécile qu'il était. Pendant qu'il se perdait dans ses doutes, le tintement sonnait de plus en plus fort. Les pas de Mist résonnaient en lui. Ils tonnèrent bientôt, pour se mêler aux attaques lourdes de son cœur contre sa poitrine. Yorah fusilla Mist d'un regard prédateur.

« Et lui... Ce sale traître... »

Le grondement de son âme devint intense. La colère de la planète nourrissait celle de Yorah. Et les larmes coulant le long de ses joues ne pourraient éteindre le feu qui s'était emparé de lui.

Yorah se releva. Il dégaina son épée et la pointa vers Mist, sous l'œil amusé des Bâtisseurs. Face au fourbe, Yorah sentait malgré tout Adek se manifester en lui. Mais le jeune garçon ne le laisserait plus s'exprimer ; le mercenaire lui tendrait un piège ou provoquerait son évanouissement. Rageur mais titubant, il s'élança et abattit Orichalque sur Mist. Celui-ci l'évita sans mal. Après quelques assauts désespérés et inefficaces, le seigneur noir empoigna Yorah à la gorge.

— Eh bien ? Où est passée ta vigueur de tout à l'heure ? dit-il.

Mist se tut. Il venait de remarquer le regard haineux que lui assénait Yorah. La vie de ce dernier ne tenait qu'à un fil. Pourtant, il n'avait pas le regard d'un homme aux portes de la mort. Mist lança Yorah contre la paroi du cratère. Le jeune garçon s'effondra de nouveau au sol. Après quelques instants, Yorah se redressa. Mist sourit.

— Tu es bien un Enorar, dit-il.

— Arrête de faire l'imbécile, p'tit ! intervint Aéra qui tournait autour d'eux. Accepte de nous rejoindre, sinon tu vas mourir !

Yorah ne l'écoutait pas. À bout de souffle, il courut jusqu'à Mist, qui le renvoya heurter le mur de roche. Le choc lui fit lâcher son épée. Face contre terre, Yorah sentait l'âme d'Adek insister, mais il tint bon. Ses doigts saisirent la poignée d'Orichalque. Il s'appuya sur une main. Puis sur un coude, et sur ses genoux. Il se releva.

— Mais bon sang, Yorah ! s'insurgea Aéra. Pourquoi n'abandonnes-tu pas ? Laisse-toi faire !

Bien que meurtri, Yorah transperça d'un regard noir le visage de la mécanicienne. Les traits de cette dernière paraissaient épuisés, vieillis, éprouvés par les tiraillements successifs de la haine, de la tristesse, et maintenant perdus dans l'incompréhension. L'espace d'un instant, la colère fuit Yorah. Des éclats de rire, des sourires, envahirent son esprit. Ceux de Tatie Mécanic, ceux d'une autre époque, avant son isolement dans le Cœur. Une embrassade, l'aura autoritaire et rassurante de la petite dame costaude, lui revinrent en mémoire. À mille lieues de la solitude torturée qui se tenait aujourd'hui face à lui. Le grondement intérieur du jeune garçon s'atténua. Yorah pensa à ceux qu'il aime. Puis à Saya et Barak, quelque part dans les hauteurs du cratère, toujours menacés. Une nouvelle énergie, comme une chaleur, vint réveiller des forces qu'ils croyaient éteintes. La peine s'immisça dans ses yeux et, d'un bref signe de tête, Yorah répondit par la négative, avant de se détourner de la Bâtisseuse, pour porter un nouvel assaut sur Mist.

Aéra s'effondra, à genoux, le regard dans le vague. Yorah encaissait de multiples coups, mais revenait inlassablement à la charge. Dans une énième tentative, Yorah fonçait droit sur son adversaire. Il exécuta alors des bonds de droite à gauche avant d'asséner son attaque. La feinte surprit le seigneur noir. Un choc métallique retentit. Le silence se fit parmi les Bâtisseurs. La lame bleutée d'Orichalque s'était heurtée à l'épée noire de Mist, contraint de dégainer pour parer la menace. Un rictus de colère déforma le visage de ce dernier. Une violente frappe du poing envoya le jeune garçon au tapis. Un coup de pied suivit et Yorah flirta avec le sol pour aller s'encastrer dans la paroi. Mist rangea son arme. Ainsi adossé, Yorah se laissait séduire par l'inconscience.

« Ça y est, pensait-il. Je n'ai plus de force. C'est terminé cette fois. »

Devant Aéra, prostrée, il voyait Mist s'approcher de lui ; il ne tarderait pas à l'achever.

— Jamais un Enorar n'a trahi Mère ! gronda-t-il.

Yorah espérait que Saya et Barak auraient assez de temps pour s'enfuir. Il sentait l'âme d'Adek bouillonner en lui. Il n'avait plus l'énergie pour la contenir. De toute façon, il allait mourir. Son évanouissement rendrait même la mort plus douce. Yorah cessa de résister et s'abandonna aux ténèbres.

Un grondement parvenait aux oreilles de Yorah. Celui-ci s'extirpa de l'obscurité pour faire face, haut dans le ciel sombre et chargé d'éclairs, au Grand Arbre de Rowur. À sa grande surprise, il se trouvait dans le corps d'Adek, de retour dix-sept ans en arrière. Le mercenaire avait donc réussi à éviter la dernière attaque d'Odi et n'y avait pas succombé. Au milieu de l'enchantement funeste des ayams noirs, Yorah voyait en contrebas la ville de Rowur plongée dans le chaos d'une immense boursouflure noire, semblable à celle qui avait perturbé le sommeil des Bois Perdus. La bulle éclata, dans un vacarme assourdissant, en même temps que la Cité Maudite. Adek fut soufflé au loin. Quand il parvint à se rétablir dans les cieux, des marques ténébreuses imprégnaient un gigantesque cratère, ainsi que les maisons ravagées aux alentours. Aucune fumée ne s'était dégagée de la détonation. Yorah s'horrifia du déluge de débris qui s'abattit sur les lieux. Ce pouvoir noir était terrifiant ; tout ce qu'il touchait semblait voler en éclats en un instant.

— Loki ! s'écria Adek en cherchant du regard son partenaire.

Dans la brume dissipée, Yorah remarqua que Rowur s'étendait au-delà de son amphithéâtre. D'innombrables impacts, colossaux, du même noir que l'attaque d'Odi, parsemaient cette partie de la ville, qui paraissait encore plus ravagée. Yorah crut deviner en son centre les vestiges d'un palais.

— Je suis là ! répondit alors Loki, à quelques mètres dans le ciel. ATTENTION, DERRIÈRE TOI !

Adek se retourna aussitôt. Le Porteur d'Ayam Noir, auréolé de son halo visqueux, venait d'apparaître dans son dos tel un éclair. Il asséna un terrible coup de poing à Adek, bloqué juste à temps par ce dernier, d'une main qui peinait à contenir l'assaut. Plein de hargne, le mercenaire repoussa Odi et riposta. Les coups fusèrent. Les esquives sifflèrent. Les parades rugirent et se confondaient avec le fracas du tonnerre. Aucun des adversaires ne cédait. La terre et le ciel basculaient et s'inversaient. Un coup atteignit Adek au visage et celui-ci plongea vers le sol. Odi enchaîna avec une boule d'énergie noire. Elle fondit sur Adek, mais Loki s'interposa pour la faire exploser à l'aide d'un sortilège. Ceci permit à Adek de se rétablir et il put poser le pied dans les ruines noircies de Rowur. Loki le rejoignit.

— Pas blessé ? lui demanda-t-il.

— Ça va, grimaça Adek en touchant son visage.

— Ça t'a laissé une marque noire...

— Son pouvoir est effrayant, il faut à tout prix se débarrasser de lui !

Odi atterrit non loin d'eux. Il éclata d'un rire avide.

— *C'est fini pour vous...*

— Cette saleté de substance maîtrise parfaitement le corps d'Odi à présent, grommela Adek. Nous avons sous-estimé sa capacité d'adaptation !

— Réfléchissons un instant, dit Loki. Depuis que nous sommes là, le reste de la substance n'a pas bougé de la mare au pied du Grand Arbre. Il lui est donc obligatoire de parasiter un corps pour se déplacer et pour utiliser ses pouvoirs. Autrement dit...

— ... Si on détruit le corps d'Odi, elle sera inoffensive !

Le halo noir d'Odi s'enroula autour de ses bras. Naquirent à leurs extrémités deux lames ténébreuses.

— Regarde, dit Adek à son frère d'armes, il va se battre avec deux épées, à la manière d'Odi. Le seul sortilège qu'il ait lancé est un sort de Foudre, sa spécialité. Cette chose assimile les techniques de son hôte et les reproduit à sa façon.

— À sa façon et en bien plus terrible ! Je propose d'en finir avant qu'elle ne nous dévoile d'autres de ses secrets, rit Loki, amer, en dégainant son épée.

— Très bien ! répliqua Adek en l'imitant.

Les deux compagnons s'embrasèrent de leurs halos ombreux. Les adversaires s'observaient dans une tension extrême. Un éclair sonore déchira le ciel pour donner le signal de l'assaut. Adek et Loki fondirent sur Odi et le martyrisèrent de leurs lames. Ce dernier contint leurs attaques dans un vacarme de métal. Le Porteur d'Ayam reculait, mais ne faiblissait pas. Ils s'envolèrent, remontèrent le tronc du Grand Arbre pour s'entrechoquer dans la jungle de son feuillage. Celle-ci explosait sous les impacts et les sortilèges en poussières noires. Elles plurent avec les débris d'écorces et de lianes sur la Cité Maudite, au rythme du passage des opposants, qui parcouraient les branches à toute allure. Puis ils replongèrent vers Rowur pour bondir dans les travées de l'amphithéâtre. Les murs volèrent en éclats sous leurs appuis et leurs attaques. Des écrans de fumée s'immisçaient à répétition entre Odi et les deux mercenaires. Mais ces derniers ne baissèrent pas leur cadence infernale. Le visage enragé d'Odi leur indiquait qu'ils lui donnaient du fil à retordre. Loki transperça alors l'épaule d'Odi.

Celui-ci hurla de douleur, d'un cri qu'on aurait dit venu des abîmes.

— Voilà l'ouverture, Adek ! s'écria Loki.

Mais la pointe d'Odi larda à son tour Loki. La lame de ténèbres s'allongea pour entraîner le compagnon d'Adek à travers la façade de plusieurs maisons, dans un fracas d'explosions qui résonnèrent au loin. Loki disparut dans la poussière et les gravats, alors que le bras acéré d'Odi revenait délesté de sa victime.

— LOKI ! s'époumona, Adek.

Yorah sentit la colère submerger le mercenaire.

— *INA SAR ROU, RE MUÄNA* !

Avec toute sa rage, Adek planta son épée dans le cœur d'Odi. Celui-ci hurla de nouveau. Un visage en souffrance se dessina dans le halo noir derrière lui. Adek et Loki avaient réussi, ils avaient vaincu la substance ! Ils avaient vaincu la colère de la planète !

Le halo noir criait et suffoquait. Il reprenait l'aspect liquide de la mare, contraint de fuir un corps qui se mourrait, mais qui savait pertinemment qu'il ne survivrait pas sans hôte. Tout à coup, un bras de substance agrippa la lame d'Adek, puis un deuxième. Ils s'accrochèrent ensuite à la poignée de son arme, puis à son bras. Un éclair glacial foudroya le mercenaire. Adek grondait et se débattait. Mais il ne parvenait pas à enrayer l'avancée de l'abomination. Un effroyable sourire fendit la créature. Devant les yeux horrifiés de Yorah, le parasite remontait vers le visage d'Adek, incapable de s'en dépêtrer.

Acculé, Adek sembla concentrer ses dernières forces. Un léger scintillement l'enveloppa.

— *Ina sar rou, re muäna... EMDUÄW !* murmura-t-il.

Le visage noirâtre se jeta sur celui d'Adek, au son terrible de l'ultime cri du guerrier aux cheveux d'argent. Tout devint nuit. Dans les méandres de son esprit, Yorah entendit une voix, celle d'Adek.

« Les conséquences de mes actes sont retombées sur toi...

Pardonne-moi, Yorah. Mais tu représentes l'espoir, tu as les deux en toi. Je t'accompagnerai jusqu'au bout dans ce combat ! »

— Mère est triste... soupira soudain le chef des Bâtisseurs dans le présent. Quel gâchis...

Le poing de Mist s'abattit sur Yorah. Sans relever la tête, ce dernier tendit la main pour bloquer l'attaque. Le jeune garçon leva les yeux pour transpercer d'un regard féroce son agresseur, alors que son pouce allait gratter sa joue droite.

— Tu n'es pas Adek... sale parasite !

Une énergie phénoménale jaillit du corps de Yorah. Le souffle furieux qui en résulta s'écrasa contre les parois. La roche se fissura. Elle éclata en débris qui s'envolèrent. Yorah sentait la puissance de l'âme d'Adek fulminer en lui. Elle avait attendu ce moment depuis trop longtemps. Enfin. Enfin, l'ancien mercenaire allait pouvoir arrêter le monstre qu'il était devenu dans le présent. Mist recula face à la pression qui émanait de son jeune adversaire. Un sourire fendit son visage.

— Montre-moi ce que tu sais faire, Porteur d'Ayam Blanc !

Les autres membres de la troupe regardaient la scène, Aéra à moitié perdue dans ses pensées. Yorah ramassa Orichalque et se releva. L'énergie des Ombreux flamboyait autour de lui. Le chef des Bâtisseurs l'imita en s'auréolant de la même lumière grise et diaphane ; il gardait son halo noir en réserve. Puis il dégaina sa terrible épée.

Un sentiment étrange envahit Yorah. Comme une mélancolie discrète derrière la détermination. Adek se faisait face à lui-même. Le passé et le présent eurent le même réflexe et se grattèrent la joue droite, tels deux reflets d'un miroir. Un miroir brisé.

Yorah s'élança et fondit telle une comète sur son ennemi. Dans un cri de rage, il abattit Orichalque sur ce dernier, qui para l'assaut de sa lame. Des gerbes de flammes sombres s'échappèrent de leurs auras sous l'onde de choc. Les jambes de Mist s'enfoncèrent dans la roche sous l'impact, qui se fractura sous la pression de l'attaque. Mist repoussa Yorah de son arme, haut dans les airs, pour se dégager. La pierre finit par se désagréger sous ses pieds. Elle chuta dans la lave en fusion et obligea Mist à réaliser un bond en arrière. À peine les deux adversaires touchèrent-ils terre qu'ils se propulsèrent de nouveau l'un vers l'autre. Ils se percutèrent de leurs lames et se fusillèrent tous deux du même regard. De nombreux éclairs sombres jaillirent de ce second choc. Ils griffèrent le sol rocailleux et les parois du cratère en soulevant sur leur passage poussières et fragments.

Yorah enchaîna les coups d'épée. Le tranchant d'Orichalque frôla à maintes reprises l'homme aux cicatrices, esquinta son arme dans des gerbes d'étincelles. Ce dernier reculait sous les assauts de Yorah sans jamais paraître dépassé pour autant. Bientôt, il riposta pour mener les débats. Le jeune Artérien esquiva et contra avec habileté ses estocades. Quelques signes d'agacements se lurent sur le visage du chef des Bâtisseurs. Il semblait perturbé.

Mist réalisa un bond en arrière et brandit la main gauche. Une boule d'énergie en jaillit. Yorah l'évita d'une roulade. Dans un cri assourdissant, l'ennemi déploya une salve de tirs qui fondit sur l'adolescent. Celui-ci multiplia les sauts de côtés et recula sous l'impact des explosions. Les morceaux de roches tombèrent en masse dans le bassin de lave. Chahuté par les détonations, l'Artérien se retrouva contre la paroi. Mais son opposant ne baissa pas la cadence de ses attaques. Adek intima au jeune garçon d'avancer afin de mettre fin au feu adverse. Yorah serra la poignée d'Orichalque. Il s'élança et esquiva les rafales d'appuis rapides et légers. Il progressa vers Mist. Ce dernier parut stupéfié par les déplacements du jeune garçon. Yorah arriva à sa hauteur et leurs lames s'entrechoquèrent. Après quelques échanges de coups métalliques, les deux guerriers se repoussèrent une nouvelle fois. Ils s'envoyèrent au même instant, dans un geste en reflet, une boule d'énergie. Elles se percutèrent dans une grande explosion. Un écran de fumée et de débris se propagea sur la corniche.

Les deux adversaires se révélèrent peu à peu derrière le voile de poussière. Ils demeurèrent immobiles. Mist affichait un regard haineux et ne pouvait dissimuler son énervement. Les opposants baissèrent la main en même temps, pour reprendre une garde identique.

— Dis-moi, lança Mist, pourquoi ta manière de combattre est-elle semblable à la mienne ?

— Je suis toi, répondit Yorah.

Une veine palpita sur la tempe du visage mutilé. Mist serra si fort son épée qu'elle se mit à trembler.

— AH OUI ? fulmina-t-il alors que ses yeux s'injectaient de noir.

La pression qui émanait de lui décupla. Une goutte de sueur ruissela le long des côtes de Yorah. Mist rengaina son arme.

— Fini de jouer ! grogna-t-il. Je comptais encore te raisonner, mais ma patience a des limites !

Il s'éleva dans les airs, pour trôner au-dessus du magma en fusion.

— Vous tous, ordonna-t-il à ses troupes. Partez devant. Je vais régler cette histoire et déclencher la dernière phase du plan.

— *Ina sar rou, re muäna !* lancèrent les sbires d'une même voix en s'inclinant.

— La dernière phase ? s'intrigua Yorah.

Son adversaire sourit.

— Je t'ai dit que tes amis n'iraient pas loin, tu te souviens ?

Yorah ne répondit pas.

— Il y a une autre raison pour laquelle j'ai choisi Cinis pour notre expérience.

— Que veux-tu dire ?

L'ennemi leva le bras, la main ouverte vers le ciel.

— QU'EST-CE QUE TU COMPTES FAIRE ? RÉPONDS ! le somma Yorah.

Mist ricana, pendant que ses hommes s'engouffraient dans le

tunnel souterrain. Il concentra son aura. Des éclairs de lumière noire s'entrechoquèrent au creux de sa paume. L'intérieur du cratère se mit à trembler. Des fragments de pierres s'élevèrent dans les airs. Une boule d'énergie se forma au-dessus de Mist, frémissante d'instabilité. Le visage de l'ennemi se durcit.

— CINIS SERA RASÉ PAR LA LAVE DU VOLCAN !

Mist abaissa son bras pour lancer la boule vers le bassin incandescent, sous les yeux horrifiés de Yorah. L'énergie sombre pourfendit la fumée dans sa course vers les abîmes. Elle transperça la rivière en fusion. Une terrible explosion retentit des profondeurs. Des projections de lave jaillirent et un souffle furieux de braises remonta vers les sommets. Il souleva le manteau et rougeoya la silhouette et le regard assassin du démon scarifié, braqué sur Yorah.

— Le magma emportera toutes traces de notre passage, et tes amis avec, lança Mist d'un calme terrifiant.

Le cœur de la planète bouillonnait d'agressivité. Des quantités colossales de gaz se libéraient. La lave commença une lente ascension dans la cheminée. Un tremblement incessant avait pris possession des lieux. De multiples pans de roches chutèrent. Catastrophe. Il avait fallu près de quatre heures à Yorah et Barak pour descendre dans le cratère. Ce dernier et Saya seraient rattrapés par la lave avant d'atteindre le sommet. Tant pis pour son adversaire. Yorah devait tenter de rejoindre ses compagnons pour les tirer de là. Il rangea son épée et bondit vers les hauteurs de la Montagne Cendrée.

— TU N'EN FERAS RIEN ! s'écria le chef des Bâtisseurs, qui lévitait tel un dieu s'adressant à un être inférieur.

Il foudroya Yorah d'éclairs sombres. Le halo du jeune garçon s'éteignit et son corps fumant, décoiffé de sa casquette, chuta au bord de la corniche. L'homme aux cicatrices concentra son pouvoir. Des éclairs noirs craquèrent autour de son corps. Une énergie féroce émana de lui, vibrante ; elle semblait dilater les parois du volcan.

« Ça y est, pensa Yorah, il arrive... Le halo noir ! »

L'ennemi se tordit de douleur. Ses yeux et ses cheveux se gorgèrent de noir. Le halo visqueux et ténébreux l'entoura. Les éboulements se multiplièrent. La roche céda sous Yorah, encore raidi par l'attaque de Mist, et entraîna l'Artérien dans le vide incandescent. Celui-ci se rattrapa de justesse au rebord. Il luttait de toutes ses forces contre les secousses de la pierre pour ne pas lâcher prise. Puis un craquement attira son attention dans les hauteurs. Un pan de roche chutait droit sur lui. Horrifié, Yorah se débattit avec rage, mais ne parvint pas à se hisser sur la corniche. L'ombre de la mort allait l'emporter. Mais quelques mètres avant l'impact, les blocs s'écartèrent de leur trajectoire. Ils sifflèrent derrière lui et disparurent dans le magma. Effaré, Yorah réussit à passer la tête par-dessus le rebord. Il s'aperçut qu'Aéra se tenait toujours à genoux, au milieu des gravats. La main de la Bâtisseuse, auréolée d'un halo blanc, le ciblait. Venait-elle de le sauver ?

Un nouveau pan de roche céda des hauteurs, son ombre dévorante grandissant autour de la mécanicienne. Cette dernière leva les yeux vers la menace. Elle aurait pu sauter en dehors du danger. Elle aurait même pu dévier les éboulis. Mais elle ne bougea pas. Elle les observait, comme hypnotisée et, quand il fut trop tard pour réagir, elle baissa la tête pour lancer un regard sans vie à Yorah.

— Adieu, p'tit.

— TATIE MÉCANIC !

Elle disparut sous le fracas des pierres. La zone se fissura de crevasses et se désolidarisa de la corniche. Elle chuta dans les tréfonds du volcan. Au bout de quelques secondes, un remous funeste du bassin de lave parvint aux oreilles de Yorah, les yeux figés sur la plate-forme brisée.

— Tatie Mécanic...

Au-dessus de lui, Mist se laissait envahir par la puissance de la substance noire. Dans un ultime cri, celui-ci acheva sa transformation par une terrible onde de choc qui creusa les parois du cratère. Les premières passerelles volèrent en éclats.

L'ennemi, enveloppé de ténèbres, posa des yeux d'ombre sur sa proie.

Yorah faisait enfin face au monstre qui avait terrassé Adek. Il réussit à regagner la corniche. Il ramassa sa casquette et la rangea dans sa poche ; hors de question de la perdre. Mist envoya une boule d'énergie qui alla exploser l'entrée du tunnel. Les éboulis s'imprégnèrent de noir ; toute fuite dans les souterrains était maintenant impossible. Yorah se mit en garde. Plusieurs bourrasques jaillirent alors de son adversaire. Des centaines d'impacts, comme des coups de poing, percutèrent le jeune garçon. Ils le martelèrent avec une telle vitesse et une telle force qu'ils le soulevèrent dans les airs. Les poings invisibles continuèrent leurs assauts pendant d'interminables secondes. Ils relâchèrent enfin leur victime, qui alla s'écraser au sol. Mist, lui, n'avait pas bougé d'un cil. Face contre terre, hagard, Yorah luttait pour rester conscient.

La lave avait atteint le niveau de la corniche. Elle submergea le rebord et s'avançait sur la pierre, lente et vorace. Le chef des Bâtisseurs vint se poser aux côtés de Yorah.

— Finissons-en, lança-t-il.

Il cibla Yorah de la main. Une boule d'énergie noire se forma au-devant de sa paume. Le jeune garçon, résigné face au pouvoir du parasite, le regardait impuissant. Celui-ci allait se débarrasser d'Adek une seconde fois, avec Yorah en prime.

Mais soudain la lumière blanche d'Aube irradia. Elle tentait de venir en aide à son ami. Quelques secondes s'écoulèrent. L'ennemi n'enclenchait toujours pas son tir. Les traits de ce dernier frémissaient de mal-être. Il poussa un cri de douleur caverneux. Il interrompit son sortilège et attrapa de ses mains acérées sa tête. Celle-ci paraissait sur le point d'exploser.

Mist reculait, titubait. Yorah se releva, la main sur les côtes, médusé par l'action d'Aube sur son adversaire. Sous la menace du magma, le chef des Bâtisseurs s'envola et disparut dans les hauteurs de la cheminée. Aube cessa de briller. Elle retourna à sa lévitation tranquille autour de Yorah. Celui-ci la regardait, admiratif. Le mystérieux pouvoir d'Aube l'avait tiré d'affaire, comme face à Keberuä.

— L'autre facteur... Le Lumineux dont parlait Dalsen, qui veille sur moi... murmura Yorah. Fantastique, Aube ! À deux, enfin à trois avec Adek, on a peut-être une chance !

Yorah rassembla ses forces et prit une profonde inspiration. Puis, il s'élança au-dessus de la lave qui manqua de le dévorer. Il s'appuya sur la paroi pour réaliser plusieurs sauts et s'extirpa du renfoncement de la corniche. Il rejoignit la première passerelle en état, où l'attendait Mist. Celui-ci le dévisageait d'un air plus agacé et déconcerté que jamais.

Face à face avec la figure tourmentée, au son des remous du magma et des effusions de gaz, Yorah s'attristait de la funeste apparence de l'homme droit et fier qu'il avait connu dans ses visions. Il se remémora le chagrin d'Adek sur la tombe de sa sœur, son respect pour l'aubergiste de Port-Parvus. Adek était combatif, parfois froid et direct, mais il était bon. Cette chose immonde de Rowur, ce voleur, avait effacé tout ce qu'Adek avait accompli, en l'espace d'un clin d'œil. À présent, les ruines d'un corps mutilé se tenaient devant Yorah, les ténèbres suintant des pores de sa peau. Les larmes montèrent aux yeux du jeune garçon. Mais elles ne purent marquer ses joues cendrées, séchant instantanément dans la furie du volcan. Hors de question de défaillir. Yorah devait rendre justice à celui qu'il considérait comme son frère d'armes. Il s'embrasa de son halo et se mit en garde. Il provoqua le chef des Bâtisseurs de son épée.

Mist attrapa son arme et se rua sur lui. Les lames s'entrechoquèrent. Aube, d'éclats de lumière, agressa Mist pour le repousser. Yorah saisit l'opportunité et poursuivit ainsi la lutte sur les passerelles friables. Le monstre de fusion engloutissait ces dernières les unes après les autres et chassa les combattants vers les hauteurs. Le métal d'Orichalque et de son antagoniste vibrait et résonnait dans le cratère. Aube intervenait à chaque fois que la pression de l'ennemi était trop forte. Celui-ci, rageur, éloignait l'ayam blanc d'un sortilège quand Yorah ne se jetait pas sur lui. Par leurs sauts sur les bras de roche, ils alternaient leur position et dominaient tour à tour leur opposant. La fatigue se fit sentir. Yorah tentait de reprendre son souffle, délesté de son halo qu'il ne parvenait plus à maintenir. Les mouvements brutaux imposés par Adek avaient eu raison de son corps, en souffrance. Mais Mist, inépuisable, ne lui laissait aucun répit. Une terrible explosion se produisit au sein du magma. Elle projeta des gerbes de lave et de roches incandescentes. Sous une pluie rouge, qui empêcha Aube de l'approcher, Mist, dans un cri bestial, asséna un violent coup vertical. Yorah para du plat d'Orichalque, à l'horizontale, l'extrémité de la lame soutenue de sa main gauche. Le sol se fractura sous ses pieds. Le sang inonda sa paume.

— Tu ne nous briseras pas... gronda Yorah en résistant de toutes ses forces. JAMAIS !

Il repoussa Mist et devint maître des débats. Le jeune Artérien laissa exploser sa colère dans chacune de ses frappes et obligea son ennemi, stupéfié, à reculer vers le magma.

— Je vengerai Adek ! Je vengerai Tatie Mécanic ! Et je vengerai tous ceux qui ont eu le courage de te tenir tête et que tu as tués ! rugit-il en martelant la lame de son adversaire.

Excédé, Mist esquiva une dernière taille latérale d'un bond par-dessus Yorah. Il atterrit à l'opposé de la passerelle. Sa garde changea. Il prit ses appuis, tendit le bras gauche vers l'avant, la main grande ouverte. Son bras droit tiré vers l'arrière, il pointait son épée, parfaitement à l'horizontale, sur Yorah. Il concentra son énergie.

Puis, la stupeur gagna son visage.

La main gauche grande ouverte et Orichalque pointée vers son opposant, Yorah venait d'adopter une posture identique. Le halo flamboyant d'Adek revint à ses côtés pour l'ultime assaut, le regard ardent de détermination. Mist se raidit de colère. Les fragments de pierre se soulevaient autour du messager du passé et de la menace du présent, chacun posté à une extrémité du pont, leurs épées rivées droit sur leurs cœurs.

— MEURS DONC ! CYCLOLAMES ! s'écria Mist en élançant violemment son bras armé vers l'avant.

Un éclair de ténèbres jaillit de la pointe de sa lame. Il prit la forme d'une gigantesque tornade noire. Les bourrasques qui l'animaient tranchaient comme des rasoirs. Elles entraînèrent et tailladèrent tout ce qui se trouvait sur leur passage. Les parois du cratère furent rongées et imprégnées de ténèbres. La passerelle fut coupée en dés. Seul le rebord où se tenait l'homme aux cicatrices fut épargné, ainsi que le côté de Yorah, qui ne tarderait cependant pas à voler en éclats.

Mais le jeune garçon demeurait imperturbable. Adek était avec lui et lui dictait quoi faire. Cette technique était la sienne. Yorah savait comment la réaliser. En projetant la lame vers la cible, il fallait exercer un mouvement de vrille avec le poignet, associé à un sort de Vent.

— CYCLOLAMES ! riposta Yorah.

Il déchaîna la fureur de son épée, d'où naquit une tornade sombre bien plus lumineuse que celle de Mist. Les deux attaques se percutèrent dans un formidable impact. Des gerbes de lumière et d'éclairs noirs fusèrent. Le reste de la partie centrale du pont fut pulvérisé, obligeant les deux guerriers à se tenir sur un terrain très réduit. L'affrontement des tornades poursuivit son œuvre destructrice. Elles laminèrent les passerelles supérieures et inférieures. Yorah serrait les dents et luttait avec Adek, mais était peu à peu repoussé par son adversaire. Ses pieds dérapaient sur la roche sous la puissance du souffle. Sa chemise fut taillée en pièces, son short et son corps griffés de coupures.

— C'EST TERMINÉ ! asséna le chef des Bâtisseurs.

— MAINTENANT, AUBE ! s'écria Yorah, au bord de la rupture.

Échappant à la tornade, Aube se porta à hauteur de l'ennemi et réitéra son éclat. Un rictus de frayeur déforma les traits de l'homme aux cicatrices. Celui-ci hurla à la mort, terrassé par l'action de l'ayam blanc. La pression de son attaque faiblit. Yorah saisit l'occasion et libéra ses ultimes forces dans la sienne. Sa tornade évinça son opposée sous le regard horrifié de Mist. Elle emporta le Porteur d'Ayam Noir. Elle déchiqueta ses vêtements, lacéra sa chair. Mist fut projeté avec violence contre la paroi qui se fractura et se creusa. La furie des bourrasques tranchantes cessa et mit fin à son supplice. Figé dans la pierre, son corps tremblant d'agonie toisa Yorah.

— *Tu... n'y échapperas pas...* expira Mist dans un dernier souffle.

Il perdit connaissance et glissa, l'argent de ses cheveux réapparaissant derrière la fuite des ténèbres. Prostré, son épée vacillante pointée vers l'avant, Yorah regarda de ses yeux miroitants la dépouille du mercenaire tomber avec son arme dans le précipice, au côté de son ayam. Mist disparut dans le magma. Yorah s'effondra sur la maigre corniche qui se trouvait sous ses pieds, la tête au-dessus du vide incandescent.

Chapitre XX

RETROUVAILLES

La main de Yorah peinait à retenir une épée qui lui échappait. Ses forces, ainsi que celles d'Adek, le quittaient. La douleur électrisait le moindre de ses muscles. Sa vue trouble contemplait le feu du magma qui approchait. Yorah céda au poids de ses paupières. Il sentait la menace des pierres, qui sifflaient dans ses oreilles, et les éruptions de gaz, qui soulevaient ses cheveux. Orichalque glissait entre ses doigts. Il allait s'évanouir.

— AÏE ! s'écria-t-il alors.

Un objet métallique venait de le frapper dans le dos.

— MAIS AÏÏEEE ! s'insurgea-t-il à la suite d'un second choc sur la tête.

— Yorah !

Cette voix... c'était celle de Saya ! Yorah se tourna sur le dos. Dans les hauteurs, malgré la fumée, il distingua Saya et Barak, des pièces de son armure en moins, qui lui faisaient de grands signes. Ils se trouvaient sur une passerelle, à une vingtaine de mètres au-dessus de la sienne. Les suivantes étant brisées, ils ne pouvaient descendre jusqu'à lui.

— Saya... Barak...

— Yorah ! s'écria Saya. Tu dois nous rejoindre !

« Les rejoindre ? pensa Yorah. Facile à dire... C'est trop loin. Je n'y arriverai jamais dans mon état. »

Le bouillonnement du magma approchait. Une lumière fiévreuse gagnait les reliefs fracturés des parois.

— Allez, Yorah ! Tu peux le faire ! Aaaah ! s'écria-t-elle après la chute d'un rocher qui l'avait frôlée.

— TU VAS TE BOUGER, OUI ? l'encouragea à sa manière Barak.

Yorah grimaça et se releva. Il chercha son souffle et se focalisa sur l'objectif à atteindre, l'ultime effort à accomplir.

— Adek... si tu m'entends... je sais que ce n'est pas une situation où tu te manifestes d'habitude, mais... j'aurais bien besoin d'un dernier coup de main...

Dans le vrombissement du volcan, la réponse d'Adek ne se fit pas attendre. Yorah sentit son aura, au plus profond de ses tripes. Une once de force qui sonnait comme un au revoir, avant de s'éteindre, pour de bon.

— Merci... Adek !

Yorah se concentra et engagea toute son énergie dans ce saut décisif. Il s'élança avec toute sa rage vers la passerelle de Saya et Barak. Ceux-ci gesticulaient d'encouragements et d'euphorie.

Mais ça ne suffirait pas. Yorah le savait. Il avait beau tendre le bras de tout son long, Saya et Barak de même, il ne parviendrait pas à attraper leurs mains.

— Il va être trop juste ! s'alarma Barak.

— Tiens-moi par les pieds, Barak ! prévint Saya en se jetant dans le vide.

— QUOI MAIS T'ES MALADE ! s'égosilla celui-ci en plongeant sur les chevilles de Saya.

Yorah s'étendit, à s'en décrocher le bras, vers les mains grandes ouvertes de Saya. Celles-ci se refermèrent sur la sienne.

— JE L'AI ! s'écria-t-elle.

Barak les hissa ensuite jusqu'à lui. Les trois compagnons se tombèrent dans les bras, même si Barak se ravisa vite après sa montée incontrôlée d'émotion. L'urgence de la situation se rappela aussitôt à eux. À peine Saya et Yorah avaient-ils jeté un œil inquiet au magma que Barak les avait attrapés et les portait sur ses épaules. Le professeur de survie détala à une vitesse impressionnante et grimpa les quelques ponts qui les séparaient de la route circulaire. Barak ne réfléchissait pas. Il courait. Il faisait abstraction des éboulements qui s'écrasaient juste derrière son passage ou emportaient un bout de chemin devant lui. S'il y avait un trou, il sautait.

— VITEVITEVITEVITEVITEVITEVITE ! baragouinait-il dans sa course folle, le bouillonnement de la lave sur ses talons.

Après une incroyable ascension, il parvint à la salle où gisaient la jarre et les sacs de poudre noire. Il saisit leur sac à dos et le passa à Yorah.

— Laisse tomber le sac ! cria Yorah.

— Tu rigoles ? Il y a la chemise de Grand-Mama dedans !

— Et ma tenue de Dalsen ! ajouta Saya.

Barak s'engouffra dans le tunnel qui menait à l'extérieur. Il croisa alors la frimousse apeurée de Gugusse, tapie dans un recoin de la paroi.

— SUIS-MOI GUGUSSE ! VITE !

Yorah et Saya encouragèrent vivement Gugusse à leur tour. Le lapin s'élança à leur poursuite. Barak passa devant le poste de surveillance et s'engagea sur le sentier du volcan. Celui-ci serpentait jusqu'à Cinis. Ils aperçurent en contrebas un groupe de personnes. Elles titubaient et semblaient sortir du village pour remonter la côte.

— Les Cinissiens ? s'exclama Saya. Ils sont revenus à eux ?

— Super ! se réjouit Yorah. Holus a réussi à les nourrir !

— Holus ? Comment ça ?

— Je vous expliquerai tout à l'heure ! Barak ! Quitte le chemin et va vers eux ! Sinon on va se faire piéger par la lave !

— QUOI ? MAIS ILS SONT PAS DANGEREUX ?

— T'inquiète pas !

Barak bondit hors de la route et atterrit sur le flanc de la montagne, moins abrupte que dans les hauteurs, talonné par

Gugusse. Les dérapages et pertes d'équilibre du professeur de survie provoquèrent de nombreuses frayeurs aux Artériens. Entraîné par son élan, Barak s'horrifia en constatant qu'il n'arrivait plus à s'arrêter ; ses jambes tournaient comme un moulin. Il ne pouvait pas changer de direction et était contraint de sauter pour éviter les crevasses et les rochers. Barak hurla à la mort. Son calvaire prit fin quand la pente se fit moins raide et qu'il pénétra dans les champs, sa course freinée par les baffes frénétiques des épis de maïs. Il gagna peu après la côte, non loin de l'endroit où le groupe avait admiré, la veille, la Ceinture de Lune. La lave ne les atteindrait pas ici. Les trois compagnons étaient hors de danger.

Barak s'effondra en étoile, tant pis pour la bouillie de cendres. À coups de gémissements sonores, il tentait de récupérer de son sprint infernal. Posté sur son ventre, Gugusse montait et descendait au rythme de ses inspirations voraces.

— Tu manques d'endurance, lui lança Yorah.

Barak lui jeta un regard meurtrier et Yorah et Saya éclatèrent de rire. Peu après, sous la colonne de fumée qui se mêlait aux nuages, rafraîchis par les gerbes de l'océan, ils furent rejoints par les Cinissiens, revigorés par l'Onorie du maïs. Yorah expliqua à ses deux amis comment il avait réussi à ranimer Holus, avant de partir pour le volcan.

— Tu as pu sauver tes amis, se réjouit ce dernier, bravo !

— Vous aussi, répondit le jeune garçon.

— C'est grâce à vous. Vous avez risqué vos vies pour nous venir en aide. Pardonnez-nous de vous avoir brutalisés lors de votre arrivée, nous n'étions plus nous-mêmes. Vous avez notre profonde reconnaissance.

Holus et les siens s'inclinèrent, devant des Artériens soulagés et embarrassés. Puis, Yorah les éclaira sur l'intoxication qu'ils avaient subi. Les Cinissiens, sous le choc de ces révélations, se tournèrent vers leur village, dont la lave avait enfoncé les portes. Ils contemplèrent, blêmes, les remparts sombrer comme des bougies de cire et les toits de pailles prendre feu.

— Qu'allons-nous faire ? soupira le chef du village. Nous sommes condamnés à nous nourrir de ces cultures maudites. Mais quand nous aurons épuisé notre maïs, nous mourrons...

Yorah, Saya et Barak ne dirent mot devant la détresse des Cinissiens.

— Il... Il y a un moyen... balbutia alors le professeur de survie. Votre intoxication n'est pas irréversible. Vous devez vous détacher de l'Onorie, réapprendre à votre organisme à vivre sans. Pour cela, il faut réduire petit à petit les apports en Onorie du maïs, en réintroduisant progressivement de la nourriture saine. Cela ne sera pas évident, cela prendra du temps, mais vous pouvez vous en sortir.

Un sourire fendit le visage de Yorah et Saya, pendant qu'une rumeur naissait au sein des Cinissiens.

— Alors c'est tout vu ! s'exclama Yorah en se relevant. Vous avez votre destin entre les mains. Si votre volonté est forte, vous parviendrez à surmonter votre dépendance. Vous ne devez pas la laisser dicter votre vie ! Il ne tient qu'à vous de réussir !

Les Cinissiens restèrent muets. Holus sourit.

— Vous parlez avec sagesse, dit-il. Vous avez raison. Nous devons nous battre. Mes amis ! annonça-t-il aux siens. Nous allons récolter des épis et remonter la côte pour trouver un terrain où nous installer. De cette façon, nous pourrons venir nous réapprovisionner en maïs le temps de vaincre cette malédiction. Nous devons croire en notre capacité à nous sortir de cette fatalité !

Les villageois approuvèrent leur chef. Après avoir remercié et salué une dernière fois les Artériens, les Cinissiens se dirigèrent vers les champs, et leur nouveau combat.

— Tu penses qu'ils réussiront ? murmura Saya à Yorah.

— Oui, il le faut ! Les Bâtisseurs ne doivent pas gagner. Les Cinissiens seront plus forts que la dépendance !

Au loin, à Cinis, le magma avait tout emporté. Il acheva son œuvre par un voile de vapeur à l'encontre des flots, qui se perdit dans le ciel.

— Au fait, dit Yorah, vous m'attendiez, tout à l'heure, dans le cratère ?

— Oui, dit Saya. Après nous être séparés, Barak a gravi les passerelles en me portant. Lorsque le volcan s'est réveillé, nous nous sommes arrêtés afin de rompre mes liens sur la roche, avant de poursuivre tous les deux à pied. L'écho final de ton combat a alors résonné. Nous sommes donc redescendus dans l'espoir de te retrouver, et nous avons bien fait !

— Inutile de préciser que j'étais totalement d'accord pour cette mission de sauvetage, affirma Barak.

— Oui, oui, ne t'inquiète pas. Je dirai aux Artériens que c'est toi qui as insisté pour venir en aide à Yorah, promit Saya.

— Merci d'être revenu, sourit Yorah.

— Et toi ? trépignait Saya. Raconte-nous !

Yorah ne pouvait s'empêcher de sourire. Cette expérience surpassait tout ce qu'il avait vécu jusqu'à présent. Il chercha les mots et entama son récit : la substance noire de Rowur, comment elle avait parasité le corps d'Adek il y a dix-sept ans et comment elle avait fait de lui le chef des Bâtisseurs. Il détailla son combat titanesque en mimant les gestes et les moments critiques, la chute du monstre dans la lave et la fin de Tatie Mécanic.

— Je suis contente qu'elle ait eu ce geste avant de mourir, dit Saya en étouffant un sanglot.

Yorah et Barak approuvèrent.

— Quelque chose me chiffonne, dit-elle. Adek t'a possédé pour se venger de cette substance noire, n'est-ce pas ? Alors pourquoi tout a commencé avec ta lutte contre Porcus Rosa ?

— C'est un piège qu'Adek a tendu à la substance noire, expliqua Yorah les yeux emplis d'admiration pour le mercenaire. Pendant qu'Adek l'affrontait dans la Cité Maudite, il a remarqué qu'il fallait un peu de temps au parasite pour s'habituer au corps qu'elle infiltrait. Cette horrible chose rabâchait même des phrases que son hôte disait avant d'être sous son emprise. Adek avait une devise, « ina sar rou, re muäna », en souvenir de sa sœur, qu'il répétait souvent. En possédant Adek, la substance noire l'a reprise sans en connaître l'origine et en a fait son hymne de ralliement au sein des Bâtisseurs ; tous ses membres la prononcent. Dans les derniers instants qui ont précédé sa mort, Adek s'est rendu compte que le parasite allait s'emparer de lui. Adek a dû prendre la décision terrible d'abandonner son corps pour sauver son âme.

— Il a sorti son âme de son corps ? grommela Barak. Voilà autre chose...

— Souvenez-vous, Dalsen nous a confié qu'il était possible de sceller une attaque dans des objets, comme les Ombreux de Lanfal, et même dans des paroles. Juste avant de tomber sous le joug du parasite, Adek a prononcé sa devise, suivie des mots « emduäw », qui signifient « piège d'âme » en Delral. Il a donc scellé son âme dans sa phrase fétiche, persuadé qu'un jour le parasite la répéterait, afin de lui permettre de revenir. Ce n'est pas directement Porcus Rosa qui a tout déclenché, c'est la devise, piégée, qu'il a prononcée.

Saya était émerveillée. Barak afficha une moue dubitative.

— Mais s'il suffisait de dire cette phrase pour être possédé par Adek, pourquoi n'a-t-elle fonctionné que sur toi ? Les Bâtisseurs ont dû la dire des milliers de fois en dix-sept ans !

Yorah sourit.

— Dès qu'elle s'empare d'un corps, cette substance noire fait naître un ayam noir auprès de son hôte, sans compter les milliers qui errent autour d'elle à Rowur, dit-il. Je ne peux pas l'affirmer, mais Adek a dû comprendre qu'un être avec un ayam blanc était la seule personne capable de vaincre la substance. Et il avait raison. Sans Aube, je ne serais jamais parvenu à la battre. Adek m'a parlé dans ma dernière vision. Il a dit « tu as les deux en toi ». Je pense qu'il faisait référence à son pouvoir et à celui d'Aube. Adek a dû me voir du ciel, et quand Porcus Rosa a prononcé la devise, il a saisi l'occasion de revenir pour tenter d'arrêter ce qu'il était devenu.

— Eh ben ! il a eu une sacrée veine de réunir les deux conditions ! dit Barak.

— Il aura quand même attendu dix-sept ans, rappela Saya.

— Moui... moui, en effet... marmonna Barak après un instant de réflexion.

— Et Adek justement... s'enquit Saya. Il est parti ?

Yorah essaya de se concentrer sur la présence du mercenaire. Mais il ne ressentit rien. Il leva les yeux au ciel. Était-ce son imagination ? Parmi les nuages apparut la silhouette d'Adek. Celui-ci regardait Yorah en souriant, le visage serein. Yorah répondit à son sourire.

— Oui, glissa-t-il. Il est en paix à présent.

Saya et Barak levèrent la tête, mais ils semblèrent ne rien voir. Yorah quant à lui se laissa gagner par les larmes. Silencieux, le jeune garçon fit ses adieux au mercenaire. Il ne quitta pas du regard le sourire d'Adek. Celui-ci disparut dans un rayon de soleil qui perça les nuages. Son âme allait enfin rejoindre l'autre monde, comme le lui avait affirmé Lénée.

— Ça veut dire que tu as perdu tes pouvoirs ? dit Saya.

— Oui, répondit Yorah. C'était ceux d'Adek.

— Mais comment va-t-on faire si on croise des bêtes sauvages sur le retour ? s'affola Barak. La canne onorique brûle avec Cinis !

— Rassure-toi, j'ai beaucoup appris à son contact, dit Yorah. Je sais manier l'épée. En parlant de ça, le rendez-vous avec Sarcina est demain, à 20 h. Quelle heure il est ?

— Difficile à dire, ronchonna Barak, avec tous ces nuages. Mais vu le temps qu'on a mis à descendre et à remonter du volcan, nous sommes au mieux en milieu d'après-midi.

— Ça nous laisse un bon vingt-quatre heures pour la rejoindre, se réjouit Yorah.

— Mieux vaut ne pas traîner, prévint Saya. Si nous devons passer la nuit dehors, il faut s'éloigner d'ici, trop d'animaux intoxiqués rôdent.

— Tout à fait d'accord ! s'exclama Barak en se levant d'un

bond.

— Et pour nous nourrir ? s'enquit Saya. Dans le feu de l'action je n'y pensais pas, mais je commence à avoir faim.

— On n'a qu'à prendre du maïs, proposa Yorah.

— Tu ne comptes pas manger ces horreurs quand même ? s'alarma Barak.

— Les cultures ne sont nocives que si on en abuse. Consommer quelques grains ne nous rendra pas dépendants et ils sont très riches en énergie. Rien ne pourra nous redonner plus de force et j'ai mal partout. Sinon, il y a Gugusse, si tu préfères...

— BAS LES PATTES !

Avant de se diriger vers les champs, Yorah se réjouit de se coiffer de sa casquette, que les assauts de Mist n'étaient pas parvenus à détruire, dans la poche de son short mutilé. Puis il peina à mettre un pied devant l'autre et s'appuya sur Saya pour marcher. Les deux amis furent les premiers à croquer les grains. Barak s'y résigna au bout de quelques instants. Au moment où ce dernier allait avaler, Yorah feignit de s'intoxiquer. La frayeur provoqua l'étouffement du professeur de survie, qui passa du rouge au bleu. D'abord hilares, les adolescents se rendirent compte, par les gestes paniqués et les explications muettes de leur compagnon, que celui-ci ne parvenait plus à respirer. Après plusieurs claques dans le dos, qui procurèrent à Yorah un certain plaisir, les grains récalcitrants furent délogés.

— *Espèce... d'imbécile...* maugréa d'une voix asphyxiée le professeur.

Quelques bouchées suffirent à les rassasier. Ils emportèrent un épi, puis firent route vers le lieu du rendez-vous. L'effet du maïs était incroyable. Yorah se sentait entièrement requinqué. La douleur qui le tiraillait avait disparu. Cependant, le grondement de sa Voix s'accentua avec l'apport massif d'Onorie. Yorah la réfréna autant que possible. Il se rassura bientôt ; chaque pas qui l'éloignait de la région intoxiquée de

Cinis apaisait son trouble. Le groupe progressa à vive allure. Il souhaitait éviter les créatures malades et gagner les Plaines Émeraude. La chance fut avec eux. L'obscurité était tombée quand ils atteignirent le rocher où ils avaient installé leur campement deux jours auparavant, sans rencontres malheureuses. Ils décidèrent d'y passer la nuit.

Un événement inattendu se produisit. Pendant que les Artériens rassemblaient du bois pour le feu, Gugusse sauta de l'épaule de Barak et s'aventura dans l'herbe verte. Barak jeta ses branchages et se lança à corps perdu à sa poursuite. Yorah et Saya lui emboîtèrent le pas. Le professeur de survie s'arrêta. Il aperçut son petit compagnon au côté d'un autre lapin et de deux bébés. C'était sa famille. Gugusse s'était autorisé une escapade, mais il était temps pour lui de retrouver les siens, tout comme Barak, Saya et Yorah. Un torrent d'eau s'écoula des yeux et du nez de Barak. Celui-ci balbutia un au revoir et laissa son camarade reprendre le cours de sa vie. Yorah et Saya saluèrent, émus, la petite famille, et les trois voyageurs retournèrent à leur campement.

La nuit claire et étoilée vibra sous les barrissements larmoyants de Barak. Le lendemain, celui-ci se leva avec les yeux boursouflés de rouge. Il reniflait un sanglot qui menaçait d'éclater de nouveau. Les Artériens reprirent la route. Ils aperçurent Gugusse, assis sur un rocher, qui les accompagnait du regard. Les pleurs tant retenus tonnèrent à travers la plaine, alors que Barak agitait la main en s'éloignant.

Yorah, Saya et Barak atteignirent le lieu du rendez-vous sans encombre. Ils attendirent que les amples mouvements d'Erreor percent l'horizon. Quand la silhouette tant espérée apparut, la joie se mêla à l'appréhension. Le moment d'annoncer la triste nouvelle à Sarcina était venu. À mesure que le volatile approchait, les mots fuyaient Yorah.

D'un puissant battement d'ailes, Erreor stoppa sa course et se posa. Sarcina sauta à terre. Elle agrippait les rênes et ne les lâchait pas, comme si elle n'était pas sûre de vouloir aller à l'encontre des trois Artériens. Le vent sifflait dans la plaine vide et silencieuse et balayait feuillages, brins d'herbe, cheveux et vêtements. Le soleil se mourrait au-dessus des montagnes. Il lestait les Artériens d'ombres infinies qui les tiraient vers l'arrière. Forçant l'entrave qui lui serrait le cœur, Yorah, suivi de ses deux amis, s'avança vers la jeune femme. L'adolescent baissa la tête. Il n'en fallut pas plus à Sarcina pour comprendre. Elle tomba à genoux. Quelques pas séparaient Yorah de la détresse étouffée qui parvenait à ses oreilles, chaque enjambée plus lourde que la précédente. Arrivé auprès de Sarcina, Yorah s'agenouilla à ses côtés et entama son récit. Sarcina ne releva pas la tête. Un flot de larmes s'écoula le long de ses joues. Yorah tenta de mettre en valeur autant qu'il put le courage, héroïque, de Fascis ; la mort elle-même n'avait pu le contraindre à salir son honneur. Sarcina détacha le ruban jaune de ses cheveux et le porta à son visage, comme si celui-ci l'aidait à respirer dans la douleur. Yorah crut déceler un sourire.

Le groupe volait vers le nord-ouest. À la demande de Yorah, Erreor ne prit pas la direction d'Artéria. Le jeune garçon désirait d'abord faire une escale à Port-Parvus. Une fois sur place, Sarcina leur proposa de passer la nuit chez elle et de repartir le lendemain, ce que les trois compagnons acceptèrent. Saya s'excusa pour la perte de la canne onorique, mais leur hôte ne lui en tint pas rigueur. Le jour suivant, les Artériens se rendirent à la forge de Latro, après que Sarcina ait donné des vêtements de Fascis à Yorah. Les visages se raidirent devant le groupe accompagné d'un ayam.

— Tu ne caches pas Aube ? demanda Saya à Yorah.

— Non ! sourit le jeune garçon.

Ils entrèrent dans la boutique du forgeron.

— COMMENT ? s'exclama ce dernier qui faillit tomber à la renverse. Tu as terrassé un Ombreux tout droit sorti de Rowur ? Et Orichalque a résisté à son arme ?

— Euh... Oui, balbutia Yorah. Je suis désolé que la lame soit endommagée...

— BWA ! HA ! HA ! HA ! HA ! HA ! HA ! je n'arrive pas à croire qu'une de mes créations ait combattu un tel adversaire ! C'est fantastique ! T'es un sacré gamin, toi !

Yorah se fendit d'un sourire gêné.

— Ne te bile pas pour la lame, je vais te réparer ça en moins de deux ! dit Latro en portant celle-ci sur une meule. J'avais perdu la motivation mais grâce à toi, mon sang bout de nouveau ! Il me tarde de forger une épée qui surpassera toutes les autres ! Merci, merci du fond du cœur !

Une fois Orichalque affûtée, les Artériens firent leurs adieux à l'artisan.

— Allez, déguerpissez maintenant ! J'ai du travail ! Tu as entendu, Atchoum ? lança Latro à son drôle d'oiseau. On a du pain sur la planche !

— ATCHOUM ! éternua celui-ci dans une gerbe de flammes sombres.

Yorah, Saya et Barak saluèrent une dernière fois Latro et sortirent. Ils se dirigèrent ensuite vers *Le Petit Marin*.

— Pourquoi veux-tu retourner chez l'aubergiste ? grommela Barak.

— Tu n'es pas content ? Je pensais que ça te ferait plaisir, rit Yorah.

— ARRÊTE AVEC ÇA !

— Tu as oublié des affaires là-bas ? demanda Saya.

— J'ai quelque chose à lui dire, affirma Yorah.

Les Artériens poussèrent la porte de l'établissement, envahi de lumière à leur entrée. Fervidus Pescion essuyait des chopes derrière son comptoir.

— Tiens ! s'écria-t-il. Bien le bonjour jeunes gens ! Je ne m'attendais pas à vous revoir de si tôt. Vous désirez une chambre ?

— Non, merci, dit Yorah, nous ne restons pas.

Le visage de l'aubergiste se raidit à la vue d'Aube.

— Bah ça alors... Un être maudit...

Il observait Yorah d'un air dubitatif.

— Je voulais juste vous dire... qu'Adek se souvient de votre nom, dit le jeune garçon.

Fervidus fit des yeux ronds. Puis, un sourire ému se dessina derrière sa moustache.

— J'en suis heureux, dit-il. Mais comment...

Yorah ne répondit pas et sourit. Il salua le tenancier, comme Saya et Barak, qui fuit son regard. Il était temps de rentrer à la maison. En chemin pour la demeure de Sarcina, ils aperçurent Fama et Fabula à leur terrasse de café.

— Ho ! ho ! vous revoilà ? s'écria Fabula.

— Attendez ! Venez nous raconter ! dit Fama.

— Nous sommes pressés ! déclina Yorah en leur faisant signe de la main, et qui savait pertinemment que les conversations avec les deux femmes ne pouvaient se terminer en moins de dix minutes.

— Nous vous expliquerons tout la prochaine fois ! promit Saya.

— Mais... vous connaissez ces deux folles ? s'exclama Barak.

— Dis-moi, Fama... tu avais remarqué cette lumière avec eux, l'autre jour ? Comment ça s'appelle déjà ?

— On s'en fiche, Fabula ! Regarde-moi cette montagne de muscles et de virilité qui les accompagne !

— Oh oui ! Mais c'est notre érudit sauvage !

— Revenez ! Revenez ! s'écrièrent-elles.

— Ah, non ! Par pitié ! gronda Barak en accélérant la cadence.

Yorah et Saya rirent et saluèrent de la main les deux acolytes, pressés par Barak qui fuyait les sifflements et les demandes implorantes de rendez-vous. De retour chez Sarcina, ils prirent place pour la dernière fois dans la nacelle d'Erreor. Les trois compagnons restèrent silencieux pendant la majorité du voyage, les yeux rivés sur les paysages qui défilaient sous leur embarcation. Yorah repassait dans sa tête tous les lieux incroyables qu'il avait découverts ; ils imprégnaient, vifs, les souvenirs du jeune garçon, alors que l'océan gagnait du terrain sur les terres et que la côte fracturée et verdoyante de la région d'Artéria filait de l'horizon. Le scintillement des toitures apparut au loin. Des larmes de bonheur se déversèrent le long des joues de Barak. Un large sourire fendit le visage de Saya. Mais Yorah ne se montra pas aussi démonstratif. La joie d'avoir survécu à une épreuve incroyable se mêlait à la tristesse de la fin d'un voyage. L'aventure d'une vie qui ne se reproduirait peut-être jamais. Puis il commença à redouter l'accueil que les Artériens allaient lui réserver.

Erreor survola Artéria avant d'amorcer une descente en cercle vers la Place du Cœur. Les habitants s'immobilisèrent sous son ombre et une clameur stupéfaite s'éleva de la Ville Poumon. Le grand volatile atterrit sur la plate-forme et les trois compagnons débarquèrent aux côtés de Sarcina. À la vue de leurs amis, une foule d'Artériens dévala les passerelles pour s'amonceler autour de l'Arbre de Cristal.

— C'est ici que nos routes se séparent, dit Sarcina.

— Oui, dit Yorah avec un sourire forcé. Merci pour tout, Sarcina.

— Non, merci à vous. Moi et mes filles pourrons avancer sans regarder en arrière à présent.

— Je vous souhaite tout le bonheur possible, dit Saya.

— Portez-vous bien, vous aussi, répondit Sarcina. Ma porte vous sera toujours ouverte.

Yorah et Saya l'embrassèrent et Barak, en bon Cassepanard qui se respecte, lui serra cordialement la main. Sarcina et Erreor s'envolèrent sous les cris peu rassurés de l'attroupement colossal qui encerclait Yorah, Saya et Barak. Quand la silhouette du volatile disparut dans les cieux, les citadins se ruèrent sur les trois compagnons. Les questions fusèrent dans une cacophonie étouffante. « Que vous est-il arrivé ? » « Où étiez-vous ? » « Tatie Mécanic n'est pas avec vous ? » La famille de Saya perça le rideau de spectateur pour enlacer cette dernière. Lénée ne tarda pas à apparaître pour se jeter en larmes sur son fils. Puis un messager de Grand-Mama fit part à

Barak du mécontentement de celle-ci d'avoir dû se débrouiller pour les courses durant son absence. La clameur ne faiblissait pas. Les revenants décidèrent de s'exprimer de l'estrade à l'aide d'un porte-voix. Peu à l'aise avec les regards, Yorah se délecta des mines horrifiées de Kratton et de sa bande, trop déçus de constater qu'ils ne s'étaient pas débarrassés de lui.

Les trois voyageurs prirent la parole à tour de rôle. Le silence s'abattit sur la foule lorsqu'ils abordèrent le sort de Tatie Mécanic ; le choc marquerait les Artériens pendant de nombreux mois. Comme ils le lui avaient promis, Yorah et Saya contèrent leurs aventures en accentuant l'héroïsme de Barak. Ils vantèrent son courage en toutes circonstances et affirmèrent lui devoir la vie. Yorah ne révéla pas la présence d'Adek et des hallucinations. Il était inutile d'ajouter un phénomène étrange autour de lui et l'absence d'Adek favorisait la mise en avant de Barak. La démarche s'avéra moins désagréable pour Yorah qu'il ne l'avait imaginé. Malgré des motivations parfois nébuleuses, Barak avait prouvé qu'on pouvait compter sur lui dans les moments critiques.

Un tonnerre d'applaudissements fit trembler les plates-formes de la cité. La foule scanda le nom de Barak, le héros qui avait arraché aux griffes d'Ombreux deux enfants terrifiés et qui les avait ramenés sains et saufs ; le héros qui avait vaincu une menace qui planait sur le continent tout entier, non, sur Terre sous Lunes tout entière ; le héros qui avait tout tenté pour raisonner Tatie Mécanic et qui regretterait toute sa vie, par sa grandeur d'âme exceptionnelle, d'avoir échoué. Barak Cassepanard était le plus grand héros que Terre sous Lunes ait connu, et il était Artérien.

C'est un Barak tout penaud qui se tint face aux acclamations. Amusés, Yorah et Saya se joignirent aux applaudissements. Un sourire gêné se dessina sur le visage du professeur de survie et il agita une main timide en réponse à ses admirateurs. Puis il se redressa pour prendre une posture fière et assurée. Il bombait le torse et gonflait ses biceps en changeant de pose toutes les cinq secondes. Yorah réalisa que Barak avait remarqué la présence de Mme Gribouille parmi les spectateurs, une flamme d'émerveillement dans les yeux.

L'ovation s'apaisa et une rumeur moins plaisante se propagea. Yorah sentit les regards se tourner vers lui. Une voix se décida à briser les tremblements de la foule.

— Porteur de malheur ! s'écria Kratton. C'est à cause de ton ayam que tout ça est arrivé !

— Ça va recommencer ! hurla Beste.

— Ouais ! beugla Bellourd en levant le poing.

Yorah vit Stek et Tuna, sur ses béquilles, se frayer un chemin vers les perturbateurs. Le craquement de leurs poings fit taire les garnements, mais le mal était fait. La foule s'embrasa. Lénée tentait de calmer les citadins à côté d'elle. Yorah promenait des yeux timorés sur les Artériens en furie.

— Tu as entraîné tes compagnons dans un véritable enfer ! entendait-il.

— C'est un miracle que vous vous en soyez sortis vivants !

Saya s'approcha de Yorah pour le soutenir. La clameur véhémente ne s'arrêtait pas. Seul le départ du jeune garçon apaiserait la colère des habitants. Yorah se dirigea vers les marches de l'estrade.

— SIIIILEEEENNNCE !

La voix de Barak, à travers le porte-voix, fit trembler la cité entière. L'ardeur des Artériens se tut instantanément. Yorah s'arrêta et dévisagea, comme tout le monde, le professeur de survie.

— Hum... euh... désolé... bredouilla celui-ci.

Il se racla de nouveau la gorge.

— C'est vrai... que nous avons eu beaucoup de chance dans notre malheur. Nous avons eu tellement de chance, que celle-ci ne pouvait être l'œuvre que d'un ange gardien qui veillait sur nous. Et cet ange gardien... c'était Aube.

Des messes basses se répandirent dans l'assistance stupéfaite.

— Aube a si bien veillé sur nous, enchaîna Barak pour couper court à l'agitation, qu'elle m'a aidé en distrayant l'ennemi pour me permettre de lui porter le coup final.

Il jeta un regard embarrassé à Yorah.

— Bon, l'important c'est qu'ils me croient, pas vrai ? lui glissa-t-il.

Yorah approuva, amusé, et les vivats de la foule à leur héros retentirent de plus belle. Barak reprit son discours pendant que Yorah retournait auprès de Saya.

— Oui, nous nous en sommes sortis grâce à Aube... répéta Barak.

— Non, Barak c'est grâce à toi ! s'écria un spectateur.

— C'est toi le plus fort, Barak ! s'égosilla une admiratrice.

Barak les fit taire d'un geste de main.

— Mais même la présence de notre petit ange gardien n'a pas suffi à éviter les pertes dans nos rangs, lança-t-il, solennel, en guettant les réactions de Mme Gribouille. Je pense à Tatie Mécanic et à toutes les victimes des Bâtisseurs, mais j'ai surtout en tête un autre de nos camarades, Gugusse, avoua-t-il en étouffant un sanglot, avant de prendre une grande inspiration et de poursuivre. Excusez-moi... Gugusse a fait le choix de rester là-bas afin de protéger sa famille et d'assurer nos arrières.

Des « Gu-gusse ! Gu-gusse ! » montèrent des plates-formes.

— Merci, dit Barak les yeux humides, je sais que ça l'aurait beaucoup touché. Laissez-moi vous parler de lui. Il était mon frère d'armes, mon confident. Celui qui m'accompagnait dans toutes les situations. Celui qui me redonnait du courage. Celui qui se blottissait contre moi quand j'avais froid et que je serrai dans mes bras...

La clameur s'estompa. Les Artériens se lancèrent des regards interrogateurs. Yorah remarqua la mine stupéfiée de Mme Gribouille. Saya se pencha vers Yorah.

— Euh... est-ce qu'il a précisé que Gugusse était un lapin ?

— Non, répondit Yorah.

371

— ... Je me souviens de la chaleur de son corps dans les moments difficiles, son odeur... continuait Barak.

— Si, on devrait, mais ce serait impoli de l'interrompre, rit Yorah. Attendons demain.

Barak poursuivit ainsi le récit de sa relation ardente avec Gugusse, le porte-voix la faisant résonner dans la cité silencieuse. Yorah et Saya masquèrent autant qu'ils purent le fou rire qui les possédait.

Quelques jours plus tard, dans l'après-midi, Yorah dit au revoir à sa mère et sortit de chez lui. Son père n'était toujours pas rentré, mais il avait renvoyé un perrocruche pour annoncer son retour prochain. Yorah marchait dans les rues d'Artéria avec un sac sur le dos. Il se rendait au cratère pour passer une nouvelle nuit à la belle étoile. Il n'avait pas remplacé la plaque de Mme Fripe, mais, promis, il s'en occuperait demain. Mme la directrice avait donné une semaine de repos aux trois aventuriers. Saya avait décliné et avait tout de suite pris son poste, mais Yorah comptait profiter de ses quelques jours de liberté supplémentaire. Barak, quant à lui, arpentait toute la ville pour convaincre chacun des habitants que Gugusse était un lapin.

Les regards des Artériens à l'égard de Yorah s'étaient adoucis. La route serait encore longue, mais l'adolescent avait bon espoir de s'intégrer au sein de la communauté. Cette fois-ci, Yorah opta pour la plage pour rejoindre sa destination. Par delà le roulis des vagues, la complainte de la planète alourdissait son cœur. Le jeune garçon songeait aux Bâtisseurs et à leur projet. À Mist. Et à sa propre nature d'Enorar. Yorah était-il né pour anéantir les enfants de Terre sous Lunes, incapables de vivre ensemble ? La colère de la planète allait-elle le hanter jusqu'à ce qu'il ait accompli cette tâche ? Yorah se perdait dans ses funestes pensées.

Une Voix alerta alors son esprit ; une Voix qu'il ne connaissait pas. Quelqu'un venait vers lui. Une silhouette dessina bientôt les traits d'une enfant. Sans-Pouvoirs ? El ? Yorah sentait son instinct de survie s'emballer et le pousser à fuir la rencontre. À la vue d'un Porteur d'Ayam, la Voix de la jeune fille devint, elle aussi, craintive et anxieuse. Mais elle fit profil bas, et se risqua, comme Yorah, à croiser la route d'un étranger. Un début de réponse apparut à l'adolescent. Contrairement à ses habitudes, Yorah ne se laissa pas guider par la méfiance et entreprit une action qu'il n'avait plus faite depuis trop longtemps.

— Bonjour, lui dit-il en souriant.

Te voilà arrivé au terme
de cette première aventure du Mercenaire d'Argent !

Envie de savoir ce qui attend
Yorah, Saya et Barak ?
**Partage, laisse-moi un commentaire
sur le site marchand...**
la suite n'en arrivera que plus vite !

Rendez-vous sur

yannick-sarkis.sumupstore.com
(ne pas faire les www.)

pour de nombreux goodies (dessins originaux,
reproduction de planches, posters...)

Pour suivre mon actualité :

Facebook : Yannick Sarkis
Instagram : yannick_sarkis
Tiktok : yannick_sarkis
Youtube : Yannick Sarkis

Merci et à bientôt,
Yannick.

ANNEXES

Carte de la Porte du Condamné

Déchiffrer le Delral

En appliquant le code suivant à une phrase en Delral, vous obtiendrez une phrase en français phonétique, et inversement :

a=e ; u=i. b=v ; d=p ; f=t ; j=w ; l=r ; x=z ; n=n sauf quand couplé avec g, il devient h.

o, k, m et s ne changent pas.

y indique le pluriel.

Un verbe à l'infinitif se termine par l.

La phonétique est primordiale. Le son [ch]=[gn].

En partant du français, le h disparaît en Delral, sauf si couplé à c.

Si c=[s]=s en Delral. Si c=[k]=k ; si g=[j]=w ; si g=[gu]=c ([cé] en Delral). [é], [è], [ê]=ä

En Delral, les consonnes se prononcent dans tous les cas. Si deux consonnes sont côte à côte, leurs sons se prononcent séparément.

Exemples :

Edlogn, dafu tep se prononce Ed-lo-gu-en, dafu tep.

Il se traduit par : Aproch, peti fad=Approche, petit Fade !

Duäw=[piéj]=piège. Maison=[mézon]=mäxon, se prononce [maxone].

Phénomène=[fénomèn]=tänomän.

Voilà pour les bases !

Table des matières

www.ingramcontent.com/pod-product-compliance
Lightning Source LLC
Chambersburg PA
CBHW071647260626
47170CB00001B/275